LIEBE UND VERRAT IN COCHIN

AUS DEM ENGLISCHEN ÜBERSETZT VON
INGRID PRICE-GSCHLÖSSL

LIZ HARRIS

HEYWOOD PRESS

1

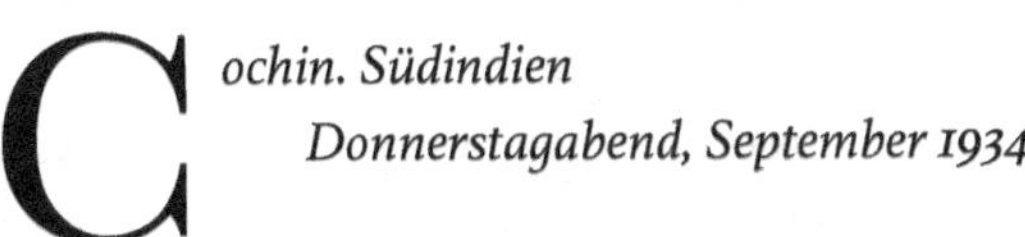

Cochin. *Südindien*
Donnerstagabend, September 1934

Clara lief aufgeregt durch ihr Schlafzimmer und von dort hinaus auf die hölzerne Veranda, die um den Oberstock des Hauses führte.

Fröhlich lächelnd betrachtete sie die Aussicht, die sie schon als ganz kleines Kind jeden Abend vor dem Zubettgehen bewundert hatte.

Ihr Blick schweifte über den schon dunklen Garten hin zum Strand, der im Licht des Mondes milchigweiß vor ihr lag, und von dort zum glitzernden Band des tiefschwarzen Wassers. Zu beiden Seiten des Gartens umrahmten schlanke Kokosnusspalmen, deren dunkle Wedel sich vom Indigoblau des Himmels abhoben, den Strand und das Meer.

Die Nachtluft war erfüllt vom Plätschern der Wellen, dem unermüdlichen Klicken der Zikaden, dem gelegentlichen Bellen eines Hundes und den schwermütigen Klängen indischer Musik aus der in einiger Entfernung hinter ihrem Haus liegenden Stadt.

Clara stieß einen tiefen Seufzer aus. Endlich war sie wieder daheim!

Und was für eine Heimkehr war es doch gewesen!

Sie war erst seit einigen Stunden wieder zu Hause, und doch hatte sich schon so viel ereignet.

Und alles war perfekt verlaufen.

Sie hätte sich keine bessere Heimkehr wünschen können.

Und es war alles ihrem Vater zu verdanken, dachte sie liebevoll. Er hatte nie ein Geheimnis für sich behalten können, und auch heute war es nicht anders gewesen.

Nicht dass es ein Geheimnis an sich gewesen wäre, denn es war etwas, das zwischen ihren Eltern und deren guten Freunden, den Goddards, den Eltern von Lizzie und George, beschlossen worden war. Aber eigentlich hätte sie es nicht so bald nach ihrer Heimkehr erfahren sollen.

Ihr Vater hatte es aber doch nicht für sich behalten können und jetzt war Clara außer sich vor Freude.

Welch wundervoller Anfang für die nächste Etappe ihres Lebens!

Vor Freude umfasste sie sich mit beiden Armen, lehnte sich an die Balustrade und dachte zurück an die Ereignisse des Abends.

Als sich das Abendessen seinem Ende zuneigte, hatte ihr Vater seinen Stuhl leicht vom langen Rosenholztisch zurückgeschoben und die kleine Messingglocke neben seinem Teller geläutet. Dann hatte er die Pfeife aus der Tasche seines Jacketts genommen und sie und ihre Mutter

Mary angelächelt, während er auf das Erscheinen ihres obersten Dieners Amit wartete.

„Clara, ich freue mich, dass du dich so schnell wieder in die heimische Routine eingelebt hast", sagte er und klopfte die Pfeife gegen einen Aschenbecher. „Es ist schön, dich wieder daheim zu haben - das Haus war sehr still, seitdem deine Schwester fort ist."

„Ich danke dir, Papa. Ich kann dir gar nicht sagen, wie sehr es mich freut, wieder daheim zu sein."

Mary legte ihre weiße Serviette auf den Tisch und stand auf. „Wenn du mich bitte entschuldigst, Henry, aber ich lasse euch beide lieber allein, damit ihr euch über die vergangenen Jahre ausplaudern könnt, und gehe jetzt zu Bett. Ich bin von der Heimreise noch immer ziemlich müde. Von der Hitze gar nicht zu reden, die hier so viel schlimmer ist als in England."

„Aber natürlich, meine Liebe. Das ist doch völlig verständlich. Und morgen ist auch wieder viel los. Ich weiß, dass dich Tilly schon am Morgen erwartet."

Clara stand auf, als ob sie ihrer Mutter folgen wollte.

Henry gab ihr mit einer Geste zu verstehen, dass sie bleiben sollte, wo sie war, und sie setzte sich wieder.

„Clara, warum leistest du mir nicht noch ein wenig Gesellschaft", fragte er und wandte sich an den Diener, der inzwischen an seiner Seite stand. „Amit, ich hätte gern einen Brandy."

Amit ging zur Anrichte, füllte ein Kognakglas mit Brandy und brachte es auf einem Silbertablett zum Tisch. Nachdem ihr Vater den Drink vom Tablett genommen hatte, wies er Amit an zu gehen, und wandte sich wieder Clara zu. „Schließlich hast du deinen Kaffee noch gar nicht ausgetrunken, und es wäre doch nett, noch ein wenig zu plaudern."

„Ja, natürlich, Papa", antwortete sie mit einem Lächeln. „Hast du an etwas ganz Bestimmtes gedacht?"

„Oh, nein", erwiderte er schnell. „Nein, gar nicht. Überhaupt nicht", sagte er leicht hüstelnd.

Das war viel zu schnell hervorgebracht, dachte sie, und setzte sich gerader hin. Ihr Vater hatte offensichtlich etwas, das er unbedingt sagen wollte, was ihm aber irgendwie widerstrebte.

„Nein, ich dachte, dass es nett wäre, nur so zu plaudern", fuhr er fort. „Aber eins nach dem anderen", meinte er und zog eine Tabaksdose aus seiner Jackentasche. „Gib mir nur einen Augenblick." Er füllte den Pfeifenkopf zur Hälfte mit Tabak, drückte ihn leicht nieder, und gab dann noch etwas Tabak hinzu.

Während sie den ihr so vertrauten Vorgang verfolgte, sah sie sich beiläufig im Zimmer um. Dabei genoss sie sein würziges Aroma von Tee, Kardamom und Sandelholz mit einem Hauch von Meer. Es war ein Zusammenspiel der Gerüche, die sich, so lange sie sich erinnern konnte, sowohl in den Möbeln als auch in ihrem Gedächtnis festgesetzt hatten.

Und auch in ihrem Herzen.

Während ihr Vater den Zug seiner Pfeife prüfte, sah sie über seinen Kopf zu den goldgerahmten Fotografien der Familie hinauf, die über der Anrichte hingen, und studierte die lange Reihe blasser Gesichter, die sich ernst vom sepiafarbenen Hintergrund abhoben. Es waren die Gesichter längst verstorbener Familienmitglieder, die in England oder Cochin auf Zelluloid festgehalten worden waren.

Sie blickte hinauf zum elektrischen Ventilator an der Zimmerdecke, denn eine Brise strich im Rhythmus sanft über ihre Wangen. Der surrende Ventilator brachte auch die

Rüsche in Bewegung, die an einer quer über dem Raum hängenden Holzstange angebracht war.

Der *punkahwallah* war sicher sehr erfreut gewesen, als ihre Eltern in jedem Raum einen elektrischen Ventilator montiert hatten, dachte sie, zusätzlich zum gerüschten *punkah*. Er musste jetzt nicht mehr die ganze Nacht auf der Veranda vor dem Fenster liegen und den Stofflüfter mit einem Seil hin und her bewegen, das an einem Ende an der Holzstange im Zimmer und am anderen Ende an seinem Zeh befestigt war.

Als Kind hatte sie immer befürchtet, dass er während der Nacht einschlafen könnte, und dass sich der *punkah* dann nicht mehr bewegen würde. Sie war sich damals sicher gewesen, dass ihr Gesicht dann eine Mahlzeit für die Stechmücken und ihre Füße für die Sandmücken geworden wären. Diese Angst gehörte jedoch der Vergangenheit an.

Es war ja schon so lange her.

Sechs ganze Jahre, und sie war in dieser Zeit nie zu Hause gewesen.

Sie hatte die Sree Rama Varma High School in Cochin im Alter von zwölf Jahren verlassen, und anstatt das neben der Schule liegende College zu besuchen, war sie wie die meisten Kinder britischer Eltern an eine Schule in England geschickt worden.

Sie und Lizzie hatten dieselbe Schule besucht und waren gemeinsam mit ihrer Mutter per Schiff nach England gereist. Ihre Mutter hatte die Gelegenheit genutzt, dort ihre Familie zu besuchen und die Ferienanordnungen für Clara zu treffen. Sie hatte auch dafür gesorgt, dass Lizzies Unterbringung während der Schulferien dem entsprach, was Lizzies Vater, Albert Goddard, arrangiert hatte.

Danach war ihre Mutter weiter nach Norden gereist, wo sie sich überzeugen wollte, dass sich Lizzies Bruder George in seiner Schule, wo er ein Jahr zuvor eingetreten war, gut eingelebt hatte und nichts brauchte. Und dann war sie wieder nach Indien zurückgereist.

Ihre Mutter hatte so ein Glück gehabt, dass sie George hatte sehen können.

Und jetzt würde auch sie ihn sicher bald sehen. Sie konnte es kaum erwarten.

Der Stuhl ihres Vaters hatte ein lautes Geräusch auf dem mit Terrakottafliesen ausgelegten Boden gemacht, und sie fühlte, wie er sie anblickte. Sie bemerkte, dass er seinen Stuhl so ausgerichtet hatte, dass er sie beobachten konnte. Mit der einen Hand wirbelte er seinen Drink im Glas herum und mit der anderen hielt er seine Pfeife.

Sie fühlte, wie sie unter seinem direkten Blick nervös wurde, und sie hob die Hand und zog das Band fester zu, mit dem sie ihre langen Haare im Nacken zusammengebunden hatte.

„Worüber sollten wir denn sprechen, Papa", fragte sie und ärgerte sich, dass ihre Stimme ängstlich klang. „Vielleicht möchtest du mir von der Firma erzählen und wie es so läuft. Das würde mich sicher interessieren."

Er lächelte sie an. „Nein, ganz bestimmt nicht. Es gibt doch viel interessantere Dinge als das." Er räusperte sich.

Claras Angstgefühl nahm zu.

„Papa, ich bin zwar ziemlich lange weg gewesen, aber ich erinnere mich ganz genau, dass du dich immer geräuspert hast, wenn du nervös warst." Sie versuchte zu lächeln. „Für gewöhnlich war es immer dann, wenn du wusstest, dass du mich schelten musstest, es aber nicht tun wolltest. Was solltest du mir denn jetzt sagen, das du lieber nicht sagen möchtest?"

„Gar nichts, Clara. Ich will dir überhaupt nichts sagen. Zumindest nicht gleich am ersten Abend deiner Heimkehr."

„Ich werde die ganze Nacht nicht schlafen können, Papa, wenn du mir nicht sagst, worauf du anspielst. Ich stelle mir sonst die fürchterlichsten Dinge vor."

„Das darfst du nicht", sagte er besorgt. „Es gibt wirklich keinen Anlass, besorgt zu sein."

Sie beugte sich vor. „Dann sag es mir doch, liebster Papa", erwiderte sie in schmeichelndem Tonfall. „Ich verspreche dir, Mama nicht zu sagen, dass du es mir verraten hast", fügte sie verschwörerisch hinzu.

„Dir und Tilly ist es stets gelungen, mich herumzukriegen. Ihr konntet mich immer um euren kleinen Finger wickeln", sagte er schmunzelnd.

„Bitte, sag es mir, Papa."

Er schüttelte resigniert den Kopf. „Ja, jetzt muss ich es dir wohl sagen. Ich hätte es ja ohnehin morgen getan." Er räusperte sich erneut.

„Du bist zu einer bezaubernden jungen Frau herangewachsen, Clara", begann er. „Tatsächlich erinnerst du mich an deine Mutter im selben Alter. Es war das Alter, in dem Mary und ich geheiratet haben. Ich war natürlich etwas älter, so wie es sein sollte." Er richtete sich auf. „Aber nicht unbedingt", fügte er mit einem leichten Hüsteln hinzu.

Clara schluckte erregt.

„Was willst du damit sagen, Papa?" fragte sie mit bebender Stimme.

Er griff schnell nach ihrer Hand und tätschelte sie beruhigend. „Mein liebes Kind, ich sag dir nicht, wen du heiraten sollst, wenn es das ist, was dich beunruhigt. Nein, keineswegs. Einige meiner Freunde im Club haben einen Mann für ihre Tochter ausgewählt, ich aber habe nicht die Absicht, das zu tun. Ich vertraue dir, dass du eine überlegte Entscheidung triffst und deine Mutter und mich nicht enttäuschst. Wir haben dir den bestmöglichen Start gegeben, indem wir dich zur Schule nach England geschickt haben, aber was danach kommt, liegt jetzt an dir."

Clara fühlte, wie sich ihr Körper entspannte.

„Danke, Papa", entgegnete sie mit zitternder Stimme. „Ich verspreche dir, nichts überstürzt zu tun. Es geht ja schließlich um mein zukünftiges Glück."

„Da hast du recht, Liebstes." Er zögerte und räusperte sich erneut. „Ich weiß, dass du erst kurze Zeit wieder hier bist und sicher, genau wie deine Mutter, die Anstrengungen der langen Reise verspürst, aber dürfte ich wohl – und du verstehst, ich lasse die Wahl zur Gänze bei dir – doch weil du jetzt in einem Alter bist, wo man ans Heiraten denkt - dürfte ich vielleicht eine Richtung vorschlagen, in die du schauen könntest?"

„Eine Richtung?" warf sie fragend ein.

In ihrem Magen begann es zu rumoren.

„Ja. Nur ein Stückchen weiter auf unserer Straße. Und zwar in Richtung der Familie Goddard – in Richtung George."

Erleichterung durchflutete sie.

Sie blickte ihn strahlend an.

George war ganz offensichtlich noch frei! Andernfalls hätte ihr Vater ihn doch nie als Gatten vorgeschlagen.

„Ich bin mir bewusst, dass George nur ein Jahr älter ist als du", fuhr Henry fort, „und es könnte dir durchaus seltsam erscheinen, dass ich einen Mann vorschlage, der dir altersmäßig so nahe ist, wenn du bedenkst, was ich soeben bezüglich der Zweckmäßigkeit eines größeren Altersunterschieds gesagt habe."

„Keineswegs, Papa", warf Clara schnell ein.

„Aber George ist ein reifer junger Mann", fuhr er fort. „Er arbeitet jetzt seit einem Jahr mit seinem Vater und Albert sagt, dass er ein echtes Geschick für das Geschäft hat.

Er ist überzeugt, dass Goddard & Son in sicheren Händen sein wird, wenn George die Firma einmal übernehmen wird."

„George wollte den Betrieb schon immer von seinem Vater übernehmen."

„Das stimmt. Und da ihre Interessen im Handel mit Kokosnüssen und die meinen in Pfeffer und Gewürzen liegen, und beide Unternehmen Büros, Schiffe und Lagerhäuser nahe beieinander in Muttancherry haben, würde eine Verbindung von dir mit George aus unternehmerischer Sicht Sinn haben."

„Du lässt es ja sehr romantisch klingen, Papa", sagte sie amüsiert.

Er lachte. „Ja, ich hätte es vielleicht besser ausdrücken können. Aber du und George, ihr seid schon seit Langem befreundet. Das ist auch einer der Gründe, weshalb ich vor einiger Zeit, als gemunkelt wurde, dass Albert die Tochter eines Handelskollegen für George ins Auge gefasst hat, mit Albert und Julia die Möglichkeit von dir und George überlegt habe. Seitdem habe ich nichts mehr über die andere Tochter gehört."

Clara fragte betreten. „Ist sie ein Mädchen hier in Cochin? Würde ich sie vielleicht kennen?"

Henry schüttelte den Kopf. „Nein, aus Calicut. Es ist aber durchaus möglich, dass an dem Gerücht nichts dran ist. Du weißt ja, wie sich so etwas herumspricht."

„Ja, das war in der Schule auch so."

„Und ich bin sicher, dass sich Lizzie sehr freuen wird, wenn du ihren Bruder heiratest. Das war auch der Grund weshalb ich dachte, dass du meinen Vorschlag in Betracht ziehen würdest." Und nach einer kurzen Pause. „Also Clara, wirst du es dir überlegen?"

Sie blickte ihn mit einem strahlenden Lächeln an.

„Danke, Papa. Natürlich ist es schon Jahre her, seitdem ich George zum letzten Mal gesehen habe, aber wir haben miteinander korrespondiert, und wie du schon sagst, sind wir bereits gute Freunde. Ich freue mich schon sehr, ihn wiederzusehen."

Er warf ihr ein verlegenes Lächeln zu. „Und darauf musst du gar nicht mehr lange warten, denn es hat sich so ergeben, dass die Goddards morgen zu uns zum Dinner kommen. Deshalb hatte ich die Absicht, diese Idee noch vor dem Abend vorzuschlagen."

„Die Goddards hören sich fast so schlimm an wie du es bist", rief Clara lachend. „Ich habe aber nicht gewusst, dass du mit Mr. Goddard überhaupt befreundet bist. Unsere beiden Familien hatten eigentlich nicht viel miteinander zu tun, obwohl sie ganz in der Nähe wohnen."

„Ja, die Dinge ändern sich. Vor einiger Zeit hatten wir beide begonnen, an den Mittwochabenden häufiger in den English Club zu gehen. Neben anderen Großhändlern, wie wir es sind, kommen oft auch hochrangige Beamte von Firmen wie Pierce Leslie und Aspinwall hin, und es ist gut, mit solchen Leuten zu verkehren."

„Da hast du sicher recht", erwiderte sie mit einem Lächeln.

„Als Folge davon habe ich Albert besser kennengelernt und wir haben schließlich Freundschaft geschlossen. Die Tatsache, dass ich ihm bei seinem Anliegen helfen kann, und er mir in derselben Situation, hat unsere Freundschaft noch gefestigt."

Clara blickte ihn fragend an. „Welches Anliegen hat er denn?"

„Dass George die richtige Frau bekommt. Das ist für einen ehrgeizigen Mann sehr wichtig, und Albert hat für sich und für George ehrgeizige Ziele. Deshalb möchte er verhindern, dass sich Georges Interessen nicht vom Geschäft auf die Suche nach einer passenden Frau verlagern."

„Ihr scheint einander ja sehr ähnlich zu sein", murmelte sie.

„Da magst du recht haben. Aber da ich keinen Sohn habe, ist es mein größter Wunsch, dass du einen Mann heiratest, der mit dem Handel vertraut ist. Ich habe Saunders & Co. von deinem Großvater geerbt und es wäre für mich eine Erleichterung zu wissen, dass jemand in der Familie die Firma übernehmen kann, wenn es an der Zeit ist. Mathilda hat gut geheiratet, aber Michael arbeitet in der Kolonialverwaltung und hat überhaupt kein Interesse am Exporthandel."

„Ja, Papa, das verstehe ich."

„Aber es geht natürlich nicht nur um das Geschäft", fügte er rasch hinzu. „Albert und Julia sind ebenso überzeugt, dass George dich heiraten möchte, wie deine Mutter und ich es bezüglich deiner Gefühle für George sind. Also, zumindest deine Mutter ist überzeugt davon, denn ich weiß zwar, wann die Pfefferkörner bereit zum Ernten sind, also, wenn sie noch grün und noch nicht rot sind, aber wie das weibliche Gehirn funktioniert, ist mir ein Rätsel. Dabei verlasse ich mich ganz auf deine Mutter."

„Ich werde mir die Heirat mit George durch den Kopf gehen lassen, Papa. Angenommen, dass er mich auch wirklich heiraten möchte. Ich danke dir, dass du so lieb bist und die Entscheidung mir überlässt. Nicht jeder Vater hätte das getan, und ich bin dir sehr dankbar."

Er nickte zustimmend. „Du bist ein braves Mädchen, Clara. Alle deine Zeugnisse bestätigen das, und auch deine Mutter hat es immer gesagt, wenn sie von einem Besuch bei dir zurückgekommen ist. Wir möchten, dass du ebenso glücklich bist wie Mathilda mit Michael. Du wirst dich selbst davon überzeugen können, wenn du morgen mit deiner Mutter zum Kaffee hingehst. Ich glaube, ihr seid auch zum Lunch dort."

„Ich freue mich schon so auf ein Wiedersehen mit Tilly!"

„Und sie freut sich auch schon sehr auf dich. Ich nehme an, Mama hat dir erzählt, dass Mathilda und Michael schon heute Abend herkommen wollten, wir dachten aber, dass dein erster Abend daheim ruhig verlaufen sollte. Michael ist zwar ein netter Mann, aber es ist nicht gerade unterhaltsam."

„Ich freue mich schon, ihn wieder einmal zu sehen. Nochmals vielen Dank, Papa, dass du so verständnisvoll bist."

Er winkte ihren Dank mit einer Geste ab, leerte sein Brandy Glas und stand auf. „Ich lege mich jetzt zur Ruhe. Wahrscheinlich wirst du auch zu bettgehen wollen, denn sicher bist du müde. Und morgen wird mit Tilly am Morgen und den Goddards bei uns zum Dinner ein aufregender Tag für dich werden."

Clara stand auf, ging spontan auf ihren Vater zu, umarmte ihn und küsste ihn auf die Wange.

„Ich danke dir, Papa, dass du meinen ersten Tag daheim so angenehm gemacht hast", sagte sie mit einem strahlenden Lächeln. Dann ging sie durch die gewölbte Tür hinaus in die Eingangshalle.

DER GANZE ABEND war perfekt verlaufen. Es gab nichts, das ihrem und Georges Glück im Weg stehen könnte, dachte sie, als sie die Schönheit der Aussicht in sich aufnahm.

Das Brechen eines Zweigs erschreckte sie.

Das Geräusch schien irgendwo von rechts zu kommen. Clara runzelte fragend die Stirn und blickte in die Richtung.

Im Dunkel der Schatten war jedoch keine Bewegung auszumachen.

Sie zuckte mit den Schultern und wandte sich wieder dem Ausblick zu.

Dann hörte sie erneut das Geräusch, gefolgt von Stille.

Sie fühlte ein Prickeln und Gänsehaut auf ihrem Arm.

Sie war nicht allein.

Da draußen war jemand, versteckt im samtenen Dunkel der Nacht, der sie beobachtete. Sie fühlte die Gegenwart eines Menschen.

Sie richtete sich auf und zog ihren Schal enger um die Schultern.

War es vielleicht George?

Sie blickte nach links und den engen Pfad entlang, der die hohen Palmen vom Strand trennte.

Georges Haus war nur fünfzehn Gehminuten entlang dem Pfad entfernt – weniger, wenn er lief. Oft, als sie heranwuchsen, war er nach dem Abendessen aus dem Haus geschlüpft, zu ihrem Haus gelaufen und hatte dann leise zu ihr hinaufgerufen. Sobald sie es hörte, hatte sie schnell irgendetwas über ihr Nachthemd geworfen, war die Treppe hinuntergeschlichen und kichernd zu ihm hinausgegangen.

Gemeinsam saßen sie dann auf der unteren Veranda auf ihren Rohrsesseln eng nebeneinander und tauschten Geheimnisse aus, die sie sonst niemanden erzählten.

War es also George da draußen, der sie schon an ihrem ersten Abend daheim sehen wollte?

Sie strich mit der Hand über ihr rotbraunes Haar und starrte wartend nach links.

Doch nichts.

Dann war es doch nicht George, dachte sie. Denn er

hätte sich nicht so lange vor ihr versteckt. Er hätte nichts getan, von dem er wusste, dass es sie erschrecken würde. Und schließlich war das Geräusch, das sie gehörte hatte, auch von der falschen Seite des Gartens gekommen.

Vielleicht hatte einer ihrer Bediensteten einen nächtlichen Spaziergang gemacht, Neugierig lief sie zur entfernten Ecke des Hauses und starrte in den Garten hinunter.

Aber die Häuser, in denen die Bediensteten wohnten und wo ihr Koch auch das Essen für die Familie zubereitete, lagen im Dunkel. Sie konnte dahinter nicht die Mole und das Lagerhaus sehen, in dem die Barkasse ihres Vaters festgemacht war, denn sie waren von Bäumen verdeckt, und um diese Uhrzeit wäre auch niemand dort gewesen.

Und weshalb würde *überhaupt* jemand da draußen in der Dunkelheit sein?

Sicher war es ein kleines Tier oder ein Vogel. Also, nichts besorgniserregender als das, dachte sie und schalt sich wegen ihrer Überspanntheit. Sie war so lange weggewesen, dass sie die vielen Geräusche einer indischen Nacht ganz vergessen hatte.

Und mit einem letzten Blick auf das glitzernd dunkle Wasser ging sie zurück in ihr Schlafzimmer, in das warme bernsteingelbe Licht der Lampen, und schloss die Fensterläden hinter sich fest zu.

EINIGE AUGENBLICKE SPÄTER trat eine dunkle Gestalt aus dem Schatten der größten Palme rechts hervor, stand still und starrte zur leeren Veranda hinauf.

Die Augen des Mannes funkelten im Licht des Mondes, als er bewegungslos dastand.

Schließlich wandte er sich um und verschwand wieder im Dunkel der Nacht.

2

———

 *m folgenden Morgen*

C LARA LAG NOCH im Bett und starrte auf den *punkah*, der über ihr von der Decke hing, und dachte beglückt daran, was ihr Vater am Abend zuvor gesagt hatte.

Sie war sich nicht klar, weshalb es sie überrascht hatte – es war eine angenehme Überraschung gewesen, aber immerhin eine Überraschung – dass ihm ihre Heirat mit George am Herzen lag. Sie hatte schon immer gewusst, wie wichtig es für ihren Vater war, dass es in der Familie jemanden gab, in dessen Hände er Saunders & Co legen konnte.

Er hatte ihr schon so oft die Geschichte seines Vaters, also ihres Großvaters, erzählt, der von London ausgezogen war, um als Vertreter einer bedeutenden, mit der East India Company liierten Handelsfirma in Cochin, zu arbeiten. Ihr Großvater hatte damals angenommen, dass er eines Tages wieder nach England zurückkommen würde – so hatte es ihr Vater erzählt – doch er war geblieben.

Und er hatte beschlossen, sich schließlich zu verändern und ein Büro in Muntancherry zu übernehmen, aus dem die East India Company ausgezogen war. Dank seiner bereits bestehenden Kontakte war er dann in der Lage, sein eigenes Handelskontor zu eröffnen.

Saunders & Co war von allem Anfang an erfolgreich und nach Abschluss seines ersten Geschäftsjahres war er zuversichtlich, eine eigene Familie gründen zu können. Er machte sich also auf die Suche nach einer Frau, die ihm den Haushalt führen und einen Sohn und Erben schenken sollte.

Kurz danach wurde ihm auf einer gesellschaftlichen Veranstaltung die Tochter eines Vertreters der britischen Regierung vorgestellt, der den Resident – den Maharadscha von Cochin – in Verwaltungsfragen beriet, und es war Liebe auf den ersten Blick gewesen.

Die Hochzeit hatte zehn Wochen später stattgefunden.

Es war eine äußerst glückliche, aber leider viel zu kurze Ehe. Denn zum großen Leidwesen ihres Großvaters war seine geliebte Gattin nur wenige Stunden nach der Geburt von Henry, ihres ersten Kindes, dem Vater von Clara, gestorben.

In seinem großen Schmerz hatte sich Claras Großvater geweigert, eine neue Ehe einzugehen und hatte sich stattdessen dem Alkohol verschrieben. Befreundete Großhändler, die um ihn besorgt waren, hatten ihn schließlich überredet, seinen Sohn Henry, der praktisch nur von seiner *ayah* großgezogen wurde, an eine Schule in England zu schicken.

Als Henry dann im Alter von achtzehn Jahren nach Cochin zurückkam, war er vom bedauernswerten Zustand seines Vaters entsetzt. Und als Claras Großvater dann ein Jahr darauf tot im Bett vorgefunden wurde, waren alle nur überrascht gewesen, dass er so lange überlebt hatte.

Daraufhin hatte sich Claras Vater sofort an die Arbeit gemacht, die schwer vernachlässigte Firma wieder auf Vordermann zu bringen. Nach zehn Jahren schwerer Arbeit stand er schließlich einem florierenden Unternehmen vor und war bereit, eine mögliche Heirat ins Auge zu fassen.

Und so begann er, sich nach einer passenden Ehefrau umzusehen. An diesem Punkt seiner Erzählung warf Claras Vater ihrer Mutter stets einen listigen Blick zu. Nachdem ihn ein befreundeter Großhändler mit Mary Forndyce-Brown, der attraktiven Tochter eines englischen Bankers, der mit seiner Familie zu Besuch in Cochin weilte, bekanntgemacht hatte, folgte eine kurze und heftige Brautwerbung, bis sich Mary endlich bereiterklärte, Henrys Frau zu werden.

Tilly kam ein Jahr später zur Welt, und sieben Jahre später, nach zwei Fehlgeburten, erblickte Clara das Licht der Welt. Danach gab es keine Kinder mehr.

Clara wunderte sich nicht, dass es für ihren Vater nun wichtig war, dass sie jemanden heiraten sollte, der mit den Handelsgeschäften vertraut und fachkundig war.

Und auch sie wollte es, da es sich bei der von ihm vorgeschlagenen Person um George handelte.

Ihre Eltern hatten gewusst, dass sie und George gute Freunde waren, aber kaum, wie verliebt sie tatsächlich waren. Sie hatte George schon immer geliebt und während der vielen Jahre ihrer Schulzeit in England hatte sie ihn mehr vermisst, als sie es je für möglich gehalten hätte!

Als Cochin auf der Schiffsreise von England aus immer näher rückte, hatte auch ihre Aufregung bei dem Gedanken, George nun bald zu sehen, entsprechend zugenommen.

Wie würde er denn jetzt aussehen, fragte sie sich jeden Morgen beim Aufwachen und jeden Abend vor dem Einschlafen.

Und wie würde er jetzt zu ihr stehen?

Würde er sie noch immer schön finden, so wie er es ihr vor sieben Jahren mit einem ernsten Ausdruck im Gesicht versichert hatte, als er ein Jahr vor ihr die Reise zur Schule nach England antrat. Sie hatten an diesem Tag einander auch versprochen, sich in alle Ewigkeit zu lieben und niemand anders zu heiraten.

Sie richtete sich im Bett auf und schöpfte tief Atem.

Es wäre aber töricht, zu viel Wert auf etwas zu legen, das sie einander als Elf- und Zwölfjährige versprochen hatten. Er war schon seit einem Jahr wieder in Cochin und hätte seit seiner Rückkehr leicht einer anderen jungen Frau begegnen können, von der seine Eltern nichts wussten.

Schließlich hatte er schon mit zwölf Jahren sehr gut ausgesehen und war inzwischen noch attraktiver geworden. Bei seinem Aussehen, gepaart mit einer sicheren Zukunft, galt er bei allen jungen unverheirateten Frauen in Cochin sicher als ein guter Fang.

Darauf musste sie schon gefasst sein.

Falls er seine Zuneigung aber tatsächlich einer anderen geschenkt hatte, dann wusste sie wirklich nicht, was sie tun würde.

Sie verdrängte schnell ihre plötzlich aufgestiegene Angst.

Nein, das hatte er sicher nicht getan. George doch nicht!

Bestimmt hatte er noch dieselben Gefühle für sie wie sie für ihn.

Sie hatten sich im Lauf der Jahre zwar nicht gesehen, denn ihre Schulen lagen weit voneinander entfernt, und sie hatten ihre Ferien stets bei ihren englischen Verwandten verbracht, aber immer miteinander korrespondiert. Nicht oft, aber immerhin oft genug, um zu wissen, dass seine Gefühle für sie noch immer dieselben waren.

Und er hatte ihr seit seiner Rückkehr nach Cochin einmal geschrieben. Allerdings war das schon sechs Monate her. Aber sie hätte doch sicher erkennen können, wenn er sich in jemand anderen verliebt hätte.

Sie machte sich da sicher unbegründete Sorgen und würde gleich damit aufhören.

Der ganze Tag, der vor ihr lag, würde wunderbar sein. Zuerst ihr Besuch bei Tilly, und dann am Abend das Dinner mit Georges Familie hier im Haus. Sie würde sich jetzt alle grundlosen Sorgen ganz einfach aus dem Kopf schlagen.

Sie folgte ihrer Mutter durch die Pforte in den kiesbestreuten Vorhof und blieb plötzlich stehen.

„Das ist so wunderschön", rief sie aus und blickte um sich.

Die niedrigen Mauern des Vorhofs waren von rotem Hibiskus und einer Menge rosa und weißer Begonien bedeckt und am Fuß der umgebenden Mauer blitzten blaue Blüten aus dem Immergrün. In der hintersten Ecke des Vorhofs stand neben dem kurzen Treppenaufgang zum großen Haus ein Niembaum, dessen herabhängende Zweige von einem Schleier kleiner weißer Blüten bedeckt waren.

„Welch eine Farbenpracht", rief sie aus und eilte ihrer Mutter nach, die bereits auf das Haus zuging. „Tilly hat so ein Glück", sagte sie, als sie ihre Mutter eingeholt hatte.

„Und auch du wirst ebenso glücklich sein", sagte ihre Mutter mit einem Lächeln und nahm Clara in die Arme.

„Ich hoffe, dass du recht hast", entgegnete Clara und blickte dabei begeistert auf Tillys Haus.

Ihre Mutter hatte Clara während ihrer Rikschafahrt erzählt, dass Michael, Tillys Gatte, sie zuhause begrüßen, dann aber zur Arbeit gehen würde.

Gut, dachte Clara, denn sie kannte Michael kaum, und es würde dann sicher viel einfacher sein, ohne ihm mit Tilly wieder auf vertrautem Fuß zu sprechen.

Nicht dass sie mit Tilly je auf vertrautem Fuße gestanden hätte – denn sie hatte sie ja kaum gekannt.

Sie hatte immer zu Tilly aufgeblickt, aber der Altersunterschied von sieben Jahren bedeutete, dass sie einander nie nahestanden. Doch jetzt, mit achtzehn Jahren und vielleicht schon bald verheiratet, würde der Abstand nicht mehr so groß wirken, und sie konnte es kaum erwarten Tilly wiederzusehen.

Deepak, Tillys Hauptdiener, hatte die Eingangstür bereits für sie geöffnet und geleitete sie ins Haus. In der kühlen Empfangshalle bemerkte Clara eine Reihe von *topis*, die rechts vom Eingang an hölzernen Haken an der Wand hingen und aus deren Anzahl zu schließen war, dass an diesem Vormittag anscheinend auch noch andere Gäste eingeladen waren.

Verdammt, dachte sie, als sie Deepak ihren kleinen Strohhut reichte.

Nachdem sie ihre Schwester so lange nicht gesehen hatte, wäre es doch schön gewesen, ganz vertraut miteinander zu plaudern. Stattdessen musste sie aber Tilly nicht nur mit ihrer Mutter, sondern auch mit anderen Besuchern teilen. Die Notwendigkeit, den gesellschaftlichen Gepflogenheiten Folge zu leisten, würde sicher ein schwesterliches Gespräch verhindern.

Vielleicht hatten sie aber das Glück, dass sie und ihre Mutter nur die einzigen Gäste beim Lunch sein würden.

„Clara", rief eine Stimme voller Freude.

Doch bevor Clara wusste wie ihr geschah, kam ihre Schwester mit fliegendem Haar in die Empfangshalle gelaufen und umarmte sie voller Begeisterung. Dann ließ sie Clara los, hielt sie von sich und begutachtete sie von oben bis unten.

„Sieh dich an, Clara", rief sie aus. „Du bist ja schon erwachsen." Und sie drückte sie erneut an sich.

„Tilly, ich freu mich so, dich zu sehen", versicherte Clara und erwiderte die Umarmung.

Tränen der Rührung über das Wiedersehen liefen Clara über die Wangen.

„Bitte, ignoriere mich", rief sie schluchzend und lächelte dabei. Dann wischte sie sich ihr Gesicht mit der behandschuhten Hand ab. „Es ist nur, weil sich alles so plötzlich ereignet hat – zuerst, was mir Papa gestern Abend anvertraut hat, und jetzt mein Besuch bei dir und dann später mein Wiedersehen mit George."

„Ja, das verstehe ich", erwiderte Tilly lachend.

„Ich habe dich sieben Jahre lang nicht gesehen und habe das Gefühl, als ob ich am Rand meines Schicksals stünde – wenn sich das nicht wirklich dumm anhört. Aber so fühle ich mich. Und allein schon dich zu sehen, macht mich so glücklich."

Tilly drückte sie erneut an sich. „Liebe Clara, du wirst ein wunderschönes Leben haben. Da bin ich mir ganz sicher."

3

———

K *urz danach*

„DU LIEBER HIMMEL! Könnte diese reizende junge Frau tatsächlich unsere kleine Brautjungfer sein?"

Clara wandte sich an Tillys Gatten, der sich neben seine Frau gestellt hatte und sie freundlich anlächelte.

„Hallo Michael", sagte sie und wurde rot im Gesicht. „Es freut mich, dich wiederzusehen."

Tilly nahm Clara unter den Arm. „Komm mit, wir sind alle draußen."

„Wer sind wir?" fragte Mary als sie und Michael hinter Tilly und Clara durch das Wohnzimmer zur Veranda gingen.

Tilly warf ihrer Mutter über die Schulter einen Blick zu. „Wir haben zwei Besucher, die du beide kennst. Michaels Chef Edward Harrington und Papas Agenten."

„Lewis Mackenzie", rief Mary aus. „Was macht denn der hier?"

Tilly zuckte fragend die Schultern. „Um ganz ehrlich zu sein – ich habe keine Ahnung", sagte sie als sie zur Veranda, die um das ganze Haus verlief, hinausgingen.

Clara war froh, dass die schweren grünen *tattis* aus Bambus noch immer aufgerollt waren, die sonst zum Schutz gegen die intensive Sonnenbestrahlung heruntergezogen wurden. So konnte sie den herrlichen Ausblick genießen.

Sie hakte sich von Tilly aus und machte einen Schritt zum Geländer hin.

„Euer Haus ist von hinten ebenso schön wie von vorn," sagte sie bewundernd.

Ihr Blick folgte den bunten Blumen, die in Töpfen in den Ecken der breiten Stufen standen, die zum üppig begrünten Garten und zu einem Hain eleganter Kokosnusspalmen am Ende des Rasens führten. Von dort glitt ihr Blick über die glänzend tiefgrünen Palmwedel hinweg zum saphirblauen Meer, das durch die Abstände zwischen den Bäumen glitzerte.

„Du nimmst den Ausblick wahrscheinlich als selbstverständlich hin, weil du ihn jeden Tag siehst", fuhr sie fort, und hatte ihren Blick noch immer auf die Aussicht gerichtet, „für mich ist es aber so, als ob ich ihn zum ersten Mal sehe. Und wahrscheinlich ist es auch so, denn ich war noch so jung als ich wegging, dass ich die Landschaft um mich herum nicht bemerkt hatte. Aber nach den Jahren in England, wo die Umgebung viel eintöniger und weniger dramatisch ist, wirkt hier alles viel leuchtender."

„Du hast Glück mit dem Wetter", warf Tilly ein. „Der Monsun ist zwar vorbei, aber wir haben im September und Oktober immer noch viel Regen. Heute aber nicht. Ich bin froh, dass du das Haus und den Garten zum ersten Mal bei Sonnenschein siehst, und nicht wenn es schüttet."

„Es hört sich an als ob es dir nicht leidtut, dass du England verlassen hast und wieder nach Cochin gekommen bist. Stimmt das?" fragte Michael als er sich von der Aussicht abwandte.

Clara schüttelte den Kopf. „Nein, überhaupt nicht. Ich war wirklich froh, zurückzukommen. Nicht, weil es mir in der Schule nicht gefallen hat, denn ich war gern dort. Und ich verbrachte die Ferien auch nicht ungern bei meinen englischen Verwandten, aber England hat sich nie wie meine Heimat angefühlt."

Sie warf einen Blick auf Tilly und Michaels Besucher. Die beiden Männer hatten sich von ihren Korbstühlen erhoben, die um einen kleinen Tisch verteilt waren.

Tilly legte ihre Hand auf Claras Arm. „Darf ich dir Edward Harrington vorstellen? Edward ist einer der wichtigsten Berater des britischen Resident, des Maharadscha von Cochin. Michael unterstützt Edward bei seiner Arbeit. Beide arbeiten auf Bolghotty Island, im Bolghotty Palace, der Residenz des Maharadscha. Das ist die Hauptstadt von British Cochin und wir bezeichnen den Palast als Residency. Edward, das ist meine Schwester Clara."

„Es freut mich, Sie kennenzulernen, Mr. Harrington", sagte Clara und schüttelte ihm die Hand.

„Ganz meinerseits, Miss Saunders", antwortete er mit einer Verbeugung.

Sie sah ihn an und dachte, dass er zwar nicht übel aussah, aber auch nicht attraktiv war, und dass sein hellbraunes Haar bereits einige weiße Strähne aufwies.

„Und dann darf ich dir noch Lewis Mackenzie, Papas Schiffsagenten, vorstellen", sagte Tilly zu Clara, und sie wies dabei auf einen hochgewachsenen Mann mit von der Sonne gebleichtem Haar, der neben Edward stand. „Lewis ist seit vier Jahren Papas Schiffsagent. Nicht wahr, Lewis?"

„Ja, das stimmt", erwiderte Lewis und beugte sich vor, als er Claras Hand in die seine nahm. „Sehr erfreut, Miss Saunders."

„Ganz meinerseits", sagte sie und errötete leicht, als sie sah wie attraktiv er war.

„Ihr kennt ja beide meine Mutter", sagte Tilly und machte einen Schritt auf den Tisch zu. „Da wir jetzt alle miteinander bekannt sind, setzen wir uns am besten nieder und erfrischen uns ein wenig." Sie forderte Clara auf, auf dem Stuhl neben ihr Platz zu nehmen.

Michael warf einen Blick auf Edward. „Haben wir Zeit oder sollten wir lieber sofort aufbrechen?"

„Oh nein, sicher haben wir noch Zeit für eine Tasse Kaffee, Michael", sagte Edward. Er setzte sich und knöpfte die Jacke seines leichten Sommeranzugs auf.

Lewis nahm gegenüber Clara wieder Platz und auch Michael und Mary setzten sich.

Tilly gab dem Diener, der in der Tür stand, ein Zeichen, die Erfrischungen zu bringen.

„Es ist eine sehr angenehme Überraschung, Sie heute hier zu sehen, Mr. Harrington", sagte Mary mit einem Lächeln.

„Wie nett von Ihnen, Mrs. Saunders. Michael und ich begleiten heute eine Gruppe von Besuchern, die am Nachmittag durch das College des Maharadscha geführt werden", erwiderte Edward.

Er blickte über den Tisch hin zu Clara. „Entschuldigen Sie bitte, wenn ich Ihnen etwas erzähle, das Sie bereits wissen, Miss Saunders, aber das College gilt als eines der ältesten in Indien und verfügt über eine renommierte Sammlung literarischer Schätze in der Bibliothek. Die

Besucher am Nachmittag haben großes Interesse an der Sammlung und wir werden den Großteil unserer Zeit mit ziemlich alten Büchern verbringen."

„Das klingt faszinierend", warf Clara höflich ein.

Lewis hüstelte gekünstelt und warf Clara einen amüsierten Blick zu und rollte fast unmerklich seine Augen.

Clara unterdrückte nur schwer ein Kichern und presste ihre Hände im Schoß zusammen.

„Unsere Besucher erwarten stets einige Informationen zur Geschichte unseres Gebiets", fuhr Edward fort. „Um ganz ehrlich zu sein langweilt es mich manchmal, immer wieder dasselbe erzählen zu müssen. Ihnen, Miss Saunders, ist es in England sicher auch ähnlich ergangen, wenn all Ihre englischen Freunde so viel wie möglich über Cochin erfahren wollten." Dabei lächelte er Clara an.

Sie nickte. „Ja, ich musste die Geschichte von Cochin mehrmals erzählen. Ich weiß sie jetzt fast auswendig. In der Schule, die ich vor meiner Zeit in England hier besucht habe, wurden wir jedes Jahr darüber unterrichtet. Meine Lehrerinnen wären sicher stolz auf mich gewesen, denn ich habe nie etwas ausgelassen."

Sie zählte die verschiedenen Ereignisse an ihren Fingern ab und begann dazu mit dem Daumen - Cochin sei schon lange ein florierender Handelshafen für Gewürze gewesen, den andere Länder gern beherrscht hätten.

Dann hob sie ihren Zeigefinger und erzählte, dass die Portugiesen im 15. Jahrhundert in Cochin als Erste einen Stützpunkt eingerichtet und dazu viel Gutes getan hatten, wie zum Beispiel den Bau einer Festung und die Pflanzung von Kokospalmen für Handelszwecke, dass sie aber ein schlechtes Verwaltungssystem hatten.

Dann hob sie den Mittelfinger für die Niederländer, die rund hundert Jahre später die Herrschaft übernahmen und genau wie die Portugiesen schlechte Machthaber waren. Sie waren erpicht, ihr Gebiet auszuweiten und befanden sich in ständigem Konflikt mit anderen Herrschern. Als sie zu Beginn des 19. Jahrhunderts einen Angriff auf ihr Land befürchteten, unterschrieben sie ein Übereinkommen mit den Briten, wonach sie Cochin an diese gegen einen Ort in Indonesien abgaben.

Ihr vierter Finger galt der britischen Herrschaft, die sich lediglich über das kleine Gebiet von Fort Cochin und das britische Hoheitsgebiet von Ernakulam erstreckte.

„Na, wie habe ich das gemacht?" fragte sie lachend.

„Bewundernswert, Miss Saunders", sagte Edward mit einem Lächeln. „Wenn es für Michael und mich zu ermüdend wird, dann wissen wir jetzt, an wen wir uns wenden können."

„Da besteht allerdings die Gefahr", warf Lewis gewandt ein, „dass die Besucher von Miss Saunders zu bezaubert sein werden, dass sie von ihrer Erzählung gar nichts hören würden."

Tilly blickte zu ihrer Mutter hin und hob kaum wahrnehmbar die Augenbrauen.

Clara war errötet und hatte ihren Blick auf die Marmoreinlage im Rattantischchen fixiert.

„Clara, ich nehme an, dass sich Cochin ziemlich verändert hat, seit du weg warst," sagte Michael. „Anstelle der kleinen Insel, die British Cochin vom ernakulamischen Festland getrennt hat, liegt dort jetzt eine große Insel, die mit dem aus dem Meer ausgebaggerten Schlamm geschaffen wurde. Die Fahrrinnen zu beiden Seiten der Insel sind dadurch für alle Seeschiffe tief genug und Cochin ist damit auf dem besten Weg, ein wichtiger Seehafen zu werden. Das hättest du dir zur Zeit, als du nach England gingst, wohl kaum träumen lassen."

„Nein, es war damals schon mehr als nur ein Traum", entgegnete Clara lächelnd. „Denn die Insel hat es schon gegeben, aber sie hatte den Namen Willingdon Island noch nicht bekommen. Aber in den Hafen einzulaufen, so wie er jetzt aussieht, war schon sehr aufregend."

„Ja, das kann ich mir vorstellen", sagte Michael nickend.

„Ich weiß, dass Papa sehr besorgt war, dass Firmen wie die seine, angesichts all dieser Veränderungen ihren bestehenden Handelsverkehr in die *backwaters,* also zu den Nebengewässern, dadurch verlieren könnten." Und mit einem Blick zu ihrer Mutter hin: „Mama hat mir aber jüngst geschrieben, dass seine Besorgnis unbegründet war. Nicht wahr, Mama?"

„Das stimmt", erwiderte Mary. „Ich kann dir gar nicht sagen, wie erleichtert wir sind."

„Damit stimme ich ganz überein", warf Lewis, an Clara gewandt, schnell ein. „Entlang den Fahrrinnen an beiden Seiten der Insel gibt es zahlreiche Anlegestellen – und nicht nur solche, sondern auch Lagerhäuser und dergleichen, sowie Landungsbrücken und Ankerplätze in Flüssen. Man gelangt immer noch ganz einfach von Muttancherry zu den *backwaters.* Der Handel war tatsächlich noch nie so gut."

„Ich war sehr überrascht, dass der Anblick bei der Einfahrt in den Hafen noch immer so reizvoll ist", sagte Clara. „Mit den großen Bambus-Fischernetzen, der riesigen Fahnenstange und dem weißen Gerichtsgebäude dahinter. Und die vielen weißen, gelben und grauen Holländerhäuser, die zwar klein aber wunderschön sind."

Edward nickte. „Die Holländerhäuser sind in der Tat ganz anders als die geräumigen, luftigen Bungalows mit den langen Veranden, die wir Briten bevorzugen."

Lewis beugte sich zu Clara hin. „Sie sind offensichtlich sehr an den Veränderungen hier interessiert, Miss Saunders. Ich weiß wie beschäftigt Ihr Vater immer ist und da dachte ich mir, ob ich Ihnen vielleicht unsere Geschäftsräume in Muttancherry zeigen und Ihnen ein wenig über unsere Arbeit in der heutigen Zeit erzählen dürfte."

Clara war errötet und sie warf ihrer Mutter einen fragenden Blick zu.

„Die Einladung gilt natürlich auch für Sie, Mrs. Saunders", fügte Lewis rasch hinzu.

Clara wandte sich erneut an Lewis und entdeckte in seinem Blick eine neckische Munterkeit, die sie erneut erröten ließ.

„Ich danke Ihnen, wenn Mama damit einverstanden ist", antwortete sie. „Es würde mir große Freude machen."

„Das ist eine nette Idee, Lewis. Ich würde vielleicht sogar mitkommen", warf Tilly ein. „Michael ist immer so beschäftigt, dass wir kaum einmal weiter als zur St. Francis Kirche und dem English Club kommen. Und Papa ist viel zu sehr in seine neuesten Geschäfte verwickelt, um die Zeit aufzubringen, uns etwas über seine tägliche Arbeit zu erzählen. Ja, so ein Ausflug würde mir sicher gefallen. Ah, und hier sind unsere Erfrischungen!" rief sie aus, als Deepak, gefolgt von zwei weiteren Dienern, mit einem großen Tablett erschienen war.

„Wir werden nicht lange nach dem Lunch bleiben", sagte Mary, als Deepak vor jede Person ein Bananenblatt auf den Tisch legte. Er stellte eine Schüssel mit Ananas-, Mango- und Bananenstücken in die Mitte des Tisches und servierte den Kaffee.

„Die Goddards kommen heute zu uns zum Abendessen", fuhr Mary fort. „George Goddard und Clara sind miteinander aufgewachsen", erklärte sie an Lewis gewandt. „Ich bin sicher, dass er sich schon sehr auf ein Wiedersehen mit Clara freut, und sie natürlich auch mit ihm."

Lewis verbeugte sich zu Mary hin.

„George ist zu einem feinen jungen Mann herangewachsen. Aber ich nehme an, dass Sie das wissen, Lewis, denn
die Geschäftsräume der Goddards sind nicht weit von
Henrys Büro entfernt", fuhr Mary fort. „Albert hat ihn letzte
Woche dem Resident vorgestellt und ich hatte danach mit
den beiden und Edward ein äußerst nettes Lunch."

„Ja, sicher!" murmelte Lewis.

Clara war von der Mitteilsamkeit ihrer Mutter so peinlich berührt, dass ihr erneut die Röte ins Gesicht gestiegen
war.

Edward war sicher von Michael über die Hoffnung ihrer
Eltern in Bezug auf George informiert und so war die Äuße-
rung ihrer Mutter ganz offensichtlich auf Lewis abgezielt.
Sie warf einen zaghaften Blick auf Lewis, in der Hoffnung,
dass er nicht mitbekommen hatte, was ihm ihre Mutter
damit sagen wollte.

Lewis hatte sich auf seinem Stuhl zurückgelehnt und
lächelte sie amüsiert an.

Er hatte es also mitbekommen.

Clara war nun so verlegen, dass sie noch mehr errötete.

Denn ihr war bewusst geworden, dass sie der Anziehungskraft, die von Lewis ausging, nicht widerstehen
würde, wenn sie in George nicht so verliebt wäre, wie sie es
war. Lewis sah wirklich sehr gut aus und seine grauen
Augen hatten eine faszinierende Wirkung auf sie.

Lewis hatte sich von ihr abgewandt und sprach nun mit
Edward und so konnte sie ihn in aller Ruhe, von ihren
langen schwarzen Wimpern versteckt, eingehender
betrachten.

Seine gebräunte Haut wies auf ein Leben hin, das mehr
im Freien als in Büroräumen verbracht wurde, was viel
anziehender war, als eine blasse Haut wie die von Mr.

Harrington. Und sie war auch viel verlockender, wobei sie sich allerdings nicht sicher war, wozu sie diese gebräunte Haut schließlich verlocken würde. Zudem hatte er die ideale Figur für einen Mann – etwas größer als sie und nicht zu dick und nicht zu dünn.

Ihre Schulfreundinnen hatten immer mit viel Gekicher versucht, sich vorzustellen, was ein Mann und eine Frau taten, wenn sie verheiratet waren, und sie wussten nur, dass dabei auch ein Bett mit ins Spiel kam. Bei einer Ehe mit jemanden wie Lewis Mackenzie machte es sicher Spaß, das in allen Einzelheiten herauszufinden.

„Clara", die Stimme ihrer Mutter unterbrach ihre Träumereien. „Edward hat dich etwas gefragt."

„Oh, das tut mir leid", sagte Clara beschämt. „Ich hatte an mein Bett gedacht." Sie fühlte, wie sie Lewis erstaunt anblickte. „An die Mücken, die in der vergangenen Nacht außerhalb vom Netz so laut gesummt haben. Ich hatte ganz vergessen, wie sehr ich dieses Gesumme immer gehasst habe", fügte sie noch rasch hinzu. „Würden Sie so freundlich sein, Mr. Harrington, und Ihre Frage wiederholen?"

„Nach dem vielen Lob, das du Cochin in der kurzen Zeit, seitdem du hier bist, gespendet hast", warf Mary mit leichtem Tadel in der Stimme ein, „wollte Edward wissen, ob dir auch etwas Negatives aufgefallen ist."

„Ich muss eine Hellseherin sein", sagte Clara und lächelte. „Ich habe Edwards Frage schon beantwortet, bevor ich sie überhaupt gehört habe."

„Ich fühle da ganz mit Ihnen", versicherte Edward, „denn auch ich kann die Mücken nicht ausstehen."

Nach dem Lunch saßen Clara und Tilly Seite an Seite auf der Veranda, mit einem Glas Limonade auf dem Tischchen zwischen beiden und die Aussicht auf den Palmenhain vor sich.

Clara warf einen Blick in den Salon. „Macht es Mama nichts aus, dass sie dort allein ist?"

„Nein, keineswegs, denn sie hat mir gesagt, dass sie lesen wird", sagte Tilly lachend. „Es würde mich aber wundern, wenn sie weiter als bis zum zweiten Wort auf der Seite kommt, denn sie hat nach dem Lunch immer ein kleines Nickerchen."

„Ja, das kann ich mir vorstellen", erwiderte Clara lächelnd.

„Nun, wie geht es dir, Clara? Bist du wirklich so glücklich wieder daheim zu sein, wie es sich anhört?"

„Ja, ganz bestimmt. Ich könnte gar nicht glücklicher sein", sagte sie mit einem strahlenden Lächeln. „Ich bin sicher du weißt, was Papa gestern Abend zu mir gesagt hat. Ich meine was George betrifft."

Tilly nickte zustimmend. „Wir sind uns alle einig, dass es eine hervorragende Idee ist. Und wir dachten, dass auch du damit einverstanden sein wirst."

„Ja, das stimmt. George und ich sind schon seit Jahren gute Freunde. Und das darfst du Mama und Papa nicht sagen, aber wir haben einander vor seiner Abreise nach England versprochen, dass wir heiraten werden. Ich bin so froh, dass es auch Papas Wunsch ist."

„Und was hatte das dann heute Vormittag zu bedeuten?" fragte Tilly leicht irritiert.

„Was meinst du damit?" fragte Clara errötend.

„Das weißt du ganz genau. Die Sache mit Lewis."

„Das mit Lewis ist ohne Bedeutung, wie du sagst."

„Wir sind nicht blind, Clara", sagte Tilly leise. „Und wir sind auch nicht dumm. Wir wissen, was wir gesehen haben. Ich will mir gar nicht vorstellen, was sich Edward bei deinem unverblümten Flirten gedacht hat. Er ist Michaels Vorgesetzter und ein äußerst angesehener britischer Berater. Wenn er uns besucht, was nicht oft vorkommt, zeigen wir uns als Familie immer von unserer besten Seite."

„Mag sein, dass wir ein wenig herumgealbert haben, aber mehr nicht. Es war nur ein wenig Spaß, ohne jegliche Bedeutung. Ich liebe George, und das weißt du auch."

„Ich hoffe sehr, dass das stimmt", entgegnete Tilly ernsthaft. „Lewis ist ein Mann von Welt und du bist soeben der Schule entkommen. Zudem arbeitet er für deinen Vater, was bedeuten könnte, dass er uns gesellschaftlich nicht ebenbürtig ist."

„Es war überhaupt nichts Ernstes, Tilly."

„Das freut mich. Wir sind zwar in Indien, aber wir haben viele Werte gemeinsam mit England, was nicht überrascht, wenn du näher darüber nachdenkst. Die kolonialen Posten werden von den Briten vergeben, und viele der Großhändler, wie Papa, sind zwar in Cochin geboren, hatten aber Eltern, die aus England kamen und ihre Kinder wieder nach England zur Schule schickten. So wie wir. Das bedeutet, dass wir dieselben Werte haben wie England. Und die gesellschaftliche Stellung ist für die Briten wichtig."

„Das weiß ich", erwiderte Clara etwas ungeduldig.

„Da bin ich mir nicht so sicher. Die britische Gesellschaft hier hat sich über die Jahre in ein typisches englisches Dorf verwandelt. Denk nur daran, wie wir unsere Wochenenden verbringen. Auf dem Parade Ground wird Cricket gespielt und im English Club Krocket, Bowling, Billard und Tennis. Zum Dinner gehen wir entweder in den Club oder zu Freunden. Und es gibt oft auch Bridgepartien und dergleichen. Wir könnten ebenso gut in England sein wie in British Cochin.

„Ja, das verstehe ich."

„Es ist wichtig, dass du das verstehst, Clara. Die Kolonialverwalter hier, wie Michael und Edward, und die Großhändler mit Wurzeln in England, wie unsere Eltern und die Goddards, *benehmen* sich nicht nur wie die Menschen in England, sondern sie *denken* auch wie diese. Aufgrund seines familiären Hintergrunds ist Lewis etwas anders und auch durch seine Stellung."

„Das weiß ich."

„Als die Tochter eines angesehenen Großhändlers mit einem äußerst erfolgreichen Unternehmen, die in England zur Schule ging, wäre Lewis nie eine geeignete Partie für dich. Und vor allem könntest du eine Heirat mit George mit solchen Albernheiten aufs Spiel setzen, sollte sich dies herumsprechen. Die Goddards nehmen ihre gesellschaftliche Stellung sehr ernst und sie wären über dein heutiges Verhalten schockiert gewesen."

„Es tut mir leid, Tilly", brachte Clara fast flüsternd hervor. „Es war so unüberlegt von mir."

Tilly zögerte und lächelte dann. „Aber lassen wir es dabei bewenden und sprechen wir nicht mehr darüber. Lewis war offensichtlich von dir angetan und das war sicher sehr schmeichelhaft. Daher überrascht es auch nicht, dass du so reagiert hast."

„Es war auch nicht mehr", erwiderte Clara mit einem dankbaren Lächeln.

„Seine Einladung war offensichtlich nur für dich gedacht und Mama kam nur nachträglich hinzu, denn es war ihm plötzlich klar geworden, dass du nicht ohne eine Anstandsdame ausgehen darfst. Denn eine unverheiratete junge Frau aus guter Familie würde nie allein mit einem Mann außer Haus gehen. Du könntest deinen guten Ruf leicht in einer kleinen Gemeinschaft wie der unsrigen verlieren und nur schwer wiedererlangen. Auch die Inder würden eine schlechte Meinung von einer Person haben, die sich so unpassend benimmt. Bei den Indern ist sogar Händchenhalten in aller Öffentlichkeit völlig verpönt."

„Bist du nun mit deinem „nicht mehr darüber sprechen" zu Ende?" fragte Clara mit einem sauren Lächeln.

Tilly lachte. „Na, schön!" sagte sie und drückte ihrer Schwester die Hand. „Sprechen wir über etwas angenehmeres. In ein paar Stunden wirst du George wiedersehen. Sicher bist du schon sehr aufgeregt. Erzähl mir, was du heute Abend anziehen wirst."

4

———

S *päter am selben Vormittag*

SO IST ES ALSO, dachte Lewis, als er von der Firmenbarkasse auf den Holzsteg kletterte, der etwas weiter südlich von Muttancherry als Anlegeplatz diente.

Die dicht aneinander stehenden Häuser und Läden in den engen Straßen des Gebiets um die Kaianlagen von Muttancherry waren hier Palmenhainen und Reisfeldern gewichen, in denen sich schlanke weiße Reiher tummelten.

Clara Saunders ist also für George Goddard bestimmt, dachte er, als er sein Boot am Holzsteg festmachte und den staubigen Weg einschlug, der zur kleinen Bootswerft und zum Lagerhaus führte, die ihm gehörten.

Zumindest hoffte ihre Familie das für Clara.

Henry hatte ihm anvertraut, dass allgemein angenommen wurde, dass George auch Claras Wahl sei, aber angesichts dieser Pläne war sie trotzdem sehr empfänglich für das geringe Interesse gewesen, das er ihr am Vormittag gezeigt hatte.

Und da er die Absicht hatte, ihr in Zukunft ein noch größeres Interesse zu spenden, würden die Pläne ihrer Familie schließlich stark unter Druck kommen.

Denn seit dem Vormittag hatte er beschlossen, dass er und nicht George Goddard Clara Saunders heiraten wird.

Er hatte diese Absicht noch nicht gehabt, als er sie am Abend zuvor zum ersten Mal erspäht hatte, und auch nicht, als er sich am Morgen auf den Weg gemacht hatte.

Er hatte am Abend in der Dunkelheit die Bootsausrüstung, die er unerlaubterweise geborgt hatte, in das Lagerhaus am Ende von Harrys Garten zurückgebracht. Nachdem er das Lagerhaus verschlossen hatte, war er über den Anlegesteg zum Sandpfad gegangen, der ihn zurück zur Straße führte. Dabei hatte er einen Blick auf das Saunders-Haus geworfen, das durch das dunkelgrüne Blätterwerk vor ihm zu erkennen war.

Clara stand dort auf der Veranda und wirkte im Licht des Mondes auf ihn wie ein ätherisches Geschöpf.

Er hatte sich dann schnell hinter der ihm am nächsten stehenden Kokospalme versteckt und zu ihr hinaufgestarrt.

Das also war die Frau, die für George Goddard bestimmt war.

Der glückliche George.

Er hatte nicht nur eine führende Stellung in der erfolgreichen Handelsfirma seines Vaters erhalten, ohne dass er sich dazu von ganz unten hätte hocharbeiten müssen, und jetzt bekam er auch noch eine passende Lebensgefährtin.

Vielleicht sollte auch er an eine Heirat denken, überlegte er, als er Clara betrachtete.

Neben den offensichtlichen Vorteilen, die ihm eine

Ehefrau bringen würde, brauchte er auch eine, die seinen Haushalt leiten konnte.

Er war überzeugt, dass ihn seine Bediensteten betrogen, doch es fehlte ihm die Zeit, sich darum zu kümmern.

Er hatte schon mehrmals versucht, von seinem Hauptdiener eine detaillierte Abrechnung der wöchentlichen Ausgaben des Kochs zu bekommen, hatte aber bisher noch nichts erhalten, das auch nur annähernd den Tatsachen entsprach. Es war ziemlich offensichtlich, dass der oberste Diener seinen Anteil an den verschiedenen Betrügereien kassierte, die in dem Holländerhaus, das er mietete, vor sich gingen.

Es hatte aber keinen Sinn, irgendeinen der Bediensteten zu feuern, da ihn auch jeder neue Diener mit ziemlicher Sicherheit wieder betrügen würde. Oder, was noch schlimmer wäre, könnte es ihm, wie er gehört hatte, mit einem Koch ergehen, der von den Bedienstetenquartieren aus ein Bordell betrieben hatte.

Mit einer Frau, die genau kontrollierte, was in seinem Haus vor sich ging, könnte er jeden Monat sicher eine Menge Geld sparen.

Doch die einzige Frau, die er kannte und mit der er es aushalten könnte, sie stets um sich zu haben, war Gulika, ein indisches Mädchen, die ein kleines Haus der Firma betreute und wo er auf seinen Reisen in die *backwaters* abstieg. Sie war stets bereit, sein Bett auf die angenehmste Weise zu wärmen.

Doch die britische Führungsschicht war jetzt gegen eine Heirat mit einer indischen Frau, was vor nicht allzu langer Zeit, in Ermangelung englischer Frauen im Land, für Neuankömmlinge aus England durchaus befürwortet wurde. Aber jetzt musste Gulika also bleiben, wo sie war. Denn angesichts seiner Ambitionen wollte er unter keinen

Umständen jene Leute vor den Kopf stoßen, mit denen er hoffte, ins Geschäft zu kommen.

Also war es jetzt wirklich an der Zeit, sich eine Frau zu nehmen, dachte er, als er zur Veranda hinaufblickte.

Er hatte zu diesem Zeitpunkt aber noch nicht beschlossen, Clara zu seiner Frau zu machen. Diese Idee war ihm erst bei seinem Besuch bei den Wakefields gekommen.

Als er am Morgen aufgewacht war, dachte er, dass es vielleicht interessant wäre, Harrys Tochter im Tageslicht zu sehen, und da er bereits vorhatte, einen Großhändler in Cochin aufzusuchen, könnte er zuerst bei den Wakefields vorbeikommen, denn er wusste von Harry, dass Clara dort sei.

Dass Clara Gefallen an ihm gefunden hatte, war ihm sofort klar geworden. Doch dass es auch Mathilda aufgefallen war, freute ihn viel weniger, spornte ihn aber noch mehr an, sich ganz besonders um Clara zu bemühen.

Erst später, als er die Küste entlang zu seiner Werft unterwegs war, hatte er wieder an seinen Besuch am Vormittag zurückgedacht und sich erinnert, wie Clara jedes Mal errötete, wenn sie unter ihren langen Wimpern zu ihm aufblickte, wie kokett und verschämt sie sich verhielt und eine jede seiner noch so banalen Bemerkungen mit Kichern quittierte. Es war an diesem Punkt, dass ihm schließlich die Idee gekommen war.

Und welch eine atemberaubende Idee.

Er hatte sich im Boot aufgerichtet. Weshalb sollte Clara denn nicht seine Frau werden?

Schließlich war es die perfekte Lösung für alles.

Der Grund war nicht, dass er sie liebte – denn er kannte sie ja noch gar nicht. Und nach dem zu urteilen, was er bisher von ihr gesehen hatte, war sie nicht die Art von Frau, die ihn reizte. Schließlich hatte sie ja gerade erst die Schule verlassen und war noch völlig unerfahren und sicher leicht zu schockieren.

Was er sich wünschte war feurige Leidenschaft, wie Gulika sie ihm schenkte, und nach der kurzen Zeit, die er mit Clara verbracht hatte, war er überzeugt, dass sie sein Feuer nie entfachen würde.

Aber sie hatte eine nette Figur und war auch hübsch – redete er sich ein. Er konnte sich nicht vorstellen, dass er mit ihr nicht zurechtkommen würde. Und es bedeutete auch nicht, dass er während seiner Besuche in den *backwaters* trotzdem nicht ein paar angenehme Stunden mit Gulika verbringen könnte.

Er hatte inzwischen die Bambuspforte zu seiner Werft und zum dahinterliegenden Lagerhaus erreicht, blieb aber mit der Hand auf dem Türgriff in Gedanken versunken stehen, ohne zu merken, wie heiß die Sonne auf seinen *topi* brannte.

Natürlich war der Umstand, dass ihn Clara attraktiv und unterhaltsam fand, noch lange kein Grund, dass sie ihn auch heiraten wollte.

Und ihre Gefühle für George Goddard auf ihn selbst zu übertragen, würde Geduld und ziemliche Anstrengung seinerseits erfordern. Dafür würde es notwendig sein, viel Zeit mit ihr zu verbringen, was sicher problematisch sein könnte.

Ihren Eltern zufolge sollte sie George heiraten und sie würden es daher nie erlauben, dass er offiziell um Clara warb. Und Tilly hatte ihm bereits ihr Missfallen gezeigt, als sie sah, wie er Clara charmierte. Sie würde ihm daher auf keinen Fall helfen, sondern genau das Gegenteil tun. Und da Clara nie ohne Begleitung ausgehen konnte, würde es nicht einfach sein, genügend Zeit mit ihr zu verbringen, um sie für sich einzunehmen.

Er würde aber ganz bestimmt einen Weg finden.

Nicht weil er an ihr als Person interessiert war – keineswegs.

Sondern an dem, was sie mit in die Ehe bringen würde. Denn das hätte für ihn einen viel größeren Wert als eine bessere Haushaltsführung und die ehelichen Dienste einer Gattin.

Sie würde ihm Saunders & Co. bringen.

Henry hatte keinen Sohn. Er würde also eines Tages jemanden brauchen, der die Leitung des Unternehmens übernimmt, wenn er dazu nicht mehr in der Lage ist, und George Goddard als Schwiegersohn wäre dann von Vorteil. Allerdings wäre George nicht der Einzige, der diese Rolle übernehmen könnte.

Henry hatte mehr als einmal gesagt, dass er, Lewis, für ihn wie ein Sohn sei. Deshalb würde er sich nun mit besten Kräften dafür einsetzen, dies zur Realität zu machen. Und als Henrys Schwiegersohn wäre er der Mann, an den das Unternehmen dann eines Tages überginge.

Das wäre eine bis jetzt noch nie erträumte Abkürzung auf dem Weg zum eigenen Unternehmen.

Schon bevor er in Cochin an Land gegangen war hatte er sich seine eigene Handelsgesellschaft gewünscht. Und seit seiner Ankunft in der Stadt hatte er für die Verwirklichung dieses Traums hart gearbeitet.

Wenn er aber Clara heiraten würde, dann hätte er sozusagen schon sein eigenes Unternehmen, natürlich nicht sofort, aber in nicht allzu ferner Zukunft.

Bei diesem Gedanken nahm seine Aufregung enorm zu.

Zudem wäre es für das Unternehmen überhaupt das Beste, wenn er der Chef wäre. Henry Saunders steckte in seinem gewohnten Trott und war nicht daran interessiert, das enorme Potential für das Unternehmen zu nutzen.

Jedes Mal, wenn er Mr. Saunders Möglichkeiten vorstellte, wie sie ihre Einnahmen verbessern könnten – zum Beispiel eine neue Route oder ein neues Exportprodukt – wurde er stets sanft daran erinnert, wie Henrys Vater die Geschäfte geführt hatte, welche Produkte er für den Export ausgewählt hatte und wohin er sie exportieren wollte, und so sollte es dann auch bleiben.

Manchmal war er dann so genervt, dass er seine Frustration am liebsten herausgeschrien hätte.

Natürlich brachte das Unternehmen trotzdem einen erfreulichen Gewinn ein, doch selbst wenn alles gut ging, sollte man doch nicht selbstzufrieden werden. Jeder Mitarbeiter in Saunders & Co. würde von einer Erweiterung des Unternehmens profitieren.

Andere Unternehmen taten genau das.

Sie ergriffen neue Möglichkeiten mit beiden Händen und würden Saunders & Co. mit ihrem Handelsvolumen und ihren Renditen bald überholen.

In diesem Falle würde Saunders & Co. bald seine Stellung als eine der führenden Handelsgesellschaften in Cochin verlieren, und mögliche Neukunden würden ihre Geschäfte angesichts der Talfahrt schnell an andere vergeben.

Aber Henry war sich dessen anscheinend nicht bewusst.

Es schien, als habe er gar nicht bemerkt, dass sich Cochin zu einem wichtigen internationalen Hafen entwickelt hatte, der den Großhändlern grenzenlose Möglichkeiten bot, mit Orten Handel zu treiben, die ihnen früher nie in den Sinn gekommen wären, und mit Waren zu handeln, die sie früher nie genutzt hätten.

Wenn er, Lewis, die Leitung übernähme, könnte der Horizont des Unternehmens beträchtlich erweitert werden.

Rückblickend wurde ihm bewusst, dass er sich schon seit Jahren auf diesen Augenblick vorbereitet hatte.

IN SEINER KINDHEIT in England hatte er seinem Vater, einem Fischer, geholfen, die Netze einzuholen, und ihm zugehört, wenn er sagte, dass das Boot eines Tages ihm und seinem Bruder gehören wird. Aber im Stillen hatte er sich dabei gedacht, dass es sein Bruder behalten könne, denn das war ein Erbe, das er nicht annehmen wollte.

Er würde, sobald er die Schule verlassen hatte, von Newlyn fortgehen.

Doch dem Meer würde er nicht den Rücken kehren.

Denn von dem Tag an, als er den Fischergefährten seines Vaters mit großen Augen und offenem Mund beim Erzählen der Geschichten über ihre waghalsigen Abenteuer gelauscht hatte, wollte auch er ein Großhändler werden. In den Geschichten ging es um Gewürze, Sandelholz und Seide, die von faszinierenden Orten in aller Welt über den Ozean transportiert wurden, und auch darum, dass die Seeleute unterwegs mit Piraten und Seeungeheuern, Strudeln und gefährlichen Klippen zu kämpfen hatten.

Die See würde für ihn sorgen, hatte er vertrauensvoll gedacht, aber auf andere Weise, als sie für seinen Vater und seinen Großvater vor ihm gesorgt hatte. Seine Absicht war es nicht, in deren Fußstapfen zu treten und in Cornwall zu bleiben und sich für den Rest seines Lebens mit Makrelen und Sardinen seinen Lebensunterhalt zu verdienen.

Und von dieser Absicht war er nie abgekommen.

Als es für ihn Zeit war, die Schule zu verlassen, hatte er seinen Eltern und seinem Bruder seine Pläne mitgeteilt und sie hatten nicht versucht, ihn davon abzuhalten.

Sie sagten zwar, dass sie über seinen Weggang traurig

seien, konnten aber auch nicht ihre Erleichterung darüber verbergen. Denn für die Fischerei seines Vaters wäre es schwierig gewesen, mehr als seine Eltern und die Familie eines Sohnes zu versorgen, und sein Bruder war ohnehin fest entschlossen so zu fischen, wie er, Lewis, es nie wollte.

So hatte er mit ihrem Segen seinen Seesack gepackt und sich auf den Weg zum Hafen von Tilbury Docks gemacht, denn er wusste, dass dort viele mit Gütern beladene Schiffe einliefen und von dort auch einige Passagierdampfer zu entfernten Teilen der Welt aufbrachen.

Während der ersten Wochen trieb er sich nur in den Hafenanlagen herum und hörte den Matrosen zu, die erzählten wo sie schon überall waren und wo sie noch hin wollten, und was er von ihnen über Britisch Cochin hörte, hatte ihm gefallen.

Allerdings war noch keiner der Seeleute in Cochin gewesen – ihr Ziel war stets Bombay an der indischen Westküste – aber an Bord waren immer auch Beamte und Unternehmer gewesen, die in Bombay an Land gingen und von dort weiter nach Cochin reisten.

Von ihnen hatten die Matrosen von dem kleinen Seehafen gehört, der ein Mittelpunkt des Gewürzhandels war.

Und als er dann auch erfuhr, dass Cochin unter britischer Herrschaft stand, dass die Bewohner und auch die Einheimischen Englisch sprachen und es dort eine Reihe gut etablierter Niederlassungen britischer Handelsunternehmen gab, beschloss er, dass dies genau der richtige Ort für ihn sei.

Er kannte sich selbst gut genug um zu wissen, dass er nie die Geduld aufbrächte, sich auf die übliche Weise bei einer in England ansässigen britischen Firma mit einer Handelsniederlassung in Cochin zu bewerben und dann jahrelang für die Firma zu arbeiten bis er eines Tages vielleicht nach Cochin versetzt würde. Und dass er sich nach einiger Zeit in Cochin dann schließlich selbständig machen würde.

Dieser Weg war ihm viel zu langsam und auch zu unsicher.

Von allem Anfang an hatte er beschlossen, dass er das Exportgeschäft am besten direkt an jenem Ort lernen würde, von dem aus exportiert wurde.

Und sobald er bereit war, sich selbständig zu machen, wäre er mit dem Gebiet dann bereits bestens vertraut, und auch mit allem was er liefern könnte, er hätte eine Liste mit Kontaktpersonen und potentiellen Kunden und könnte für die einzelnen Waren die jeweils beste Seeroute auswählen.

Und so heuerte er sich auf einem Linienschiff nach Australien an. Der Anreiz für ihn war dabei nicht Australien, sondern die Tatsache, dass das Schiff in Bombay halt machte.

Als er in Bombay anlangte und die Mannschaft an Land gehen durfte, war er sofort in der Menge verschwunden und nicht mehr aufzufinden. Das Schiff setzte seine Fahrt nun ohne ihn fort und er war bereits im Zug, der ihn nach Britisch Cochin bringen würde.

Dort angekommen fand er schnell ein Holländerhäuschen zur Miete und machte die Runde der Handelsniederlassungen in Muttancherry, um sich dort als Gehilfe zu bewerben.

Bei Saunders & Co. hatte er Glück und wurde angenommen, denn nur einige Tage zuvor war der Schiffsagent wegen Trunkenheit entlassen worden und als Ersatz wurde er nun eingestellt.

Das war vor vier Jahren gewesen.

Seitdem hatte Lewis sein Ziel, selbst Chef zu werden, nie

aus den Augen verloren, und hatte fleißig für Henry gearbeitet, nur wenig von seinem Verdienst ausgegeben und bereits ein Sümmchen zur Seite gelegt.

Nachdem Lewis zwei Jahre lang als Henrys Agent gearbeitet hatte, erhielt er über einen Kontaktmann in einem Dorf in den *backwaters* die Möglichkeit, für die Firma eine Menge Geld dazuzuverdienen.

Eine ganze Menge Geld.

Er unterdrückte seine Aufregung darüber und horchte Henry diskret darüber aus, merkte aber schnell, dass Henry kein Interesse an dem Geschäft hatte.

Nachdem er seine Enttäuschung überwunden hatte beschloss er, selbst in das Geschäft einzusteigen.

Als erstes kaufte er dazu eine kleine ramponierte Bootswerft südlich von Muttancherry, die auf seiner Route von den Kaianlagen in Muttancherry zu den *backwaters* lag, und schließlich eine Barkasse und sein eigenes *kettuvallam*.

Er brauchte das Hausboot zusätzlich zur Barkasse, da damit schwere Lasten transportiert werden konnten und die Fracht unter dem Palm- und Bambusdach des Boots gut geschützt war. Da es von Bug und Heck aus gesteuert werden konnte, eignete sich das *kettuvallam* ideal zum Navigieren der Nebengewässer zwischen den Seen und Flüssen.

Die Barkasse war natürlich schneller auf offenem Wasser, verfügte aber nicht über die Vielseitigkeit des Hausboots, das nicht nur mit Segel, Stange oder Ruder fortbewegt, sondern auch von der Mannschaft in seichtem Wasser vorwärtsgeschoben werden konnte.

Die Bootswerft hatte den Vorteil, dass das Lagerhaus direkt dahinterlag, und sobald er es gekauft hatte, fand er unter den Männern im Dorf auch einige, die ihm helfen konnten, falls er für seine Frachten zusätzliche Hilfe brauchte, und die das gefüllte Lagerhaus überwachen konnten.

Zuletzt war es ihm auch gelungen, Sanjay, einen Bediensteten von Saunders & Co. in den Kaianlagen, zu verpflichten, auch für ihn zu arbeiten.

Damit war alles geregelt und als er das nächste Mal für Saunders & Co. in die *backwaters* fuhr, um dort eine Ladung Pfeffer nach der Ernte abzuholen, was zu seinen Aufgaben für Saunders & Co. gehörte, hatte er mit dem Mann im Dorf gleichzeitig ein Geschäft für sich selbst vereinbart, wonach der Mann ein bestimmtes Frachtgut auf sein *kettuvallam* verladen sollte, mit dem er selbst gekommen war.

Der Mann aus dem Dorf hatte eine Verbindung zu einer Fabrik in seiner Nähe, von der er regelmäßig das Frachtgut für die verschiedensten Bestimmungsorte abholte.

Alle persönliche Fracht, die Lewis über Saunders & Co. verschiffen konnte, brachte ihm ein beträchtliches persönliches Einkommen.

Frachtgut für Orte, die von Saunders & Co. nicht angelaufen wurden, sollten an eine Adresse geliefert werden, die Lewis bei Übergabe von seinem Kontaktmann erhielt.

Da er bei diesen Geschäften nur als Lieferant fungierte, verdiente er wesentlich weniger. Daher war es in seinem Interesse, so viel wie möglich über Saunders & Co. zu verschicken.

Und Henry hatte von alldem keine Ahnung.

Niemand außer Sanjay hatte irgendeine Vorstellung, was er in den vergangenen zwei Jahren unternommen hatte, und selbst Sanjay wusste nicht, wie viel er zusätzlich verdient hatte. Und um sicherzugehen, dass alles beim alten blieb und nichts entdeckt wurde, zwang er sich, seine Ungeduld im Zaum zu halten und mit der offiziellen Eröffnung seiner eigenen Firma noch zu warten.

Die Eröffnung einer relativ kleinen Handelsgesellschaft wäre unklug gewesen. Denn sie wäre unter den größeren Unternehmen aufgefallen und falls es Verdacht auf unlautere Geschäfte in dem Gebiet geben sollte, würden seine Boote und Lagerhäuser als Erste untersucht werden, und zwar viel gründlicher als die der bereits gut etablierten Unternehmen.

Daher hatte er widerwillig akzeptiert, dass er – wie frustrierend es auch sein mochte – in absehbarer Zukunft noch unter dem Schutz von Saunders & Co. weitermachen musste.

Sobald er jedoch bemerkt hatte, dass Clara ihn attraktiv fand, hatte sich für ihn alles geändert.

Er war sich sicher, dass er als Schwiegersohn bei der Leitung des Unternehmens mehr zu sagen hätte, denn Henry wusste ja, dass er, Lewis, letztlich die Zügel in der Hand hatte.

Er könnte bei seinen eigenen Geschäften etwas waghalsiger sein, denn er war sich bewusst, dass sie durch den Ruf von Saunders & Co. weiterhin geschützt und unentdeckt blieben.

Somit war es eine beschlossene Sache – er würde Clara heiraten.

Ein zufriedenes Lächeln stahl sich über sein Gesicht – er stieß das Tor auf und ging in seine Bootswerft hinein.

5

F *reitagabend*

ALS SIE IN Empfangsraum Stimmen hörte und dann das
Geräusch von Schritten, die sich dem Salon näherten, legte
Clara noch schnell ihre silbernen Armbänder an, ging zum
deckenhohen Spiegel in einem Rosenholzrahmen, der in
der Ecke ihres Zimmers stand, und betrachtete sich darin.

Das schwarze ärmellose Kleid mit Blumenmuster, das
sie noch in England gekauft hatte, war in seiner Wirkung
genauso, wie sie es sich für den heutigen Abend gewünscht
hatte. Beim Anblick des Kleides hatte ihre Mutter die
Augenbrauen hochgezogen und gesagt, dass ein rosa Kleid
geeigneter gewesen wäre, oder ein grünes, das ihre Augen-
farbe unterstrichen hätte.

Daraufhin hatte sie ihrer Mutter mit Nachdruck erklärt,
dass sie nicht wie ein junges Mädchen aussehen wollte, das
soeben die Schule verlassen hatte, sondern wie eine junge

Frau, die alt genug zum Heiraten war. Schließlich würde sich Lizzie ja auch nicht wie ein Baby kleiden. Und dann fügte sie noch hinzu, dass die großen roten und cremefarbenen Blumen auf schwarzem Grund das Kleid doch sehr geeignet für ihr Alter machten.

Dann holte sie noch ein paar lose Haarsträhne, die auf ihren Rücken hingen, und steckte sie wieder zurück in einen lockeren Dutt auf ihrem Kopf. Obwohl ihre kastanienbraunen Haare natürlich gelockt waren, war sie nie in Versuchung gekommen, sie kurz und stark gewellt zu tragen. Und so war sie in den letzten Schuljahren schließlich die einzige in ihrer Klasse gewesen, die ihr Haar noch lang trug.

Sie kniff noch schnell in ihre Wangen, um ihnen etwas mehr Farbe zu geben, warf das zum Kleid passende Bolero über ihre Schultern und betrachtete sich erneut im Spiegel.

In nur wenigen Minuten würde sie George nach sechs langen Jahren wiedersehen. Und das war der erste Anblick, den er von ihr haben würde.

Schmetterlinge flogen wie wild in ihrem Bauch herum.

Sie kniff erneut in ihre Wangen, schöpfte bei dem Gedanken an George tief Luft, ging aus dem Zimmer und auf die Treppe zu. Auf halbem Weg sah sie, wie George unten aus dem Salon kam und zum Treppenabsatz hinaufblickte. Als er sie bemerkte, blieb er abrupt stehen und starrte sie an.

Mit wild klopfendem Herzen ging sie so ruhig sie konnte die Treppe hinunter und blickte dabei unentwegt in Georges Gesicht. Auf halber Höhe blieb sie stehen.

Wie angewurzelt verharrten beide längere Zeit.

Dann machte George einen Schritt nach vorn und Clara warf sich aus voller Höhe in seine Arme.

Fest umschlungen standen sie lange da.

„Clara, du bist so schön", flüsterte er ihr schließlich ins Ohr und hielt sie noch immer fest an sich gedrückt. „Du bist noch schöner als du damals warst, und das will etwas heißen."

„Amit hat zum Abendessen gerufen", hörten sie Marys Stimme aus nächster Nähe.

George ließ Clara sofort los.

Doch beide starrten einander weiter mit glänzenden Augen an.

„Ich denke wir können annehmen, dass ihr über euer Wiedersehen glücklich seid", bemerkte Mary zwar trocken, strahlte dabei aber über das ganze Gesicht. „Clara, wir nehmen im Salon gerade einen Drink. Lizzie freut sich schon so auf ein Wiedersehen mit dir, doch wir dachten, dass der erste Augenblick George gehören sollte."

Clara strahlte George beglückt an.

„Ich muss euch aber warnen, dass ihr am Esstisch nicht nebeneinander sitzen werdet", erklärte Mary nachdrücklich. „Albert und Julia möchten gerne wissen, was du über England denkst, Clara, und deshalb wirst du neben Julia sitzen. Und George, Henry ist sehr daran interessiert, wie du vorwärtskommst, weshalb du neben ihm sitzen wirst."

Clara verspürte, wenn sie George anblickte, eine ihr bisher unbekannte körperliche Anziehung, und als sie ihrer Mutter in den Salon folgte, warf sie ihm von der Seite verstohlene Blicke zu.

Seine Schultern waren jetzt breiter und sein Gang war der eines Mannes. Und die Bewunderung in seinen Augen bei ihrem Wiedersehen hatte sie ganz knieweich gemacht.

Jegliche romantische Gedanken, die sie für Lewis Mackenzie gehegt hatte, waren sofort verschwunden, als sie George erblickt hatte.

. . .

HENRY UND MARY führten ihre Gäste in das Speisezimmer und alle nahmen an einem langen Speisetisch Platz, wo vor jedem Gedeck eine weiße Tischkarte stand.

Auf dem Tisch lag ein elegantes weißes Batisttischtuch. Zwischen Farn- und Rosenranken entlang der Tischmitte standen kleine Silberschalen mit gefüllten Datteln, eingelegtem Ingwer und kandierten Früchten, und eine Silberschüssel in der Tischmitte war mit roten Rosen gefüllt.

Zu jedem Gedeck gab es das passende Silberbesteck, das der Servierdiener, der schon seit Claras Geburt im Haus war, sorgfältig poliert und ausgelegt hatte. An der Spitze eines jeden Tafelmessers lag ein besticktes Deckchen, auf dem eine Fingerschale stand, in der eine duftende rote Geranie schwamm. Eine gestärkte Serviette in der Mitte eines jeden Gedecks war spitz gefaltet.

Das Tafelsilber und die Kristallgläser funkelten im Licht der Wandleuchter.

„Zu Ehren von Claras Heimkehr", begann Henry, als Amit lautlos seine Runde um den Tisch machte und die Gläser mit Weißwein füllte, „haben wir heute Abend nur indische Gerichte. Es waren Claras Lieblingsspeisen, als sie elf Jahre alt war."

„Hört, hört!" rief Albert begeistert.

Beide lächelten Clara liebevoll an.

George warf ihr einen belustigten Blick zu und Lizzie kicherte.

Clara war errötet.

Zu ihrer Erleichterung war der Servierdiener soeben ins Speisezimmer gekommen und hatte damit eine Ablenkung geschaffen. Ihm folgten die Küchengehilfen, von denen ein jeder ein Tablett mit Tellern mit Fladenbroten und Schüsseln mit Rindfleischstücken in einer Sauce mit Gewürzen, schwarzem Pfeffer, Kokosnuss und Chilis trug.

Clara klatschte begeistert in die Hände. „Ich liebe *parottas*! Es ist so lieb von dir, Papa, dass du diese besonderen Fladenbrote nicht vergessen hast."

„Und warte nur, bis du erst das *biryani* gekostet hast. Der Koch hat darauf bestanden, dass du *biryani* mit Hühnchen lieber magst als mit Schaf- oder Rindfleisch und so bekommst du es auch", sagte ihr Vater und sah sehr selbstgefällig drein. Dann entfaltete er seine Serviette und steckte sie in seinen Kragen.

„Der Koch hatte recht. Danke, Papa. Du bist so lieb und aufmerksam."

„Wir müssen auch deiner Mutter die nötige Anerkennung zollen", warf Henry ein und lächelte Mary an, die ihm gegenüber am anderen Ende des Tisches saß.

Alle warteten bis alle Speisen auf dem Tisch verteilt waren und die Diener sich zurückgezogen hatten, bevor sie ihre Gläser hoben.

„Wie geht es dir mit dem Tamil, George?" fragte Henry.

George verzog sein Gesicht. „Nicht so gut, obwohl ich die Sprache schon seit fast einem Jahr lerne. Und im Hindi bin ich auch nicht so gut."

Albert lächelte ihn an. „Ganz im Gegenteil, George, ich würde sagen, dass du gute Fortschritte machst. Es ist schwer genug eine Sprache zu lernen, ganz zu schweigen von zwei. Aber für uns Großhändler ist es von Vorteil, wenn wir diese Sprachen beherrschen. Und George lernt gleichzeitig auch unsere Geschäftsmethoden, Clara."

„Ich dachte immer, dass alle Englisch sprechen", erklärte sie völlig überrascht. „Alle Bediensteten sprechen Englisch und wir mussten nie ihre Sprache lernen."

„Das gilt aber nicht für alle Teile von Indien", erwiderte Albert, „und wir treiben ja auch mit anderen indischen Staaten Handel, sowie mit Ländern anderswo in der Welt.

Unsere britische Präsenz hier erstreckt sich nur über ein sehr beschränktes Gebiet. Wir können uns nicht einmal darauf verlassen, dass die Menschen in den benachbarten Staaten Englisch sprechen, wir aber müssen uns mit allen unterhalten können."

Clara verzog das Gesicht. „Armer George. Ich habe Französisch in der Schule nicht gemocht. Zum Glück muss ich nicht auch noch Tamil und Hindi lernen."

„Also, Clara", fuhr Albert fort und strich dabei die würzige Rindfleischsauce in die Mitte seiner *parotta*. „Erzähl uns etwas über deine Schulfreundinnen. Lizzie hat mir gesagt, dass ihr nicht mit denselben Mädchen befreundet wart. Ich kann mir aber vorstellen, dass deine Freundinnen, genau wie die von Lizzie, dieselbe Herkunft hatten wie du, was ja so wichtig ist."

Clara seufzte insgeheim und gab jegliche Hoffnung auf, dass es ein interessantes Gespräch werden könnte. Sie hätte von Lizzie so gern gewusst, ob sich George schon sehr auf ein Wiedersehen mit ihr gefreut hatte, aber das musste jetzt warten, bis die Männer den Tisch für ihre After-Dinner-Drinks verlassen hatten.

„Ja, ich denke schon", antwortete Clara, „aber ich weiß es nicht genau. Lizzie und ich waren in unserer Klasse die einzigen aus Cochin."

„Und was war dein liebster Gegenstand?" fragte er, als er ein Stück seiner *parotta* zum Mund führte. „Wir können ja mit Sicherheit annehmen, dass es nicht Französisch war."

AM ENDE der Mahlzeit verweilten die Damen noch einige Minuten lang am Tisch und tranken ein wenig vom Port- und Madeirawein, bis sie zum Kaffee in den Salon gingen.

„Was hast du mit deiner Mama heute unternommen,

Clara?" fragte Lizzie höflich. Und dann ganz leise. „Wir müssen uns ein andermal über alles unterhalten, was du deinen Eltern lieber nicht erzählen würdest, je anzüglicher und schwatzhafter es ist, desto besser."

Clara kicherte.

„Lizzie!" rief Julia Goddard entrüstet. „Das habe ich gehört. Für eine junge Dame schickt sich so etwas nicht."

„Julia, ich glaube nicht, dass wir uns da Sorgen machen müssen. Denn wenn sie ihrer Mutter sagen, dass sie etwas Unpassendes wissen, dann kannst du ziemlich sicher sein, dass es nicht stimmt", sagte Mary und warf Lizzie einen amüsierten Blick zu.

Clara und Lizzie lächelten sich verschwörerisch an.

„Ich wollte dich schon fragen, für wann du den *durzi* bestellt hast", fragte Julia und sah dabei Mary fragend an. „Ich möchte, dass er eines meiner Kleider kopiert."

„Wir müssen uns unbedingt irgendwann treffen, Lizzie, denn sonst können wir uns nie richtig unterhalten. Ich weiß, dass wir uns am Sonntag nach der Kirche sehen werden", sagte Clara und rückte näher an Lizzie heran, „und danach im English Club, aber wir werden uns auch dort nicht unterhalten können. Es sind zu viele Leute dort, die uns alle begrüßen wollen, weil wir zu lange fort waren."

„Ja, ich weiß", war Lizzies bedrückte Antwort. „Wie oft kann man denn jemandem sagen, was der Lieblingsgegenstand war? Es tut mir leid wegen Papa. Er hat überhaupt keine Phantasie."

Clara winkte verständnisvoll ab. „Es war doch nett, dass er mit mir sprechen wollte. Und worüber kann man sich denn sonst unterhalten, als nur über die Schule?"

„Ja, du hast wahrscheinlich recht."

„Ich weiß, wir können uns gegenseitig besuchen, aber warum treffen wir uns nicht Montag vormittags? Es wäre schön, nicht immer zuhause zu sitzen", sagte Clara. Wenn wir Tilly bitten, uns zu begleiten, würden wir deine oder meine Mutter nicht brauchen. Wir könnten losziehen bevor es zu heiß wird, mit der Rikscha zu den chinesischen Fischernetzen fahren, den Fischern eine Weile zusehen und dann von dort bis zur Kirche und zum Parade Ground hinauflaufen. Von dort gehen wir dann von der Princess Street zur Tower Road und trinken im Old Harbour House Kaffee. Natürlich nur, wenn du am Montag frei bist."

„Ja, ich habe noch nichts vor und dein Plan ist perfekt. Ich weiß, dass wir erst seit zwei Tagen wieder zuhause sind, aber ich bin so daran gewöhnt, dass ich mich jeden Tag mit jemandem unterhalten kann, dass es mir sehr fehlt."

Clara nickte zustimmend. „Ja, mir geht es ebenso."

Lizzie rückte näher an Clara heran. „Wie war es für dich, als du George zum ersten Mal gesehen hast? Hast du gleich eine Gänsehaut bekommen? Magst du ihn so, wie ich es mir vorstelle? Ich muss es unbedingt wissen", flüsterte sie.

„Lizzie, es ist sehr unhöflich, im Beisein anderer Leute zu flüstern", rügte Julia ungehalten. „Euer Gespräch sollte für uns alle passend sein."

„Es tut mir leid, Mama", erwiderte Lizzie und rückte sich wieder in ihrem Stuhl zurecht.

„Ich sag es dir am Sonntag", flüsterte Clara ganz leise. „Aber meine Antwort ist ja." Dann lehnte auch sie sich in ihrem Stuhl zurück.

Einige Minuten später gesellten sich die drei Männer wieder zu den Damen, gefolgt von Amit mit einem Tablett mit Whisky und Soda für alle.

„Wir dachten wir setzen uns wieder zu euch", sagte Henry und nahm Platz. Er griff nach einer Kiste mit Light of Asia Zigarren auf dem Tischchen neben seinem Stuhl und bot sie Albert an. Albert nahm eine davon und setzte sich auf den Stuhl neben Henry.

George blieb weiterhin stehen.

„Würde es stören, wenn ich für etwas frische Luft auf die Veranda hinausgehe?" fragte George.

„Ich brauche auch etwas frische Luft", sagte Clara und stand schnell auf. „Ich liebe die warmen Abende hier. Um diese Zeit wird es in England schon ziemlich kühl."

Beide Elternpaare blickten einander fragend an.

„Ich sehe keinen Grund es zu verbieten", sagte Henry langsam. „Bleibt aber im Licht, so dass wir euch sehen können. Wir haben noch nicht vergessen wie es ist, wenn man jung ist", sagte er lachend.

„Sie sind so peinlich", murmelte Clara als sie mit George schnell zur Veranda hinausging.

An die Balustrade gelehnt blickten sie in die Dunkelheit hinaus und ein Prickeln durchlief sie, als sich ihre Arme berührten.

Die Abendluft um sie war sehnsuchtsschwer.

„Als ich am ersten Abend wieder daheim in mein Zimmer kam", sagte sie schließlich, „ging ich als erstes zur Veranda hinaus und sah mir die Aussicht an, denn erst dann fühlte ich mich wirklich daheim. Ich habe Cochin so sehr vermisst."

„Ich auch", sagte er und wandte sich ihr zu. „Und nicht nur Cochin. Während meiner ganzen Zeit in England habe ich dich vermisst, Clara. Und ich habe dich an jedem Tag vermisst, seitdem ich zurück bin."

„Wirklich, George?"

Er nickte.

„Da bin ich froh, denn auch ich habe dich so sehr vermisst", versicherte sie ihm. „Ich habe mich so mit dem Gedanken gequält, dass du in deinem letzten Schuljahr zu einer Tanzveranstaltung in einer Mädchenschule gehen wirst, wo du ein anderes Mädchen kennenlernst und mich vergisst. Oder dass dir nach deiner Rückkehr im Club ein Mädchen begegnet, das du magst. Schließlich waren wir so jung, als wir uns ein Versprechen gegeben haben."

„Ich könnte dich nie vergessen, Clara. Ich hab dich immer geliebt und werde dich immer lieben. Das weißt du doch."

„Die Art von Liebe, die du fühlst, wenn du elf oder zwölf bist, ist anders als die Liebe die du fühlst, wenn du älter bist. Fühlst du diese andere Art von Liebe jetzt?" fragte sie und sie errötete.

„Ja", erwiderte er zögernd. „Und fühlst du diese Liebe auch für mich?"

„Oh, ja", hauchte sie und ging näher auf ihn zu. Er legte seine Hände auf ihre Schultern und sie wandte ihm ihr Gesicht zu.

„George!" rief sein Vater. „Wir gehen jetzt bald."

Beide standen da und lächelten einander an. Dann ließ George seine Arme fallen und beide wandten sich wieder der Aussicht zu.

„Es war seltsam gestern Abend", sagte sie. „Als ich vor dem Schlafengehen auf der Veranda stand hatte ich das starke Gefühl, dass mich jemand beobachtet. Ich fragte mich, ob du es vielleicht warst." Sie blickte ihn fragend an. „Warst du das?"

Er runzelte leicht die Stirn. „Nein, das war ich nicht. Ich hätte doch zu dir hinaufgerufen."

„Das habe ich mir auch gedacht. Wahrscheinlich habe ich es mir nur eingebildet", sagte sie wegwerfend. „Erzähl mir doch, was du machst. Wie findest du es denn, für deinen Vater zu arbeiten?"

„Die Arbeit ist wirklich interessant, aber es wäre mir

lieber, wenn ich nicht so oft nach Muttancherry fahren müsste. Ich weiß gar nicht, weshalb unsere Väter dort Büros haben."

„Vielleicht liegt es daran, dass sie Großhändler sind", sagte sie leichthin, „und dass Muttancherry im Zentrum ihres Geschäftsgebiets liegt und man über Land und Wasser hingelangt? Oder vielleicht liegt es auch daran, dass es überall entlang der Küste Anlegeplätze und Landungsbrücken und alles sonst noch gibt, was ein Großhändler braucht. Und dass es gegenüber von Willingdon Island liegt, wo sich der Haupthafen befindet? Oder dass man von Muttancherry aus leicht in die *backwaters* gelangt? Denkst du nicht, dass es aus irgendeinem dieser Gründe sein könnte?"

George lachte. „Ich nehme an, du könntest recht haben. Und vielleicht werde ich mich auch an den Lärm und Schmutz in der Bazaar Road gewöhnen. Papa hat sich anscheinend schon angepasst. Und schließlich spielt es ja auch keine Rolle, dass das Gebiet staubig, voller Fliegen und Ungeziefer ist, und dass niemand, den wir kennen, je hingehen würde, wenn es nicht für die Arbeit wäre?

Clara verzog ihr Gesicht. „Wenn du es so sagst, dann hört es sich wirklich nicht einladend an."

„Ist es auch nicht", erwiderte er. Er kam näher an sie heran und blickte ihr tief in die Augen. „Du bist es aber. Allein der Gedanke, jeden Abend zu dir nachhause zu kommen, wird mich meine Umgebung vergessen lassen und meine Stimmung heben. Ich liebe dich sehr, Clara – viel mehr als damals, als wir noch Kindert waren."

Sie blickte verträumt in sein Gesicht. „Ich habe dieselben Gefühle für dich, George. Ich kann es kaum erwarten, in unserem Heim zu sein, die Tür zu schließen und nur zu zweit zu sein."

Er schüttelte ernsthaft den Kopf. „Ich fürchte, dass uns unsere Eltern in den kommenden Monaten tagtäglich schulmeistern werden", sagte er.

Clara schaute ihn erstaunt an. „Worüber denn?"

„Darüber". Er nahm sie in die Arme, zog sie an sich und drückte seine Lippen fest auf die ihren. Nach dem plötzlichen Schock sank sie in seine Arme, klammerte sich an ihn und küsste ihn mit derselben Leidenschaft, wie er sie geküsst hatte.

„Genug damit, George!" donnerte Albert. Mit rotem Gesicht stand er völlig erzürnt in der Tür zur Veranda. „Du vergisst dich, mein Sohn. Du entschuldigst dich sofort bei Henry und Mary, und auch bei Clara. Und dann gehen wir heim."

Mit strahlenden Augen und wirren Haaren wandte sich Clara von George ab.

„Clara, ich bitte um Entschuldigung", sagte George mit übertriebener Reue. „Ich habe mich ganz vergessen."

Sie nickte, den Blick zum Boden gewandt. „Ich nehme deine Entschuldigung an", entgegnete sie und versuchte nicht zu lachen.

Auch George konnte sich nur schwer ein Lachen verkneifen. Er wandte sich um und folgte seinem Vater in den Salon.

Clara ging hinter ihm und fürchtete, wie ihre Eltern reagieren würden. Diese hatten sich bereits erhoben und starrten beide wütend an.

Ein leises Stöhnen entrang sich Clara.

George ging auf Henry zu. „Mein Verhalten war Ihnen und Clara gegenüber äußerst respektlos. Ich weiß nicht, was über mich gekommen ist."

Henry brummte etwas in sich hinein.

Clara warf einen Blick auf Lizzie. Lizzie hatte die Hand

vor den Mund gelegt und war ganz offensichtlich bemüht, ihre Belustigung zu verbergen.

Clara blickte schnell weg, um zu verhindern, dass auch sie ihre innere Erheiterung und Fröhlichkeit nicht in Zaum halten könnte.

Schließlich stand sie ruhig neben ihrer Mutter und wartete geduldig, während beide Familien einander „Gute Nacht" wünschten und Entschuldigungen vorbrachten. Sie wartete sehnsüchtig darauf, in ihr Zimmer zu entfliehen, denn dann könnte sie ihrem ekstatischen Glücksgefühl, das sie in Georges Armen erlebt hatte, freien Lauf lassen.

ALS SIE IM SALON SASSEN, nachdem ihre Gäste gegangen waren, wandten sich Henry und Mary Clara zu.

„Albert und Julia sind einverstanden", sagte Henry. „Und auch George wird heute Abend dasselbe gesagt bekommen. Wenn du und George beschließt, tatsächlich heiraten zu wollen, dann würden es beide Familien vorziehen, dass ihr sechs Monate wartet, bevor eine offizielle Ankündigung der Verlobung erfolgt."

Clara war enttäuscht und sie starrte ihre Eltern bestürzt an. „Aber weshalb denn?"

„Weil ihr beide Zeit braucht, um herauszufinden, was ihr wirklich füreinander fühlt", sagte Henry. „Deine Mutter und ich haben aus Liebe geheiratet, genauso wie Tilly, und wir möchten, dass das auch für dich so ist. George und du seid jung genug, dass ihr euch nicht in etwas voreilig stürzen müsst." Und nach einer kurzen Pause. „Natürlich", fügte er hinzu, „gäbe es dann keinen Grund, weshalb ihr nicht sechs Wochen nach der Ankündigung heiraten könntet."

„Papa, ich will nicht vorgeben, dass ich nicht enttäuscht

bin, denn ich bin es wirklich. Ich wollte George so schnell wie möglich heiraten. Und ich bin sicher, dass auch er es möchte."

„Glaub mir Liebling, es ist wirklich besser so", versicherte Mary in sanftem Ton. „Zwischen euch beiden existiert offensichtlich eine starke Anziehungskraft, aber George ist kein Junge mehr und du weißt nicht, was für ein Mann aus ihm werden wird. Dazu braucht es Zeit. Und vergiss doch nicht, dass die Hochzeit dann im kommenden März wäre. Das ist eine angenehme Zeit vor dem Monsun und ein zauberhafter Monat zum Heiraten."

„Ja, du hast wahrscheinlich recht", sagte Clara deprimiert. Ihr waren Tränen der Enttäuschung nahe und sie stand auf. „Wenn ihr mich bitte entschuldigt. Ich möchte jetzt zu Bett gehen."

Als Henry und Mary einige Minuten nach Clara die Treppe zu ihrem Schlafzimmer hinaufgingen, wandte sich Mary an Albert.

„Ich sehe sie nicht gern so traurig, aber es ist die richtige Entscheidung. Ich bin aber sicher, mein Lieber, dass Clara und George heiraten werden. Das wird dich hoffentlich bezüglich der Firma beruhigen."

„Ja, sicher. Aber nach dem heutigen Abend zu urteilen, werden wir unsere Tage so arrangieren müssen, dass wir besonders wachsam sein können."

„Du meinst damit sicher, dass ich anfangen muss, meine Tage so zu organisieren, dass ich Zeit habe sie zu begleiten, wenn sie sich an einem arbeitsfreien Tag von George treffen wollen."

Er lächelte sie an. „Ja, so in etwa. Du oder Tilly, oder Claras *ayah* – es ist eigentlich gleichgültig, wer es macht. Vorausgesetzt sie hat jemanden, der sie begleitet. Episoden wie heute Abend dürfen sich nicht wiederholen. Und wir werden auch die Goddards öfter zum Abendessen einladen.“

„Henry, ich weiß, dass sich die beiden schlecht benommen haben, aber es ist doch verständlich – sie haben sich schon so lange nicht mehr gesehen. Und Clara ist nicht die Art von Mädchen, bei der man sich Sorgen machen muss.“

„Man kann aber nie zu vorsichtig sein, meine Liebe.“

6

———

m folgenden Montagmorgen

DER SALZIGE GERUCH des Meeres war intensiv, als Clara, Lizzie und Tilly in ihrer Rikscha die engen Kopfsteinpflastergassen zur von Bäumen gesäumten Promenade entlangfuhren, denn diese führte zum Strand, wo die chinesischen Fischernetze zu finden waren.

Alle waren überrascht, als sie die zahlreichen kleinen Schreine entlang der Promenade erblickten, die im Lauf der Jahre errichtet worden waren. Manche davon waren zwischen zwei ganz großen Steinen aufgestellt, andere kuschelten sich zwischen die riesigen Wurzeln der Banyan-Bäume.

„Ich weiß jetzt genau, dass ich wieder in Indien bin", sagte Clara amüsiert, als eine Kuh für eine Weile gemächlich neben ihnen dahinschlenderte, bevor sie sich über ein paar Grasbüschel hermachte, die am Rand der Straße standen.

Die Straße mündete schließlich in einem breiteren sandigen Pfad, auf dem sich viele Leute tummelten – *ayahs* mit ihren Schützlingen, Händler mit ihren Waren auf dem Kopf und Hausierer mit Tabletts, auf denen sich bunte Armbänder, Ketten und anderer billiger Tand türmten. Einige Passanten spazierten langsam einher und genossen die frische Brise und andere eilten geschäftig hin und her.

Auf der Seite des Fußwegs zum Strand hin standen Fischer bei ihren Buden, von denen einige die Preise des Tagesfangs ausriefen, und andere, die mit ihren Käufern bezüglich des Preises feilschten. Zu ihren Füßen saßen Bettler mit erhobenen Händen.

Doch alles überragten die riesigen chinesischen Fischernetze, die den oberen Teil des Strandes säumten. Nachdem sie diese anmutigen Konstruktionen aus Teakholz und Bambusstäben so lange nicht gesehen hatte, fasste Clara bei deren ersten Anblick die Seite der Rikscha, beugte sich vor und starrte sie an.

Auch Lizzie folgte Claras Beispiel.

„Ich hatte vergessen wie dramatisch sie aussehen", sagte Lizzie, den Blick auf die Netze gerichtet.

Clara nickte. „Ja, ich auch."

Tilly lächelte und freute sich über die Aufregung, die die Netze hervorgerufen hatten.

Die Netze hingen bewegungslos vom waagrechten Arm einer jeden Konstruktion und sahen aus wie eine Reihe riesiger Hängematten über dem Wasser.

Der Kuli, der die Rikscha zog, verlangsamte die Fahrt, damit sie beobachten konnten, wie ein Mann begann, den waagrechten Arm der Netze entlangzugehen. Der Arm war so sorgfältig ausbalanciert, dass sich das Netz beim Vorwärtsgehen des Mannes langsam ins Wasser senkte.

Der Mann wusste genau, wann er anhalten musste und wie lange das Netz im Wasser bleiben sollte, bevor vier oder fünf andere Männer das Netz durch rhythmisches Ziehen der Seile unterschiedlicher Länge, von denen ein jedes mit großen Steinen beschwert war, die für die korrekte Balance sorgten, hochzogen.

„Wenn ihr wollt, können wir einmal abends bei Sonnenuntergang herkommen", sagte Tilly. „Gefischt wird meistens am Morgen und frühen Abend, aber der Abend ist am besten, denn da heben sich die Netze wie Silhouetten gegen den Sonnenuntergang ab. Ganz gleich wie oft ich diesen Anblick genieße, er ist stets atemberaubend."

„Das würde mir gefallen", sagte Clara, und lehnte sich zurück, als sie das Ende der aufgereihten Fischernetze erreicht hatten.

Die Rikscha hielt an und Tilly zahlte den Kuli. Dann gingen sie hinüber zum letzten Netz und sahen den Fischern bei der Arbeit zu.

„Kommt jetzt", forderte Tilly nach einigen Minuten die beiden Mädchen auf, „es wird sonst selbst für den kleinsten Spaziergang zu heiß."

Sie gingen zum Fußweg zurück und marschierten in südlicher Richtung bis der Strand breiter wurde und sie linkerhand die St. Francis Kirche sehen konnten.

Gegenüber der Kirche befand sich der English Club, dem Claras Eltern schon vor ihrer Geburt angehört hatten. Eine Hecke umgab das lange, niedrige Gebäude mit einem roten Ziegeldach und einer Reihe bogenförmiger Fenster an allen Seiten, sowie den großen Garten.

Sie gingen bis zur Auffahrt, die zum Haupteingang des

Clubs führte, der fast direkt gegenüber der Kirche stand, und überquerten dann die Straße zur Kirche hin.

„Als wir gestern in der Kirche waren, kam es mir vor, als ob sie schon bessere Tage gesehen hätte", bemerkte Clara, als sie den verwitterten Vorbau mit seinen Säulen betrachtete und zu den Bogenfenstern und zum Glockengiebel hinaufblickte.

„Das wäre auch bei dir der Fall, wenn du schon seit dem sechzehnten Jahrhundert hier stündest und täglich von den Winden vom Meer bombardiert worden wärst", erwiderte Tilly. „Meiner Meinung nach ist sie äußerst eindrucksvoll und hat den Charme vergangener Zeiten. Das gilt auch für ihr Inneres. Du musst doch zugeben, dass die Holzschnitzereien auf der Kanzel und dem Beichtstuhl wunderschön sind. Denkst du nicht auch?"

Clara und Lizzie sahen einander an und kicherten.

„Philister!" rief Tilly aus und lachte. „Gehen wir also weiter. Ich weiß nicht wie es um euch steht, aber ich brauche jetzt einen Kaffee."

ALS SIE UM einen der kleinen Tische im Schatten der Mango- und rotbraunen Jackfruitbäume im Hof von Old Harbour House saßen, warfen sich Clara und Lizzie mehrmals verzweifelte Blicke zu, denn es schien, als ob sie Tilly nie allein lassen würde.

Endlich hatte Tilly ihren Kaffee ausgetrunken, ihre Handtasche gepackt und die Mädchen angelächelt. „Ich habe nicht vergessen wie es ist, jung und ledig zu sein", sagte sie, „selbst wenn ihr denkt, dass es so ist. Ich bin sicher, dass ihr es nicht erwarten könnt, ohne mich miteinander zu plaudern."

„Nein, gar nicht", sagte Lizzie höflich.

Clara lachte. „Hör nicht auf sie, Tilly, denn genau das wollen wir. Danke, dass du es bemerkt hast."

„Ich gehe jetzt, denn ich brauche einen Seidenstoff. Der *durzi* kommt nächste Woche zu uns und ich möchte, dass er mir drei Kleider näht. Er kommt auch zu dir, Clara, und wahrscheinlich auch zu dir, Lizzie."

„Ich habe einige Kleider, die er für mich in einem anderen Material und in einer anderen Farbe kopieren soll", entgegnete Clara.

„Ich muss euch aber etwas erzählen", sagte Tilly und hob warnend den Finger. „Ich habe dem *durzi* einmal ein altes Kleid gegeben, das mir so lieb war, dass ich es dauernd getragen habe. Es war schon mehrmals ausgebessert worden. Ich bat den *durzi*, mir ein neues Kleid genau wie das alte zu machen. Und das hat er auch getan. Einschließlich der Flicken", sagte Tilly lachend.

„Auweia!" rief Lizzie.

„Ich würde vorschlagen, dass ihr mit eurer Mutter sprecht, bevor er kommt, und herausfindet, was ihr für eure Garderobe braucht. Wegen Michaels Arbeit werden wir oft zu Empfängen in der Residenz eingeladen. Und Edward lädt dann auch oft Mama und Papa ein, und auch deine Familie, Lizzie."

„Das ist sehr nett von ihm", sagte Lizzie lächelnd.

Tilly stand auf. „Ihr werdet also beide ein entsprechendes Kleid für einen derartigen Anlass brauchen, und dazu Hüte und Handschuhe. Und wenn ihr den Stoff wählt, vergesst nicht, dass es hier viel wärmer ist als in England." Sie zog ihre Handschuhe an. „Ich gehe jetzt. Ihr werdet hierbleiben, nicht wahr? Es wäre unpassend, wenn ihr allein irgendwo hingeht. Ich bleibe nicht lange weg. Bestellt euch noch einen Kaffee, wenn ihr wollt, oder einen Mangosaft."

Dann verschwand sie durch den großen Torbogen hinaus auf die Straße.

„Ich dachte schon, dass sie nie gehen wird," sagte Clara und ließ sich zurück in den Sessel fallen.

„Ich weiß. Ich wollte schon die längste Zeit mit dir sprechen", erwiderte Lizzie. Sie beugte sich vor. „Also", fragte sie gespannt. Wie findest du George? Nach eurem Verhalten gestern bei euch daheim habe ich natürlich schon eine gute Vorstellung davon – und unsere Eltern auch – aber der Vorfall hätte vor allem von George ausgehen können. Sicher hat er sich auf dich gestürzt und nicht umgekehrt. Oder?"

Clara kicherte. „Ich würde nicht sagen, dass sich George auf mich gestürzt hat. George hat mich ganz einfach geküsst und ich ihn."

Lizzie verzog das Gesicht. „Die Idee, dass jemand meinen Bruder küsst ist irgendwie ekelhaft. Ich nehme aber an, dass es so sein muss, wenn du meine Schwester werden sollst. Was ich ja sehr hoffe. Ich hätte dich viel lieber als meine Schwester als irgendein Mädchen aus Calicut."

Clara richtete sich im Sessel auf. „Das ist komisch. Papa hat auch ein Mädchen aus Calicut erwähnt. Wer ist denn das?"

Lizzie machte eine abwehrende Geste. „Es war eine Idee von Papa, nicht lange nach Georges Rückkehr aus England. Papa hat sich in Calicut mit einem Gewürzhändler angefreundet und es gab dann den Vorschlag, dass seine Tochter und George heiraten könnten."

„Was hat denn George dazu gesagt?"

Lizzie zuckte die Achseln. „Ich weiß es nicht – ich war damals ja noch in England. Papa und dein Vater hatten dann aber eine viel bessere Idee und mit Calicut war es damit aus. Aber so wie ich George kenne, hätte er Papas

Vorschlag zugestimmt. Er wird von Tag zu Tag mehr wie Papa. Aber ganz offensichtlich liebt er dich und du ihn ...“

„Ja, ich mag ihn wirklich, Lizzie, sehr sogar. Ich war schon immer in ihn verliebt und bin es noch immer. Jetzt mag ich ihn sogar noch mehr als bisher.“

Mit einem komisch-strengen Ausdruck im Gesicht hob Lizzie die Hand. „Ich denke wir machen hier am besten Schluss, denn sonst wird mir tatsächlich übel.“

Beide lachten.

„Was ist mit dir, Lizzie? Haben deine Eltern schon irgendwelche Pläne für dich erwähnt? Schließlich hatten sie einen Plan für George – zwei, um genau zu sein – und so hätten sie zwangsläufig doch auch an deine Zukunft gedacht.“

„Papa hat etwas von einem Mann in Madras erwähnt. Er heißt John Lansdowne. Anscheinend hat er dort einen Posten in der Kolonialverwaltung. Papa hat in kennengelernt, als er in Madras einen Vertrag für die Lieferung von Kokosfasern an ein Werk in Madras unterschreiben musste. Ich versprach, dass ich den Mann irgendwann einmal treffen werde, dass ich mich zuerst aber wieder in Indien eingewöhnen möchte.“

„Bist du denn nicht aufgeregt ihn zu treffen? Ich wäre das schon.“

Lizzie zuckte die Achseln. „Ganz gleich wen Papa auswählt – der Mann wird immer spießig sein. Papa interessiert sich nur für dessen Einkommen, wo er herkommt und seine berufliche Stellung. Ich aber interessiere mich mehr für sein Aussehen.“

„Du müsstest aber auch wissen, dass er dich erhalten kann, denn wenn das nicht der Fall ist, dann würde er bald nicht mehr gut aussehen“, entgegnete Clara. Plötzlich nahm ihr Gesicht einen enttäuschten Ausdruck an. „Wenn du aber deinen Mr. Lansdowne heiraten würdest, müsstest du ja von hier wegziehen, nicht wahr?"

„Das ist einer der Gründe weshalb ich nicht so begeistert bin, wie ich es hätte sein können."

„Da hoffe ich, dass du hier jemanden kennenlernst, und zwar bald, bevor die Pläne deines Vaters weiter fortgeschritten sind."

„Zum Glück ist er in dieser Hinsicht nicht in Eile. Er hat mehr über Georges Besuch in der Residenz gesprochen, der angeblich sehr angenehm verlaufen ist und nicht übermäßig steif war."

„Dein Vater hat den Resident aber schon früher kennengelernt, nicht wahr?"

„Ja, schon öfter. Papa hofft, dass er in die Legislativversammlung gewählt wird, und er hat sich daher auch schon mit vielen wichtigen Persönlichkeiten getroffen. Aber George hat ihn erst jetzt kennengelernt. Angeblich muss man heutzutage nicht mehr seine Visitenkarte in der Residenz abgeben – man unterschreibt nur das Besucherbuch."

„Und was geschieht dann?"

„Du wirst zu wenigstens einem Anlass eingeladen. Es heißt, dass eine der Hilfskräfte des Resident jeden Namen unter einer bestimmten Überschrift einträgt, wie zum Beispiel Cocktails oder Lunch-Buffet für weniger wichtige Personen, und Mittagessen oder Dinner für all jene, die gesellschaftlich höher stehen. Junge Leute werden zum Tee und zu Tennis oder Krocket eingeladen."

„Ich nehme an, dass George zum Tee eingeladen wurde."

Lizzie nickte zustimmend. „Ja, ganz recht. Papa ist im vergangenen Jahr zum Mittagessen eingeladen worden, und George hat mir erzählt, dass er seitdem von nichts anderem mehr redet. George fand den Tee sehr nett und auch den

Resident sehr charmant. Und damit hat sich die Sache. Beim ersten Mal fand ich es irgendwie interessant, aber nach dem zwanzigsten Mal war kein Interesse mehr da.“

„Wenn dein Vater so beschäftigt ist, George Beachtung zu verschaffen, hast du ja Zeit, dich in Cochin nach einem passenden Ehemann umzusehen. Ich hoffe so sehr, dass es einen gibt. Ich wäre so glücklich, wenn wir beide hier wohnen könnten.“

„Ich auch“, sagte Lizzie und lächelte.

Clara nahm einen Schluck Kaffee. „Wir müssen Tillys Rat befolgen und dem *durzi* auftragen, dass er uns ein paar hübsche Kleider näht, damit wir für alle gesellschaftlichen Anlässe ausgestattet sind. Vor allem ich, damit sich George nicht in jemand anderen verguckt. Und du, damit sich der große, dunkelhaarige, gutaussehende Mann, den du triffst, sich sofort Hals über Kopf in dich verliebt. Er muss aber in Cochin wohnen, und nicht in Madras.“

Lizzie lächelte Clara listig an. „Das ist gar nicht notwendig“, sagte sie. „Ich wollte heute noch nicht darüber sprechen, aber es muss einfach raus. Ich habe nämlich den Mann, den ich heiraten will, schon getroffen. Und es ist nicht John Lansdowne.“

Sie lehnte sich im Stuhl zurück und lachte amüsiert über Claras erstauntes Gesicht.

Clara runzelte fassungslos die Stirn. „Aber wir sind noch nicht einmal eine Woche zurück! Du warst bisher doch nur bei uns, in der Kirche und im English Club. Hast du gestern jemand im Club getroffen? Ist es das?“

Lizzie schüttelte den Kopf. „Nein. Es war schon vorher. Denk an die Kirche.“

Clara dachte noch intensiver nach. „Ich versuche es wirklich, aber mir kommt niemand in den Sinn. Ich kann mich nur erinnern, dass George von deinem Vater in

Beschlag genommen wurde, um jemanden zu treffen, und dass wir beide neben unseren Müttern standen und höflich auf jeden freudigen Ausruf über unsere Rückkehr und die schier endlosen Fragen über unsere Schule geantwortet haben, ohne unsere Langeweile zu zeigen. Ich kann mich aber nicht erinnern, dass uns irgendwelche attraktiven Männer angesprochen hätten."

„Ja, weil du immer sehen wolltest, was George tut und mit wem er spricht. Du hast mir die meiste Zeit den Rücken zugewandt."

„Ich hatte gehofft, dass George und ich einen Augenblick lang allein gelassen würden. Aber unsere Eltern haben uns streng bewacht, damit es zu keinem zweiten Akt großer Unschicklichkeit komme – wie sie es nannten. Ich würde es stattdessen aber Köstlichkeit nennen."

„Igitt!" rief Lizzie laut.

„Wegen der unerbittlichen Bemühungen unserer Eltern haben wir aber keinen Augenblick allein bekommen. Haben Sie dich denn jemanden vorgestellt?"

„Nicht direkt", sagte Lizzie und kicherte. „Ich bin total gelangweilt allein dagestanden und hoffte, dass wir bald in den Club gehen werden, denn bis dahin würden die braven Leute von Cochin doch sicher ihren Fundus an voraussehbaren Fragen erschöpft haben. Da hörte ich hinter mir plötzlich, wie jemand sagte, welch erstklassige Arbeit die *punkah* Kuli während des Gottesdiensts geleistet haben. Weil es eine Männerstimme war, habe ich mich umgedreht."

„Ja, natürlich", sagte Clara leichthin. „Und wer war es?"

„Ich habe es damals natürlich nicht gewusst. Ihn attraktiv zu nennen wird ihm aber keineswegs gerecht. Er sagte, dass er von den *punkahwalla* so fasziniert war, denn die saßen mit gekreuzten Beinen in den offenen Bogen seitlich in der Kirche und zogen die *punkah* Seile mit solcher

Kraft, als hinge ihr Leben davon ab. Deshalb habe er kein Wort vom Gottesdienst gehört. Dann entschuldigte er sich, dass er nicht gewartet hatte, bis wir einander vorgestellt wurden, und sagte er heiße Lewis Mackenzie."

„Er ist Papas Schiffsagent!" rief Clara erstaunt aus. „Da bin ich aber überrascht. Ich hatte ihn am Freitagvormittag bei Tilly getroffen. Ich habe ihn in der Kirche nicht gesehen, und auch nicht danach, denn ich hatte ja nicht erwartet, dass er da wäre. Oder zumindest nicht in der Kirche."

„Angeblich konnte er gestern nicht in den Club gehen, denn er musste eine Reise vorbereiten, die er diese Woche machen wird. Ich bin aber überrascht, dass du ihn nicht vor der Kirche gesehen hast – ich bemerkte, wie er dich ein paarmal angestarrt hat."

„Wahrscheinlich, weil wir uns am Freitag kennengelernt haben. Vielleicht wollte er mir hallo sagen, was aber schwierig gewesen wäre, mit der Kavallerie an meiner Seite." Clara machte eine kurze Pause. „Es ist also Mr. Mackenzie, von dem du glaubst, dass er einen guten Ehemann abgeben würde, anstelle von Mr. Lansdowne?"

Lizzie strahlte über das ganze Gesicht. „Ja, genau. Stell dir nur vor Clara, wenn so jemand wie er jeden Abend zu dir nachhause kommen würde?"

„Glaubst du nicht, dass dein Vater dagegen wäre?" sagte Clara mit einem besorgten Ausdruck im Gesicht. „Schließlich ist Mr. Mackenzie ein Angestellter und kein Chef, was für Väter immer wichtig ist. Wenn dein Vater nicht zustimmt, müsstest du warten bis du einundzwanzig Jahre alt bist."

„Er wäre es wert auf ihn zu warten. Aber du greifst zu weit vor. Er möchte mich vielleicht gar nicht heiraten."

„Ich bin sicher, dass er das möchte. Lizzie, du bist doch wirklich hübsch. Du hast blonde Haare und blaue Augen.

Wenn wir zum Tanzen in die Jungenschule eingeladen wurden, bist du immer aufgefordert worden."

„Nicht öfter als du." Lizzie lehnte sich im Stuhl zurück und betrachtete Clara ganz genau. „Du hast also Mr. Mackenzie am Freitag gesehen? Welchen Eindruck hattest du denn von ihm?"

Clara zögerte einen Moment lang. „Denselben wie du. Ich dachte, dass er sehr sympathisch ist und – nun ja – sehr attraktiv."

Lizzie biss sich auf die Lippe. „Genauso attraktiv wie George?"

Clara lachte. „Natürlich nicht. Ich liebe doch George und könnte nie für einen anderen Mann dieselben Gefühle aufbringen wie für George."

Lizzie ließ erleichtert die Schultern fallen. „Da bin ich wirklich froh, denn ich möchte nicht, dass wir denselben Mann mögen. Schließlich bist du mit George noch nicht verlobt."

„Wir werden es aber sein. Doch zurück zu Mr. Mackenzie. Wie wirst du es denn anstellen, ihn wiederzusehen? Sicher wird es nicht einfach sein, denn er ist viel unterwegs und manchmal tagelang weg. Papa hat mir erzählt, dass Mr. Mackenzie diese Woche in die *backwaters* reist und nachsieht, ob die Pfefferreben nach dem letzten Regenguss nicht zu vernässt sind. Anscheinend sind sie für eine Pilzkrankheit anfällig, die die Reben zerstören könnte. Ich habe nicht richtig zugehört, aber ich glaube er sagte, dass Mr. Mackenzie erst am Donnerstag wieder zurück sein wird."

Lizzie zuckte die Achseln. „Unsere Eltern sind am Wochenende doch immer in den Club gegangen, nicht wahr? Ich bin sicher, dass sie es noch immer tun. Sie sind ja gestern nach der Kirche hingegangen, und wir waren mit dabei. Ich wäre überrascht, wenn Mr. Mackenzie nicht auch hingeht, wenn er in Cochin ist. Dann werde ich ihn ja sehen."

Clara warf Lizzie einen zweifelhaften Blick zu. „Aber, wenn wir dort sind, passen unsere Eltern doch genau auf uns auf. Deine werden besonders wachsam sein, denn sie haben ja jemanden in Madras im Visier."

Lizzie runzelte nachdenklich die Stirn. „Also gut, wie wäre es damit? Wenn wir Lewis wieder an einem Sonntagvormittag sehen, könnten wir ihm eine Andeutung machen, dass wir vorhaben, an einem bestimmten Tag hier zum Kaffee herzukommen. Wenn er es weiß, wird er vielleicht auch da sein. Wahrscheinlich würde Tilly uns wie heute begleiten. Wenn er auftaucht, wäre es doch ein Zeichen, dass er an mir interessiert ist, nicht wahr?"

„Ja, wahrscheinlich." Und nach einigem Zögern. „Wir müssen aber vorsichtig sein, was wir sagen. Tilly wäre nie einverstanden, wenn sie den Eindruck hätte, dass eine von uns beiden nach Mr. Mackenzie angelt."

„Du wüsstest das nicht mit Sicherheit, und wir würden ihr jedenfalls nichts sagen. Wenn sie ihn mit uns sieht, würde sie denken, dass wir ihn zufällig getroffen haben. Noch besser wäre es aber, wenn du von deinem Vater herausfinden würdest, wann Mr. Mackenzie - oder Lewis, wie ich ihn jetzt schon nenne – in Muttancherry sein wird. Wir könnten eine Ausrede finden, und dort ins Büro deines Vaters gehen und Lewis dann sehen. Clara, du wirst mir doch helfen, nicht wahr?"

„Natürlich werde ich das tun. Ich nehme an, dass uns meine *ayah* nach Muttancherry begleiten könnte. Weder unsere Mütter noch Tilly würden es tun." Mit besorgtem Gesicht rückte Clara näher an Lizzie heran. „Lizzie, ich weiß, dass du Mr. Mackenzie magst, aber triff doch jetzt noch keine großen Entscheidungen. Du wirst auf gesellschaftlichen Veranstaltungen Leute kennenlernen und vielleicht triffst du jemanden, der noch attraktiver ist als Mr. Mackenzie."

„Ich könnte dasselbe über dich und George sagen", erwiderte Lizzie. „Nicht, dass du dir Sorgen machen müsstest, denn George ist ganz offensichtlich vernarrt in dich. Was eigentlich von Vorteil für mich ist, denn ich möchte nicht mit dir um Lewis konkurrieren müssen."

Beide lachten bei dem Gedanken.

 m späten Montagvormittag

LEWIS KONNTE SEINE UNGEDULD, endlich zu den Kaianlagen in Muttancherry und von dort zu seiner Werft zu gelangen, nur schwer beherrschen und fluchte laut, als er ständig gezwungen war, sich mit seinem Auto zwischen den gezogenen Karren, zahlreichen Rikschas, Fußgängern und den gelegentlichen Kühen, die die Bazaar Road blockierten, einen Weg zu bahnen.

Die Straßenhändler zu beiden Seiten der engen Straße breiteten sich an manchen Stellen bis zur staubigen Fahrbahn hin aus. Da gab es Schuster, die mit überkreuzten Beinen inmitten von Abfällen auf dem Boden saßen, Straßenschneider an ihren alten Nähmaschinen, Friseure, die ihrer Arbeit nachgingen und Gewürzfrauen, die hinter Webmatten hockten, auf denen Gewürze in all ihrer bunten Pracht ausgelegt waren.

Hinter ihnen klafften die offenen Läden der begüterten Händler – Eisenwarenhandlungen, Gewürzstände, Schmuckbuden, Läden, die jede Art von Seide und anderen Stoffen anpriesen, und Stände, auf denen sich Obst und Gemüse türmten. An manchen Stellen wurde die Reihe der Läden von einer in Rot und Gold gehaltenen Tempelanlage unterbrochen, vor der zerlumpte Bettler saßen und auf Almosen von den Tempelbesuchern hofften.

Endlich hatte er den Anlegeplatz unweit vom Büro von Saunders & Co. erreicht. Er stellte sein Auto ab und ging rasch an den Rand des Kais, in der Hoffnung, dass Sanjay die Barkasse der Firma an der Stelle hinterlassen hatte, die er ihm angegeben hatte.

Je näher er ans Wasser kam, desto gespannter überflog er die Reihe der *kattuvallam*, die entlang der Mole aufgereiht waren. Einige davon waren Henrys Reisboote und andere die von Konkurrenzunternehmen, sowie Schlepp- und Arbeitsboote, Fangschiffe und Lastkähne, alte Baggerschiffe und kleine Fischerboote, die sich auf dem Meerstreifen zwischen Willingdon Island und Muttancherry auf dem Wasser drängten.

Er sah mit Erleichterung, dass sich die Barkasse genau an der richtigen Stelle befand. Da er an diesem Tag viel zu tun hatte ging er schnell zur Anlegestelle hin.

AM ZIEL ANGEKOMMEN und nachdem er die Barkasse festgemacht hatte, ging Lewis über die kurze Holzmole zum staubigen Pfad, der zu seiner kleinen Werft führte. Dabei hatte er den Blick auf die Barkasse gerichtet, die oben auf der schrägen Rampe neben der Mole sicher festgemacht war – es war *seine* Barkasse und nicht die der Firma.

Am nächsten Tag würde er aber nicht die Barkasse

nehmen – weder die seine noch die der Firma. Stattdessen würde er in einem der *kattuvallam* der Firma sein.

Er und Sanjay würden vom Kai in Muttancherry in der Nähe von Henrys Büro losfahren, und am Ende der Fahrt würden sie auch wieder dorthin zurückkommen. Henry wusste aber nicht, dass beide auf der Rückfahrt kurz bei Lewis' Werft anhalten und jene Waren entladen würden, die für anderswo bestimmt waren.

Danach würden sie nach Muttancherry weiterfahren, wo der Rest der Waren zu entladen war.

Lewis war sich ziemlich sicher, dass die Anzahl der Fahrten in die *backwaters* in Zukunft zunehmen würden, und da er wusste, dass die Sicherheit seines Lagerhauses verbessert werden musste, hatte er am Morgen mehrere starke metallene Hängeschlösser mitgebracht.

Er hatte mit seinen Leuten auch vereinbart, dass sie ihm in der Werft treffen sollten, denn er wollte mit ihnen ein Verstärken der Mauern des Lagerhauses besprechen.

Lewis öffnete das Schloss, stieß das Tor auf und ging über den Hof zu einem nach vorne offenen Gebäude, wo mehrere Männer in weißen Hemden im Gespräch beisammenstanden. Alle Männer trugen den typischen Lendenschutz, *lungi* genannt.

Rechts vom Gebäude, zwischen einer Mauer und einem hohen Gitterzaun, der dem Wasserrand entlanglief, führte ein Pfad zum Lagerhaus.

Lewis starrte unwillig auf die *bidis*, die die Männer rauchten, und auf die weggeworfenen Kippen auf dem Boden.

Nach seiner Ankunft in Cochin hatte er, weil er dazugehören wollte, eine der kleinen *bidis* genommen, die ihm ein Firmenarbeiter angeboten und erklärt hatte, dass es sich dabei um eine in *tendu* Blätter gewickelte handgerollte und

an einem Ende mit einer Schnur zugebundene Tabakziga-
rette handle.

Er hatte die Zigarette angezündet und sofort kaum mehr
atmen können und sie dann gar nicht mehr fertiggeraucht.
Er konnte sich nicht vorstellen, wie die Leute diese Ziga-
retten rauchen konnten, vor allem auch weil man so häufig
daran ziehen musste, damit sie nicht ausgingen, und das
war anstrengend.

Er überwand die Abneigung, die er immer verspürte,
wenn er die Männer mit ihren *bidis* sah. Die Fahrt in dieser
Woche würde sich bezahlt machen, und das war alles, was
für ihn jetzt zählte.

Der Großteil des nächsten Tages würde der Fahrt durch
die stillen Nebengewässer zum Häuschen von Saunders &
Co. im Dorf gewidmet sein. Gulika würde ihn bei seiner
Ankunft schon erwarten, was ein äußerst angenehmer
Gedanke war, aber das Vergnügen mit ihr würde noch eine
Weile warten müssen.

Seine erste Aufgabe bei Ankunft im Dorf bestand darin,
seinen Kontaktmann über seine Ankunft zu informieren
und ihm bei ihrem Treffen die Aufträge für Saunders & Co.
zu übergeben, bei denen es sich zum Großteil um versand-
bereite Lieferungen von Pfefferkörnern handelte, die sechs
Tage lang in der Sonne getrocknet worden waren, sowie
einen Auftrag für Kardamom.

Nach dem Verladen seiner Aufträge auf das *kattuvallam*
würden die nicht für Saunders & Co. bestimmten Waren in
einen getrennten Teil des Boots verstaut werden. Ein
geringer Teil davon würde über die Gesellschaft verschifft
und den Rest würde er an eine ihm von seinem Kontaktmann gegebene Adresse ausliefern.

Dafür würde er sehr gut bezahlt werden.

Aber so gut es jetzt auch war, es würde noch viel besser werden.

Er ging über den staubigen Hof zu den Männern, die für ihn arbeiteten. Als er näherkam, richteten sie sich sofort respektvoll auf.

Lewis lächelte zufrieden in sich hinein.

8

 m nachfolgenden Sonntag,
Anfang Oktober

ALS DIE KIRCHENGLOCKEN laut in die Stille der Stadt, in der alle, Einheimische und Briten, die Sonntagsruhe wahrten, hineinläuteten, schwärmten die Gläubigen aus der St. Francis Kirche und bildeten kleine Grüppchen vor dem gewölbten Eingang.

Clara war vor ihren Eltern aus der Kirche gekommen und hatte sich schnell unter eines der beiden Pinakel gestellt, die seitlich an der Fassade angebracht waren, in der Hoffnung, dass George sie dort sehen würde.

Einen Augenblick später kam er aus der Kirche, sah sich schnell um und erblickte sie. Mit einem glücklichen Lächeln im Gesicht ging er auf sie zu.

Claras Herz schlug höher vor Freude und sie lief auf ihn zu.

Sie hatten einander schon beinahe erreicht, als George von seinem Vater zurückgerufen wurde.

Beide hielten inne und starrten einander bestürzt an.

Als Clara über Georges Schulter hinwegblickte, sah sie, dass seine Eltern und Lizzie auf der anderen Seite des Eingangs mit zwei Männern standen, die sie für Großhändler hielt.

Sie stieß einen lauten Seufzer aus. „Ich glaube, dein Vater möchte dich den Leuten vorstellen."

Georges Ärger war ihm anzusehen.

Sein Vater rief ihn erneut.

Mit einem leichten Zucken der Schultern und einem betrübten Lächeln ging George schließlich zu seinen Eltern zurück.

Lizzie versuchte, mit einem Blick Claras Aufmerksamkeit zu erregen.

Mit einem Ausdruck der Hilflosigkeit wies Lizzie jedoch auf ihre Eltern und die Leute mit ihnen und ließ erkennen, dass sie unmöglich von ihnen weggehen konnte. Sie verzog ihr Gesicht und wandte sich mit offensichtlichem Widerwillen erneut der Gruppe zu.

Clara bemerkte, dass ihre Eltern ihr Gespräch mit dem Pastor beendet hatten, und sie wollte nun auf sie warten.

Sie sah sich um und ihr Blick fiel auf das Kriegerdenkmal in der Mitte des Rasens, das für die im Krieg Gefallenen von British Cochin errichtet worden war. Das Denkmal erinnerte sie daran, was einige der Mädchen in ihrer Klasse während des letzten Schuljahres gesagt hatten.

Als sie nach den Frühlingsferien in die Schule zurückgekommen waren, hatten einige gesagt, dass die Leute von der Möglichkeit eines neuen Weltkriegs sprachen.

Sie hoffte inständig, dass sie nicht recht gehabt hatten, und in der bezaubernden Umgebung von Cochin, unter dem tiefblauen Himmel, umgeben vom tropischem Grün der Landschaft, dem English Club in nächster Nähe und dem gelben Sand der Strände am aquamarinfarbenen Meer, war sie überzeugt, dass es nicht sein konnte.

Wenn sie aber doch recht gehabt hatten? Würde das auch George treffen?

Sie fühlte, wie plötzlich Angst in ihr aufstieg.

„Miss Saunders." Es war die Stimme eines Mannes, die ihre Gedanken unterbrach, und sie wandte sich der Stimme zu, um zu sehen wer es sein könnte.

„Mr. Mackenzie", rief sie lächelnd aus und hielt schnell nach Lizzie Ausschau, konnte sie aber nicht sehen, denn mehrere Personen standen im Weg. „Wie nett, sie wiederzusehen", sagte sie. „Ich hoffe ihre Geschäftsreise in der vergangenen Woche ist gut verlaufen."

„Wie erfreulich, dass Sie wissen wann ich unterwegs bin und dass ich nicht in Cochin war. Ja, die Fahrt war sehr erfolgreich. Danke für Ihr Interesse."

„Papa war sicher sehr erfreut."

Lewis nickte zustimmend.

„Ich bin sicher, dass sich das jetzt sehr unhöflich anhören wird", meinte Clara, und ihre Augen hatten einen heiteren Glanz, „und es ist keineswegs etwas, das man außerhalb einer Kirche sagen sollte, aber ich habe von meiner Freundin Lizzie Goddard gehört, dass sie auch vergangene Woche in der Kirche waren. Ich sehe Sie eigentlich nicht als eine Person, die an spirituellen Dingen interessiert ist."

Lewis lachte. „Das kommt ganz darauf an, und ich komme damit gleich zum English Club. Ich nehme an, dass sie hingehen werden, nachdem Sie eine angemessene Zeit hier verbracht und sich vergewissert haben, dass Saunders

& Co. von der gesamten Kirchengemeinde bemerkt worden ist."

„Sind Sie immer so zynisch?"

Er gab vor, eine Weile darüber nachzudenken. „Ja, doch."

Sie kicherte und legte dann die Hand auf ihren Mund. „Sie dürfen mich nicht zum Lachen bringen. Ich bin seit meiner Rückkehr wegen meines Benehmens schon mehrmals in Schwierigkeiten geraten. Ich will nicht schon wieder eine Standpauke."

„Als Beweis dafür, wie spirituell ich bin, sage ich Ihnen jetzt etwas aus der Bibel, denn da heißt es, dass man niemanden verurteilen soll, denn sonst wird man selbst verurteilt. Sie könnten sich in Zukunft darauf berufen, wenn Sie wieder gemaßregelt werden."

„Jetzt bin ich aber wirklich beeindruckt."

„Papa spricht noch kurz mit Albert", sagte Mary, als sie auf Clara zukam. „Was hat dich denn so beeindruckt?"

„Mr. Mackenzie hat für mich aus der Bibel zitiert."

„Dann haben Sie gleich zwei beeindruckt, Lewis. Und auch überrascht. Ich kann mich nicht erinnern, dass ich Sie außer am vergangenen Sonntag je in der Kirche gesehen habe."

Lewis lachte. „Ich fürchte Sie haben mich erwischt, Mrs. Saunders. Meine Bibelkenntnisse stammen aus der Schule, nicht von St. Francis. Ich kam letzte Woche und auch heute, denn ich wollte im Namen der Firma einen Auftrag hereinholen und war ziemlich sicher, dass mein Ansprechpartner hier sei. Ich dachte, dass es mir zu einem Abschluss verhelfen würde, wenn ich mich als Kirchgänger präsentiere."

„Und hat es geholfen?" wollte Clara wissen.

„Bis jetzt noch nicht. Sehr zu meinem Leidwesen war er

beide Male nicht hier. Das bedeutet, dass ich ohne guten Grund zwei langweilige Predigten ertragen musste."

Clara und Mary tauschten ein Lächeln aus. „Vielleicht hat aber doch etwas Gutes auf Sie abgefärbt", bemerkte Mary.

„Gott bewahre, das hoffe ich nicht", warf Lewis schnell ein und alle drei lachten.

„Hallo, Mama", sagte Tilly, und stellte sich neben ihre Mutter.

„Ist Michael nicht hier", fragte Mary und blickte suchend über Tillys Schulter.

„Er wird uns im Club treffen. Er macht gerade einen kleinen Spaziergang mit Edward. Er musste etwas dringend mit ihm besprechen. Edward kommt dann auch in den Club."

„Das hört sich spannend an", murmelte Lewis.

Tilly lächelte höflich und wandte sich dann ihrer Mutter zu. „Wenn es dir recht ist, Mama, gehe ich mit dir und Clara zu den beiden hinüber?"

Mary nickte. „Natürlich, du musst mich doch nicht fragen." Sie blickte zu Henry hin. „Ah, es sieht aus, als ob Papa sein Gespräch beendet hat. Ich bin sicher, dass es über die Arbeit und nicht über den Gottesdienst war." Sie wandte sich wieder an Lewis. „Ich nehme an, wir sehen Sie im Club, Lewis? Denn dort habe ich Sie ja schon oft an einem Sonntag gesehen."

Er lachte verschmitzt. „Ja, da haben Sie recht, Mrs. Saunders. Zuerst muss ich aber noch mit einem Freund sprechen. Ich sehe Sie dann später." Er warf Clara ein Lächeln zu und ging.

„Ich hole jetzt euren Vater", sagte Mary. „Ihr beide könnt schon gehen." Und sie ging zu Henry hinüber.

„Mr. Mackenzie geht sonntags immer in den Club",

sagte Tilly und hängte sich bei Clara ein. Sie gingen in Richtung des Parade Ground, der dem Eingang zur Auffahrt zum Club gegenüberlag. „Er ist so einer, der immer gegen Mittag angerollt kommt, offensichtlich für eine zwanglose Unterhaltung, einen Drink und ein Billardspiel. Er spielt gut, aber in Wirklichkeit hofft er, dass er von einem der verheirateten Paare zum Lunch nachhause eingeladen wird."

„Was geschieht, wenn ihn niemand einlädt?"

„Er landet wahrscheinlich in einer der *chummeries* und isst Rührei, das er mit Gin oder Bier hinunterwäscht, oder er geht heim."

Clara warf Tilly einen fragenden Blick zu. „Was ist denn eine *chummery*?"

„Eine Pension oder eine Kantine für unverheiratete Männer. Ursprünglich waren unverheiratete britische Offizieren darin untergebracht, aber jetzt muss man dazu nicht in der Armee sein."

„Ich glaube kaum, dass Mr. Mackenzie darauf zurückgreifen muss", erwiderte Clara mit Nachdruck. „Ich bin sicher, dass es ihm nicht schwerfällt, jemanden zu einer Einladung zu überreden."

„Über wen sprecht ihr denn", fragte Mary, als sie ihre Töchter beim Überqueren der Straße eingeholt hatte.

„Lewis Mackenzie", sagte Tilly. „Ich habe Clara soeben gesagt, dass er auf eine Einladung zum Lunch hoffen wird."

„Ja, da bin ich mir sicher", erwiderte Mary.

„Habt ihr ihn schon mal zu uns eingeladen", fragte Clara.

Mary schüttelte den Kopf. „Nur selten. Er ist ein Angestellter deines Vaters, was eine Unterhaltung irgendwie hemmen würde. Jedes Gespräch wäre nur über die Arbeit. Dein Vater spricht an sechs Tagen der Woche über die Arbeit, und auch sonntagmorgens, wie du gesehen hast. Am allerwenigsten möchte ich an einem Sonntag ein Händlergespräch am Mittagstisch. Was den heutigen Tag betrifft, so kommen die Goddards heute zum Lunch zu uns, mit George, und ich hoffe mit Clara ..."

„Was hast du soeben bezüglich keiner Händlergespräche am Mittagstisch gesagt?" warf Clara leichthin ein. „Sicher brauchst du dir in dieser Beziehung aber keine Sorgen zu machen, denn Papa und Mr. Goddard würden zu Mittag doch nie über Geschäfte sprechen!" Claras Stimme hatte dabei einen skeptisch amüsierten Ton angenommen.

Mary warf lächelnd ein. „Du wirst mich nicht davon abhalten dir zu sagen, dass ich dir vertraue und hoffe, dass du und George keine Dummheiten machen werdet."

„Im Bibelspruch, den Mr. Mackenzie zitiert hat, geht es um die Mahnung, dass man niemanden verurteilen soll, denn sonst wird man selbst verurteilt", sagte Clara mit gespieltem Ernst.

„Hat Mr. Mackenzie das gesagt?" rief Tilly aus und lachte. „Allerdings kann ich mir durchaus vorstellen, dass Lewis es nicht will, dass man ihn verurteilt. Denn es würde mich nicht überraschen, wenn er sich in seiner Vergangenheit schon so manches erlaubt hat!"

„Warum sagst du das über Lewis", wollte Clara wissen, als sie die Auffahrt zum Clubgebäude hinaufgingen. Über das rote Ziegeldach hin war das tiefblaue Wasser des Meeres zu sehen.

„Mein Instinkt sagt mir, dass er sich in Bezug auf seine Arbeit möglicherweise hart an der Grenze des Erlaubten bewegen könnte. Er ist aber ein hervorragender Schiffsagent, und ich bin sicher, dass Papa weiß, mit wem er es zu tun hat."

Clara nickte. „Ja, ich verstehe."

Sie hatten die drei roten Steinstufen erreicht, die zum

Eingang des Clubs hinaufführten. Tilly und Clara ließen einander los und Tilly ging mit der Mutter vor Clara in das Gebäude.

Clara blieb noch eine Weile stehen, dann blickte sie hoch und sog die Luft ein. Der salzige Geruch vom Meer war kräftig. Sie atmete ihn genüsslich ein und folgte den anderen dann ins Haus.

In wenigen Minuten würden sie und George wieder zusammen sein, dachte sie voller Freude, als sie an einem Plakat der Laienspielgesellschaft vorbeiging. Am liebsten hätte sie vor Freude losgeschrien. Vielleicht würde es ihnen gelingen, ein paar Minuten allein zu sein.

Seit ihrer Rückkehr hatte sie, außer dem Abendessen mit seinen Eltern, nur flüchtige Blicke auf George erhascht, was ihr keineswegs genug war. Sie hätten einander doch so viel zu sagen – was sie alles getan hatten, wie ihre Zukunfts-pläne aussahen, ihre Gefühle füreinander – aber dazu brauchten sie ruhige Gemeinsamkeit.

Sie blickte hinter sich, aber von George war nichts zu sehen. Resigniert folgte sie Tilly und ihrer Mutter durch das Vestibül hinaus in den Garten, vorbei an den Männern in ihren Lehnstühlen, die Zeitungen und Zeitschriften lasen.

Sie wählten eine Gruppe von Rohrstühlen, die um einen Tisch standen, der von einem großen dunklen Sonnen-schirm beschattet wurde, und nahmen Platz.

Sofort kamen zwei in weiß gekleidete Diener, beide mit einem weißen Turban auf dem Kopf, an ihren Tisch und servierten ihnen ein eisgekühltes Getränk. Dann fragten sie nach ihrer Bestellung. Tilly und ihre Mutter bestellten einen Pink Gin und Clara einen Limettensaft.

Dann nahm Clara ihren Strohhut ab, dessen kornblu-menblaues Band genau auf die Farbe ihres Baumwoll-kleides abgestimmt war. Sie schob ihre Haare hinter die

Ohren und beobachtete die Leute, die auf dem Rasen in einiger Entfernung Krocket spielten.

Als sie plötzlich einen Luftzug neben sich verspürte, wandte sie sich um und sah zu ihrer größten Freude, dass sich George in den Stuhl neben ihr gesetzt hatte.

„Darf ich hier sitzen, oder ist der Stuhl für jemand anderen reserviert?"

„Da muss ich erst überlegen", sagte sie und setzte eine nachdenkliche Miene auf. „Ja, ich denke es ist schon in Ordnung, dass du hier sitzen bleibst", sagte sie lachend.

Dann sah sie den Ausdruck auf seinem Gesicht und ihr Lachen stoppte.

Sie warf ihm einen fragenden Blick zu. „Ich habe es natürlich nicht ernst gemeint. Du weißt doch, dass ich es kaum erwarten konnte mit dir zu sprechen. Wen hätte ich denn sonst gewollt, neben mir zu sitzen?"

„Lewis Mackenzie."

Sie starrte ihn erstaunt an. „Weshalb sollte ich denn neben ihm sitzen wollen, anstatt neben dir?"

„Das musst du mir sagen. Ich weiß nur, dass ihr euch beide, als ich euch heute früh vor der Kirche sah, außergewöhnlich gut verstanden habt."

„Er arbeitet für Papa, und deshalb ist es doch selbstverständlich, dass er sich um Papas Familie bemühen wird. Er hat eine angenehme Art und man kann gut mit ihm reden. Es ist aber nutzloses Geschwätz, das nichts bedeutet. Du weißt doch, George, dass ich dich liebe."

„Da bin ich mir aber nicht sicher. Du hast dich ja lange genug mit ihm unterhalten."

„Weil du dich mit den Freunden deines Vaters unterhalten hast", entgegnete sie. „Und Lizzie auch. Und meine Eltern waren irgendwo anders. Mr. Mackenzie bemerkte wahrscheinlich, dass ich alleine dastand, was mir vielleicht unangenehm war, und so gesellte er sich zu mir. Er war nur freundlich und sonst nichts."

Sie sah, wie sich sein Gesicht entspannte. „Du hast recht, ich bin wirklich albern. Es tut mir leid, Clara. Es ist nur, weil du so bezaubernd bist, dass ich fürchte, dich an jemand anderen zu verlieren."

„Ich könnte es auch nicht ertragen, dich zu verlieren. Dazu gibt es aber eine einfache Lösung", versicherte sie ihm. „Wir müssen unsere Eltern nur dazu bringen, einer früheren Heirat zuzustimmen, als sie es wollen. Ich kann es gar nicht erwarten, dich zu heiraten."

Er rückte seinen Stuhl näher an den ihren heran und ergriff ihre Hand. „Ich auch nicht. Du und ich bis ans Ende unserer Tage. Oh, Clara. Du hast keine Ahnung, wie glücklich mich dieser Gedanke macht."

Ihre Köpfe kamen einander immer näher.

„Ich denke, das ist jetzt weit genug!" sagte Julia und kam zum Tisch. Sie nahm gegenüber von Clara und George Platz, die widerwillig auseinanderrückten. „George, dein Vater kümmert sich um unsere Getränke. Ich habe keine Ahnung, wo Lizzie steckt. Sie war vor einem Augenblick noch hier."

„Ich bin da", sagte Lizzie, als sie näher an den Tisch herangekommen war. „Ich würde gern einen kleinen Spaziergang am Strand machen und wollte dich fragen, Clara, ob du mitkommen willst?"

Clara warf einen Blick auf George und dann zurück zu Lizzie. „Könnten wir nicht ein wenig später spazieren gehen? Wir haben uns gerade erst hingesetzt und ich würde gern mit George sprechen."

„Nicht für lange. George, du wirst ja noch hier sein, wenn wir zurückkommen, nicht wahr? Und du wirst niemandem erlauben, sich auf Claras Stuhl zu setzen", kommandierte Lizzie.

George starrte Lizzie wütend an und blickte dann wieder auf Clara. „Ich kenne diesen Tonfall. Lizzie wird uns keine Minute lang in Ruhe lassen, wenn du nicht mitgehst. Es ist viel einfacher nachzugeben. Bleibt aber nicht zu lange weg."

„Aber nur einen kurzen Spaziergang, Lizzie", sagte Clara etwas irritiert.

„Ja, ganz kurz", war Lizzies knappe Antwort.

Daraufhin stand Clara auf und ging mit Lizzie durch den Garten zum Pfad, der zum Meer führte.

„Weshalb hast du mich von George weggebracht", als sie zwischen den Hecken zu beiden Seiten des Pfads entlanggingen. „Du weißt doch, wie wenig Zeit wir seit meiner Rückkehr zusammen gehabt haben."

„Du hattest aber genügend Zeit, mit jemand anderen zu sprechen, nicht wahr? Du und Mr. Mackenzie hattet heute früh einander eine ganze Menge zu sagen. Ich habe euch beobachtet."

Lizzies Augen funkelten.

„Nicht du auch", sagte Clara, und ihre Stimme klang leicht verärgert. „Lizzie, ich habe überhaupt kein Interesse an Mr. Mackenzie", sagte sie mit Nachdruck. „Wie ich schon George gesagt habe, hat er mir Gesellschaft geleistet, weil ich alleine dagestanden bin. Es war George, mit dem ich sprechen wollte, aber dein Vater hatte andere Ideen. Und du bist nicht zu mir herübergekommen."

„Papa wollte, dass wir als Familie beisammen sind. Er hatte gerade einen Handel mit einem Mann abgeschlossen, der da war. Der hat eine Fabrik in Allappuzha, in der verschiedene Matten und Teppiche hergestellt werden. Wir werden ihn mit einer großen Menge unserer Kokosfasern beliefern.“

„Ich meine nicht, dass du bei mir und nicht bei deiner Familie hättest sein sollen, sondern nur, dass ich alleine war, bis mich Mr. Mackenzie angesprochen hat.“

„Ich hatte aber nicht den Eindruck, dass da viel gesprochen wurde, denn ihr habt beide gelacht und Witze gemacht.“

„Das ist es also“, sagte Clara. Sie blieb am Rand des Sandstrandes stehen und wandte sich Lizzie zu. „Es wäre also in Ordnung gewesen, wenn wir ein ernstes Gespräch geführt oder uns zu Tode gelangweilt hätten – es hätte nur nicht lustig sein dürfen? Lizzie, nur weil ich George liebe, werde ich nicht aufhören, auch mit anderen Leuten zu sprechen.“

„Das erwarte ich auch nicht von dir“, warf Lizzie schnell ein.

„Es hört sich aber so an. Selbst ein Gespräch mit Edward Harrington, für den Michael arbeitet, wäre besser gewesen, als noch länger wie eine Salzsäule dazustehen. Ich nehme aber an, dass ich mich hätte zwingen können, mich mit Leuten zu unterhalten, für die ich kein Interesse habe. Vielleicht wäre dir das lieber gewesen.“

Lizzie kam näher an Clara heran und umarmte sie ganz fest. „Bitte verzeih mir“, sagte sie. „Ich bin wirklich albern.“

Sie fasste Clara unter den Arm und beide nahmen den engen Pfad am Rand des Sandstrands. „Es ist doch nur, weil mir Mr. Mackenzie so gut gefällt. Selbst wenn es eine Schar heiratswürdiger Männer in Cochin gäbe, würde ich immer noch lieber ihn näher kennenlernen“, sagte sie mit einem erzwungenen Lachen. „Es kann ja auch sein, dass er kein Interesse an mir hat.“

„Sicher hat er das“, versicherte ihr Clara. „Ich kann mir

nicht vorstellen, dass er dich nicht mag." Und nach einigem Zögern. „Ich frage mich aber", begann sie und hielt dann an.

Lizzie warf ihr einen fragend ängstlichen Blick zu. „Was fragst du dich?"

„Es ist etwas, das Mama vorhing gesagt hat. Sie sagte, dass sie Mr. Mackenzie nicht bei uns zum Lunch einlädt, weil er ein Angestellter ist. Außer natürlich, es hat mit der Arbeit zu tun."

„Er ist euer Angestellter und nicht der unsrige!" schnauzte sie Clara an.

„Und Tilly sagte, dass er uns nicht gleichgestellt ist. Ich weiß, für dich und für mich spielt das keine Rolle, aber dein Vater hat einen noch größeren Standesdünkel als meiner."

„Meine Eltern wollen nur, dass ich glücklich bin. George arbeitet ja für die Firma und wird sie eines Tages übernehmen, und deshalb spielt es eigentlich keine Rolle, wen ich heirate."

Clara lächelte Lizzie an. „Du kennst deine Eltern ja besser als ich. Und es wäre doch prima, wenn wir beide verheiratet wären und zur gleichen Zeit ein Kind bekämen."

„Ich möchte das auch." Lizzie blieb stehen und wandte sich an Clara. „Versprich mir, dass du dich von Lewis fernhältst. Dass du aber, wenn du mit ihm sprichst – was du ja musst, weil es sonst unhöflich wäre – das Gespräch auf mich bringst. Du könntest herausfinden, ob er mich mag."

„Du irrst dich, wenn du glaubst, dass er an mir interessiert ist. Schließlich weiß er ja, dass ich George heiraten werde."

„Versprich es mir", entgegnete Lizzie in scharfem Ton.

Clara zuckte die Achseln. „Ja, ich verspreche es."

9

A *m folgenden Freitagabend*

IN EINEM FLAMMENDEN Schauspiel von Purpur, Orange und Gelb sank der Sonnenball langsam dem Horizont entgegen und warf dabei einen blendend goldenen Streifen auf das tiefschwarze Wasser, der bis zum Strand hin verlief.

Clara stand mit ihren Eltern mit dem Rücken zur Stadt und starrte auf die hohen schlanken Konstruktionen der chinesischen Fischernetze, die sich wie Silhouetten gegen den flammend roten Himmel abhoben.

Schließlich wandten sie sich ab und gingen langsam die Promenade entlang, wobei sie müßig die zahlreichen Tische betrachteten, auf denen die Fischer ihren Fang ausgelegt hatten.

Zwischen den Fischern gab es auch Stände mit Obst und Gemüse, aufgerollten Stoffen, Medikamenten, Messing-ware und Blechgeschirr, und Buden, wo bunte Nippes und billiger Schmuck zu kaufen waren, die im Rotgold des ausklingenden Tages glänzten.

Neben dem rhythmischen Pulsieren der Langhalslauten, Sitar genannt, war das Bellen der Straßenhunde, das Geschrei der Straßenhändler, die ihre Waren anpriesen, das Feilschen zwischen Verkäufern und Kunden, das Knarren der Rikscharäder, das Quengeln von Kindern und das Lachen von Jung und Alt zu hören.

Clara stieß einen zufriedenen Seufzer aus. „Tilly hatte recht. Das ist die Tageszeit zu der man kommen sollte."

„Ganz richtig!" sagte eine Stimme zustimmend hinter ihr.

Alle drei wandten sich sofort um.

„Edward!" rief Mary erfreut aus. „Es ist wirklich schön, Sie zu sehen."

„Genau wie ihr, dachte auch ich mir, den Fußweg hier zu nehmen und den Sonnenuntergang in seiner ganzen Pracht zu beobachten. Ich komme nicht oft genug hierher. Er fängt wirklich das Wesen von Cochin ein. Ich nehme an, dass auch Sie, Miss Saunders, so denken, denn ich habe Ihr Gesicht im Profil gesehen, als sie den Sonnenuntergang betrachteten, und wie sehr sie daran Gefallen gefunden haben."

Clara legte die Hand auf ihre Wange. „Bin ich ein so offenes Buch?"

Er lächelte sie an. „In diesem Punkt ganz bestimmt. Aber wer wäre das nicht, vor allem jemand, der nach vielen Jahren zurück in die Stadt gekommen ist? England hat viele wunderbare Sehenswürdigkeiten zu bieten, aber nur wenige können sich mit dem Sonnenuntergang von Cochin messen."

„Sie haben recht, Mr. Harrington. Mein Gesicht hat die Wahrheit gesagt – der Sonnenuntergang ist traumhaft schön. Ich kann mir vorstellen, dass ich abends oft herkommen werde."

Mary zog ihren leichten Schal um die Schultern. „Wir hatten vor, bis zum Parade Ground zu gehen, und wir würden uns freuen, wenn Sie uns begleiten."

Henry nickte. „Ja, wir würden uns wirklich freuen", bestätigter er. „Ich wollte Sie schon längst bezüglich des Silberjubiläums für Georg V. etwas fragen. Michael hat mir erzählt, dass Sie mit den Vorbereitungen bereits begonnen haben, obwohl das Jubiläum erst im kommenden März stattfindet."

„Henry, ich verbiete dir, über irgendetwas zu sprechen, das mit deiner oder Edwards Arbeit zu tun hat", sagte Mary, als sie sich erneut auf den Weg machten. Sie gingen zu viert nebeneinander, mit Henry und Edward jeweils links und rechts außen. „Der Abendspaziergang dient der Entspannung. Es wäre sehr unfair Edward gegenüber."

Dann wandte Mary sich um und richtete das Wort an Edward. „Sie müssen Henry ignorieren, wenn er irgendetwas sagt, das sich auf Ihre oder seine Arbeit bezieht."

„Ich möchte Henry nicht ignorieren", sagte Edward mit gespieltem Ernst, „werde mich aber nach besten Kräften bemühen, dem Gespräch eine andere Wendung zu geben."

„Das genügt mir", sagte Mary lachend. „Sie sind für Ihren Takt und Ihre Diplomatie bekannt, und ich kann mir vorstellen, dass Sie in der Vergangenheit schon viele Gespräche umgelenkt haben."

„Ich denke es wäre klug von uns, wenn wir uns schnell einem anderen Thema zuwenden, denn sonst würde Miss Saunders alles analysieren, was ich zu ihr sage, und sich fragen, ob ich alles beantwortet habe, was sie zu mir gesagt hat, oder ob ich versuche, uns in eine andere Richtung zu drängen." Er blickte Clara lächelnd von der Seite an.

„Ich verspreche Ihnen, dass ich das nicht tun werde. Sie sagten soeben, dass Sie diesen Anblick lieben, dass Sie abends aber nicht oft herkommen. Gibt es einen Grund dafür?"

„Zum Teil ist meine Arbeit daran schuld, denke ich. Ich muss nämlich zwei einigermaßen unvereinbare Dinge in Einklang bringen. Einerseits soll ich für die Öffentlichkeit zugänglich sein, andererseits aber die Würde meines Amtes wahren. Wenn ich mich in die Lage bringe, regelmäßig auf der Straße abgefangen zu werden, könnte es schwierig sein, das nötige Niveau des Respekts für mein Amt aufrechtzuerhalten." Sein Gesicht verzog sich zu einem ironischen Lächeln. „Ich fürchte, dass sich das sehr hochtrabend anhört und ich muss mich dafür entschuldigen."

„Keineswegs", warf Clara schnell ein.

Beide sahen einander an und brachen in Lachen aus.

„Na ja, vielleicht ein ganz klein wenig", antwortete sie in amüsiertem Ton.

Durch die zunehmende Zahl der Spaziergänger auf der Promenade war es nicht mehr möglich nebeneinander zu gehen, und Clara und Edward befanden sich nun hinter Henry und Mary.

„Was ich von Mama gehört habe", fuhr Clara fort, „können Sie so schlau das Thema ändern, dass ich es nie merken würde, und es hätte daher gar keinen Sinn, es zu versuchen."

Edward sah sie lächeln an. „Um sicherzugehen, dass Sie sich während unseres Gesprächs völlig entspannen können, schlage ich vor, dass Sie ein Thema wählen, und ich verspreche Ihnen, mich strikt daran zu halten. Selbst wenn es sich um ein Gespräch über die kleinsten Einzelheiten eins Damenkleids handelt."

„Also, es wird keineswegs um Nähen oder Stricken

gehen, denn ich kann weder das eine noch das andere ausstehen, und ich werde auch nicht über Pferde sprechen, denn ich reite nur ungern. Immerhin könnte ich den Versuch mit Tennis wagen, denn ich spiele, wenn auch nicht besonders gut, und so wäre es wenig interessant, darüber zu sprechen. Das Problem ist, dass ich mich in einer schwierigen Situation befinde, Mr. Harrington", sagte Clara und wandte sich dabei lachend an ihn.

„Wirklich? Vielleicht könnten Sie mir Ihr Dilemma erklären."

„Keine der genannten Möglichkeiten reizt mich. Es gibt aber etwas, das ich Sie gern fragen würde. Allerdings hat Mama gesagt, dass wir nicht über Ihre Arbeit sprechen dürfen, denn das wäre unfair Ihnen gegenüber. Es ist aber eine Frage, die sich auf Ihre Arbeit bezieht. Verstehen Sie mein Problem?"

„Ja, ganz gewiss", sagte er mit gespieltem Ernst. „Wenn Sie das Verbot Ihrer Mutter, das wir beide gehört haben, absichtlich ignorieren, riskieren Sie, uns beide zu verärgern. Das bedeutet, dass Sie glauben, die Frage nicht stellen zu können und sich bewusst bemühen müssen, nichts zu sagen, was eine nachteilige Wirkung auf unser Gespräch haben könnte."

„Das stimmt. Was würden Sie also raten?"

„Dass Sie missachten, was Ihre Mutter gesagt hat und ich mich geistig gegen das Gefühl wappnen muss, ungerecht behandelt zu werden. Wie Ihre Mutter sagte, verfügen Diplomaten über Takt und Diplomatie – oder zumindest denken sie gerne so. Sie hat aber eine andere wichtige Eigenschaft vergessen, und zwar die, dass unsere Haut so dick ist wie die eines Nashorns."

Clara ließ ihren Blick kichernd von seinem Kopf bis zu seinen Zehen gleiten. „Ich muss schon sagen, dass sie aber gut versteckt ist. Also gut, ich bin nämlich in Bezug auf das Silberjubiläum, das Papa erwähnt hat, wirklich neugierig. Könnten Sie mir bitte mehr darüber erzählen?"

„Ja, selbstverständlich. Im kommenden Jahr richtet der Resident eine besondere Feier zu Ehren des Königs in der Residenz aus. Eine Menge wichtiger Persönlichkeiten, wie Ratsmitglieder und die Mitglieder verschiedener Ausschüsse, werden anwesend sein. Mit den Arbeiten wird schon sehr bald begonnen. Es wird ein großes Ereignis sein, aber vielleicht nicht so ganz die Art der Veranstaltung, die Sie sich erhofft haben."

„Es hört sich sehr vornehm an", sagte Clara etwas skeptisch.

„Aber?" ermunterte er sie.

„Aber ein wenig bieder", sagte sie kichernd. „Klingt das wirklich oberflächlich?"

„Nein, keineswegs", erwiderte er wohlgelaunt. „Ich hätte gedacht, dass Tennispartien, Gartenfeste und Tanzveranstaltungen mehr Ihrem Geschmack entsprechen – also, die Art von Aktivitäten, die der Club veranstaltet."

„Ja, da haben Sie recht."

„Ich werde Sie jetzt aber in ein Geheimnis einweihen, denn ich bin ganz Ihrer Meinung. Deshalb werde ich etwas veranstalten, das Ihr Papa nicht erwähnt hat, und zwar schon viel früher. Ich plane ein Fest in meinem Haus. Vorgeblich wird es zu Ehren des Königs sein, aber tatsächlich, weil es schon höchste Zeit für mich ist, so etwas zu tun. Ich denke an Anfang Februar. Die Neujahrsfeiern im Club werden dann schon längst vorüber sein, und Februar ist einer der schönsten Monate im Jahr. Es ist trocken und warm und die Luft ist nicht zu feucht.

Clara starrte ihn begeistert an. „Meinen sie im Palast?"

Edward schüttelte den Kopf. „Nein, das ist nicht mein

Haus – der Resident wohnt dort. Mir stehen einige Zimmer darin zur Verfügung, weil ich oft in Bereitschaft sein muss, und ich bin manchmal bis spät abends beschäftig. Dann würde ich bei Dunkelheit nicht gern von Bolghotty Island nach Cochin zurückfahren. Aus demselben Grund hat auch Michael ein Zimmer. Nein, ich habe ein Haus südlich vom English Club, und dort werde ich meine Party veranstalten."

Sie strahlte ihn an. „Wie aufregend für alle, die eingeladen sind. Aber wie besorgniserregend für Ihre Gattin. Wir haben in der Schule das Wesentliche über das Organisieren gesellschaftlicher Veranstaltungen und das Planen von Partys gelernt, und das hat sich alles sehr kompliziert angehört. Da muss man ja an so viel denken. Ihre Gattin ist sicher sehr geschickt."

„Es gibt keine Gattin, denn ich bin nicht verheiratet."

„Aber warum nicht?" Clara wurde ganz rot im Gesicht und legte ihre Hand vor den Mund. „Das war unhöflich von mir, Mr. Harrington, denn es geht mich doch überhaupt nichts an."

„Bitte, machen Sie sich keine Sorgen", sagte er beruhigend. „Es ist ja durchaus verständlich, dass jemand in meinem ehrwürdigen Alter eine Frau haben würde. Nein", warf er schnell ein und machte eine Geste, um sie vom Sprechen abzuhalten, „es ist nicht notwendig, mir in schönen Worten zu sagen, dass ich gar nicht alt bin und nicht alt aussehe."

Clara konnte sich ein Lachen nicht verbeißen.

„Um aber Ihre Frage zu beantworten", fuhr er fort, „ich habe nie die richtige Person getroffen. Meine Karriere hat meine frühen Jahre bestimmt, und als ich einen Punkt erreicht hatte, an dem ich an eine Heirat denken konnte, war keine Frau in meinem Gesichtskreis, die ich heiraten wollte."

„Ist es, weil Sie zu anspruchsvoll sind?"

Er lächelte. „Ich kann das eigentlich nicht beantworten, weil ich gar nicht weiß, was normal ist. Was ich allerdings weiß ist, dass ich mehr will, als nur eine gut aussehende Frau, die eine gute Organisatorin ist und sich gut auf die gesellschaftliche Konversation versteht. Davon gibt es viele im britischen Indien."

Clara sah ihn überrascht an. „Eine solche Frau wäre doch sicher die ideale Gattin für einen Diplomaten. Was möchten Sie denn sonst noch?"

„Das kann ich nicht wirklich sagen. Sobald ich aber die richtige Frau für mich kennenlerne, werde ich es sofort wissen. Sie wird eine Frau sein, die mein Leben, das sie mit mir teilt, bereichert."

„Ja, da hoffe ich, dass Sie diese Frau bald finden werden", erwiderte Clara, verzog dann aber ihr Gesicht. „Auweia! Das tut mir aber leid. Es hört sich ja an, als ob ich andeuten würde, dass Sie bald zu alt zum Heiraten sein könnten. Das habe ich natürlich nicht gemeint."

Er lächelte sie an. „Weil Sie jetzt anscheinend in Verlegenheit geraten sind würde ich vorschlagen, dass wir das Thema wechseln, und zwar auf ganz offensichtliche Art. Denn mir fällt da ein, dass Sie gelernt haben, wie man Partys organisiert und da hoffe ich, dass Sie mich freundlicherweise beraten könnten. Ich bin nicht die Art von Mann, der alles bis zur letzten Minute aufschiebt. Und da der Februar nicht mehr so weit entfernt ist, würde ich gern bald mit dem Planen beginnen."

„Mit mir?" fragte Clara erstaunt.

„Ganz recht. Es wird das erste Mal sein, dass ich mein Haus so vielen Gästen öffne. Ich bin zwar gewohnt, pompöse Veranstaltungen in der Residenz zu organisieren, bin aber weniger darin versiert, wie meine eigene Party sein sollte. Meine Bediensteten sind zwar recht fähig, aber in dieser Beziehung könnten sie sicher etwas Unterstützung brauchen."

„Sie versuchen nur, nett zu mir zu sein, damit ich mich wegen meiner dummen Bemerkung besser fühle."

„Ich fürchte, dass Sie mir edlere Motive zuschreiben, die ich nicht verdiene", sagte Edward mit einem Lächeln. „Denn ich hoffe ja nur, jetzt wo ich Sie gefunden habe, die Gelegenheit zu nutzen, damit meine Party nicht wie eine reduzierte Palastveranstaltung wirken wird. Ich möchte nicht, dass sie zu etwas wird, das Sie „bieder" nennen könnten."

„Also, wenn Sie wirklich denken, dass ich helfen könnte, dann würde ich es gerne tun. Schließlich könnte ich dann auch dafür sorgen, dass ich eingeladen werde", fügte sie lachend hinzu. „Oh, Mama und Papa sind stehengeblieben und warten auf uns. Sie müssen ziemlich flott marschiert sein, oder wir sind vielleicht sehr langsam gegangen. Ist Ihre Party noch ein Geheimnis, oder kann ich vielleicht mit Lizzie darüber sprechen?"

„Danke, Clara, dass sie mich fragen. Vielleicht wäre es am besten, wenn wir für eine Woche oder so noch nicht zu viel darüber sprechen. Also, keinesfalls bevor ein Datum für die Party festgelegt ist. Einladungen müssen gedruckt werden und davor muss noch ein Thema für die Party beschlossen werden. Vielleicht könnten Sie mir dabei helfen?"

„Ich werde sofort anfangen darüber nachzudenken", sagte sie mit einem fröhlichen Lachen. „Kostümfeste sind natürlich immer sehr beliebt."

„Das stimmt. Aber, da das Fest zum Anlass des Silberjubiläums stattfindet, laufen wir da nicht Gefahr, dass alle

Männer als Georg V. erscheinen werden und die Damen als Königin Mary, oder umgekehrt?"

Clara lachte.

Auch Edward lächelte. „Wenn Sie und Ihre Eltern an einem Abend in der nächsten Woche zu mir kommen – sagen wir am Donnerstag – dann könnten wir uns über die Party bei einem Abendessen unterhalten. Und wenn Sie bis dahin schon ein paar Einfälle hatten, könnten wir das gemeinsam besprechen."

„Das wäre sehr nett", antwortete Clara schüchtern.

„Dann werde ich Ihre Eltern einladen, bevor wir unserer getrennten Wege gehen."

NACH DEM ABENDESSEN saßen Henry und Mary Seite an Seite auf der Veranda und blickten über den schon dunkel gewordenen Rasen auf den blendend weißen Sand am Meeresrand. Ein schimmernder Dunststreifen über der Wasseroberfläche verlieh dem ganzen etwas Überirdisches.

Die Kokospalmen, die zu beiden Seiten des Gartens in den Himmel ragten, fingen den Duft der nahegelegenen Plumeria-Sträucher auf und ihr Aroma vermischte sich mit dem Wohlgeruch des weißen Jasmins, der am Fuß der Holztreppe stand, die hinunter in den Garten führte.

Als die beiden in geselliger Stille beieinandersaßen, konnten sie Clara hören, die auf der Veranda über ihnen umherging, sich dann in ihr Schlafzimmer zurückzog und die Tür schloss.

Amir kam mit einem kleinen Tablett zu den beiden heraus, auf dem ein *chota peg* Brandy mit Sodawasser und ein Gin Gimlet standen. Amir stellte den Brandy auf den Tisch neben Henry und den Gin Gimlet neben Mary. Dann machte er einen Schritt zurück und stand mit dem Tablett in Händen wartend da.

Henry gab ihm ein Zeichen, dass er sich entfernen konnte. Dann beugte er sich vor und nahm sein Glas. „Also, Mary", sagte er und nahm einen Schluck Brandy, „was hältst du denn von unserem abendlichen Spaziergang?"

„Es tat mir leid, dass wir nicht unsere übliche Schüssel mit Fischcurry haben konnten, weil Edward und Clara so lange geplaudert haben. Ich hatte mich schon so auf unseren kleinen Freitagsschmaus gefreut."

Henry schüttelte ungeduldig den Kopf. „Ich spreche doch nicht vom Essen."

„Geht es dann darum, dass uns Edward am Donnerstag zum Dinner eingeladen hat? Oder dass er im Februar eine Party veranstalten will? Mir ist natürlich klar, dass beide miteinander verbunden sind."

„Mir geht es natürlich um ihn und um Clara, und darum, dass er sie gebeten hat, ihm mit der Party zu helfen. Was soll Clara denn schon über die Organisation einer Party wissen?"

„Ich glaube, dass sie in der Schule irgendeinen diesbezüglichen Unterricht hatten, der sie auf ihre zukünftigen Pflichten vorbereiten sollte."

Henry schnaubte wegwerfend durch die Nase.

Mary runzelte die Stirn. „Wenn du andeuten willst, dass es Edward auf Clara abgesehen hat, dann liegst du sicher falsch. Ich bin überzeugt, dass er weiß, dass sie und George praktisch verlobt sind – Michael sieht ihn ja täglich und hat es ihm bestimmt erzählt – und außerdem ist Edward auch um so viel älter als Clara."

„Ein alter Mann ist er aber noch lange nicht. Er ist jetzt in einem Alter, in dem ein unverheirateter Mann mit einer etablierten Karriere ans Heiraten denkt. Ja, Clara wird sich verloben, aber die beiden sind noch nicht offiziell verlobt." Er nahm erneut einen Schluck. „Ich glaube ich werde mit Albert die Möglichkeit besprechen, das Datum der Verlobung etwas vorzuverlegen."

Mary runzelte die Stirn. „Damit bin ich nicht einverstanden. George und Clara müssen noch etwas mehr Zeit miteinander verbringen – sie haben sich seit ihrer Rückkehr doch kaum gesehen. Beide sind jetzt erwachsen und müssen erst herausfinden, ob sie wirklich noch heiraten wollen. Ich denke es ist besser, uns an den ursprünglichen Plan zu halten."

„Also gut", entgegnete er ungeduldig, und nahm noch einen kleinen Schluck. „Aber nachdem sich beide offensichtlich sehr gernhaben, wäre es doch vernünftig, wenn wir eine Anzeige für den *Malabar Herald* und den *Cochin Argus* bereit haben. Es würde Albert und Julia zeigen, dass wir weiterhin interessiert sind. Ich habe nicht vergessen, dass sie ein Mädchen in Calicut für George im Auge hatten."

„Liebling, ich weiß, dass du dabei an die Firma denkst, aber ich verlange doch nur, dass du vorsichtig vorgehst", erwiderte Mary und rührte ihren Gimlet um. Dann hielt sie inne und blickte Henry eine Weile nachdenklich an. „Glaubst du wirklich, dass Edward Clara als eine mögliche Ehefrau sehen könnte?"

Henry zuckte die Achsel. „Es wäre durchaus möglich. Vor dem heutigen Abend wäre es mir so etwas nie in den Sinn gekommen, ich muss aber zugeben, dass ich mir jetzt darüber Gedanken mache."

Mary runzelte leicht die Stirn. „Wäre eine solche Verbindung für dich erfreulich? Ich weiß, dass du eine Abrede mit Albert hast, aber zwischen George und Clara ist noch nichts offiziell. Wäre es für dich inakzeptabel, wenn es ihr lieber wäre, Edward zu heiraten? Und erwähne bitte nicht den

Altersunterschied, denn du bist ja auch einige Jahre älter als ich."

„Es wäre eine ausgezeichnete Heirat für Clara. Edward ist bestens etabliert und respektiert und er hat eine gute Zukunft. Aber eine Verbindung von ihr mit George würde mich viel mehr freuen. Albert und ich sind gute Freunde geworden, und für mich ist es lebenswichtig, dass jemand da ist, der die Firma in den kommenden Jahren übernimmt. George würde sowohl ihre Firma als auch meine leiten."

„Ist das der einzige Grund?"

Henry antwortete nach einigem Zögern. „Mary, ich bin ein einfacher Mann. Albert und ich sprechen dieselbe Sprache und wir sind in derselben Welt tätig. Genau wie George. Michael und Edward sprechen praktisch dieselbe Sprache und bewegen sich in einer anderen Welt, in einer Welt, die mich nicht interessiert. Ich habe bereits einen Schwiegersohn, dessen Zukunft die Kolonialverwaltung ist, und ich will nicht noch einen."

„Du sagst, dass du dieselbe Sprache wie Albert sprichst, er aber möchte unbedingt in die gesetzgebende Versammlung. Das hat dich doch auch nie interessiert."

„Ja, das stimmt. Ich kenne zwar Alberts Ambitionen, möchte aber immer noch lieber einen Abend mit ihm verbringen als mit Edward, ganz gleich wie sympathisch er auch sein mag."

„Angesichts von Alberts Ambitionen überrascht es mich aber, dass es Albert noch nicht in den Sinn gekommen ist, ihm Lizzie vorzustellen. Julia hat mir erzählt, dass Albert jemanden in Madras für Lizzie im Auge hat, dass es aber noch nichts Definitives ist. Ich könnte mir vorstellen, dass die Idee einer Heirat zwischen Lizzie und Edward für ihn großen Anreiz haben könnte."

Henry hielt bei diesem Vorschlag ganz plötzlich inne,

bevor sein Brandyglas seine Lippen erreicht hatte. Er strahlte über das ganze Gesicht. „Das ist doch eine famose Idee", rief er aus. „Mary, ich danke dir für diese großartige Idee, die mir nie eingefallen wäre. Lizzie hat denselben Unterricht wie Clara gehabt, und sie ist ja auch sehr hübsch. Ich weiß nicht wie weit der Plan mit Madras schon fortgeschritten ist, aber es würde sicher nicht schaden, wenn ich Albert in der kommenden Woche einen dezenten Hinweis gebe. Ja, das werde ich auf alle Fälle tun."

10

A*m folgenden Dienstag*

CLARA UND LIZZIE stiegen aus der Rikscha, gefolgt von Claras *ayah*, und alle drei standen am Rand des von Betelnusssaft verunreinigten Gehsteigs. Sie blickten suchend über die Straße auf den Weg, der zum Büro von Saunders & Co. führte.

„Ich hoffe, Papa ist nicht verärgert, dass wir ihn stören", sagte Clara besorgt zu Lizzie.

„Ganz bestimmt nicht", antwortete Lizzie lässig. „Er wird sich freuen, dass du sehen willst, was er tagsüber so macht."

„Ich hoffe, dass du recht hast."

„Und du willst doch nicht, dass uns dein Vater herumführt – ganz bestimmt nicht – denn wir hoffen ja, dass es Lewis tun wird. Schließlich hat er es auch vorgeschlagen."

Clara biss sich verlegen auf die Lippe. „Wenn er aber nicht hier ist? Er war am Sonntag nicht in der Kirche und nicht im Club. Vielleicht war es gar nicht so klug, heute herzukommen. Ich habe doch nur erwähnt, dass ich dachte, Papa hätte zu Mama gesagt, dass Lewis diese Woche im Büro und nicht unterwegs sein wird. Und ich habe angenommen, dass er am Vormittag im Büro ist, weil alle am Nachmittag eine kleine Siesta halten. Hätten wir am Sonntag etwas mehr Zeit zum Sprechen gehabt, wäre uns sicher etwas Besseres eingefallen.“

„Vielleicht, aber auch nicht. Wenn er nicht da ist, werden wir einen der langweiligsten Vormittage unseres Lebens verbringen, aber es ist immer noch den Versuch wert. Es ist uns ja sonst nichts eingefallen“, bemerkte Lizzie.

„Ja, du hast recht.“

Sie standen noch ein paar Minuten länger da, bevor sie den Mut hatten, die Bazaar Road zu überqueren und zum Büro hinunterzugehen. Dabei liefen ihnen Kulis über den Weg, die zum Markt in Jew Town unterwegs waren. Manche von ihnen balancierten Reissäcke auf dem Kopf, andere Körbe mit Gemüse, aber alle mussten dabei den Rikschas ausweichen, die vom und zum Markt gezogen wurden.

Auch hinter ihnen herrschte ein buntes Treiben, als die Frauen in leuchtenden Saris und Männer in Hemden und um die Taille gebundenen *lungis* den schmalen Spalt zwischen den nach vorn geöffneten Läden und den Straßenhändlern am Straßenrand entlanggingen.

Die Luft war vom Duft von Vanille, schwarzem Pfeffer und Kreuzkümmel getränkt und roch aber auch weniger angenehm von Butterschmalz und dem Schweiß der Menschen, die in der Hitze umherliefen, und vom Kokosnussöl, das als Haarpomade benutzt wurde. Und über allem lag der Gestank von verwesendem Fisch und der Geruch des Meeres.

„Nun komm schon“, forderte Lizzie ungeduldig. „Es ist

wahrlich nicht angenehm hier, und es wird von Minute zu Minute heißer und stickiger. Ich kann mich nicht erinnern, dass es im Oktober je so schwül gewesen ist. Lewis ist vielleicht auch gar nicht viel länger mehr im Büro."

„Ich hab dich doch gewarnt, dass er vielleicht überhaupt nicht hier ist", wandte Clara ein, als sie die Straße überquerten und die *ayah* hinter ihnen einhertrödelte.

„Ich hoffe doch sehr, dass wir unsere Zeit hier nicht vergeuden", bemerkte Lizzie mürrisch.

„Wenn niemand hier ist, könnten wir immer noch zu Goddard & Son gehen. Es ist nicht weit von hier."

Lizzie antwortete mit einem ablehnenden Schnauben. „Ganz bestimmt nicht! Ich werde den Vormittag auf keinen Fall damit verbringen, dir und meinem Bruder zuzusehen, wie ihr euch verträumt in die Augen schaut."

Clara stützte ihren behandschuhten Finger auf ihr Kinn und nahm eine nachdenkliche Stellung ein. „Hm. Ich überlege jetzt wirklich, ob wir nicht besser zu Goddard & Son gehen als zu Papa. Das Büro deines Vaters hört sich plötzlich ganz unwiderstehlich an."

Lizzie machte ihrem Ärger lautstark Luft.

„Keine Angst", sagte Clara kichernd. „Ich spaße ja nur. Dieser Vormittag ist doch nur für dich und Lewis und niemand sonst bestimmt. Und George wäre wahrscheinlich gar nicht da", fügte sie noch hinzu. „Also los!"

Sie gingen an steinernen Häuschen mit Blumentöpfen in den Fenstern vorbei, sowie an einem Lagerhaus, in dem Getreide und Waren von den *backwaters* gelagert wurden, und weiter zu den Kais am Wasser.

Als sie das Büro von Saunders & Co. erreicht hatten, machten sie davor halt und sahen einander an.

„Willst du zuerst hineingehen", fragte Clara.

„Er ist dein Vater", sagte Lizzie und schob Clara vor.

Nachdem sie der *ayah* aufgetragen hatten, draußen zu warten, stieß Clara die Tür auf und ging ins Bürogebäude.

Die Fensterläden des dunklen Raums waren geschlossen und nur von der rechten Ecke aus drang etwas Licht herein. Dort war eine offene Tür, durch die das Licht von einem kleinen Hof kam. Die steinerne Mauer am hinteren Ende des Hofs war von einer Fülle gelber Mimosen und roter Hibiskusblüten bedeckt. An der Rückseite des Büros befand sich linkerhand eine mit einem Perlenvorhang verhangene Türöffnung.

Clara ging etwas weiter hinein, während sich ihre Augen an die Dunkelheit gewöhnten, und Lizzie folgte ganz nah hinter ihr.

Das Surren des elektrischen Ventilators in der Mitte der hohen Decke war laut, und es war auch das rhythmische Flattern des im Luftzug gefangenen Papiers zu hören.

Im Büro standen drei hölzerne Schreibtische. Der größte davon befand sich hinten im Raum. Es war Henrys Schreibtisch an dem er saß, den Kopf über ein Kassenbuch gebeugt.

An der gegenüberliegenden Seite von Henrys Schreibtisch standen zwei Holzstühle mit dem Rücken zur Tür.

Ein Mann mit einem Turban und einem weißen Baumwollhemd saß am Schreibtisch links, doch der Stuhl mit hoher Lehne hinter dem Schreibtisch rechts war leer.

Clara wies auf den leeren Stuhl und machte eine verzweifelte Geste zu Lizzie hin.

„Clara!" rief Henry erstaunt aus, als er den Blick von seinem Buch hob.

„Und Lizzie." Er starrte beide verwundert an.

Mit einem breiten Lächeln schob er das Buch, in dem er gelesen hatte, zur Seite, stand auf und zog sein Jackett an. „Es ist mir eine Freude, euch beide zu sehen!"

Clara blickte auf das Kassenbuch, in dem er gelesen hatte, und auf den Papierstoß vor ihm und auf die Ablagen vorne am Schreitisch, die mit Dokumenten überquollen.

Eine Ablage war als Pfefferlieferungen markiert, und es gab noch ähnliche Ablagen für Sandelholz, Kardamom, Kokosnussprodukte und Seide. Eine weitere Ablage war mit Unterlagen gefüllt, die sich auf Waren bezogen, die bereits für den Versand vorbereitet waren. Es gab eine Ablage mit der Aufschrift Versandpläne, und daneben Ablagen für Verordnungen, Zulassungspapiere, Freigaben, Zertifikate und allgemeine Dokumentationen.

In einer Ecke des Schreibtisches stand ein Aktenordner, der für Kunden und Schiffsagenten markiert war, und in der anderen Ecke eine große Uhr.

Clara fühlte sich plötzlich sehr schuldbewusst.

„Entschuldige bitte, Papa. Du siehst aus, als ob du sehr beschäftigt bist. Wir hätten dich nicht stören sollen."

„Liebes, ich bin nie so beschäftigt, dass mich ein Besuch von dir nicht freuen würde. Oder von dir, Lizzie. Bitten wir doch Nitesh, dass er uns einige Erfrischungen in den Hof bringt." Ohne auf eine Antwort zu warten gab er seinem Kommis ein Zeichen.

„Selbstverständlich, *sahib*", antwortete Nitesh. Er erhob sich von seinem Stuhl, tapste mit bloßen Füßen zum Perlenvorhang, hielt ihn zur Seite und ging durch die Türöffnung in einen rückwärtigen Raum.

„Dein Besuch ist sehr passend, Clara", sagte Henry und ging auf den Hof zu. „Es ist da etwas, das ich dich bezüglich Edwards Einladung fragen wollte."

„Wir wollten dich nicht von deiner Arbeit abhalten", versicherte Clara und folgte ihrem Vater in den Hof. „Wir wollten nur gerne erfahren, was du tagsüber treibst. Wir sehen aber, dass du beschäftigt bist und unsere Zeit schlecht gewählt war. Nach der Erfrischung werden wir gleich wieder gehen. Vielleicht könnten wir in andermal kommen, wenn du nicht so viel zu tun hast."

Henry strahlte vor Freude. „Ich bin begeistert von eurem Interesse, meine Lieben", sagte er. „Wir haben hier immer zu tun - wir handeln ja nicht nur mit indischen Produkten, sondern wir sind auch Verfrachter und Verlader. Ich werde aber nie so beschäftigt sein, dass ich keine Zeit für euch hätte. Und jetzt setzt euch, bitte." Er wies mit den Händen auf sechs Rohrstühle, die um einen Tisch in der Mitte des Hofs standen.

„Was war denn das bezüglich einer Einladung von Edward?" flüsterte Lizzie Clara ins Ohr.

„Wir gehen am Donnerstag zu ihm zum Dinner. In sein Haus und nicht in die Residenz", erwiderte Clara, als sie auf dem von ihrem Vater angewiesenen Stuhl Platz nahm.

Lizzie warf ihr einen erstaunten Blick zu und setzte sich neben Clara. „Ich würde über Edward gern später mehr erfahren", flüsterte sie. „So ein Pech, dass Lewis nicht hier ist."

Beide bemühten sich, ihre Enttäuschung nicht zu zeigen, und Nitesh kam auch bald mit einem Tablett, auf dem eine Tasse mit süßem Milchtee und zwei Gläser mit Limetten- und Ingwer-Sodawasser mit Minzeblättern standen. Auch mehrere Bananenblätter lagen darauf und ein Teller, auf dem Ananas-, Mango-, Maracuja- und Brotfruchtstücke aufgetürmt waren.

Nitesh stellte den Tee vor Henry und die Sodawassergläser vor Clara und Lizzie. Nachdem er die Bananenblätter und das Obst in die Tischmitte platziert hatte, drehte er sich um und ging.

„Diese Säfte sehen lecker aus, Nitesh. Könntest du mir auch einen bringen", fragte eine Stimme.

Clara und Lizzie wandten sich rasch der Stimme zu.

Lewis kam über den Hof auf sie zu.

Beide glätteten diskret ihre Röcke.

Clara errötete vor Erleichterung und lächelte verschmitzt in Lizzies Richtung.

„Henry, wenn das ein Familientreffen ist", warf Lewis ein und blieb in einem höflichen Abstand vom Tisch stehen, „dann werde ich mich gleich ins Büro zurückziehen und meinen Saft am Schreibtisch trinken. Das wäre gar nicht schlecht, denn ich habe eine Menge zu tun. Und ich möchte auch nicht stören."

„Du würdest überhaupt nicht stören, mein lieber Junge. Du hättest die Zeit für deine Ankunft in der Tat gar nicht besser wählen können. Die Mädel haben mir nämlich gesagt, dass sie etwas mehr von unseren Geschäften verstehen möchten und es gibt niemanden, der es ihnen besser als du erklären könnte. Ich hätte es selbst getan, aber ich habe einen Termin und muss mich bald verabschieden."

Lewis nahm nun auch am Tisch Platz.

„Clara, ich habe deine *ayah* vor dem Haus bemerkt und werde dafür sorgen, dass ihr Nitesh auch etwas zu trinken bringt", sagte Henry und streckte seine Beine bequem unter dem Tisch aus. Er nahm einen Schluck von seinem Tee. „Woran seid ihr Mädel denn besonders interessiert? Es wäre für Lewis sicher nützlich, wenn er es wüsste."

Clara und Lizzie blickten einander an. Clara biss auf ihre Unterlippe und Lizzie hüstelte.

Lewis rückte näher an den Rand seines Stuhls. „Ich kann mir vorstellen, dass es für die Damen schwierig sein muss, genau festzulegen, woran sie ganz besonders interessiert sind, nicht wahr?" sagte er gewandt. „Schließlich kennen Sie ja noch nicht die verschiedenen Aspekte unserer Arbeit. Ich kann mir vorstellen, dass Sie gern eine allgemeine Vorstellung davon hätten, was mit den Waren geschieht, die wir in unsere Lagerhäuser bringen, wie wir sie verarbeiten und für den Export vorbereiten."

Zwei Paar Augen sahen ihn dankbar an.

„Das stimmt", versicherte Clara. Wir wollten nur eine allgemeine Vorstellung von deinem Arbeitstag, Papa. Schließlich ist es das Geschäft, das unsere Familie unterhält, nicht wahr?"

Lewis konnte ein Lachen nur schwer unterdrücken und verwandelte es in ein Hüsteln.

„Henry, ich schlage vor, dass ich die wichtigsten Punkte im Büro mit den beiden bespreche", sagte er, „und erkläre, wie wir den Import der Waren koordinieren, wobei wir darauf achten, dass sie ordnungsgemäß überprüft und dokumentiert werden. Und dann könnte ich mit ihnen das Exportverfahren durchgehen. Wenn es Ihnen recht ist, kann ich auch erklären, wie wir unsere Sendungen verfolgen und Verzögerungen, Schäden und sonstige Probleme weitergeben."

Henry nickte. „Das ist bestens, Lewis."

Ein weiteres Augenpaar sah ihn dankbar an, diesmal unter buschigen Augenbrauen.

„Danach", fuhr Lewis fort, „könnten wir zu den Kais hinuntergehen und vielleicht in ein Paar Lagerhäuser hineinsehen. Es könnte für Sie, meine Damen, interessant sein, wie wir die verschiedenen für den Export bestimmten Waren lagern."

Clara und Lizzie tauschten Blicke aus und murmelten etwas, das wie Zustimmung klang.

„Und noch einen Vorschlag hätte ich. Da wir Goddard & Son so nahe sind, Miss Goddard, könnten wir unseren Rundgang im Büro Ihres Vaters beenden. Wenn er möchte, könnten Sie so lange bei ihm bleiben, bis es Zeit für die

Heimfahrt ist, und ich könnte dafür sorgen, dass Miss Saunders und ihre *ayah* sicher nach Hause kommen.“

„Das ist sehr aufmerksam von Ihnen, Mr. Mackenzie“, entgegnete Lizzie schnell, „aber ich kann mich vage erinnern, dass Papa beim Abendessen gesagt hat, dass er heute nicht im Büro sein wird. Clara und ich werden ihn ein andermal besuchen.“

Lewis lächelte. „Ja, selbstverständlich.“

Henry nickte. „Sollte ich noch nicht zurück sein, wenn euch Lewis hier wieder abliefert, dann könnt ihr beide hier auf mich warten. Lizzie, wir liefern dich dann auf dem Heimweg zu Hause ab.“

„Danke, Mr. Saunders“, sagte Lizzie und schenkte ihm ein süßes Lächeln.

Henry nickte. „Das ist also beschlossene Sache und ihr leert jetzt am besten eure Gläser, bevor das Eis darin schmilzt.“ Und er selbst trank seine Tasse mit dem Milchtee leer.

11

___

Das ist sehr gut verlaufen, dachte Lewis zufrieden, als er vom Wagen zurücktrat, der die beiden Mädchen, die *ayah* und Henry nach Hause bringen sollte. Er winkte ihnen noch schnell nach, überquerte die Straße und ging dem Büro zu.

Welch ein Glück, das er genau im richtigen Moment ins Büro zurückgekommen war!

Wenn es später gewesen wäre, hätte Henry den Mädchen die Büropraxis erklären müssen, und das hätte ihm sicher keinen Spaß gemacht. Er war offensichtlich froh gewesen, die Aufgabe ihm zu übergeben.

Und er, Lewis, hatte nur allzu gerne ausgeholfen!

Falls er irgendwelche Bedenken bezüglich Claras Interesse an ihm gehabt hatte, dann waren sie an diesem Vormittag verbannt worden.

Bei seiner Ankunft im Hof hatte er sofort das Lächeln bemerkt, das Clara mit Lizzie ausgetauscht hatte. Es war ganz offensichtlich ein Lächeln der Freude und gewiss auch des Triumphs gewesen. Daran hatte er sofort erkannt, dass die beiden vor seiner Ankunft im Büro über ihn gesprochen hatten.

Ihn zu sehen, mag überhaupt der Grund für ihren Besuch gewesen sein.

Je mehr er darüber nachdachte, desto mehr war er schließlich davon überzeugt, dass er der Grund für ihren Besuch in Muttancherry gewesen war.

Bei der Frage, was sie denn am Geschäft besonders interessierte, waren beide nicht in der Lage gewesen, irgendetwas vorzuschlagen. Ihr fehlendes Interesse war dann noch durch Claras dankbaren Blick bestätigt worden, als er sofort mit mehreren Vorschlägen aufwartete.

Ja, sie waren gekommen, weil Clara ihn wiedersehen wollte.

Was hätte denn sonst der Grund sein können?

Ihr Erröten und Kichern und ihre offensichtlichen Versuche, Interesse an allem vorzutäuschen, was er ihnen zeigte, waren doch Bestätigung genug gewesen.

Und Lizzie, die offensichtlich über Claras Interesse an ihm informiert war, verhielt sich ebenso, wurde häufig rot und blickte in seine Richtung, als ob sie feststellen wollte, ob er Clara ansah und mit welchem Ausdruck im Blick.

Innerlich konnte er seine Begeisterung kaum unterdrücken.

Und dieser positive Vormittag war auch noch nicht zu Ende, dachte er vergnügt, als er die Tür zum Büro öffnete und ins Zimmer trat.

ALS SIE AUF einem der dem Büro von Saunders & Co. am nächsten gelegenen Kais gestanden waren und die kleinen Fischerboote beobachtet hatten, die zwischen den Hochseefrachtern auf dem Kanal zwischen Muttancherry und

Willingdon Island hin und her pendelten, hatte er gehört, wie Lizzie in einer unnatürlich lauten Stimme zu Clara sagte, dass sie an einem Freitagvormittag doch immer im Old Harbour House zum Kaffeetrinken seien.

Daraufhin sagte sie noch, dass sie von Clara besonders gern wissen wollte, wie das Dinner mit ihren Eltern bei Edward Harrington am Abend zuvor in dessen Haus verlaufen sei. Sie würde dann am Freitag eine genaue Beschreibung des Hauses haben wollen.

Er war sehr erstaunt gewesen, als er vom Dinner gehört hatte. Und auch sehr erfreut. Edward Harrington lud Leute regelmäßig in die Residenz ein – schließlich war es eine seiner Hauptaufgaben, bei der Bewirtung von Gästen in der Residenz zu helfen – aber er lud sie nie in sein eigenes Haus ein.

Einmal hatte er im English Club gehört, wie jemand Harrington gefragt hatte, weshalb er nie Freunde zu sich einlud, und er hatte darauf entschieden geantwortet, dass er viele Gäste in der Residenz empfing, private Abendessen aber immer im Club veranstaltete und sein Heim gern als eine Oase der Ruhe für sich selbst behielt.

Clara und ihre Familie hatte er aber doch dorthin zum Dinner eingeladen. Das musste bedeuten, dass er sie als besondere Freunde betrachtete.

Und das war auch leicht zu verstehen.

Henry Saunders war ein seriöser Geschäftsmann und relativ umgänglich, und Mary eine äußerst liebenswürdige Frau. Und da ihr Schwiegersohn einer von Harringtons Assistenten und angeblich für den Aufstieg innerhalb der britischen Verwaltung bestimmt war, verfügte die Familie Saunders über besondere Beziehungen zu Harrington.

Was auch bedeutete, dass sich diese Freundschaft mit Harrington im Notfall in Unterstützung verwandeln ließe.

Etwas, das ihm in Zukunft gut zustattenkommen könnte.

So wäre es zum Beispiel wahrscheinlicher, dass er von Harrington Rückhalt bekäme, wenn er sich um einen Sitz in der gesetzgebenden Versammlung bewürbe, sobald er mit Clara verheiratet war und die Firma leitete.

Offensichtlich war Albert Goddard ja der Meinung, dass eine Mitgliedschaft von Vorteil sei, und er war immerhin ein schlauer Mann. Und auf eine Weise ehrgeizig, wie es Henry Saunders nie sein würde.

Wenn Goddard & Son nicht für den Sohn bestimmt gewesen wäre, hätte er, Lewis, möglicherweise versucht sein können, Lizzie als eine mögliche Gattin zu erwägen. Er fühlte, dass ihm Lizzie mehr geistesverwandt war als Clara. Doch Albert Goddard hatte einen Sohn und so stellten die Vorteile einer Ehe mit Clara alles in den Schatten, was ihm eine Ehe mit Lizzie geboten hätte.

Zudem war er auch realistisch genug um zu wissen, dass Goddard seiner Tochter nie erlauben würde, einen Mann wie ihn zu heiraten.

Es hatte sich schon herumgesprochen, dass Goddard auf eine Ehe zwischen seiner Tochter und einem Mann hoffte, der eine hohe Stellung in der britischen Verwaltung in Madras innehatte. Anscheinend hatte er den Mann anlässlich eines Besuchs für einen Vertragsabschluss kennengelernt und ihn als einen möglichen Gatten für Lizzie wahrgenommen.

So wie er Albert Goddard kannte, war er von der gesellschaftlichen Stellung des Mannes in Madras sicher sehr beeindruckt gewesen. Er hätte den möglichen Vorteil für sich selbst sofort erkannt und sich nach besten Kräften um eine Freundschaft mit dem Mann bemüht.

Regierungsbeamten zu liebedienern war jedoch nicht seine Art, dachte Lewis mit einiger Verachtung.

Wenn ihn Goddard zu seiner Meinung gefragt hätte – was er natürlich nicht getan hatte – hätte er ihm gesagt, dass er seine Zeit beim Versuch, sich auf diese Weise sich zu avancieren, leicht vergeuden könnte.

Denn die Tage von Britisch-Indien waren gezählt.

Viele der Briten waren blind für das, was sich in den vergangenen Jahren ereignet hatte, denn viele Inder spielten jetzt bereits eine wichtige Rolle in der Regierung ihres Landes, und nach den Gerüchten zu schließen, würde diese Rolle bald noch zunehmen.

Es hieß, dass Indien in selbstbestimmende Gebiete, also in eine Vereinigte Föderation nach dem Vorbild von Australien oder Kanada, aufgeteilt würde, jedoch ohne deren Maß an Unabhängigkeit.

Die Inder würden sich mit einer derartigen Situation jedoch nicht lange begnügen und sich bald lautstark dafür einsetzen, dass die Briten ihr Land verlassen sollten. Und da sie sicher darauf bestehen würden, waren die Tage der britischen Kolonialregierung sicher gezählt.

Eine örtliche gesetzgebende Versammlung würde es aber weiterhin geben, und ein Mitglied davon oder selbst in einem Gemeinderat zu sein, würde ihm, Lewis, wertvolle Informationen vermitteln, sowohl bezüglich der Geschehnisse in Cochin, vor allem aber auch bezüglich etwaiger Zukunftspläne. Diese Pläne könnten wichtige Auswirkungen auf den Handel haben, weshalb es sich bestimmt lohnte, einem Sitz in der Versammlung nachzugehen.

Und Albert Goddard war offensichtlich derselben Meinung. Das war auch der Grund, weshalb er dieses Ziel bei jedermann mit Nachdruck verfolgte, der ihm sein Gehör schenkte, und weshalb er auch seinen Sohn zu einem völlig unnötigen Treffen mit dem Resident geschleppt hatte.

Ja, eine engere Beziehung zu Edward Harrington zu haben, wäre der unerwartete Bonus einer Ehe mit Clara, beschloss er, als er die Lade zu seinem Schreibtisch aufschloss.

Und sie beim Kaffee im Old Harbour House zu treffen, wäre ein Schritt in diese Richtung.

Clara hoffte ganz offensichtlich, dass er da sein würde, denn sonst hätte Lizzie nicht so laut angedeutet, dass sie am kommenden Freitagvormittag dort sein werden, was Clara selbst sicher zu peinlich gewesen wäre.

Angesichts dieser Entwicklungen wäre es doch sicher unklug von ihm, nicht hinzugehen.

Mit einem zufriedenen Lächeln nahm er mehrere unterschriebene Schriftstücke aus der Lade, verschloss sie und steckte den Schlüssel in seine Hosentasche. Dann ging er hinüber zu Henrys Schreibtisch, zog die Ablagen zu sich her und steckte seine Schriftstücke zwischen jene, die bereits für den Versand abgefertigt waren.

Ja, bis Freitag also, sagte er zu sich selbst, schob die Ablage konform zu den anderen zurück und wandte sich zum Gehen.

LIZZIE STAND in ihrem Schlafzimmer vor dem hohen Spiegel, der dort in einer Ecke aufgestellt war, und zog den Leinengürtel eng um die Taille ihres kurzärmeligen, mit großen blauen und weißen Tupfen übersäten Kleides, und glättete den Rock, der gerade über ihre Knie reichte.

Nachdem sie einen letzten Blick in den Spiegel geworfen hatte, blieb sie noch eine Weile stehen, bevor sie hinunter zum Abendessen mit ihrer Familie ging.

Der Tag war ein enormer Erfolg gewesen, beglückwünschte sie sich selbst. Schließlich war es ihre Idee gewesen, unter einen Vorwand ins Büro von Saunders & Co. zu gehen, in der Hoffnung, Lewis dort anzutreffen. Und das Risiko hatte sich hervorragend gelohnt. Er war äußerst charmant und freundlich gewesen. Und auch sehr informativ.

Er mag jetzt zwar ein Schiffsagent sein, aber bestimmt nicht mehr lange, davon war sie überzeugt. Denn er war ehrgeizig. Wie gut sein Ehrgeiz auch verdeckt sein mochte, sie hatte ihn sofort verspürt.

Oder zumindest kurz nachdem sie bemerkt hatte, wie attraktiv er war.

Und niemand entdeckte so schnell wie sie, ob jemand ehrgeizig war, denn schließlich gehörte sie ja einer Familie an, in der Ehrgeiz ganz großgeschrieben wurde.

Ihr Vater machte aus seinen Hoffnungen für die Zukunft kein Geheimnis. Als Besitzer einer florierenden Handelsgesellschaft sollte er nun bald Mitglied der gesetzgebenden Versammlung werden, was zu seinem Prestige in der Gesellschaft beitragen und ihm Einfluss außerhalb seines Unternehmens verschaffen würde.

Und er war auch ehrgeizig für George, der eines Tages das Unternehmen übernehmen und durch seine Heirat mit Clara auch Saunders & Co. leiten wird. George würde dann Saunders & Co. ganz sicher mit Goddard & Son zusammenlegen und daraus die größte Handelsgesellschaft in Muttancherry machen.

Für George würde sicher alles bestens klappen.

Und ihr Vater war auch für sie ehrgeizig. Deshalb war er ja auch für diese Verbindung zwischen ihr und dem Mann in Madras.

Seit ihr Vater zum ersten Mal eine solche Heirat angesprochen hatte, war es ihr gelungen, etwas mehr über John Lansdowne zu erfahren.

Nachdem Mr. Lansdowne in seiner offiziellen Funktion als Unterzeichner bei einem lukrativen Geschäft zwischen Goddard & Son und einem Teppichunternehmen in Madras fungiert hatte, war ihr Vater noch mehrmals mit ihm auf einen Drink zusammengetroffen.

Während eines freundlichen Gesprächs hatte ihr Vater erfahren, dass Mr. Lansdownes Frau bei der Geburt ihres Kindes samt dem Kind gestorben war und er nach einer kurzen aber glücklichen Ehe jetzt bereit war, wieder zu heiraten, allerdings erst nach Ablauf der Trauerzeit.

Ihr Vater hatte dem Mann gegenüber dann erwähnt, dass seine Tochter in Kürze von ihrer Schulzeit in England zurückkäme. Dazu war dann nichts weiter gesagt worden, aber es bestand seitdem eine stillschweigende Übereinkunft bezüglich zukünftiger Möglichkeiten.

Nachdem ihr ihre Eltern einige Tage nach ihrer Rückkehr aus England äußerst aufgeregt von Mr. Lansdowne erzählt hatten, hatte sie sich bereit erklärt, ihn zu gegebener Zeit zu treffen. Schließlich musste sie doch irgendwann in nächster Zeit heiraten, denn es gab ja sonst keine anderen Möglichkeiten für sie, und es wäre äußerst unklug, zu lange zu warten, denn sie könnte sonst bald als zu alt für eine Heirat gelten.

Ihr Vater war über ihre Bereitschaft, den Mann zu treffen, hocherfreut gewesen, und hatte versprochen, bei seinem nächsten geschäftlichen Besuch in Madras die ganze Familie mitzunehmen.

Doch seitdem hatten sich die Dinge verändert.

Und zwar ab der Minute, da sie Lewis Mackenzie getroffen und sofort gewusst hatte, dass er der Mann war, den sie heiraten wollte.

Zur selben Zeit war ihr auch bewusstgeworden, dass, obwohl sie erst seit kurzem wieder in Cochin war, nicht nur Clara wollte, dass sie in Cochin blieb, sondern dass sie es auch selbst wollte.

Sie und Clara hatten sich immer gut verstanden, obwohl sie in der Schule nicht dieselben Freunde gehabt hatten. Clara würde in Cochin bleiben, und der Gedanke, mit Lewis verheiratet zu sein, in derselben Stadt wie Clara zu wohnen und einer Gesellschaft in einer dynamischen Stadt anzugehören, war äußerst reizvoll.

Wesentlich reizvoller, als meilenweit wegzuziehen, an einen Ort, wo sie niemand kannte.

Allerdings war es viel zu früh, mit ihren Eltern darüber zu sprechen.

Stattdessen würde sie hin und wieder einen positiven Kommentar in Bezug auf Lewis in das Gespräch am Abendtisch einflechten. Wenn schließlich der rechte Zeitpunkt gekommen und sie sicher war, dass Lewis ihre Gefühle erwiderte, würde sie etwas zu ihnen sagen.

Wenn sie allerdings die Angelegenheit mit dem Mann in Madras plötzlich vorwärtsbrächten, müsste sie das Thema schon früher zur Sprache bringen.

Und zu ihrer großen Freude war ihr an diesem Vormittag etwas ganz unerwartet in den Schoß gefallen, das ihren Vater dazu bewegen könnte, von der Idee einer Verbindung zwischen ihr und John Lansdowne abzuweichen. Es war die Nachricht über die Einladung der Familie Saunders bei Edward Harrington in dessen Haus.

Das würde ihren Vater sehr interessieren, und er würde ebenso überrascht sein wie sie es war.

Und sehr erfreut.

Dass George jemanden heiratet, deren Familie so eng

mit Edward Harrington befreundet war, könnte auch für Goddard & Son von großem Vorteil sein.

Und angesichts dieses Umstandes und der Tatsache, dass ihr Vater möglichst viele und vielseitige enge Verbindungen, und insbesondere mit einer Familie haben wollte, deren Ansehen in der Gesellschaft im Ansteigen war, würde der Druck auf ihr, Mr. Lansdowne zu heiraten, wahrscheinlich geringer sein. Schließlich könnten sich ja Vorteileile daraus ergeben, wenn sie in Cochin und weiterhin mit Clara befreundet blieb.

Sobald sie ihrem Vater alles erzählt hatte, was ihr Clara am Freitagvormittag beim Kaffee berichtet hatte, würde sie ihrem Wunsch, Lewis zu heiraten, sicher um einen beträchtlichen Schritt nähergekommen sein.

Mit einem Lächeln im Gesicht ging sie leichten Schritts aus ihrem Schlafzimmer in Richtung Speisezimmer.

12

 *m folgenden Donnerstagvormittag*

„MR. GODDARD IST HIER, *MEMSAHIB*", sagte Amit von der Tür, die zur Veranda hinausführte.

Clara und ihre Mutter sahen einander erstaunt an.

„Sagtest du Mr. Goddard, Amit?" fragte Mary. „Zu dieser Tageszeit?"

„Der junge Mr. Goddard", erklärte Amit.

„Oh, es ist George!" rief Clara hocherfreut aus. Sie legte schnell ihr Buch auf den Tisch und zwickte sich in die Wangen.

„Bitte ihn hereinzukommen", sagte Mary und legte ihre Häkelarbeit zur Seite.

Amit trat in den Salon zurück und kam einige Minuten später wieder mit George zu den Damen.

„Wie schön dich zu sehen, George", sagte Mary. „Bitte setz dich. Du möchtest doch sicher eine Erfrischung?"

„Ein Kaffee wäre mir sehr willkommen", entgegnete George. „Vielen Dank."

„Wir werden alle Kaffee trinken", sagte Mary zu Amit, der wartend an ihrer Seite stand.

Als er Clara gegenüber Platz genommen hatte, lachte George sie an und sagte dann mit einem zerknirschten Ausdruck im Gesicht zu Mary: „Ich muss mich entschuldigen, Mrs. Saunders, dass ich Sie so ungeladen überfalle."

Mary lachte. „Du bist uns immer willkommen, George, mit oder ohne vorherige Einladung. Aber das weißt du doch sicher."

„Das ist sehr freundlich von Ihnen, Mrs. Saunders. Es ist nur, weil sich eine unerwartete Gelegenheit ergeben hat, Clara zu sehen, die ich einfach nutzen wollte." Er lächelte Clara an.

„Bedeutet das, dass dich dein Vater heute nicht braucht?" fragte Mary.

„Ja, das stimmt. Er hat heute einige unserer Kokosplantagen in den tief liegenden Gebieten besucht. Die Setzlinge werden jetzt ausgepflanzt, weil der Starkregen vorbei ist. Ich werde morgen einige der Reisfelder besuchen und den zweiten Reisanbau überwachen. Die erste Ernte ist bereits eingebracht und wir werden jetzt die Setzlinge für die zweite Ernte anbauen. Ich muss die Anbaufelder prüfen und mich vergewissern, dass sie unter anderem auch gut gedüngt sind."

„Ach, du meine Güte, George!" rief Mary aus. „Das ist eine ziemliche Verantwortung. Dein Vater hat offensichtlich großes Vertrauen zu dir."

George lachte. „Das hört sich allerdings viel wichtiger an, als es tatsächlich ist. Die Arbeiter machen das schon seit Jahren und wissen viel mehr als ich, und werden wahrscheinlich immer mehr wissen. Es ist mehr wegen der

Wirkung, die die Anwesenheit von Papa oder von mir hat. Ich setze eine gescheite Miene auf und gehe knurrend umher, wie es Papa tut. Ich stecke meinen Stock an mehreren Stellen in den Boden, zeige großes Interesse an ein oder zwei Pflanzen und verteile lobende Worte. In Wirklichkeit ist meine Anwesenheit völlig unnötig, was alle wissen, aber es sieht gut aus."

„Du bist sicher zu bescheiden", sagte Mary lächelnd. „Wir wissen, dass Albert viel von dir hält."

„Ich hoffe, dass Sie recht haben. Papas Ehrgeiz ist ansteckend und ich möchte, dass die Firma eine noch bessere Leistung erbringt als bisher. Was aber den heutigen Tag betrifft, so hat er vorgeschlagen, dass ich mir den Vormittag frei nehme, weil er und ich bis zum Wochenende an verschiedenen Orten unterwegs sein werden. Und hier bin ich also."

Er hielt inne, als Amit mit dem Kaffee erschien und auf den Tisch stellte, dazu einen Teller mit Kokoskonfekt.

Clara warf George einen strahlenden Blick zu. „Ich freue mich so, dass du gekommen bist", sagte sie. „Das wird mich auf andere Gedanken bringen und vom heutigen Abend ablenken. Wir sind nämlich bei Mr. Harrington zum Dinner eingeladen. In seinem Haus und nicht im Club."

George nickte. „Lizzie hat es vor einigen Tagen erwähnt und Papa war sehr beeindruckt."

„Bevor du angekommen bist, habe ich gerade mit Mama besprochen, was ich anziehen soll."

„Clara, du könntest einen Sack aus Kokosfasern anziehen und würdest immer noch bezaubernd aussehen."

Clara war vor Freude errötet.

Mary sah die beiden prüfend an. „Ich denke, ich werde heute Vormittag keinen Konfekt nehmen und mit meinem Kaffee und meiner Häkelarbeit in den Salon gehen." Sie stand auf. „Ihr beide könnt hier draußen bleiben und euch unterhalten. Ich kann euch aber sehen und möchte keine Wiederholungsvorstellung von damals, als deine Familie zum Abendessen hier war, George.“

„Das bekommen Sie auf keinen Fall, Mrs. Saunders“, versicherte George mit vorgespielter Demut.

Clara unterdrückte ein Lachen.

Mary nahm ihre Häkelarbeit und ging zum Salon.

„Sie brauchen Amit nicht zu rufen“, warf George hastig ein. „Darf ich den Kaffee für Sie hineintragen?“ sagte George und stand schnell auf.

„Danke, das ist nett von dir, George“, sagte Mary und ging in den Salon gefolgt von George. Er stellte den Kaffee auf den kleinen Beistelltisch neben dem Sessel, in dem sie Platz nahm, und ging dann zurück zu Clara.

„Ich habe bemerkt, dass deine Mutter den Sessel gewählt hat, von dem aus sie den besten Blick auf uns hat“, murmelte er und setzte sich auf den Stuhl, den Mary benutzt hatte und in dem er Clara ein wenig näher war. „Ich nehme an, dass es nicht wahrscheinlich ist, dass sie schon vor dem Lunch eine Siesta macht und nicht erst nachher?“

Clara lachte. „Ganz bestimmt nicht.“

„Ich hatte es mir schon gedacht. Es ist so schade, dass wir nie allein sein können.“ Er beugte sich hin zu ihr. „Ich sehne mich in jeder Minute des Tages nach dir, Clara.“

„Auch ich fühle genau wie du, George. Ich kann es nicht erwarten bis wir endlich verheiratet sind.“

„Ich dachte, dass wir wenigstens im English Club ein wenig Zeit zusammen verbringen könnten, aber Papa sieht das anscheinend als eine gute Gelegenheit, mich allen möglichen Leuten vorzustellen. Wenn sich die Lage nicht verbessert, werden wir wieder unsere Mitternachtstreffen aufnehmen müssen. Wenn ich es mir recht überlege, dann ...".

Er rückte seinen Stuhl näher an sie heran.

Clara kicherte. „Vielleicht wird es noch darauf hinauslaufen, denn ich glaube nicht, dass es besser wird, bevor wir verheiratet sind." Nach einer kurzen Pause. „Ist dein Vater noch immer fest entschlossen, uns sechs Monate warten zu lassen?"

„Ja," sagte er und es klang traurig und enttäuscht. „Ich schlage ihm immer wieder vor, bei deinem Vater um deine Hand anzuhalten, denn dann könnten wir eine Anzeige aufgeben und vielleicht ein Datum festlegen, das etwas früher als geplant ist. Schließlich sind beide Eltern einverstanden, und wir wissen, was wir füreinander fühlen, es hat also gar keinen Sinn, so lange zu warten."

„Ja, ich weiß. Es hat wirklich keinen Sinn. Was sagt denn dein Vater, wenn du ihn fragst?"

„Nur, dass es eine schwierige Zeit ist, denn ich lerne gerade alles über unsere Geschäfte und er unterrichtet mich. Und er versucht außerdem, in die gesetzgebende Versammlung aufgenommen zu werden."

Sie starrte ihn bestürzt an. „Aber es wird immer viel zu tun sein. Ich möchte so gern, dass wir bis zur Party von Mr. Harrington bereits verlobt sind, und das ist Anfang Februar."

„Was für eine Party?" fragte er völlig überrascht.

„Es ist noch nicht allgemein bekannt, und die Vorbereitungen haben noch nicht begonnen. Das ist auch der Grund, weshalb wir heute zum Dinner eingeladen sind – um alles zu besprechen. Kannst du deinen Vater nicht zu einem früheren Datum überreden?"

„Ich werde es ganz bestimmt versuchen." Und nach einiger Überlegung. „Ich bin mir aber gar nicht sicher, denn die Weigerung könnte eigentlich von meiner Mutter kommen."

„Von deiner Mutter", sagte sie und runzelte fragend die Stirn. „Weshalb glaubst du das?"

„Sie hat mich vor einer Woche zur Seite genommen, nachdem sie gehört hatte, wie ich Papa wieder zugesetzt habe. Sie sagte, ich sollte es nicht so eilig haben, denn ich müsste meiner Gefühle absolut sicher sein. Ich nehme an, dass sie fürchtet, wir hätten eine romantisierte Vorstellung von einander, noch aus der Zeit, bevor wir beide zur Schule in England abgereist sind – dass wir uns also nicht so sehen, wie wir wirklich sind."

Sie blickte George erschrocken an. „Bist du dir sicher, dass das alles ist, und dass deine Eltern nicht noch immer das Mädchen aus Calicut für dich im Sinn haben?"

George schüttelte lächelnd den Kopf. „Nein, keineswegs. Ganz bestimmt nicht. Sie hatten diese Idee sofort aufgegeben, nachdem sie erkannt haben, dass du die perfekte Frau für mich bist."

„Wer ist sie denn, dieses Mädchen?"

„Die Tochter eines dortigen Händlers. Er ist vor etlichen Jahren von Madras nach Calicut übersiedelt, hat dort Land für sein Lagerhaus und Büro gemietet und sich auf die Aufbereitung von Kaffee spezialisiert. Dann hat er allmählich angefangen Kokosfasern und Kokosprodukte, Cashewnüsse, Holz und Ingwer zu exportieren. Und über die Kokosnussverbindung hat er Papa kennengelernt. Er will jetzt, wo Cochin einen großen Hafen hat, ein Büro in Cochin eröffnen und sein Angebot an Versanddiensten erweitern."

„Hast du seine Tochter schon kennengelernt?"

„Nein, und ich habe auch kein Interesse. Clara, ich liebe dich", sagte er leise.

„Und ich liebe dich, George. Aber es ist keine romantisierte Liebe, sondern eine wahre romantische Liebe."

„Ich kann auch dasselbe sagen. Fühle mein Herz an." Er nahm ihre Hand und legte sie auf seine Brust. „Es klopft wie wild, weil ich dir nahe bin. Ich möchte, dass wir so bald wie möglich heiraten."

„Oh, George, ich auch." Sie steckte ihre Finger zwischen seine Hemdknöpfe und berührte seine bloße Haut. „Ich auch", flüsterte sie.

„Clara", rief ihre Mutter in scharfem Ton. „Rück von George ab, damit ich dich sehen kann."

Mit dem Blick auf ihr Gesicht gerichtet und Claras auf seinem, drückte er ihre Hand fest an seine Brust, ließ sie einen Moment lang dort, bis sie Clara zurückzog. Beide wandten sich nun dem Meer zu.

„Also, wenn du dir überlegst", sagte er nach einer Weile, „vor einem Jahr haben meine Eltern daran gedacht, mich in eine Verlobung mit einer Person in Calicut zu stürzen. Sie wäre mir völlig fremd gewesen. Du und ich, wir kennen uns praktisch schon unser ganzes Leben lang. Jetzt noch sechs Monate warten zu müssen ist einfach lächerlich."

„Ja, das denke ich auch."

„Ich spüre es noch immer, wo du mich berührt hast", flüsterte er. „Ich werde am Wochenende mit Papa sprechen und du mit deinem Vater", schlug er vor. „Es macht Sinn, dass wir verheiratet sind, bevor der nächste Monsun kommt."

„Das denke ich auch", sagte sie erfreut.

„Es würde den Monsun auch viel erträglicher machen. Du kannst dich wahrscheinlich nicht mehr an die Monsunzeit erinnern, wenn der Luftdruck steigt und der Regen Tag für Tag kommt. Es ist, als ob man ständig unter einem Wasserfall lebt. Und dann das Risiko von Gewitterstürmen.

Und alles Getier kommt aus dem Boden hervor, denn der Regen hat alle Löcher und Erdhöhlen überflutet, in denen sie monatelang gehaust haben. Wir müssten die ganze Zeit im Haus bleiben, aber es wäre wunderbar im Haus festzusitzen, nur du und ich."

„Das möchte ich auch", versicherte Clara errötend. „Ich werde morgen mit Papa sprechen. Zuerst muss ich aber den heutigen Abend hinter mich bringen." Sie warf einen Blick über ihre Schulter in den Salon. „Wir ändern am besten das Thema, denn Mama sieht uns ganz seltsam an. Ich habe das schreckliche Gefühl, dass sie sich wieder zu uns setzen möchte."

Er rückte seinen Stuhl wieder leicht von ihr weg. „Erzähl mir also von gestern. Lizzie sagte, dass ihr beide bei Saunders & Co. wart, weil ihr wissen wolltet, was dein Vater den ganzen Tag tut", sagte er lachend. „Natürlich hat das bei uns niemand geglaubt. Mama sagte, dass euch wahrscheinlich langweilig war, und ihr einmal etwas Anderes unternehmen wolltet. Wie hat es euch denn gefallen?"

Clara verzog ihr Gesicht. „Um ganz ehrlich zu sein – es war ein wenig langweilig. Also, nicht nur ein wenig. Mr. Mackenzie hat sein Bestes getan, aber Einzelheiten über den Export von Pfeffer und Gewürzen sind nicht besonders fesselnd."

„Lewis? Hat er euch herumgeführt?" fragte George. „Von dem, was Lizzie erzählt hat, dachte ich, dass euch dein Vater begleitet hat. Das muss ich falsch verstanden haben, denn da erstaunt es mich, dass du es langweilig gefunden hast. Ich hätte gedacht, dass Lewis praktisch alles interessant machen kann. Papa hat ihn einmal als respektlos bezeichnet, was gut zu ihm passt. Anscheinend gefällt den Frauen Respektlosigkeit."

„Oh, ist das so?" antwortete sie leichthin.

„Du musst das nächste Mal zu Goddard & Son kommen. Dann werde ich dich herumführen und wenn wir uns hinter einem riesigen Haufen Kokosfasern verstecken, zeige ich dir, wie lustig Respektlosigkeit sein kann. Und ich verspreche dir, dass dir keine einzige Minute langweilig sein wird."

„Weshalb glaube ich, dass wir wieder beim selben Thema angelangt sind?" fragte sie in amüsiertem Ton.

Er hob seine Handflächen als ein Zeichen der Hilflosigkeit. „Es ist etwas, das sich nicht vermeiden lässt, wenn ich bei dir bin."

Sie blickte zurück zu ihrer Mutter und verzog das Gesicht.

„Mama hat soeben ihre Sachen zusammengepackt. Wir bekommen bald wieder Gesellschaft."

„Ich dachte ich setze mich zu euch", sagte Mary Minuten später, als sie zum Tisch kam und Platz nahm. George wollte sofort aufspringen, doch Mary sagte: „Bleib wo du bist, George, ich sitze gern hier. Du bleibst doch zum Lunch, nicht wahr? Es gibt nur etwas Leichtes, denn wir essen heute Abend bei Edward Harrington."

„Papa ist sehr neidisch. Es ist eine Ehre, von Mr. Harrington eingeladen zu werden, noch dazu in seinem Haus. Ich erwarte mir einen ausführlichen Bericht von dir, Clara. Und wenn du bedenkst worüber wir soeben gesprochen haben, dann könnte mir das bei meinem Vater als Druckmittel dienen."

Mary zog fragend eine Augenbraue hoch. „Wie geheimnisvoll, George?"

Er lächelte. „Der Hibiskus ist zu dieser Jahreszeit ganz besonders schön, Mrs. Saunders, nicht wahr?"

13

D*onnerstagabend*

„ICH LIEBE IHR HEIM, Mr. Harrington!", rief Clara, als sie mit ihren Eltern und Edward die Teaktreppe vom Speisezimmer hinaufging.

„Clara hat recht, Edward, es ist wirklich wunderschön", sagte Mary, als sie durch einen gewölbten Eingang den Salon betraten. „Ich habe das Haus schon seit langem von außen bewundert, denn die Kombination des holländischen und portugiesischen Baustils ist ganz besonders attraktiv. Und jetzt auch das Innere zu sehen ist eine wahre Freude. Die geschnitzten Türen sind herrlich und das gilt auch für die Holzvertäfelung an der Decke im Erdgeschoss. Und auch an dieser Decke", fügte sie hinzu als sie zur gewölbten Decke hinaufblickte.

Edward nickte. „Das Haus ist außerdem praktisch, was noch wichtiger ist. Es ist genügend Platz vorhanden für den

Luftumlauf, so dass das Haus selbst in den Sommermonaten trotz des Sonnenlichts, das durch die Oberlichten kommt, kühl ist. Ich dachte aber, dass wir uns auf die Veranda setzen, weil es ein so schöner Abend ist."

Auf ihrem Weg durch den Salon kamen sie an mehreren Möbelstücken aus Teakholz und an zwei bequemen Sofas vorbei, die einander gegenüberstanden, mit einem Rosenholztisch in der Mitte.

„Ich sitze zumeist auf dem Sofa mit Blick auf das Meer", sagte Edward, als sie auf die Veranda hinausgingen.

Er wies Clara, Mary und Henry an, auf einem der Rattanstühle Platz zu nehmen, die um den Tisch so aufgestellt waren, dass man von jedem Stuhl aus das Meer, aber auch die anderen Gäste am Tisch, sehen konnte. Nachdem sich alle gesetzt hatten, nahm auch Edward Platz.

„Vor allem nach besonders arbeitsreichen Tagen sitze ich gern lange hier und genieße die Dämmerung und das Abkühlen der Luft, was die herrlichsten Düfte mit sich bringt", sagte er, als er die violett-blaue Stimmung um sich einatmete. „Ich betrachte dann nicht nur den Sonnenuntergang, sondern auch den Himmel, wie er sanft die Morgendämmerung erwartet."

„Sie müssen am nächsten Tag dann aber erschöpft sein", bemerkte Henry.

Edward lächelte ihn an. „Wenn das der Fall ist, dann ist es mir wert gewesen."

„Das kann ich verstehen," warf Clara ein. „So etwas tue ich gern. Das Meer beobachten ist faszinierend, vor allem wenn die Wellen vom Licht des Mondes berührt werden. Wir haben auch einen herrlichen Blick auf das Meer. Es ist ein großes Glück, wie Sie ein Haus am Wasser zu haben."

Edward lächelte sie verständnisvoll an. „Ja, das ist es."

Henry hüstelte leicht. „Das Essen war vorzüglich", sagte er. „Wirklich köstlich."

In Edwards Lächeln waren nun auch Henry und Mary eingeschlossen. „Es freut mich, dass es Ihnen geschmeckt hat. Einfache Mahlzeiten sind meines Erachtens oft die besten. Der Fisch wurde bei Flut im Netz gefangen, Gemüse und Obst kamen aus meinem Garten und das Brot wurde von den Nonnen in einem der Klöster von Cochin geba-cken. Ich kann mir aber nichts von der Mahlzeit als Verdienst anrechnen. Mein Koch hat den Fisch ausgesucht und das Essen zubereitet, sein Gehilfe hat das Brot geholt und der *mali* kümmert sich um den Garten."

„Ja, es war wirklich köstlich", widerholte Henry, „und wir sind Ihnen für Ihre Einladung sehr dankbar."

„Ganz im Gegenteil, ich bin es, der Ihnen Dank schul-det", erwiderte Edward. „Denn Sie erlauben Miss Saunders, mir zu helfen."

Er hielt inne, als sein oberster Diener, Kumar, mit einem Tablett auf der Veranda erschien, auf dem zwei Gläser mit Whisky, zwei Tassen Kaffee und ein Teller mit Mangostü-cken standen. Nachdem Kumar alles auf den Tisch gestellt hatte, verschwand er wieder.

Edward räusperte sich. „Mit der Erlaubnis Ihrer Tochter, und der Ihren, Henry und Mary, möchte ich Miss Saunders bitten, mich Edward zu nennen, und ich würde sie gern Clara nennen. Da wir einander gelegentlich zum Bespre-chen der Party treffen werden, wäre es angenehm, wenn es ohne zu viel Aufhebens gemacht werden könnte. Und wir drei sind ja schon lange nicht mehr so formal."

„Selbstverständlich, Edward", sagte Henry schnell. „Ich habe nichts dagegen, wenn Clara einverstanden ist."

Clara war errötet. „Ich danke Ihnen, Mr. Harrington, es würde mich freuen, wenn Sie mich Clara nennen."

„Und?", fragte er mit einem Lächeln.

Sie lachte. „Und es würde mich freuen, Mr. Harrington, Sie Edward zu nennen."

„Ich glaube, daran werden wir noch ein wenig arbeiten müssen", sagte er lachend.

„Mir scheint, wir haben bereits einen guten Start in Bezug auf das Planen der Party gemacht", warf Mary ein. „Sind Sie nicht auch dieser Meinung, Edward?"

Edward wandte sich nun Mary zu. „Ja, durchaus, Mary. Ich denke, Clara hat recht, wenn sie sagt, dass wir nach Neujahr der Kostümpartys überdrüssig sind und keine mehr veranstalten sollten." Damit wandte er sich wieder an Clara. „Ich würde sagen, dass Ihr Vorschlag, „Silber" als Thema zu nehmen, und damit den Begriff Silber in einem Jahr zu übernehmen, in dem wir das Silberjubiläum feiern, ausgezeichnet ist."

Clara schenkte ihm ein dankbares Lächeln. „Meine Idee ist nur, dass die Leute bis dahin wieder für etwas bereit sein werden, das zwanglos ist und gleichzeitig auch glänzt und funkelt."

„Da haben Sie sicher recht. Als nächstes müssen wir uns also auf ein Datum einigen. Und wir müssen uns auch überlegen, wie die Einladung aussehen soll. Vielleicht könnten Sie mir auch dabei helfen", sagte er. „Ich möchte nicht, dass die Leute glauben, es sei eine verkleinerte Palastveranstaltung, und unter Verwendung von Silber und Weiß besteht die Gefahr, dass sich die Gäste genau das vorstellen werden."

Clara dachte einen Moment lang nach. „Wir könnten zum Beispiel immer noch ein schwarzes Element einfügen."

„Das ist eine wirklich interessante Idee", entgegnete er langsam. „Ja, das gefällt mir. Es könnte markant wirken. Vielleicht könnten wir beide einige Ideen zusammenstellen und an einem Vormittag in ein paar Wochen besprechen. Wir könnten gleichzeitig auch ein Datum für die Party festlegen. Und vielleicht auch überlegen, ob wir Tanzprogramme haben sollten, obwohl es kein Ball ist, aber trotzdem getanzt wird."

Clara klatschte begeistert in die Hände. „Oh, ich bin so froh, dass getanzt wird!"

„Man hat mir gesagt, dass der Two-Step und der Foxtrott für den Erfolg einer Party absolut unerlässlich sind. Und später könnten wir dann auch besprechen, wie wir das Haus dekorieren sollten." Und mit einem Blick auf Mary. „Mary, wäre es möglich, dass Sie Clara in ein paar Wochen an einem Samstagvormittag begleiten könnten? Andernfalls vielleicht ihre *ayah*?"

„Das ist sicher kein Problem, Edward. Ich kann es ganz bestimmt für mich einrichten."

„Das ist großartig", sagte er und lehnte sich zurück. Er blickte zu Clara hin. „Ich habe Sie noch nicht über Ihre Rückfahrt von England gefragt. Ich hoffe die Überfahrt war ruhig."

„Ich denke lieber nicht an den schlimmen Teil, der gar nicht ruhig war", sagte sie und lachte. „Mama und ich haben die Reise aber genossen und Lizzie auch. Das Schiff war wunderbar. Es hatte sogar ein Schwimmbecken. Mama verbrachte die meiste Zeit mit der Frau eines Mannes, der in der Verwaltung für öffentliche Arbeiten tätig war und Lizzie und ich haben uns mit mehreren Mädchen angefreundet, die wie wir von der Schule zurückkamen. Und auch mit ein paar anderen, die zur Hochzeit mit ihren Verlobten anreisten. Ihre Verlobten haben sie im Hafen von Bombay erwartet. Das war sehr aufregend."

Claras Augen leuchteten in Erinnerung an die Reise.

Henry blickte in Edwards Gesicht und sah, wie er Clara mit Freude betrachtete.

„Apropos, Verlobungen", warf er schnell ein. „Und ich sollte es eigentlich nicht erwähnen, weil noch nichts offiziell ist. Aber Clara und George Goddard werden in nächster Zeit ihre Verlobung formalisieren. Wir warten nur noch auf den rechten Zeitpunkt."

Edward zögerte unmerklich.

„Dann darf ich Ihnen gratulieren, Clara. George scheint ein anständiger junger Mann zu sein. Und er hat offensichtlich auch Glück. Ich bin sicher, dass Sie beide sehr glücklich sein werden, was ich Ihnen auch von Herzen wünsche."

„Danke, Mr. Harrington."

„Danke, Edward", erinnerte er sie in freundlichem Ton.

„Danke, Edward", erwiderte sie mit einem Lächeln. „George und ich sind miteinander aufgewachsen", fuhr sie fort. „Ich habe Lizzie zwar schon immer gekannt, aber es war George, der im Jahr vor meiner Abreise nach England mein bester Freund war."

„Freundschaft ist sicher eine gute Basis für eine Ehe", sagte er.

„Ja, das stimmt", bemerkte Henry. „Und wenn kein Sohn da ist, der eine Handelsfirma übernehmen könnte, dann ist es auch wichtig, dass zur Freundschaft ein Interesse am Handel gehört."

„Das verstehe ich durchaus", sagte Edward. „Sie und auch Albert Goddard sind ziemlich ungewöhnlich, indem Sie dafür sorgen, dass Ihre Unternehmen in der Familie bleiben. Das ist etwas, das wir sonst mit indischen Firmen assoziieren, die sich mehr auf familiäre Bande stützen als die Briten. Die meisten Händler in Cochin neigen dazu, Unterstützung von außen hereinzuholen. Zum Beispiel von Leuten wie Lewis Mackenzie."

Henry nickte. „Wir haben mit Lewis großes Glück. Er ist fleißig und tüchtig und hat ein echtes Interesse an der Firma. Er ist ein ehrgeiziger Mann und einfallsreich. Ihn als Agenten zu haben ist ein Geschenk des Himmels.“

„Er arbeitet ziemlich viel auch für sich selbst, hat mir Michael erzählt. Es ist gut, dass Sie ihm so sehr vertrauen können.“

„Wie interessant, dass Michael darüber informiert ist“, erwiderte Henry völlig überrascht. „Aber in einer kleinen Gemeinschaft, nehme ich an, weiß jeder alles vom anderen.“

„Oder man glaubt es zumindest“, sagte Edward mit einem Lächeln.

Henry lachte. „Ja, das stimmt. Lewis kann eigene Entscheidungen treffen und er kann sogar bestimmte Verträge im Namen der Firma abschließen. Ich muss vor Abschluss eines Geschäfts aber alles genehmigen und nichts ist endgültig bis ich es abgesegnet habe.“

Edward lächelte. „Ja, genauso sollte es sein, selbst mit einem zuverlässigen Angestellten.“

„Edward, um noch einmal auf Claras Verlobung zurückzukommen“, warf Mary ein, „ich fürchte, da war Henry etwas zu vorschnell. Es ist noch nichts offiziell, und obwohl es nur noch eine Frage der Zeit ist, wäre es wahrscheinlich besser gewesen, noch nichts darüber zu sagen.“

Er nickte. „Ja, ich verstehe. Ich darf Ihnen aber versichern, dass ich es niemandem gegenüber erwähnen werde. Sobald jedoch die offizielle Ankündigung erfolgt ist, würde ich mich freuen, die Verlobung auf altehrwürdige Weise zu feiern.“

„Das ist sehr freundlich von Ihnen, Edward“, sagte Henry. „Mary hat recht. Ich habe meinem Gefühl freien Lauf gelassen. Wir haben den Abend sehr genossen. Vielleicht werden Sie uns die Ehre geben, in nächster Zeit einmal bei uns zu speisen."

„Sehr gerne. Ich freue mich schon darauf. Darf ich Ihnen jetzt noch eine letzte Erfrischung anbieten?"

EDWARD LEHNTE an der Balustrade der Veranda und starrte über den dunklen Rasen zum Meer hinaus. Das Licht des Mondes wogte in silbrigen Kräuseln über das Wasser.

Normalerweise hätte ihn der Anblick, der sich vor ihm ausbreitete, entspannt – ganz gleich wie anstrengend der vergangene Tag auch gewesen sein mochte. Doch an diesem Abend war es der nächtlichen Pracht nicht gelungen, seine Niedergeschlagenheit zu zerstreuen.

Und er allein war daran schuld. Hin und wieder überraschte er sich selbst, wie dumm er sein konnte.

Das erste Mal, als er Clara erblickt hatte – es war im Haus ihrer Schwester gewesen – hatte er sich sofort zu ihr hingezogen gefühlt, obwohl Clara keinerlei Interesse für ihn gezeigt hatte. Ganz im Gegenteil. Viel eher hatte ihr Interesse Mackenzie gegolten.

Und weshalb auch nicht?

Der Mann war jünger als er, und er sah auch viel besser aus. Natürlich hatte ein Mädchen wie Clara die Wahl unter allen Männern in Cochin und würde sich jemand aussuchen, der alters- und aussehensmäßig besser zu ihr passte. Also, einen Mann wie Mackenzie.

Und einen wie George Goddard.

Sie sollte also George Goddard heiraten?

Welch ein Glückspilz.

Er war in jederlei Hinsicht passend, es konnte gar keinen besseren Anwärter geben.

Allerdings hatte es einen Grund gegeben, weshalb er

einige Wochen zuvor beschlossen hatte, Henry Saunders näher kennenzulernen – und mit ihm auch dessen Familie. Aber von seinem unerwarteten Interesse an Clara überwältigt, war sein Fokus davon abgelenkt worden.

In der Regel trennte er seine Arbeitsinteressen so gewissenhaft von seinen außerdienstlichen Interessen, und im Falle des Risikos, dass das eine auf das andere übergreifen könnte, hatte er stets die Arbeit priorisiert und das andere fallen gelassen.

Dieses Mal jedoch nicht.

Clara um Hilfe zu bitten, war auf seinen Wunsch zurückgegangen, Henry Saunders näher kennenzulernen. In Bezug auf sein persönliches Glück hätte es aber kaum eine schlechtere Entscheidung geben können.

Er hatte ihre Hilfe nicht wirklich gebraucht, denn seine Bediensteten waren durchaus fähig, alles für ihn zu tun. Aber der Gedanke, Claras reizenden Kopf regelmäßig nahe neben dem seinen zu haben, während sie ihre Partypläne besprachen, war für ihn unwiderstehlich gewesen.

Jetzt, wo er wusste, dass ihr Schicksal schon entschieden und er nicht Teil davon war, würde es eine Qual für ihn sein, sie zur Erfüllung seines Auftrags wöchentlich sehen zu müssen.

Und selbst wenn es seinem ursprünglichen Plan zugutekam, so war es doch ein schwacher Ausgleich für das Elend, das ihn – wie er befürchtete – damit erwartete.

Schließlich wandte er sich um und ging langsam in sein Haus zurück, ein Haus, dem es stets gelungen war, für ihn ein willkommenes Refugium zu sein, wenn er eins brauchte. Als er aber im warmen Licht des Abends im Salon stand, fühlte er sich zum ersten Mal nicht von vertrauten und geliebten Stücken umgeben, sondern nur von Leere.

14

F*reitagvormittag,*
Ende Oktober

Lizzie klopfte mit ihren Fingern ungeduldig auf die Tischplatte, als sie im Old Harbour House saß und auf die Tür zum Hof blickte. Während Clara munter erzählte, streckte sie schließlich ihre Hand nach der Kaffeetasse aus, um ihren Ärger nicht zu zeigen.

Es hatte sie interessiert – und ihren Vater noch mehr - alles über das Dinner am Abend zuvor zu hören, aber es wäre ihr lieber gewesen, alle Einzelheiten aus dem Weg geräumt zu haben, bevor Lewis eintraf. Aber je länger Clara loslegte, um so unwahrscheinlicher erschien ihr das jetzt.

Doch es musste einfach gelingen.

Schließlich kam Lewis, um sie zu sehen, und nicht wegen der Party.

Natürlich würde er höflich zuhören, aber er würde sicher gern über etwas Persönlicheres sprechen, sie vielleicht sogar fragen, ob er sie besuchen dürfte. Sollte Clara aber noch immer am Erzählen über das Dinner des Vorabends sein, würde es ihm möglicherweise nicht gelingen, dem Gespräch eine andere Wendung zu geben.

Sie blickte ungeduldig zum Eingang hin und hoffte inständig, dass Clara zu sprechen aufhörte und Lewis erscheinen würde.

Und an Tilly war außerdem zu denken.

Im Postamt eine Botschaft von Michael abzugeben würde nicht ungebührlich lange dauern, und selbst wenn sie langsam ging, um ihnen mehr Zeit zum Plaudern zu geben, könnte sie schon bald wieder hier sein.

Die einzige Hoffnung war, dass sie bei den bunten Ständen auf der anderen Straßenseite stehenbliebe. In diesem Fall würde sie noch länger ausbleiben.

Sie blickte erneut auf den Eingang, voller Sorge, Tilly könnte jeden Augenblick hereinkommen. Zum Glück war von ihr noch nichts zu sehen.

Sie wandte sich wieder Clara zu.

„Edward gefiel die Idee von Silber als ein Partythema", berichtete Clara begeistert. „Und bevor du noch etwas sagst, gebe ich zu, dass es eine ziemlich naheliegende Idee war, wo doch das Silberjubiläum im kommenden Jahr gefeiert wird", sagte sie lachend. „Ich soll in zwei Wochen wieder hinkommen, und wir werden dann ein Datum für die Party festlegen. Danach werden wir ..."

„Er ist da", zischte Lizzie ganz aufgeregt und stoppte Clara mitten im Satz.

Lizzie rückte sich zurecht, zwickte sich in die Wangen und befeuchtete ihre Lippen als Lewis durch den breiten Eingang kam, der zum Hof führte.

„Hallo, meine Damen", sagte er und kam zum Tisch.

„Hallo, Lewis. Welch eine Überraschung!" rief Clara aus

und wandte sich ihm zu. „Kommen sie oft zum Morgenkaffee hierher?"

Er nahm auf dem Stuhl ihr gegenüber Platz.

„Ich könnte lügen", versicherte er, „und sagen, dass ich regelmäßig herkomme. Ich muss aber zugeben, dass es Ihre Schuld ist, Lizzie, dass ich hier bin." Er lächelte Lizzie verschmitzt an. „Ich hörte, wie Sie am Dienstag sagten, dass Sie zum Kaffee hierherkommen und ich wollte die Gelegenheit nicht missen, ein wenig Zeit in so charmanter Gesellschaft zu verbringen." Er warf dabei einen Blick auf Clara. „Ich hoffe, dass es Sie nicht stört."

Clara lächelte. „Natürlich nicht. Wir freuen uns, dass sie hier sind. Nicht wahr, Lizzie."

Lizzie strahlte Lewis an. „Ja, sehr."

Der Kellner war zum Tisch gekommen. „Ich nehme einen Kaffee", sagte Lewis. „Hätten die Damen gern noch einen Kaffee?"

„Ja, bitte", sagten beide gleichzeitig.

„Wir nehmen wieder dasselbe", sagte Lizzie zum Kellner und wandte sich wieder Lewis zu. „Ich muss Sie warnen, dass Tilly jeden Augenblick zurückkommen könnte. Sie ist heute unsere Anstandsdame. Wenn Sie also etwas Besonderes zu uns sagen wollen, bevor sie zurückkommt, dann nur zu", sagte sie leichthin.

„Ich zerbreche mir gerade den Kopf, was ich vor euch beiden Damen sagen könnte, das eine ältere Schwester nicht hören sollte." Dabei machte er ein jämmerliches Gesicht. „Es tut mir leid, aber mir fällt nichts ein. Heißt das nun, dass ich gehen muss?"

„Nein, ganz bestimmt nicht. Nicht wahr, Clara?" warf Lizzie hastig ein.

„Natürlich nicht. Lewis, ich hatte soeben eine ausgezeichnete Idee", sagte Clara und warf ihm ein freudiges Lächeln zu. „Sie sind ein Mann - "

„Wie erfreulich, dass Sie es bemerkt haben", sagte er gewandt.

Beide Mädchen kicherten.

„Also", Clara warf zuerst Lizzie einen Blick zu und wandte sich dann wieder an Lewis. „Sie könnten unter Umständen helfen."

„Jetzt haben Sie mich aber neugierig gemacht", erwiderte er.

Er wartete, während der Kellner den Kaffee auf den Tisch stellte, und in die Mitte einen Teller mit kleinem Teegebäck und einen zweiten mit Mango-, Bananen- und Ananasscheiben.

„Aber, was immer es auch sein mag, ich freue mich, helfen zu können", sagte er und führte seinen Kaffee an den Mund als sich der Kellner entfernt hatte. „Jetzt, wo ich mich sozusagen verpflichtet habe, könnten Sie mir bitte sagen, worauf ich mich da eingelassen habe?"

„Es ist etwas, das noch nicht allgemein bekannt ist", sagte Clara, „aber Mr. Harrington gibt Anfang Februar eine Party." Und sie erzählte ihm, was sie am Abend zuvor besprochen hatten. „Ich muss mir jetzt einige Ideen einfallen lassen, und Lizzie wird mir dabei helfen."

„Ja, das werde ich", und sie strahlte Lewis an.

„Es wäre aber wirklich gut, wenn mir auch ein Mann helfen könnte", fuhr Clara fort. „Wir möchten, dass sich die Männer ebenso wohl fühlen, wie die Damen. Deshalb sollten die Dekorationen nicht zu feminin und niedlich sein, wenn Sie mich verstehen. Mit Ihrer Hilfe könnten wir dafür sorgen, dass das nicht der Fall ist."

„Edward Harrington ist ein Mann", sagte er und holte eine Packung Player's No. 3 und eine Schachtel Swan Vestas

Streichhölzer hervor. „Würde er nicht dabei helfen, zu viel rosa Pracht zu vermeiden?"

„Er würde sicher sein Bestes tun, aber die Veranstaltungen in der Residenz sind in der Regel recht spießig. Was sie natürlich sein müssen", fügte sie hastig hinzu. „Aus diesem Grund vertraue ich aber nicht seinem Geschmack in Bezug auf Dekorationen. Es wäre wirklich hilfreich, einen anderen männlichen Standpunkt zu haben. Ich kann mir nicht vorstellen, dass irgendwelche Ihrer Ideen spießig sein könnten."

Er lachte sie verschwörerisch an. „Natürlich helfe ich gern."

Und er schloss auch Lizzie in sein Lachen ein. Lizzie lehnte sich in ihrem Stuhl zurück, mit einem zufriedenen Ausdruck im Gesicht.

„Können wir uns alle am nächsten Freitag hier wieder treffen", schlug Clara vor. „Lewis, wäre das ein guter Tag für Sie? Ich sehe Mr. Harrington erst später und könnte bis dahin dann schon von Lizzie und von Ihnen einige gute Vorschläge haben."

Lizzie und Lewis sahen einander an.

Zwei zufriedene Gesichter, die Clara anblickten.

„Es tut mir leid, dass es so lange gedauert hat", rief Tilly, als sie zu den beiden heraufkam. „Lewis, welch eine nette Überraschung." Sie nahm Platz, bestellte beim Kellner einen Kaffee und wandte sich dann den anderen wieder zu. „Worüber habt ihr euch denn unterhalten?", fragte sie.

Sie hatte ihr Bestes für Lizzie getan, dachte Clara am Nachmittag, als sie auf der Veranda saß. Ihr Buch lag ungeöffnet in ihrem Schoß. Ihr Blick war auf die Spitzen der

Kokosnusspalmen gerichtet, deren Wedel im Licht der Nachmittagssonne grün-golden leuchteten.

Und Lizzie hatte ganz offensichtlich ihre Bemühungen zu schätzen gewusst und war von der Aussicht auf ein weiteres Treffen mit Lewis begeistert gewesen.

Sie hatte beim Abschied von Clara vorgeschlagen, dass sie sich im Lauf der Woche gegenseitig besuchen und planen sollten, wie Lizzie einige Minuten allein mit Lewis verbringen könnte, denn sie wollte ihm am nächsten Freitag etwas vorschlagen.

Sollte Lewis tatsächlich ernsthaft an Lizzie interessiert sein – und Lizzie war anscheinend überzeugt davon – dann sollte er bald mit Lizzies Eltern sprechen und sie bitten, mit Lizzie ausgehen zu dürfen. Es gab doch sicher nur wenige Ausreden, die sie gegen ein Treffen von Lizzie zu dritt vorbringen könnten.

Lizzie sollte vorher aber sicher sein, was sie wirklich für Lewis empfand, überlegte Clara.

Sie konnte es nach der kurzen Zeit, die sie gemeinsam verbracht hatten, doch kaum wissen.

Wenn Lizzie mit der Erlaubnis ihrer Eltern ein oder zwei Vormittage mit einer Anstandsdame im Hintergrund mit Lewis verbringen könnte, hätte sie schließlich die Möglichkeit, mehr über ihre Gefühle zu Lewis herauszufinden, als nur, dass er sehr gut aussieht.

Ein weiterer Grund, weshalb Lewis nicht zu lange warten sollte, mit Lizzies Eltern zu sprechen, war der Mann in Madras.

Genau wie Mr. Goddard ohne Lizzies Wissen Gespräche mit dem Mann in Madras eingeleitet hatte, könnte er auf ähnliche Weise auch weitere Abmachungen treffen. Väter handeln ja oft im Namen ihrer Töchter, und Lizzie hatte sich bereits bereit erklärt, den Mann zu treffen, was nun ohne weiteres geschehen könnte.

Aber wäre Lewis für Lizzies Eltern ein akzeptabler Gatte – fragte sich Clara.

Obzwar Lewis recht umgänglich war, war es doch schwer vorstellbar, dass Mr. Goddard erfreut wäre, den Mann mit einer vielversprechenden Karriere in der Kolonialverwaltung durch einen Schiffsagenten mit beschränkten Mitteln ersetzen zu müssen.

Clara zuckte die Schultern. Sicher wusste Lizzie besser als jeder andere, wie ihre Eltern reagieren würden, und sie – Clara – machte sich darüber unnötige Sorgen. Beruhigt öffnete sie nun ihr Buch.

Lizzie sass im Salon ihrer Mutter, die an einem Kissenbezug stickte, und ihrem Vater gegenüber, der den *Cochin Argus* las. Mit gerunzelter Stirn starrte Lizzie auf eine Stickerei in ihrem Schoß.

Lewis war am Vormittag aus dem einzigen Grund ins Kaffeehaus gekommen, weil er sie sehen wollte. Das war sofort klar, nachdem er sich gesetzt hatte.

Er hätte seine Gefühle überhaupt nicht besser verdeutlichen können.

Wenn Clara vor Lewis' Ankunft nicht ohne Unterlass über ihren Abend im Haus von Edward Harrington erzählt hätte, dann hätte sie ihr helfen können, einen Weg zu finden, wie sie für einige Augenblicke mit Lewis hätte allein sein können.

Ihn am Vormittag dazu zu bringen, ins Kaffeehaus zu kommen, war nur eine erste Etappe, und nicht mehr als das.

Was sie brauchten war Zeit, in der sie – nur sie und er –

miteinander sprechen konnten, ohne eine Erwähnung von Partys und langweiligen Einladungen – Zeit, in der Lewis die Möglichkeit hatte, seine Gefühle für sie in Worte zu fassen.

Sie war sich sicher, dass er das am Vormittag schon erhofft hatte.

Einfach würde es aber nicht sein.

Clara konnte sie im Old Harbour House doch nicht alleine lassen.

In einer kleinen Gemeinschaft wie der ihren, würde über ein solches Verhalten bald geklatscht werden. Ihre Eltern könnten sehr bald davon hören und die Sache mit John Lansdowne vorantreiben, was sie unter keinen Umständen wollte.

Somit blieb es bei allen dreien rund um einen Tisch.

Sie konnte von Clara aber nicht erwarten, dass sie sich die Ohren zuhielte und nicht zuhörte, wenn sie mit Lewis sprach. Also musste sie sich etwas Besseres einfallen lassen, wenn sie und Lewis je Gelegenheit haben sollten, einander ihre Gefühle offenzulegen.

Das einzige, was ihr einfiel, war, ihn nach Einfall der Dunkelheit zu treffen.

Ein erwartungsvolles Zittern durchlief ihren Körper.

Sie hatte nicht vergessen, dass ihr Clara einmal erzählt hatte, wie George nach dem Abendessen den Strandpfad entlang zu ihrem Haus geschlichen war und sie die Treppe heruntergekrochen kam und beide dann im Dunkeln beisammensaßen.

Lewis könnte doch auf diese Art zu ihrem Haus kommen.

Sie würde nur einige Minuten brauchen, ihm diesen Vorschlag zu machen, oder für ihn etwas Anderes zu empfehlen. Und bevor sich alle drei am nächsten Freitag wieder trafen, würde sie mit Clara ausarbeiten, wie sie sich ein paar Minuten dazu wegstehlen könnten.

Vielleicht könnte Clara auch Tilly vom Tisch wegbringen, weil sie vorgab, sich krank zu fühlen.

Mit Claras Hilfe könnte das wirklich gelingen.

Vielleicht hätte sie auch am Sonntag nach der Kirche kurz Gelegenheit, wenn alle miteinander plauderten. Das wäre auch eine Möglichkeit.

Sie seufzte. Wenn sie am Sonntag nicht Gelegenheit hatte, mit ihm zu sprechen, dann würde sich die Woche sehr lang anfühlen.

„Ist dir nicht gut, Lizzie?" fragte Julia. „Liebling, dir scheint nicht recht wohl zu sein."

„Mir fehlt gar nichts", antwortete Lizzie, und nahm ihre Nadel wieder in die Hand. „Mir ist nur eingefallen, wie langweilig Sticken eigentlich ist."

DER VORMITTAG WAR GUT VERLAUFEN, dachte Lewis, als er mit einem Whisky an seiner Seite auf der Veranda saß.

Clara verhielt sich nicht wie ein Mädchen, deren Verlobung bald bekannt gegeben würde. Ganz im Gegenteil, sie war offensichtlich sehr erfreut gewesen, als sie erfuhr, dass er ihretwegen ins Old Harbour House gekommen war.

Der Blick, den sie Lizzie zugeworfen hatte, war die Bestätigung für ihn gewesen.

Und falls er noch Zweifel gehabt hätte, was nicht der Fall war, dann war ihre Einladung zum Besprechen der Partydekorationen eine Bestätigung für ihn gewesen.

Zweifelsohne hatte sie gemerkt, dass er überhaupt kein Interesse am Dekorieren eines Hauses hatte und zu einer solchen Besprechung auch nichts beitragen würde, aber sie wollte ihn offensichtlich wiedersehen und die Party war dafür ein Vorwand gewesen.

Weshalb aber hatte Harrington um Claras Hilfe gebeten –fragte er sich.

Für eine Party in Harringtons Haus würden die Dekorationen zweifelsohne von ihm selbst gewählt und dann von seinen erfahrenen Bediensteten im Haus angebracht werden, ganz gleich ob sie Claras Geschmack entsprachen oder nicht, denn sie würden von der britischen Gemeinde in Cochin, von der die meisten noch nie in seinem Haus gewesen waren, schließlich eingehend begutachtet werden.

Der Grund war sicher der, dass Harrington die Gesellschaft der Eltern zu schätzen wusste – schließlich hatte er sie schon mehrmals zusammen im Club gesehen – und Harrington dachte, er würde Clara helfen, sich wieder an einen Aspekt im Leben der Stadt zu gewöhnen, wenn er sie in die Planung mit einbezog, und dass er damit auch den Eltern eine Freude machen würde.

Dieser Vormittag hatte sie alle um einen Tisch zusammengebracht und dafür gesorgt, dass sie in Kürze wieder zusammenkämen. Es war genau das, was er sich gewünscht hatte. Idealerweise sollte das nächste Treffen allerdings das letzte mit einer Anstandsdame sein.

Dann sollten es nur er und Clara sein.

Und aus diesem Grund würde er – so ungelegen es für ihn auch sein mochte – am folgenden Freitag im Old Harbour House sein.

Zu seinem großen Ärger musste er während der Woche Lieferungen abholen, weshalb er jetzt zwei Tage früher als geplant in die *backwaters* fahren musste. Das bedeutete, dass er am Mittwochabend nicht im Club sein konnte, was für ihn immer eine gute Gelegenheit war, nützliche Kontakte zu knüpfen.

Doch Clara für sich zu gewinnen, war im Moment das Wichtigste für ihn.

Nach nächstem Freitag – und er wusste noch nicht, wie er das bewerkstelligen sollte – musste sein Treffen nur mit Clara sein.

Vielleicht könnte er mit ihr nach der Kirche sprechen. Während alle mit Freunden und Bekannten plauderten, würde es ihm vielleicht gelingen, ein paar Worte mit ihr zu wechseln. Es würde nicht lange dauern ihr zu versichern, dass er ihre Gefühle erwiderte. Und dann könnten sie ihren nächsten Schritt planen.

Er zog die Whiskyflasche zu sich heran und schenkte sich ein.

„Zum Wohl", sagte er und hob das Glas gegen die hohe Wand um den Hof. „Auf die Zukunft." Und er leerte das Glas in einem Zug.

15

A*m folgenden Freitagvormittag*

WÄHREND IHRE MUTTER auf dem Sofa saß und die Zeitung durchblätterte, stand Clara am Fenster des Salons und blickte auf die stürmisch graue Landschaft hinaus.

Der Regen trommelte unablässig auf das Dach.

Am vergangenen Sonntag hatte es begonnen in Strömen zu regnen, als sie gerade aus der Kirche herauskamen. Es war so überraschend gewesen, dass niemand für ein Gespräch stehengeblieben war und alle so schnell wie möglich nachhause eilten, anstatt in den English Club zu gehen.

Seitdem war die Sonne jeden Morgen in einem wolkenlosen Himmel aufgegangen, nachdem der Regen in der Nacht alles blankgewaschen hatte, so dass jedes Blatt in glänzendem Grün und jede Blüte unter den verbliebenen Regentropfen in voller Pracht erstrahlte.

Doch eine Stunde später war eine winzige Wolke in einiger Entfernung aufgetaucht, nur ein kleiner Klecks im blauen Himmelszelt, der jedoch mit erstaunlicher Geschwindigkeit anschwoll und einen Nebel mit sich brachte, der die Welt in ein tristes Grau hüllte.

Gefolgt von strömendem Regen, der bis zum nächsten Tag andauerte.

Nach einer Unterbrechung von einigen Stunden am Mittwoch hatte Clara gehofft, dass das Schlimmste vorüber war und dass es bis Freitag trocken genug für ihr geplantes Treffen im Kaffeehaus sein würde.

Während der kurzen Pause am Mittwoch war die Luft klar und frisch und erfüllt vom Gesang der Vögel gewesen. Sie war in den Garten hinausgelaufen und als sie auf dem Rasen stand, war sie von einer Wolke von Schmetterlingen umgeben gewesen und hatte den süßen Geruch von nassem Gras eingeatmet.

Die zwei Stunden waren aber nur eine kurze Ruhepause vom unablässigen Regen gewesen, der bei seiner Rückkehr in einer dichten grauen Wolke über das Meer fegte, die – sobald sie das Land erreicht hatte – ihre Last freigab und damit jede Hoffnung für ein Treffen am Freitag ertränkte.

„Ach, da seid ihr ja", sagte Henry als er ins Zimmer kam und zum Sofa ging. Er setzte sich neben Mary. „Amit sagt, wir würden das Ende des Regens ab Montag für einige Zeit danach erleben."

Clara nahm ihnen gegenüber im Lehnstuhl Platz.

Sie warf einen Blick auf die Stricknadeln und die Wolle auf dem Tisch neben ihr und schob sie zur Seite. „Ich war überrascht, Papa, dass du heute im Büro warst. Das Wetter ist schrecklich – seit ich aufgestanden bin hat der Regen nicht aufgehört."

„Für die Lieferungen in der kommenden Woche war

einiges zu erledigen, aber du hast recht, heute ist kein angenehmer Tag. Von Süden weht ein starker Wind und die Bazaar Road gleicht einem Wildbach. Ich habe Lewis bedauert, weil das Wetter die ganze Woche so schlecht war und er trotzdem für einige Tage unterwegs sein musste."

„In den *backwaters*?", fragte Clara erstaunt.

„Ja. Ich habe ihm gesagt, dass es nicht notwendig ist, und warten kann, bis der Regen vorüber ist, aber er wollte unbedingt eine Ladung Sandelholz prüfen, die abzuholen war."

„Papa, ich habe gar nicht gewusst, dass du mit Sandelholz handelst", bemerkte Clara.

„Ich mache es erst seit kurzer Zeit und verdanke es Lewis. Er hat für die Firma einen Vertrag für den Transport von Sandelholz zu einer Dampfdestillationsfabrik abgeschlossen. Er sagte, das Holz müsste noch diese Woche in der Fabrik abgeliefert werden. Er hatte einige zusätzliche Männer angeheuert und wollte sie nicht enttäuschen. Er ist ein anständiger Mann."

„Weshalb hat er denn zusätzliche Männer für das wenige Holz gebraucht?" fragte Mary erstaunt.

„Weil der ganze Baum verwertet wird. Das Holz von Stumpf und Wurzeln enthält eine große Menge Sandelholzöl, das verwertet und verkauft werden kann. Ich bin Lewis sehr dankbar, dass er für uns einen womöglich sehr lukrativen Vertrag abgeschlossen hat. Er ist erst gestern zurückgekommen."

„War die Fahrt erfolgreich?" wollte Mary wissen.

Henry nickte. „Ja, anscheinend. Ich glaube er hat trotz des Regens auch noch ein paar andere Sendungen abgeholt."

„Er ist unglaublich pflichtbewusst", sagte Mary. „Es ist

wirklich schade, dass er nicht verheiratet ist. Ein Mann wie er hätte viel zu bieten."

„Wie wäre es mit Lizzie für Lewis? Sie ist ja noch nicht verlobt", sagte Clara leichthin. Sie lachte gekünstelt um zu zeigen, dass sie es nicht wirklich ernst meinte.

Henry schnaubte verächtlich. „Ich würde nicht gern in ihren Schuhen stecken, wenn sie Albert einen derartigen Vorschlag unterbreitet. Selbst wenn er nicht schon einen anderen Mann auf der anderen Seite des Landes ins Auge gefasst hätte, würde er die Idee, dass seine Tochter einen Schiffsagenten heiraten könnte, keine Minute lang ernst nehmen. Nein, Albert ganz bestimmt nicht."

„Clara hat es doch nicht ernst gemeint, Liebling", sagte Mary mit einem nachsichtigen Lächeln. „Wir wissen doch alle wie ehrgeizig Albert ist, und auch Julia, nehme ich an. Und wahrscheinlich auch Lizzie."

„Natürlich nicht", warf Clara hastig ein. „Lizzie hat doch zugestimmt, den Mann zu treffen, den sie heiraten soll. Ich würde sie aber nicht ehrgeizig nennen."

„Vielleicht war das auch nicht das richtige Wort", erwiderte Mary. „Vielleicht trifft eigensinnig eher zu. Gefühlsmäßig würde ich sagen, dass Lizzie die Art von Mädchen ist, das jeden Ratschlag, der ihr gegeben wird, ignoriert und mit bornierter Entschlossenheit genau das tut, was sie will."

Clara dachte einen Moment lang nach. „Und was ist mit mir?" fragte sie. „Denkst du ich habe dieselbe bornierte Entschlossenheit wie Lizzie?"

„Nein, keineswegs", entgegnete Mary mit ruhiger Stimme. „Ich habe nicht andeuten wollen, dass das eine bewundernswerte Eigenschaft ist. Denn das ist es nicht. Du bist gutmütig und mehr fürsorglich für die Menschen um dich, als es meines Erachtens Lizzie wäre."

„Es hört sich an als ob ich langweilig wäre“, warf Clara schmollend ein.

„Unsinn“, sagte Mary lachend.

„Meiner Meinung nach gehst du mit Lizzie etwas zu hart ins Gericht“ bemerkte Henry. „Lizzie hat den Wünschen ihres Vaters gegenüber einen bewundernswerten Gehorsam an den Tag gelegt, was ihre Heirat betrifft. Sie scheint mir ein reizendes Mädchen zu sein.“

„Ich mag sie“, stimmte Clara zu. „Ich würde nicht sagen, dass wir in der Vergangenheit enge Freundinnen waren, aber seit unserer Rückkehr sind wir uns nähergekommen. Ich würde es bedauern, wenn sie von hier wegzieht.“

„Schlag ihr aber um Himmels Willen nicht vor, Lewis zu heiraten, nur damit sie hierbleibt“, rief Mary aus und brach mit Henry in heiteres Lachen aus. „Und was ist jetzt mit der Strickerei, die du anfangen wolltest?“

„Das war deine Idee und nicht meine. Ich werde nie gut stricken können. Ich hasse Stricken und würde viel lieber ein Buch lesen.“

„Stricken ist aber eine bessere Eigenschaft für eine Ehefrau“, sagte Mary mit Nachdruck. „Eine Frau, die zu viel liest, würde viele Männer abschrecken. Du solltest deine Liebe zu Büchern nicht zu sehr ausplaudern.“

DONNER KRACHTE LAUT über dem Ziegeldach des Goddard-Hauses und hin und wieder erhellten Blitze das purpurfarbene Meer und die Spitzen der Palmwedel, die sich gegen den bleiernen Himmel abhoben.

Lizzie starrte erzürnt durch das Fenster auf die dramatische Szene, die sich vor ihren Augen abrollte.

Das war es sicher nicht, was sie sich für diesen Freitagvormittag erhofft hatte. Jetzt saß sie zuhause fest und hörte zu, wie ihre Mutter Stücke ihres hölzernen Puzzlespiels gegen die Tischplatte klopfte, während sie überlegte, wo sie das nächste Stück anbringen sollte.

Schließlich wandte sich Lizzie vom stürmischen Anblick vor dem Fenster ab, stolzierte durch den Salon und setzte sich in ihren Lieblingsstuhl.

Ihr Vater und George arbeiteten in ihrem Büro im Haus, denn sie hatten beschlossen wegen des Wetters nicht in die Firma zu gehen. Und sie waren sicher nicht die Einzigen, die am heutigen Tag zuhause geblieben waren. Und Lewis ebenso.

Wenn sie ihn doch heute hätte sehen können, dachte sie verzweifelt.

Das entsetzliche Wetter hatte es aber unmöglich gemacht und sie war nun dazu verdammt, unter einer Ansammlung aufwendig verzierter und geschnitzter Möbel bei ihrer Mutter zu sitzen. Ihr blieb nur die Hoffnung, dass der Regen bald aufhören würde, so dass sie und Clara Lewis zumindest in der nächsten Woche treffen würden.

Dabei konnte der November fast ebenso nass wie der Oktober sein und es gab keine Gewissheit, dass es am nächsten Freitag oder am Freitag danach möglich wäre.

Und selbst wenn das Wetter vor dem nächsten Freitag aufklaren würde, hätte Lewis, genau wie ihr Vater, eine Menge aufzuarbeiten, und er würde es kaum riskieren, nur für den Fall ins Kaffeehaus zu kommen, dass sie dort sein könnte.

Zudem bestand die Gefahr, falls das schreckliche Wetter noch weitere zwei oder drei Wochen andauerte, ihr Rat für Edwards Party nicht mehr gebraucht würde, denn er hätte bis dahin sicher schon seine Bediensteten mit der nötigen Planung betraut.

Clara hatte für das Thema Silber vorgeschlagen und als

Trost dafür, dass er ihren Rat nicht mehr brauchte, war Edward wahrscheinlich bei dieser Idee geblieben. Das war ja alles, was er und seine Helfer für den Anfang brauchten.

Und sollte dies tatsächlich geschehen, hätten sie keinen Vorwand mehr für ein Treffen mit Lewis.

Also war es noch viel wichtiger, dass sie sich eine andere Möglichkeit ausdachte, ihn zu sehen und ihn einzuladen, in ihren Garten zu kommen.

Idealerweise sollte dieser Plan niemand anderen außer ihr einbeziehen und von keinen sonstigen Umständen abhängen, denen Rechnung zu tragen war.

Sie richtete sich kerzengerade im Stuhl auf.

Lewis ging in der Regel mittwochs am späten Nachmittag in den English Club. Ihr Vater hatte schon mehrmals erwähnt, dass er ihn dort gesehen hatte.

Ja, sie konnte doch auch selbst hingehen!

Und ihre *ayah* konnte sie begleiten.

Ideal war das natürlich nicht, denn ihre *ayah* würde ihren Eltern gegenüber in gewisser Weise verpflichtet sein, da sie von ihnen weiterhin behalten worden war, nachdem Lizzie nach England abgereist war. Und sie würde es den Eltern sicher erzählen, falls Lizzie mit einem Mann gesprochen hatte. Sie musste sich also etwas ausdenken, wie sie die *ayah* kurzfristig loswerden könnte.

Natürlich konnte sie nicht in das Clubgebäude gehen, und zwar nicht nur, weil sie von Leuten, die ihre Eltern kannten, ohne Begleitung gesehen werden konnte, sondern auch weil Frauen nicht allein den Club betreten durften. Sie könnte sich aber unter den Bäumen auf der anderen Straßenseite vom Club verstecken und ihn rufen, sobald er eintraf.

Das einzige Problem war allerdings, dass er direkt durch das Tor zum Parkplatz neben dem Clubgebäude fahren würde. Sie könnte keinesfalls die Auffahrt hinauflaufen, ohne gesehen zu werden.

Das bedeutete, dass sie nahe genug am Eingang warten und ihm ein Zeichen geben musste, sobald sie seinen Chevrolet Tourer sah, wie er langsam in die Auffahrt einbog. Er würde dann den Wagen einparken und über die Auffahrt zu ihr zurückkommen.

Sie hätten dann nicht viel Zeit für ein Gespräch, aber Zeit genug, dass ihr Lewis seine Gefühle offenlegen und sie ihm versichern konnte, dass auch sie ihn liebte. Und, falls ihr bis dahin noch nichts anderes eingefallen war, würde sie ihm vorschlagen, sie spätabends in ihrem Garten aufzusuchen, wenn ihre Eltern bereits schliefen.

Ihr Gefühl der Aufregung war so groß, dass sie sich bei dem Gedanken, ihn bald wiederzusehen, zurückhalten musste, nicht begeistert in die Hände zu klatschen.

Sobald es ihr möglich war, würde sie am ersten Mittwoch zum Club gehen, und falls sich das nicht machen ließ, würde sie versuchen, mit ihm kurz außerhalb der Kirche zu sprechen oder danach im English Club, und sie würde auch mit Tilly und Clara zum Old Harbour House gehen. Sie würde einfach alles versuchen, bis sie einen Weg gefunden hatte, mit Lewis zu sprechen.

Nichts würde sie dabei aufhalten.

Ihre Mutter hob den Blick von ihrem Puzzlespiel. „Liebling, du scheinst heute sehr unruhig zu sein. Ich würde vorschlagen, dass du Bridge spielen lernst, sobald sich das Wetter gebessert hat. Du könntest es dir überlegen. Bridgepartys sind hier sehr beliebt, und ich bin sicher, dass sie in Madras noch beliebter sein werden. Als gute Bridgespielerin hättest du einen ausgezeichneten Zugang zu den gesellschaftlichen Kreisen, denen dein Gatte angehören wird."

„Ich habe den Mann noch gar nicht kennengelernt", blaffte Lizzie.

„Wenn du, nachdem du ihn kennengelernt hast, beschließt, ihn nicht zu heiraten – wobei wir allerdings hoffen, dass du dich an die Wünsche deines Vaters hältst – dann wäre das Bridgespiel eine gute Einführung zu neuen Freunden hier. Bitte, denk darüber nach, Lizzie."

„Ja, ganz sicher", sagte sie ohne die geringste Absicht es zu tun.

16

Die Residenz,
später Nachmittag am Montag

DER WIND HATTE NACHGELASSEN und die Flut war im Rückzug.

Das Boot, das am Ende des kurzen Holzstegs am südlichsten Ausläufer von Bolghotty Island vertäut worden war, schwankte noch mit den leichten Wellen, als sich Stille über den Nachmittag senkte.

Edward und Michael schlenderten über den Rasen der Residenz zu einem Tisch, der im Schatten eines der von den Briten einige Jahre zuvor gepflanzten Bäume für sie aufgestellt worden war.

„Ich weiß es zu schätzen, dass Sie einige Nächte hier übernachten werden", sagte Edward. Nach der letzten Woche gibt es so einiges was wir nachholen müssen, und hier haben Sie abends ein paar Extrastunden Zeit dazu."

„Das mache ich gern", antwortete Michael. „Sobald wir

alle dringenden Sachen erledigt haben, finden wir vor unserer Rückkehr nach Cochin vielleicht auch noch Zeit für eine Runde Golf."

„Sie müssen eine masochistische Ader haben", sagte Edward in amüsiertem Ton. „denn ich kann mich noch gut an Ihren Versuch erinnern, den Ball, der nahe am Wasser im Gras festsaß, zu schlagen. Ihr Schwung war sehenswert. Genau wie Ihr Durchschwung. Wie ich mich erinnere, haben Sie sich zweimal ruckartig umgedreht und sind dann im Wasser gelandet und der Goldball steckte noch immer dort wo er vorher war."

Beide lachten.

„Ich muss zugeben, dass das nicht meine beste Stunde war", sagte Michael peinlich berührt, als sie sich setzten. „Ich hoffe es wird Ihnen gelingen, diese Erinnerung aus Ihrem Gedächtnis zu verbannen."

Edward schmunzelte. „Mal sehen."

Minuten später erschien einer der Diener mit einem Tablett, auf dem zwei Kognakgläser, eine Flasche Weinbrand und ein Teller mit kleinen Currypastetchen standen. Er stellte alles auf den Tisch und zog sich dann wieder zurück.

Edward goss Weinbrand in ein jedes der Gläser und schob eines davon Michael zu.

Beide lehnten sich entspannt zurück und blickten auf die Wasserfläche, die die lange schmale Insel von Cochin trennte, das im Dunst des Nachmittags zu ihnen herüberschimmerte.

Als die Sonne begann, sich zum Horizont zu senken, traten zwei Diener aus dem Säuleneingang hervor und begannen ihr nächtliches Ritual, indem sie feierlich den Pfad zur Fahnenstange hin entlanggingen.

Dann standen sie zu Seiten des breiten Sockels der

Fahnenstange, die Flaggleine in Händen, und warteten darauf, bis die Sonne in einer weißen Glut untergegangen war. Im selben Moment zogen sie an den Leinen und senkten die Flagge, falteten sie zusammen und brachten sie in die stille Erhabenheit der Residenz zurück.

„Tilly sagte, dass eines der Dinge, das Clara nach ihrer Rückkehr überrascht hat", erzählte Michael, „ist die Schnelligkeit, mit der es hier Nacht wird. In England ist es ganz anders."

„Ich kann mir vorstellen, dass es für sie seltsam ist."

„Die letzte Stunde Tageslicht ist meine liebste Tageszeit", fuhr Michael fort. „Es gibt eine Stille um diese Zeit, die es im Lauf des Tages kaum einmal gab."

„Es ist eine indische Art von Stille", sagte Edward mit einem Lächeln. „Der Gesang der Vögel, das Quaken der Frösche und das Summen der Insekten ist immer um uns, aber wir bemerken es kaum. Wir merken es aber, wenn es nicht da ist. Wie zur Zeit des Monsuns, wenn alles still ist."

„Der Regen hat die letzten zwei Wochen völlig ausgeschwemmt", bemerkte Michael. „Sie hatten noch keine Gelegenheit, Clara und Mary zu treffen, nicht wahr? Tilly sagt, dass Clara versucht hat, Vorschläge zusammenzustellen und sich sehr über den Regen geärgert hat."

„Clara soll das nicht erfahren, aber meine Bediensteten haben mit den Vorbereitungen bereits begonnen", warf Edward trocken ein. „Ich wusste, dass das Wetter der Sache einen Dämpfer aufsetzen könnte – und ich denke, dass der Regen noch nicht ganz aufgehört hat. Aus diesem Grund und auch angesichts des Umstands, dass ich nächste Woche mit dem Besuch der Marine beschäftigt sein werde, dachte ich, dass es am besten wäre, dafür zu sorgen, dass es keine Komplikationen in letzter Minute gibt."

„Das verstehe ich. Ich habe den Marinebesuch in

unserem Terminkalender gesehen. Gibt es einen besonderen Grund dafür?"

„Anscheinend wollen sie sich den Hafen und
Willingdon Island ansehen. Ich glaube, dass es bei dem
Besuch darum geht, so weit wie möglich zu verlautbaren,
dass sie nicht mehr die Royal Indian Marine, sondern die
Royal Indian Navy sind. Da jetzt jedes Schiff *His Majesty's
Indian Ship* genannt wird, lautet die Abkürzung dafür
HMIS, was alle mit großem Stolz erfüllt."

„Ich verstehe."

„Um aber auf Clara zurückzukommen. Ich wollte nicht,
dass sie durch meinen Mangel an freier Zeit unter Druck
kommt. Ich kann mir vorstellen, dass sie mit ihren Plänen
für ihre Verlobung und Heirat mehr als genug zu tun hat."

„Soviel ich weiß, ist es wegen des Regens in Bezug auf
beides noch zu keinen Fortschritten gekommen. Aber dafür
ist noch reichlich Zeit. Die sechs Monate, die sie und
George vor einer offiziellen Ankündigung warten müssen,
sind noch lange nicht um."

„George hat großes Glück."

Michael nickte. „Ja, das hat er. Sie scheint ein sehr nettes
Mädchen zu sein. Allerdings habe ich seit ihrer Rückkehr
noch nicht viel von ihr gesehen. Sie wissen ja – die Arbeit.
Aber auch Clara hat Glück. Sie darf eine Liebesheirat eingehen. Lizzie Goddard hingegen wird einen Mann heiraten,
den sie noch gar nicht kennt."

Nach einer Pause fuhr er fort. „Aber da wir gerade bei
den Händlern und ihren Familien angekommen sind, wollte
ich fragen, ob Sie mit Ihren Ermittlungen schon weiterge-
kommen sind. Oder sind die auch dem Wetter zum Opfer
gefallen?"

„Ja, dem Wetter und allein schon aufgrund der Schwie-
rigkeit, in einer so geheimen Sache etwas herauszufinden.

Wir wissen mit Sicherheit, dass Drogen von Cochin aus in alle Welt verschifft werden, wissen aber noch nicht, wer dafür verantwortlich ist. Den Handel hat es schon immer gegeben, aber nicht in dem Ausmaß wie jetzt."

„Haben Sie eine Idee, wie viele Leute daran beteiligt sind?"

Edward schüttelte den Kopf. „Das ist unmöglich zu wissen. Da ist die Person, die den Handel einrichtet, die Männer, die die Drogen abholen, und die, die sie insgeheim auf die Schiffe bringen. Und die Matrosen auf den Schiffen haben wahrscheinlich eine ziemlich gute Idee, worum es sich bei ihrer Fracht handelt."

„Wie wäre es mit einer Belohnung für Informationen?" wollte Michael wissen.

Edward zuckte wegwerfend die Schultern. „Das zahlt sich nicht aus. Man kann an den Drogen so viel verdienen, dass alle daran Beteiligten so gut bezahlt werden, dass es für sie keinen Anreiz gibt, die Person zu verraten, von der sie bezahlt werden, Ganz im Gegenteil, es ist in ihrem Interesse, dass sie nicht geschnappt wird."

„Ja, ich verstehe. Können Polizei und Hafenbehörden nicht helfen?

„Auf die können wir uns nicht verlassen. Einige von ihnen sind großzügig dafür bezahlt worden, dass sie ein Auge zudrücken. Und es hat wenig Zweck, die Logbücher verdächtiger Schiffe zu prüfen, denn der Kapitän wird sie mit ziemlicher Sicherheit gefälscht haben. Wir kontrollieren zwar stichprobenartig, aber ohne viel Erfolg."

„Es hört sich fast wie eine verlorene Sache an."

„Den Anschein hat es vielleicht, ich weigere mich aber aufzugeben. Der Schaden, den die Drogen anrichten können, ist unermesslich. Ich setze meine Hoffnung jetzt auf die Männer, die wir während der vergangenen Monate unter den Arbeitern im Hafen eingeschleust haben. Vielleicht findet einer mit ein wenig Glück etwas heraus, das uns zum Ursprung des Problems führt.“

„Ich werde natürlich helfen, soweit ich kann. Sie müssen es nur sagen.“

„Vielleicht könnten Sie und Tilly übernächste Woche zum Dinner kommen, und ich werde auch die Familie Saunders einladen. Wenn jemand weiß, was in Cochin und Muttancherry vor sich geht, dann ist es Henry Saunders.“

Michael nickte. „Ich denke, Sie haben recht.“

„Wie Sie wissen, habe ich ihn diesbezüglich bereits einige Male getroffen, und habe ihn immer sehr sympathisch gefunden. Aber so sehr ich es auch bedauere, können wir ihn noch nicht von einer möglichen Beteiligung ausschließen.“

„Dessen bin ich mir bewusst, Sir. Ich bin jedoch überzeugt, dass sich herausstellen wird, dass er über jeden Vorwurf erhaben ist. Er wird über die legalen Aktivitäten in Cochin Bescheid wissen, aber nicht über die illegalen.“

Edward sagte mit einem Lächeln. „Da er sowohl Claras Vater als auch Tillys Vater ist, bin ich sicher, dass Sie recht haben.“

Michael lachte. „Na gut, ich bin ja praktisch verpflichtet, voreingenommen zu sein. Sie werden aber noch selbst herausfinden, dass meine Einstellung berechtigt ist. Und ich werde auch das Meine tun. Ich habe die Absicht, näher an Lewis Mackenzie heranzukommen, denn er weiß wahrscheinlich ebenso gut wie Henry darüber Bescheid, was in Cochin vor sich geht. Vielleicht sogar noch mehr. Denn die Schiffsagenten haben untereinander ihre eigenen Nachrichtenwege. Wenn bei Saunders & Co. irgendetwas Unrechtes geschieht, weiß er es ganz bestimmt. Und er könnte ja selbst dafür verantwortlich sein.“

„Wie werden Sie es denn angehen?"

„Die Händler gehen jeden Mittwoch ab sechzehn Uhr für ein paar Stunden in den English Club, und desgleichen auch die Schiffsagenten. Ich werde jetzt auch um diese Zeit hingehen, angeblich um Billard zu spielen. Natürlich nicht diese Woche, hoffe aber, dass ich nächste Woche damit anfangen kann. Es kann ja nicht schaden."

„Es scheint mir eine gute Idee zu sein. Ich wünsche Ihnen viel Erfolg."

„Und vielleicht schlage ich Tilly vor, mit den Saunders an einem Samstagabend in den Club zu gehen. Ich bin sicher, dass Lewis auch an den Samstagen dort ist. Und wenn er und ich während der Woche schon miteinander Billard gespielt haben, und dann den Abend gemeinsam mit ihm und möglicherweise seinen befreundeten Agenten verbracht haben, wäre es ganz natürlich für ihn, zu unserer Gruppe zu stoßen."

Edward nickte. „Ich nehme an, Sie glauben, dass eine gesellige Umgebung seine Zunge lockern wird."

Michael lachte zufrieden. „Ja, das ist mein Plan."

Die Lampen in der Residenz waren angemacht und Türen und Fenster weit geöffnet und im Garten hatten die Bediensteten die Pfade bewässert, um den restlichen Staub zu festigen.

Der Geruch von nassem Erdreich wehte zu Edward herauf, als er auf der Veranda vor seinem Schlafzimmer in der Residenz stand und über den Rasen zum Meer hinausblickte.

Er hoffte inständig, dass Michaels Vertrauen in Henry Saunders nicht verfehlt sei, nicht nur wegen Michael, den er sehr schätzte, sondern auch wegen Clara, für die er weiterhin Gefühle hegte, die viel stärker als eine einfache Zuneigung waren.

Doch die Gerüchteküche wies auf Henry Saunders im Zentrum des neuen Drogenhandels hin und dass Opium die Droge war, die verschifft wurde.

Im Gegensatz zu Nordindien war Mohn auf dem Gebiet von Cochin nie breitflächig angebaut worden. Wenn es ihm also gelänge, den Handel schon in diesem frühen Stadium auszurotten, bestand durchaus die Möglichkeit, den Versand von Opium über den Hafen von Cochin schon zu Ende zu bringen, bevor er überhaupt richtig begonnen hatte.

Nicht einmal Michael wusste, dass er Jitu, einen seiner vertrauenswürdigsten, intelligentesten und gebildetsten Männer, speziell dazu eingesetzt hatte, die Praktiken von Saunders & Co. zu überwachen.

Nicht, weil er Michael nicht traute, Stillschweigen zu bewahren. Nein, keineswegs. Denn er war sich sicher, dass kein anderer Mann loyaler und zuverlässiger war. Doch bestand immer das Risiko, dass Michael bei einem Familientreffen durch Wort oder Tat, oder ganz einfach durch seinen Gesichtsausdruck verraten könnte, dass der Finger des Verdachts auf den Vater von Michaels Gattin wies.

Für Michael war Jitu lediglich ein weiterer verdeckter Ermittler, der sich auf den Kais der Firma Saunders & Co. im Einsatz befand.

Eine Prüfung von Jitus Vorgeschichte würde ergeben, dass er von seinem letzten Arbeitsplatz wegen des Verdachts auf Diebstahl entlassen worden war, und Edward hoffte nun, dass sich Jitu aufgrund dieser kriminellen Vergangenheit als ein Magnet für illegale Schmuggler ergeben würde.

Und wenn der Schmuggler tatsächlich Henry war, dann

wäre Edward zwar sehr bestürzt, aber Henry müsste verhaftet werden.

Doch allein der Gedanke war für Edward äußerst bedauerlich.

Daher war es allein schon der Familie Saunders wegen äußerst wichtig, dass er – sollten sich die Gerüchte als falsch erweisen – die schuldige Person fand. Nur so konnte er die Familie von jeglichem Verdacht befreien und Henry Saunders Ruf für Ehrlichkeit wiederherstellen, den er ungerechtfertigterweise in Gefahr gewesen war, zu verlieren.

Inzwischen war seine Party nur noch zwei Monate entfernt und sobald er in sein Haus zurückkam, musste er prüfen, wie weit seine Bediensteten inzwischen mit den Vorbereitungen fortgeschritten waren.

Bei dem Gedanken an diese Verbindung zu Clara begann er zu lächeln.

Sofort schalt er sich dafür aber insgeheim.

Wie vertrackt war es doch, dass er sie trotz seiner Bemühungen nicht vergessen konnte.

17

———

O *ld Harbour House,*
am nachfolgenden Freitag

CLARA LÄCHELTE George über den Tisch hinweg an.

„Ich bin so froh, dass wir uns heute treffen konnten", sagte sie. „Es war so nett von deinem Vater, dir heute freizugeben. Es hat sich dann auch so gut für mich ergeben, weil ich mit Lizzie noch nichts vereinbart hatte."

„Es war aber nicht nur nett von Papa – denn er schuldet mir mehr als nur einen freien Vormittag", warf George ein. „Ich habe die ganze Woche durchgearbeitet. Und auch das letzte Wochenende. Sobald der Regen aufgehört hatte, war es nur Arbeit, Arbeit und noch mehr Arbeit. Und man hat mich nicht nur im Büro gebraucht – ich musste auch zu den Plantagen hinaus und die Kokosnusssetzlinge prüfen, die wir im September ausgepflanzt hatten."

„Mein Vater war auch sehr beschäftigt. Deshalb wusste ich, dass es nicht einfach sein wird, dich zu treffen. Dass es heute doch gelungen ist, ist eine wunderbare Überraschung.“

„Wir verdanken das unseren Müttern“, erklärte George. „Sie haben beschlossen, dass wir zusammenkommen sollten, und Mama hat Papa vorgeschlagen, dass er mir einen freien Vormittag gibt. Vorgeschlagen ist wahrscheinlich aber nicht das richtige Wort. Ich glaube sie hat ihm ganz einfach gesagt, dass wir beide zusammen Kaffee trinken werden.“

„Das war sehr nett von ihnen“, sagte Clara und wandte sich lächelnd Mary und Julia zu, die in einiger Entfernung an einem Tisch saßen. Beide Mütter erwiderten ihr Lächeln und hoben verständnisvoll ihre Tassen.

„Beim wochenlangen Zuhausesitzen hatte ich reichlich Zeit, mir auszurechnen, wie wenig wir einander seit meiner Rückkehr gesehen haben“, bemerkte Clara und nahm ein Stück Bananenkuchen, der mit dem Kaffee serviert worden war. „Ich hatte gehofft, dass wir uns seitdem öfter hätten sehen können. Unsere Eltern wollen, dass wir einander wieder kennenlernen, aber wie ist das möglich, wenn wir uns nie treffen?“

„Das Problem ist, dass ich tagsüber immer so beschäftigt bin. Es ist nicht, weil ich dich nicht sehen will, denn das will ich wirklich. Ich habe einfach nicht genügend Zeit zur Verfügung. An den letzten Samstagen vor dem Regen war ich mit Papa in der Residenz. Er hat jemand gefunden, der mir Golfunterricht gibt. Der Golfplatz bei der Residenz ist nur klein, aber Golf wird immer beliebter und Papa ist der Meinung, dass es etwas ist, das ich meistern sollte.“

„Macht es dir Spaß?“

„Es ist in Ordnung. Mir ist aber Cricket lieber und ich würde viel lieber auf dem Parade Ground spielen. Ich hatte in diesem Jahr wegen dem Golf kaum eine Gelegenheit gehabt, meine Flanellhose zum Cricketspielen anzuziehen.

Aber ich hoffe, dass ich im kommenden Jahr öfter spielen kann."

„Ja, ich verstehe", sagte Clara ganz still.

„Und du weißt ja wie es nach der Kirche ist und im English Club – da muss ich andauernd mit irgendjemanden sprechen. Es war einfach unmöglich zusammenzukommen, obwohl ich es mir so gewünscht hätte. Ja, wirklich", sagte er und nahm ihre Hände in die seinen. „Ja, wirklich", wiederholte er.

„Ich habe den Eindruck, dass ich auf der Liste der Dinge, die du gerne tust, ziemlich weit unten stehe", sagte Clara und versuchte, ihrer Stimme einen fröhlichen Klang zu geben. „Du hast deine Arbeit, Cricket, Golf, Treffen mit wichtigen Persönlichkeiten, und dann, nahe dem Ende, komme ich."

Er ließ ihre Hände los und lehnte sich zurück.

„Das ist nicht wirklich fair", verteidigte er sich. „Du weißt, dass ich eines Tages die Firma leiten werde, und ein Mann kann nicht früh genug anfangen, sich darauf vorzubereiten. Ich muss noch eine Menge lernen. Und ich tue es für uns, Clara. Ich will in der Lage sein, ein schönes Heim für uns zu schaffen, und für dich, so gut ich kann, zu sorgen."

„Ja, ich weiß, George", erwiderte sie. „Achte nicht auf mich. Ich liebe dich und fühle mich nur unglücklich, weil ich dich seit meiner Rückkehr so wenig gesehen habe. Ich weiß, dass es nicht deine Schuld ist."

„Mir geht es ja genauso, Clara." Er streckte seine Hände über den Tisch und nahm ihre Hände in die seinen. „Du bedeutest mir alles", sagte er mit belegter Stimme. „Ich muss anfangen es dir zu zeigen, es dir zu sagen und nicht nur annehmen, dass du es weißt. Ich kann es gar nicht erwarten dich zu heiraten."

„Und ich könnte nie jemanden mehr lieben, als ich dich liebe. Deshalb möchte ich mehr Zeit mit dir verbringen.“

„Ich auch. Aber was kann ich tun?“

Sie fühlte wie sie rot wurde. „Als wir noch Kinder waren, bist du spätabends in meinen Garten gekommen und hast mich gerufen. Ich bin heruntergeschlichen und wir sind auf der Veranda gesessen und haben einander alles erzählt. Diese Zeit mit dir war so schön. Vielleicht könntest du mich manchmal wieder so besuchen.“

Er verstärkte den Druck auf ihre Hände. „Das ist eine tolle Idee!“ rief er begeistert aus. „Das werde ich tun. Ich weiß gar nicht, weshalb ich nicht daran gedacht habe.“

„Weil du so beschäftigt bist. Aber sag es Lizzie nicht, denn sie weiß, dass du mich so getroffen hast. Aber sie findet es vielleicht nicht gut, weil wir jetzt älter sind.“ Nach einer Pause war sie im Gesicht noch röter geworden. „Ich werde wahrscheinlich in meinem Nachthemd sein, wenn du kommst, mit einem Schal um die Schultern. Wenn ich von meiner normalen Routine abweichen würde, könnten meine Eltern einen Verdacht haben. Wenn du willst, können wir uns küssen.“ Sie kicherte nervös. „Aber nicht mehr.“

„Clara, ich liebe und respektiere dich. Das weißt du doch“, versicherte er ihr ernsthaft. „Du bist nicht die Art von Frau, die sich mit einem Mann so verhält, als ob sie seine Frau wäre. Selbst nicht, wenn sie schon verlobt ist. Das weiß ich.“ Er beugte sich näher zu ihr hin. „Aber ein paar Küsse zu stehlen, das ist etwas Anderes“, sagte er schmeichelnd.

Clara strahlte ihn an.

„Wir gehen schon bald“, rief Mary vom anderen Tisch herüber.

Beide wandten sich lächelnd ihren Müttern zu.

„Vielleicht wird Papa dies hier ein andermal erlauben“,

sagte er und wandte sich wieder Clara zu. „Schließlich kann ich ihm anbieten, zum Ausgleich nachmittags länger zu arbeiten oder die Nachmittagspause, die wir haben, aufzugeben."

„Das wäre schön", entgegnete sie. „Es wäre aber auch schön, wenn wir uns manchmal allein treffen könnten. So, wie ich schon sagte. Ohne unsere Mütter, oder Tilly, die uns ständig anstarrt. Oder Lizzie. Was macht übrigens Lizzie heute?"

George zuckte die Schultern. „Ich weiß es nicht. Sie war in den vergangenen Wochen furchtbar schlecht gelaunt. Ich bin richtig erleichtert, nicht zuhause zu sein. Kennst du den Grund für ihre schlechte Laune?"

In Claras Kopf tauchte das Bild von Lewis auf.

„Eigentlich nicht. Sie wollte sich Ideen für Edwards Party überlegen. Vielleicht ist das der Grund. Vielleicht fällt ihr nichts ein und sie macht sich deswegen Sorgen."

George lachte. „Das wird es ganz bestimmt nicht sein. Ihr ganzes Leben lang – und ich nehme an, dass es während ihrer Schulzeit nicht anders war – hat Lizzie immer nur an sich selbst gedacht. Ich verspreche dir, es geht um etwas, das Lizzie von Papa will, und das ihr noch nicht in den Schoß gefallen ist."

Das Geräusch von geschobenen Stühlen war zu hören. Clara und George blickten zu ihren Müttern hin und sahen, wie beide aufgestanden waren.

„Wir tun das so bald wie möglich wieder", sagte George schnell. „Und vielleicht haben wir Glück und können uns nach der Kirche ein wenig unterhalten, und vielleicht auch im Club."

Clara hob die Hand und zeigte ihm hoffend ihren Daumen. „Versuch aber auch, abends zu mir in den Garten zu kommen, bitte."

„Ich werde mich bemühen. Aber du kennst doch meine Arbeit. Ich muss ja auch schlafen!"

Sie fühlte, wie Enttäuschung in ihr aufstieg. „Aber du willst doch kommen, George?"

„Es ist jetzt Zeit, dass wir gehen", sagte Mary und kam zu den beiden herüber. „Ich glaube, ihr werdet euch freuen, wenn ich euch sage, dass wir am kommenden Samstag alle im Club essen und dann für die abendlichen Veranstaltungen bleiben werden. Der Club arrangiert eine Art von Party. Ihr werdet euch also in Kürze in einem entspannten gesellschaftlichen Umfeld wiedersehen."

Sie lächelte beide freundlich an.

WIE HÄTTE GEORGE WOHL GEANTWORTET, wenn ihre Mutter nicht herübergekommen wäre, fragte sie sich, als sie abends im Bett lag.

Wenn sie sich ihr Gespräch wieder ins Gedächtnis rief, konnte sie eine gewisse Enttäuschung nicht unterdrücken, da er so wenig Enthusiasmus für ihren Vorschlag eines nächtlichen Besuchs gezeigt hatte. Er hatte es zwar für eine ausgezeichnete Idee gehalten, aber nicht gesagt, wann er vielleicht kommen würde. Und auch nicht, dass er es ganz bestimmt tun würde.

Sicher konnte er doch wie sie sehen, dass es zwar eine nette Idee war, ihn wie am Vormittag an einem Tisch zum Kaffee zu treffen, dass ein Treffen unter dem wachsamen Auge einer Mutter, Schwester oder *ayah* aber nicht dasselbe sei, als wenn er im Dunkeln zu ihr käme und sie beide ganz allein wären.

Und sie sich dann über alles unterhalten könnten, das für sie beide wichtig war.

Sie sich küssen könnten.

Sie sehnte sich so sehr danach, wieder seine Umarmung zu spüren und seine Lippen auf den ihren!

Seit dem ersten Abend in ihrem Haus und dem Kuss auf der Veranda hatte er sie nie mehr geküsst – sie hatten sich lediglich geschworen, wie sehr sie einander liebten und allein zu zweit sein wollten.

Wenn er das aber wirklich wollte, weshalb war er dann nicht sofort auf ihre Einladung eingegangen, sie zu einer Zeit zu besuchen, in der sie beide ganz allein sein würden?

War der Grund für seine Zurückhaltung vielleicht der – so fiel es ihr plötzlich ein – dass er, ganz gleich was er zu ihr gesagt hatte, wusste, dass er sich nur schwer zurückhalten konnte, wenn sie in ihrem Nachthemd und beide allein im Dunkel der Nacht waren?

Ein Gefühl der Wärme erfüllte sie. Das war es also. Er handelte aus Rücksicht zu ihr und aus Angst, sie kompromittieren zu können.

Sie hatte von den Mädchen in der Schule gehört, dass die Männer sich nur schwer zurückhalten konnten, wenn sie allein mit der Frau, die sie liebten, zusammen waren. Und selbst wenn sie mit einer Frau zusammen waren, die sie nicht liebten. Sie konnten sich wie Tiere verhalten, hatten die Mädchen geflüstert.

Was wollten die Männer denn tun, hatten ihre Klassenkameradinnen die älteren Mädchen gefragt, die so viel mehr wussten, als sie. Und die älteren Mädchen hatten es ihnen erzählt.

Sie hatte also eine vage Idee was in ihrer Hochzeitsnacht zu erwarten war, und es würde ihr nichts ausmachen, denn sie liebte ihn ja. Sie wusste aber auch, dass es eine Verbindung davon mit dem Kinderkriegen gab, und dass sie vor der Heirat nichts Derartiges tun durfte.

Und George wusste es auch.

Er versuchte also, sie beide zu schützen. Und eine Welle des Glücks durchflutete sie bei diesem Gedanken.

Es war ein schönes Gefühl gewesen, als er sie geküsst hatte, und kribbelnd, als ihre Hand auf seiner bloßen Haut lag. Und George würde auf ihre Berührung ebenso reagiert haben, wie sie auf die seine.

Er hatte recht, dass es besser wäre, eine Wiederholung davon zu vermeiden. Denn so wie sie einander liebten, könnte er die Selbstkontrolle verlieren und sie könnte ihm nicht mehr widerstehen.

Lieber George, war ihr letzter Gedanke, bevor sie einschlummerte.

18

———

M ittwoch, am späten Nachmittag,
fast zwei Wochen später

KURZ VOR VIER Uhr am Nachmittag stand Lizzie eng an den Stamm des Brotfruchtbaums gedrückt, so dass seine großen dicken Blätter, die von den Zweigen hernniederhingen, sowohl Schatten als auch ein Versteck vor allen boten, die vorbeikommen könnten.

Sie hoffte inständig, dass Lewis, genau wie die anderen Schiffsagenten und Kommissionäre zu Beginn jener Stunden am Nachmittag in den Club kamen, die für die Händler heilig waren.

Ihr Vater und Händler wie er, gingen zumeist erst später am Tag, und sie hätte lang davor weg sein müssen, für den Fall, dass es sich um eine der Wochen handelte, in der ihr Vater oder Claras Vater, oder beide erscheinen würden.

Und auch wegen ihrer *ayah* konnte sie nur kurz hierbleiben.

Sie und ihre *ayah* hatten eine Rikscha zur St. Francis Kirche genommen, und sie hatte der *ayah* dann gesagt, dass sie eineinhalb Stunden in der Kirche verbringen wollte. Das würde der *ayah* Zeit geben, die Einkäufe zu erledigen, die man ihr aufgetragen hatte, und Lizzie würde dann genügend Zeit in der Kirche verbracht haben.

Ihre *ayah* war erstaunt gewesen, als ihr Lizzie gesagt hatte, dass sie so lange – ganze eineinhalb Stunden – in der Kirche sein wollte, und sie hatte sie nur widerwillig verlassen.

Lizzie hatte sich bemüht, verschämt und verlegen auszusehen, als sie der *ayah* dann zu verstehen gegeben hatte, dass sie hoffte – jetzt wo ihre Eltern einen möglichen Gatten für sie gefunden hatten - mit dem Pastor privat ein oder zwei vertrauliche Fragen in Bezug auf die Ehe besprechen zu können.

Ihre Eltern sollten aber nichts davon erfahren, hatte sie der *ayah* hastig versichert, denn einige Dinge waren einfach zu vertraulich und zu heikel, um sie mit den Eltern besprechen zu können.

Das besorgte Gesicht der *ayah* hatte sich dann gleich entspannt. Sie hatte zustimmend genickt bei dieser romantischen Idee und Lizzie versichert, dass sie in eineinhalb Stunden, aber keine Minute früher, zurück sein werde.

Sobald ihre *ayah* verschwunden war, war Lizzie vom Kirchenvorbau weggeeilt und die kurze Einfahrt und ein Stück der St. Francis Church Road bis zur Stelle gegenüber dem Eingang zum Club hinuntergelaufen. Mit dem Parade Ground hinter sich, stand sie nun im Schatten von einem der Bäume und wartete.

Anfangs war sie zuversichtlich gewesen, genügend Zeit für ein Gespräch mit Lewis zu haben und dann wieder zeitgerecht die Kirche zu erreichen und aus ihr heraus zu kommen.

Doch die Zeit verlief so schnell und sie war ängstlich geworden. Wenn Lewis nicht bald kam, oder wenn es ihr nicht gelang, seine Aufmerksamkeit bei seiner Ankunft zu erregen, wäre der Nachmittag eine völlige Zeitverschwendung gewesen und sie müsste in der darauffolgenden Woche die ganze Prozedur erneut auf sich nehmen.

Sie stöhnte verzweifelt.

Ihre *ayah* war romantisch, aber nicht dumm.

Sie könnte dieselbe Ausrede nicht ein zweites Mal verwenden. Frustriert trat sie gegen den Baumstamm.

Möglicherweise war dies ihre letzte Chance, Lewis ohne irgendwelche andere Personen zu treffen.

Sie stieß den Fuß erneut gegen den Baumstamm.

Ja, es stimmte, dass sie am Samstagabend mit ihren Eltern und George, und auch mit Claras Familie, in den Club kommen würde. Und Lewis würde bestimmt auch dort sein. Aber sie würde von ihren Eltern so gut überwacht werden, dass die Möglichkeit für ein geheimes Gespräch mit Lewis äußerst unwahrscheinlich war.

Tatsächlich würde es wahrscheinlich überhaupt besser sein, wenn sie ihm völlig aus dem Weg ginge, damit sie sich nicht ungewollt verriet.

Sie hatte ihre Eltern noch nicht darauf vorbereitet, was sie für Lewis fühlte – was sie ja auch kaum tun konnte, bevor sie nicht mit Lewis selbst gesprochen hatte – und wenn ihr Vater oder ihre Mutter gerade dann den Verdacht hätten, dass sie in Lewis verliebt sein könnte, würde sie im Handumdrehen nach Madras geschickt werden.

Und sie musste auch mit George vorsichtig sein.

Er war viel prüder geworden, als sie ihn in Erinnerung gehabt hatte.

Sie hatte den Eindruck, dass er jetzt, wo er in der Firma arbeitete, die er eines Tages leiten würde, beschlossen hatte, sich in eine jüngere Version seines Vaters zu verwandeln.

Als sie sich erstmals bewusstgeworden war, was sie und Lewis füreinander fühlten, hatte sie überlegt, George zu bitten, sie hin und wieder zu begleiten. Sie hätte sich ihm dann anvertraut und ihn gebeten, ihr im Lauf des Spaziergangs ein wenig Zeit mit Lewis irgendwo im Freien zu erlauben.

Aber instinktiv war ihr bewusst, dass der alte George ohne weiteres damit einverstanden gewesen wäre, der neue George aber ganz bestimmt nicht.

Angesichts seiner engen Beziehung zu seinem Vater war es – genau wie für ihre Eltern - wichtig, nichts über ihre Gefühle für Lewis zu wissen.

Lewis an einem Mittwochnachmittag zu sehen, war wirklich ihre letzte Hoffnung, dachte sie verzweifelt. Aber jetzt hatte es bereits den Anschein, als ob dies nicht der Mittwoch wäre, an dem dieses Treffen stattfinden würde.

Doch da hörte sie das Brummen eines ankommenden Autos.

Ihr Herz schlug höher und sie starrte dem Geräusch nach die Straße hinunter.

Es war ein hellgelbes Auto, dieselbe Farbe von Lewis' Wagen. Ja, es war Lewis!

Sie zog ihr Strohhütchen fest über den Kopf und machte einen Schritt nach vorn.

Und dann hörte sie das Geräusch eines zweiten Wagens.

„Verflixt!" rief sie laut aus und machte rasch einen Schritt zurück in den Schatten des Baums.

Das zweite Auto war soeben aus einer Straße südlich vom Parade Ground gekommen und in ihre Richtung eingebogen. Mit etwas Glück würde er direkt am Club vorbei und in nördlicher Richtung weiterfahren.

Sie sah, wie Lewis' Wagen die Einfahrt zum Clubgebäude erreicht hatte und sich anschickte, nach rechts abzubiegen.

Zu ihrer großen Enttäuschung und Bestürzung war der zweite Wagen aber nicht, wie sie gehofft hatte, vorbeigefahren, sondern verlangsamte nun die Fahrt und wartete darauf, dass Lewis in die Einfahrt abbog. Dann bog auch dieser Wagen in die Einfahrt.

Für eine kurze Sekunde sah sie das Gesicht des Fahrers – es war Michael Wakefield.

Was macht der denn da, dachte sie verärgert.

Er und Tilly waren zwar hin und wieder an Sonntagabenden im Club, er aber kaum einmal an einem Mittwoch dort. Tagsüber war er zumeist in der Residenz tätig. Sie wusste das, denn ihr Vater hatte abends einmal erwähnt, wie überraschend es sei, dass Michael so selten in den Club kam.

Er muss bei Edward Harrington gewesen sein, überlegte sie. Edward wohnt südlich vom English Club, was erklären würde, weshalb Michael aus südlicher Richtung gekommen war, und nicht von weiter nördlich, wo er wohnte.

Sie warf einen raschen Blick um sich, doch niemand war in ihrer Nähe – es war etwas zu früh für die vielen Leute, die zu einem Abendspaziergang entlang der Promenade kamen. Auch die Straße war in beide Richtungen frei.

Sie konnte nicht widerstehen, die Gelegenheit zu nutzen.

Sie lief über die Straße und starrte vom Schutz der Hecke, die den Club umgab, die Einfahrt entlang auf die beiden Autos, die nebeneinander auf dem Parkplatz angehalten hatten.

Lewis war bereits ausgestiegen und ging auf den Clubeingang zu.

Sie sah, wie Michael aus dem Wagen stieg, und hörte, wie er Lewis rief. Der blieb stehen und wandte sich um.

Michael schien von Lewis' Anwesenheit überrascht, aber nicht enttäuscht zu sein.

Das ist seltsam, dachte sie, Lewis kam am Mittwoch oft her, Michael aber nicht. Also hätte Lewis überrascht sein müssen und nicht Michael. Michael hatte anscheinend ein freundliches Lächeln aufgesetzt, als er auf Lewis zuging. Nach einem kurzen Gespräch gingen beide auf den Eingang zu.

Sie zitterte vor Wut darüber, dass alles schiefgelaufen war, und lief dann zurück über die Straße in den Schatten der Bäume.

Wie verrückt, dass Michael plötzlich beschlossen hatte, mitten in der Woche in den Club zu kommen, und wie ärgerlich, dass er es am selben Tag und zur selben Zeit wie Lewis getan hatte.

Es gab jetzt keine Möglichkeit mehr mit Lewis zu sprechen.

Ihre einzige Hoffnung war nun, dass sie und Lewis sich am Samstagabend kurz davonschleichen könnten. Vielleicht würde er sie zum Tanz auffordern, und anstatt zu tanzen, würden sie aus dem Gebäude zum Strand hinunterlaufen, wo sie vom Licht aus dem Clubhaus nicht mehr erfasst wurden.

Wenn sie sich beeilten, konnten sie vor dem Ende des Tanzes leicht wieder zurück sein.

Aber dafür musste sie noch immer ein paar Tage lang warten.

Und was im Moment noch wichtiger war – wie würde sie die Zeit füllen, die ihr noch verblieb, bis sie aus der

Kirche trat, um dort ihre *ayah* zu erwarten? Sie konnte unmöglich allein in die Läden gehen und die Idee, die Zeit bis dahin in der Kirche zu verbringen, war lachhaft.

Sie fühlte sich den Tränen nahe.

Wäre doch Clara hilfreicher gewesen, als sie die Möglichkeit hatten, dachte sie erbittert. Sie begann, langsam um den großen Parade Ground zu gehen und achtete dabei darauf, im Schatten der Brotfruchtbäume zu bleiben. Ja, wenn Clara hilfreicher gewesen wäre, dann hätte sie sich nicht, so wie jetzt, so abmühen müssen.

Es war, also ob Clara ihre Gefühle gar nicht ernst nahm.

Es schien, als ob für Clara ihre eigenen Gefühle die einzig wichtigen waren!

Es war wirklich schlimm von ihr und äußerst selbstsüchtig.

Wie du mir, so ich dir! Wenn sie, Lizzie, je die Chance hätte, Clara ihre Hilfe bei etwas Wichtigem zu verweigern, dann würde sie es ganz sicher tun.

19

 *m folgenden Dienstagnachmittag*

Nachdem er seinem Fahrer mitgeteilt hatte, dass er wahrscheinlich mehrere Stunden beschäftigt sein könnte, ging er die holprige Gasse zu Henrys Büro hinunter und stieß die Tür auf.

Henry sah von seinem Schreibtisch auf. „Michael", rief er überrascht, stand auf und kam mit ausgestreckten Händen um den Schreibtisch herum auf ihn zu. „Welch nette Überraschung", sagte er und schüttelte Michael die Hand. „Nicht wahr, Lewis?" sagte er und blickte in die Richtung von Lewis' Schreibtisch.

„Wahrscheinlich ist sie für Lewis nett", sagte Michael und blickte Lewis lächelnd an. „Aber nicht so nett für mich, nach der verheerenden Niederlage, die ich am vergangenen Mittwoch beim Billardspiel erlitten habe."

Alle lachten.

„Was hat dich denn hergebracht?" fragte Henry. „Wir haben hier nur selten das Vergnügen eines Besuchs von dir,"

„Ich musste eine Gruppe von Gästen nach Jew Town bringen und habe sie gerade im Muttancherry Palast abgesetzt. Zu meiner großen Erleichterung wollten sie sich dort selbst umsehen und dann einkaufen gehen. Der Gedanke, wieder die verstaubten Krönungsroben und die hinter Absperrungen aufgestellten Sänften zeigen zu müssen, war nicht erfreulich gewesen. Ganz zu schweigen von den erotischen Wandmalereien. Es war eine Gruppe, die nur aus Frauen bestand."

Henry schmunzelte.

„Als ich auf die Uhr schaute, dachte ich, dass du vielleicht gerade eine Teepause machst und ich mich dazusetzen könnte. Natürlich nur, wenn du mich dazu einlädst. Und vielleicht könnten wir danach auch zu den Kais gehen. Du sagtest ja, dass ich schon lange nicht mehr hier war."

„Natürlich bist du eingeladen. Nicht wahr, Lewis? Und auch die Zeit stimmt. Wir wollten mit unserem Tee gerade für ein paar Minuten nach draußen gehen. Aber bitte sag es, wenn du etwas Stärkeres möchtest."

Michael lächelte abweisend. „Nein, nie vor sechs Uhr abends", sagte er. „Ich möchte euch aber nicht davon abhalten."

„Nein, das tust du keineswegs. Lewis und ich haben dieselbe Routine wie du." Henry warf einen Blick zum Schreibtisch hin, der dem von Lewis gegenüberstand. „Bitte, einige Erfrischungen, Nitesh, wenn du so freundlich bist. Kommst du mit uns nach draußen, Lewis?"

Lewis erhob sich halb von seinem Stuhl und warf den beiden ein entschuldigendes Lächeln zu. „Leider nicht. Ich bin morgen im Dorf, wenn Sie sich erinnern", sagte er zu

Henry. „Da ich schon früh losfahren möchte, muss ich bis zum Abend alles bereit haben."

Henry schüttelte zufrieden den Kopf. „Wie du siehst, Michael, ist Lewis ein guter Arbeiter und nicht nur ein ausgezeichneter Billardspieler. Nitesh wird dir deinen Tee zum Schreibtisch bringen. Komm Michael, überlassen wir Lewis seiner Arbeit und gehen wir hinaus."

Henry wandte sich um und ging voran in den Hof.

„Dein Hibiskus ist wunderschön", sagte Michael zu Henry und nahm Platz. „Es ist hier eine richtige Oase der Ruhe, nach dem wimmelndem Leben, das sich draußen abspielt."

„Ja, es ist hier sehr angenehm", erwiderte Henry lächelnd, als er sich Michael gegenübersetzte. „Erzähl mir mehr über die heutige Gruppe. War sie am Gewürzhandel interessiert, oder an der Synagoge?"

„Ganz bestimmt an der Synagoge. Und natürlich auch am Palast des Radjas. Jew Town ist nicht mehr das Zentrum des Gewürzhandels, das es einmal war, und da die Gruppe im ganzen Gebiet herumgereist ist, kann ich mir vorstellen, dass sie schon alles über Gewürze herausgefunden haben."

Er hielt inne, als Nitesh mit dem Tee und einem Teller mit Bananen- und Brotfruchtstücken in den Hof kam. Nachdem er alles abgestellt hatte, verließ er wieder die beiden Männer.

„Es kann schon sein, dass sie sich den Gewürzmarkt ansehen, während sie hier sind", fuhr Michael fort und reichte Henry eine Tasse und nahm auch seine, „aber es war die Paradesi Synagoge, die sie wirklich sehen wollten. Sie hatten von den Glaslüstern und den handbemalten Bodenfliesen aus blau-weißem Porzellan aus Kanton gehört, von denen eine jede anders ist. Und natürlich auch die großen Schriftrollen des Alten Testaments. Es ist so bedauernswert, dass die jüdische Gemeinde hier nach so vielen Jahrhunderten derart zusammengeschrumpft ist, dass eine Zeit kommen wird, wenn die für einen Gottesdienst erforderlichen zehn Leute nicht mehr vorhanden sind."

Henry nickte zustimmend. „Ja, das wäre wirklich schade."

„Du wirst dich freuen, wenn ich dir aber sage, dass ich für die Gruppe die Bedeutung des Pfeffers propagiert habe", sagte Michael lachend. „Sie wussten aber bereits, dass Pfeffer Gerichten von geringerer Qualität einen angenehmen Geschmack verleihen und den Geruch von Verwesung verdecken kann."

Henry nickte. „Ja, das ist absolut richtig."

„Allerdings hatten sie überhaupt keine Idee davon, dass das stark konservierte Fleisch, das nach einer schlechten Ernte oder einem kalten Winter Leben gerettet hat, mit Salz und mit großer Wahrscheinlichkeit auch mit Pfeffer konserviert worden war. Und da nie genügend Pfefferkörner vorhanden waren, waren diese so wertvoll geworden, dass sie als Geldmittel dienten. Sie hatten noch nie gehört, dass die Westgoten bereits im Jahre 408 AD zur Aufhebung ihrer Belagerung von Rom ein Kopfgeld von Gold, Silber und Pfeffer verlangt haben. Oder dass Mieten oft in Form von Pfefferkörnern gezahlt wurden."

„Ich kann nur hoffen, dass deine Bemühungen für uns am heutigen Vormittag die Nachfrage nach unserem Produkt ankurbeln wird", warf Henry amüsiert ein. „Ich nehme an, dass es Tilly gut geht", fuhr er fort.

Michael lächelte. „Ja, es geht ihr gut. Du wirst es am Wochenende ja selber sehen. Wir freuen uns schon auf die Party im Club. Wegen des Regens sind viele gesellschaftliche Veranstaltungen abgesagt worden, und Tilly freut sich sehr, dass sie jetzt eines der Kleider tragen kann, das ihr der *durzi* kurz vor Beginn des Regens geschneidert hat."

„Ich muss schon sagen, dass ich sehr froh bin, dass sie jetzt deine finanzielle Bürde ist, und nicht mehr die meine", erwiderte Henry lachend. „Aber auch Clara kostet mich genug, so wie es ist."

„Wir freuen uns schon auf ein Wiedersehen mit Clara. Tilly ist gern eine Begleitung für sie und Lizzie. Sie sollten sie bald wieder darum bitten."

„Ich werde es weitergeben", versicherte Henry. „Du kommst also auch am Samstag in den Club? Da werden wir dann alle beisammen sein." Er nahm einen Schluck Tee und schaute dann Michael über den Rand seiner Teetasse fragend an. „Lewis hat mir erzählt, dass er dich am vergangenen Mittwoch im Club gesehen hat. Ich habe nicht gewusst, dass du jetzt hingehst."

„Das bin ich auch nicht. Ich habe zu Hause intensiv an etwas gearbeitet und mich dann kurz entschlossen, eine Pause einzulegen. Ich habe gewusst, dass ihr Händler oft an einem Mittwoch hinkommt und dachte mir, dass ich mich zu dir gesellen werde. Unsere Arbeit in der Residenz lässt uns irgendwie unnahbar erscheinen und sowohl Edward wie auch ich möchten nicht den Eindruck erwecken, dass wir uns absichtlich von der britischen Gemeinschaft absondern."

Henry nickte. „Es ist keine schlechte Sache, wenn du hin und wieder hingehst. Schließlich hat Edward das Gehör des Resident, und es ist Aufgabe des Resident unsere Anliegen an die Ratsversammlung, den Diwan, weiterzugeben, so dass der Maharadscha darüber informiert ist. Wenn ihr, du und Edward, euch nicht unter die Leute mischt, die das Lebensblut der Gemeinschaft sind, werdet ihr nie ihre Anliegen erfahren."

„Genau darum geht es ja, Henry", bemerkte Michael. „Und abgesehen vom allgemeinen Interesse ist es schon lange her, dass ich unten an den Kais gewesen bin. Das war ein weiterer Grund für mich, hinzugehen und mir die Schiffe ein wenig anzusehen."

„Wir gehen zusammen, sobald du deinen Tee ausgetrunken hast. Wahrscheinlich willst du dir auch die Lagerhäuser ansehen?"

„Ja, das würde ich gern."

Sie lächelten einander freundlich an.

„Und ich werde vielleicht auch bei den Goddards vorbeischauen, weil ihr so nahe beieinander seid."

„ICH HABE MICH GEFRAGT, was es damit auf sich hatte", sagte Henry zu Mary nach dem Abendessen, als sich Clara mit ihrem Buch in den Salon zurückgezogen hatte.

„Denkst du nicht, dass es genau das war, was er gesagt hat – dass er in der Gegend war und beschloss, auch in dein Büro kommen zu können. Du hast ja selbst gesagt, dass er schon lange nicht mehr bei dir und auf den Kais gewesen ist."

„Aber es war nicht nur ein gelegentlicher Besuch, er hat sich für alles sehr interessiert. Ich habe ihm wieder Dinge erzählt, die er bereits wusste, nämlich, dass ich die Verträge unterschreibe und es in zunehmendem Maße auch Lewis tut. Dass die Waren dann von Lewis abgeholt und auf einem *kettuvallam* nach Muttancherry zurückgebracht und in unseren Lagerhäusern aufbewahrt werden."

„Ja, du hast recht, das hat er schon gewusst. Wahrscheinlich war er nur höflich – er weiß ja, wie gern du über deine Arbeit sprichst."

Henry schüttelte den Kopf. „Ich weiß nicht, Mary. Es

schien mir um mehr zu gehen. Wir sind sogar auf die Verwaltungsarbeit zu sprechen gekommen – ich weiß gar nicht wie. Wie die Unterlagen von mir geprüft und dann im entsprechenden Karton abgelegt werden. Wie sich Nitesh um die Transportvereinbarungen kümmert, und ganz allgemein, wie Sanjay und ich das Verladen der Waren und deren Versand überwachen. Und Lewis natürlich auch. Das sind aber ganz rudimentäre Sachen und Michael weiß bereits darüber Bescheid. Weshalb ist er also gerade heute gekommen?"

„Du sagtest, er sei auch zu Albert gegangen."

„Ganz richtig. Also frage ich mich, wem von uns beiden hat der Besuch eigentlich gegolten", grübelte er. „Es wäre interessant, das zu wissen."

Mary runzelte fragend die Stirn. „Ich kann nicht glauben, dass er einen Hintergedanken für die Besuche hatte."

„Ich hoffe, dass du recht hast. Aber auf den Kais spricht sich herum, dass jetzt eine zunehmende Anzahl illegaler Drogen Cochin durchläuft. Es ist zweifellos ein sehr lukratives Geschäft, aber weder Lewis noch ich wollen da mitmachen. Dabei besteht jedoch das Risiko, dass wir alle unter Verdacht geraten, sobald die Gerüchte die Zollbeamten und den Resident erreichen, was sicher bereits der Fall ist. Ich frage mich, ob das der Grund für den Besuch war."

„Michael kennt dich doch sicher gut genug, um überzeugt zu sein, dass du nie an einem solchen Handel teilnehmen würdest."

„Das würde ich gern glauben. Ich werde Lewis aber trotzdem bitten, beim Ausfüllen aller notwendigen Formulare besonders gewissenhaft vorzugehen." Und nach einem Moment des Überlegens. „Vielleicht könntest du mit Tilly sprechen und versuchen, ein wenig mehr herauszufinden. Natürlich, ohne offensichtlich zu sein."

„Ich werde mich nach besten Kräften bemühen, aber Tilly ist nicht dumm. Ich kann mir vorstellen, dass sie mich sofort durchschaut, und mir so viel erzählen wird, wie es ihr Michael erlaubt.“

„Alles, was du herausfinden kannst, wäre schon von Interesse.“ Damit stand er auf. „Vorerst aber lass uns zu Clara hineingehen.“

20

———

S*amstagabend*

Die Familien Goddard und Saunders hatten den Parkplatz des Clubs genau zur selben Zeit erreicht.

Mit viel Gelächter und Schwatzen kletterten sie aus ihren Autos und gingen dann gemeinsam in das Gebäude. Dort nahmen sie Platz, und zwar auf einer Gruppe von Stühlen und an Tischen, von wo aus sie leicht in den Raum gelangen konnten, wo später getanzt wurde und wo spätabends ein Buffet angerichtet war.

„Da seid ihr also", sagte Tilly und kam auf sie zu, mit Michael hinter ihr. Da nun zwei zusätzliche Stühle gebraucht wurden, schleppte Michael zwei weitere an den Tisch.

„Kann ich Ihnen helfen?", fragte Lewis, und war plötzlich an seiner Seite erschienen, bevor ein Bediensteter Michael erreicht hatte.

Er nahm Michael den zweiten Stuhl ab und stellte ihn auf den freigewordenen Platz zwischen Lizzie und Tilly.

Als sich Lewis zum Gehen anschickte, rief ihm Michael zu: „Lewis, weshalb holen Sie nicht noch einen Stuhl und setzen sich zu uns? Außer Sie sitzen schon bei anderen Bekannten?"

„Nein, ich bin soeben erst angekommen. Danke, Michael, ich nehme Ihr Angebot gern an." Er gab einem nahestehenden Diener ein Zeichen und dieser stellte schnell einen Stuhl für ihn zwischen Michael und Tilly.

„Ach herrje!" rief Lewis, als er auf den leeren Stuhl blickte. „Es liegt mir wirklich fern, zwischen einen Mann und seine Frau kommen zu wollen."

Mit einem Lächeln rutschte Michael auf den Stuhl neben Tilly und Lewis kam nun zwischen Michael und Lizzie zu sitzen.

Lizzie beugte sich leicht vor und lächelte an George auf ihrer anderen Seite vorbei zu Clara hin. Clara zog anerkennend ihre Brauen hoch und dann wandten sich beide wieder dem Tisch zu, wo ein Kellner die Bestellungen für die Getränke entgegennahm.

„Schön Sie wiederzusehen, George", sagte Lewis, als er sich in seinem Stuhl zurücklehnte und sich hinter Lizzies Rücken an George wandte. „Ich wollte etwas mit Ihnen besprechen, werde es jetzt, wo dieses bezaubernde Geschöpf zwischen uns sitzt, aber nicht tun."

Lizzie wandte sich ihm zu. Als er seinen Satz zu Ende gesprochen hatte, richtete er sich wieder auf, und blickte Clara lächelnd an.

Clara lächelte enthusiastisch zurück.

„Wenn wir heute keine Gelegenheit dazu bekommen", sagte George an Lizzie vorbei zu Lewis, „dann kommen Sie doch nächste Woche in mein Büro. So wie wir jetzt sitzen, ist es schwer, miteinander zu reden. Vielleicht können wir es aber später am Abend nachholen." Er warf Lizzie einen Blick zu. „Lizzie, du kannst dich jetzt mit Lewis unterhalten, denn ich muss dir meinen Rücken zuwenden, damit ich die seltene Gelegenheit ergreifen kann, mit Clara zu sprechen."

Mit einem Lächeln für beide wandte er sich an Clara und ließ seine Finger streichelnd über ihre Wange gleiten. Sie blickte ihm liebevoll in die Augen.

„Du siehst einfach bezaubernd aus", sagte er, von seinen Gefühlen überwältigt.

Clara war vor Freude errötet und blickte an ihrem ärmellosen salbeigrünen Chiffonkleid hinunter. „Ich bin froh, dass es dir gefällt", sagte sie und blickte ihm tief in die Augen.

„Das ist eine Untertreibung. Ich liebe es. Und ich liebe dich."

„Und ich liebe dich. Du kannst dir gar nicht vorstellen, wie sehr ich gehofft hatte, dass wir heute nebeneinandersitzen dürfen", versicherte sie ihm.

„Ja, das kann ich verstehen, denn auch ich hatte es mir erhofft. Wenn ich nicht mit dir zusammen bin, dann denke ich immer an dich, und ich hatte viel mehr Zeit zum Nachdenken, als mir lieb war. Das Warten ist einfach endlos. Und zwecklos. Wir wissen doch beide, was wir wollen, nicht wahr?"

„Ja, ich ganz bestimmt."

„Und ich auch."

Lewis hatte seinen Blick auf George und Clara nun Lizzie zugewandt und lachte schelmisch. „Die Sitzordnung ist ganz zu meinem Vorteil", sagte er erfreut. „Es wird mir ein Vergnügen sein, mich mit Ihnen zu unterhalten. Ich hoffe, dass auch Sie das sagen werden."

Lizzie war errötet.

„Lewis, hatten Sie noch die Möglichkeit, zu den Pfeffer-reben zu kommen und die Ernte zu prüfen?" rief Henry über den Tisch hin, nachdem der Kellner gegangen war.

Nachdem er Lizzie einen verzweifelten Blick zugeworfen hatte, wandte sich Lewis an Henry und hatte soeben seinen Mund zu einer Antwort geöffnet.

Von ihrem Sitz auf der anderen Tischseite neben Henry hatte Mary ihre Hand gehoben, um Lewis' Antwort zu verhindern. „Nein, antworten Sie nicht, Lewis", sagte sie entschieden. „Henry weiß ganz genau, dass am heutigen Abend alle Arbeitsgespräche verboten sind. Denn wir sind nur zum Vergnügen hier."

Henry wandte sich Mary mit gespielter Überraschung zu. „Was könnte denn vergnüglicher sein, als jemanden an ein Lagerhaus voller Pfefferkörner zu erinnern, die einein-halb Wochen lang in der Sonne getrocknet wurden und an die grünen Körner, die schwarz werden und sich in die Pfef-ferkörner verwandeln, die wir in unseren Pfeffermühlen mahlen?" fragte er.

Er hob seine Handflächen zum Ausdruck seiner Verständnislosigkeit.

Nun beugte sich auch Albert vor. „Henry, zufälligerweise kann ich mir aber etwas noch Besseres vorstellen. Da steht zum Beispiel ein riesiger Berg Kokosfasern vor dir, der darauf wartet, an Fabriken in Indien und Übersee verschifft und dort in Matten, Läufer, Teppiche, Brücken und Säcke verarbeitet zu werden. Einen schöneren Anblick kannst du dir gar nicht vorstellen."

Er lehnte sich zurück und strahlte alle um den Tisch selbstzufrieden an.

Es erscholl allgemeines Gelächter.

„Sollen wir es unentschieden nennen, Mary?" sagte Julia, als ein Kellner mit einem Tablett zurückkam und ihre

Getränke austeilte. Ein anderer Kellner stellte kleine Schüsseln mit Cashewnüssen, Currypastetchen und Feigen in die Mitte des Tisches.

„Und auch dir, Albert, ist es nicht erlaubt, von der Arbeit zu sprechen. Seht doch, da ist Edward!"

„Guten Abend", sagte Edward, als er an ihren Tisch kam. „Darf ich mich zu Ihnen setzen?"

„Ja, gern", sagten Albert und Henry gemeinsam.

Edward wurde ein Stuhl gebracht. Er bat den Kellner, ihm ein Glas mit *Rupee d'or* Brandy zu bringen. Dann setzte er sich neben Mary und Clara gegenüber.

Er wandte sich Mary zu. „Ich bin entzückt, Sie heute zu sehen. Ich fürchte, der Regen hat verhindert, dass Sie und Clara zu dem von mir erhofften Besuch kommen konnten", sagte er, „und ich wollte mich dafür bei Ihnen entschuldigen. Es war ja etwas mehr als die leichten Regenschauer, die wir normalerweise zu dieser Jahreszeit erwarten."

„Edward, Sie müssen sich nicht entschuldigen. Die Pläne von uns allen sind vom Regen zunichtegemacht worden", erwiderte Mary. „Aber Clara war bezüglich Ihrer Party in großer Sorge. Nicht wahr, Clara?" rief sie über den Tisch hinweg.

„Ich habe gehört, was du sagtest, Mama, und ja, ich habe mir Sorgen gemacht", sagte Clara zu Edward mit einem entschuldigenden Lächeln. „Edward, es ist mir so peinlich, dass ich ein Thema vorgeschlagen habe und dann verschwunden bin."

„Kein Grund zur Besorgnis", versicherte er ihr lächelnd. „Als ich merkte, wie die Zeit voranschritt und ich nicht wusste, wann wir wieder zusammenkommen können, habe ich einige meiner Bediensteten beauftragt, weiterzumachen. Sie verwenden Ihren Vorschlag von Silber als Partythema."

Clara stieß einen hörbaren Seufzer der Erleichterung

aus. „Ich muss zugeben, dass mir ein Stein vom Herzen fällt. Wie Mama schon sagte, bin ich sehr in Sorge gewesen."

„Dann bin ich froh, dass ich Ihren Seelenfrieden wiederherstellen konnte." Edward verneigte sich leicht zu ihr hin und blickte dann zu George hin. „Es ist mir eine große Freude, Sie wiederzusehen, George. Der Resident und ich haben uns über Ihren Besuch vor einiger Zeit mit Ihrem Vater sehr gefreut. Wie kommen Sie voran?"

„Er schlägt sich sehr gut", sagte Albert voller Stolz. „Er ist ein geborener Händler."

George lachte Edward an. „Wenn Papa auf so lobenswerte Weise über mich spricht, werde ich in Zukunft einfach die Hände in den Schoß legen und ihn auch weiterhin mein Sprachrohr sein lassen."

Daraufhin lachten alle wieder.

„Mir macht die Arbeit aber wirklich Spaß. Sie ist sehr abwechslungsreich und anspruchsvoll", fuhr George fort. „Und da sich das voraussichtlich auch nicht ändern wird, sieht die Zukunft vielversprechend für mich aus."

Edward nickte. „Das freut mich für Sie, Albert. Sie haben das Glück, einen so fähigen Sohn zu haben, der sich für Ihre Geschäfte interessiert."

„Dessen bin ich mir auch bewusst", sagte Albert voller Stolz.

Dann wandte sich Edward Mary zu und begann mit ihr ein Gespräch.

„Es ist jetzt schon fast Dezember", sagte Albert zu Henry etwas leiser. „Wir hatten vereinbart, dass wir sechs Monate warten, bevor wir die Verlobung bekanntgeben. Ich glaube aber, dass wir uns jetzt bedenkenlos sagen können, dass sich die beiden jungen Menschen sicher sind, dass sie noch immer heiraten möchten."

„Ja, das denke ich auch", sagte Henry und nickte.

„Die sechs Monate bringen uns bis Februar, Weihnachten ist für alle eine geschäftige Zeit und daher ist es besser, dass die Hochzeit nach Weihnachten stattfindet. Wie wäre es, wenn George irgendwann vor Edwards Party zu dir kommt, und die beiden können dann als verlobtes Paar die Party besuchen? Sie könnten ihre Verlobung vielleicht sogar auf der Party bekanntgeben. Ich bin sicher, dass Edward damit einverstanden wäre. Er scheint deiner Familie sehr zugetan zu sein."

„Das scheint tatsächlich so und ich bin sehr dankbar für seine Liebenswürdigkeit uns gegenüber. Immer wenn die Hafenverwaltung auf den Kais ist, bleiben die Leute stehen und unterhalten sich mit uns und zeigen echtes Interesse an unserer Firma. Das ist sicher Edwards Wohlwollen zuzuschreiben" meinte Henry. „Mir ist klar, dass er nicht nur ein sehr angenehmer Mensch, sondern auch ein guter Freund ist. Genau wie du, Albert."

Sie lächelten einander an und beide Männer blickten dann zu Clara und George hin, deren Köpfe eng beieinander waren.

„Darin liegt die Zukunft für uns beide", sagte Henry und Albert nickte.

„Ich kann es gar nicht glauben, dass wir nur knapp vor einer Woche im Old Harbour House beisammen waren", sagte George zu Clara. „Es fühlt sich viel länger an."

„Für mich auch", erwiderte Clara. „Ich kann es kaum erwarten, jede Minute von jedem Tag gemeinsam mit dir zu verbringen. Natürlich außer den Minuten, die du arbeiten musst", fügte sie lachend hinzu.

„Und was wirst du während der Minuten tun, während ich anderswo schufte?"

„Vielleicht lesen", sagte sie leichthin.

„Was noch?" fragte er lachend.

„Vielleicht stricken?“

„Das ist eine gute Sache. Ich habe aber gehört, dass du und Lizzie dem Stricken nichts abgewinnen könnt.“

„Aber nicht, wenn man etwas hat, wofür man strickt. Oder besser gesagt, für wen man strickt“, fügte sie hinzu. „Ich meine dich damit“, sagte sie schnell und war errötet.

George nahm ihre Hand in seine beiden Hände. „Ich kann es nicht erwarten, ein kleines Geschöpf zu schaffen, für das du stricken kannst.“

Bei diesen Worten war Clara noch mehr errötet.

Er beugte sich vor und flüsterte ihr ins Ohr: „Ich werde heute Abend bei jedem Tanz mit dir daran denken.“

„Du wirst wahrscheinlich eher an deine Zehen denken“, antwortete sie lachend. „Ich muss dich warnen, denn die Tanzstunden an meiner Schule waren zwar gut, aber es war Ballett und nicht Gesellschaftstanz. Ich habe zum Beispiel keine Ahnung vom Charleston. Den Walzer kann ich noch am besten, aber nur, weil ich ihn in einer Schulaufführung tanzen musste.“

„Umso besser, wenn du die Schritte nicht kennst, denn dann kann ich dich fest an mich drücken und dich führen.“

Beide lächelten einander liebevoll an.

Während Lizzie lebhaft dahinplauderte, dachte sich Lewis, dass ihn seine Vorliebe zu Clara und nicht zu Lizzie geführt hätte, selbst wenn Lizzie keinen Bruder gehabt hätte, der einmal die Firma übernehmen würde.

Vor einigen Monaten hätte er das noch nicht gesagt. Aber jetzt, wo er beschlossen hatte, Gulika sofort nach seiner Heirat in seinem Heim unterzubringen, fühlte er instinktiv, dass er mehr hinter Claras Rücken vorbeischmuggeln könnte, als hinter Lizzies, die viel anspruchsvoller zu sein schien.

Er musste wirklich einen Weg finden, schalt er sich aus, wie er Clara unter vier Augen sprechen könnte. Aber wie? Er konnte sie von seinem Platz aus nicht einmal sehen, da George ihm die Aussicht versperrte.

Doch dann kam ihm plötzlich eine Idee!

Seine Stimmung hob sich sofort und er wandte Lizzie seine ungeteilte Aufmerksamkeit zu.

„Lizzie, was werden Sie jetzt tun, nachdem der Regen aufgehört hat und sie den Einschränkungen Ihres Heims entfliehen können?", fragte er, nachdem sie einen Moment lang zum Luftholen still gewesen war.

Sie zog eine Schnute. „Nicht viel. Für die Frauen ist das Leben so eingeschränkt. Ihr Männer habt doch wirklich Glück. Ihr habt Möglichkeiten, die uns verwehrt sind."

„Welche Möglichkeiten? Außer einem Club beizutreten, die natürlich nur Männern vorbehalten sind."

„Ich bin mir nicht sicher, was dabei natürlich sein soll", antwortete sie neckisch. „Den Frauen sollte doch auch die Mitgliedschaft erlaubt sein. Mir geht es aber nicht nur darum. Die Männer können gehen wohin sie wollen, wann sie wollen. Sie brauchen keine Begleitung. Die Frauen brauchen das aber, und das schränkt einen sehr ein."

„Aber eine Anstandsdame zu haben, schränkt doch nicht ein wohin Sie gehen wollen? Es hält Sie doch nur davon ab, allein irgendwohin zu gehen, wo Sie hinwollen. Das ist alles. Denken Sie doch nur an uns Männer und wie hart wir den ganzen Tag lang arbeiten müssen. Eine Anstandsdame haben zu müssen, ist eine wesentlich geringere Einschränkung, als die, dass wir Männer, stundenlang arbeiten zu müssen. Außerdem", fügte er noch hinzu, rückte seinen Kopf näher an den ihren heran und flüsterte, „ich bin sicher, dass die Damen ganz einfach Wege finden, wie sie die Verpflichtung, eine Anstandsdame haben zu müssen, umgehen können."

„Ich nehme an, dass manche von uns Wege finden", sagte sie ebenso leise, während sie von einem Gefühl der Freude durchflutet wurde.

„Also...", ermunterte er sie.

Beide starrten einander an.

Lizzie war überzeugt, dass er ihr lautes Herzklopfen hören konnte.

„Lewis, alter Knabe", rief Albert über den Tisch hinweg.

Beide wandten sich schnell Albert zu.

„Ich habe von Michael gehört, dass Sie ein passabler Billardspieler sind. Möchten Sie gern spielen?"

Lewis zwang sich zu lächeln und nickte Albert zu. „Es wird mir ein Vergnügen sein", sagte er. „Vielleicht möchte George gegen den Sieger spielen? Wie wär's damit, George?"

„Hm. Ich weiß nicht so recht. Ich bin in einer schwierigen Situation", entgegnete George mit gespielter Besorgnis. „Wenn Sie mein Vater besiegt und ich müsste gegen ihn spielen, dann wäre es meine Pflicht zu verlieren. Ich möchte keineswegs riskieren, dass er mir meinen Lohn vorenthält. Und das wäre dann kein interessantes Spiel. Vielleicht sollte Henry gegen den Sieger spielen?"

Henry nickte. „Das mache ich gern. Und nach mir könnte dann Michael gegen den Sieger spielen."

„Mit Vergnügen", sagte Michael mit einem breiten Lachen im Gesicht.

„Und das stimmt auch", sagte Tilly trocken. „Den ganzen Abend wundert er sich schon, wie er dem Tanzen entkommen könnte. Und du hast ihm soeben den perfekten Ausweg geboten."

Julia runzelte die Stirn. „Ich betrachte jetzt den Vorschlag meines Gatten für ein Spiel als sehr verdächtig."

Albert lachte. „Meine Liebe, wenn du mich in letzter Zeit gesehen hättest wie ich spiele, dann wüsstest du auch, dass ich in Minutenschnelle wieder bei dir sein werde. Ich werde mich natürlich nach besten Kräften bemühen, ich fürchte aber, dass er kein gutes Spiel haben wird." Er stand auf. „Also los, Lewis!"

Lewis erhob sich und warf Lizzie einen amüsierten Blick zu. „Unser Gespräch ist noch nicht beendet, Lizzie. Ich vergesse es nicht." Und er folgte Albert durch das Speisezimmer in das Billardzimmer.

Als sie ihm verstohlen nachblickte, schlug Lizzies Herz wie wild vor Aufregung.

Als er nicht mehr zu sehen war, wandte sie sich Clara zu, denn sie wollte ihr sofort erzählen, was Lewis gesagt hatte, und wie er sie angesehen hatte, als er in ihre Augen blickte. Clara war jedoch so in ihr Gespräch mit George vertieft, dass sie eine Störung kaum willkommen geheißen hätte.

Sie hielt also ihren Mund, setzte sich zurück und versuchte zu hören, was George zu Clara sagte.

„Ich dachte mir, dass ich mich vielleicht zu dir setze, während Lewis Billard spielt", sagte Mary zu Lizzie und stand auf. „Ich wüsste so gern wie es dir geht, Lizzie, und da sich Michael mit Tilly und Edward unterhält, wäre das eine gute Gelegenheit."

Sie kam um den Tisch herum, setzte sich auf den Stuhl, auf dem Lewis gesessen hatte, und wandte sich an Lizzie. „Also, Lizzie. Wie ist es dir ergangen? Erzähl mir was du so tust."

Lizzie sagte im Stillen ein Wort, von dem ihre Mutter schockiert gewesen wäre.

21

S^{päter}

ALS DIE BAND nach dem Spielen zusammenpackte,
richteten die Aufwärter des Clubs gerade ein reichhaltiges
Frühstücksbuffet mit Schinken und Eiern, importierten
Würstchen, Toast und Orangenmarmelade an. Am Ende
des Tisches befanden sich Tassen mit Tee und Kaffee.

Dann stellten sie sich entlang der Wand hinter dem
Tisch auf und warteten darauf, leere Schüsseln wieder
aufzufüllen oder den Gästen besondere Wünsche zu
erfüllen.

Sobald die Besucher nach dem letzten Tanz das ange-
richtete Buffet erblickt hatten, waren bald alle am Buffettisch versammelt. Auch Clara und George, die nun, ohne
einen Grund zum Händchenhalten. einander losgelassen
hatten.

Plötzlich war aber Bewegung in die Menschenmenge gekommen und Clara hörte, wie George erstaunt aufschrie.

Als sie sich umwandte sah sie, wie zwei Personen George an den Armen gepackt hatten und ihn festhielten.

„Was ist denn los?" fragte sie.

George blickte über seine Schulter zu ihr hin. „Es scheint, ich bin ein Gefangener des Cricket-Teams", sagte er und brach in Lachen aus. Unter lautem Gelächter zogen sie ihn zur anderen Seite des Raums. „Ich bin bald zurück, Clara", rief er ihr zu.

Clara blickte ihm verärgert nach.

In diesem Augenblick kam Lewis durch den Torbogen. Als er sah, dass Clara allein dastand und George weggezogen wurde, ging er schnurstracks auf sie zu, bevor sich irgendjemand anderer zu ihr gesellen konnte.

„Ich sehe, dass George gewaltsam von Ihrer Seite entfernt worden ist", sagte er mit einem Lächeln, als er sie erreicht hatte.

„Ja, ich weiß. Und ich bin darüber nicht sehr erfreut", sagte sie mit ihrem Rücken zu ihm, als sie George nachstarrte.

„An Ihrer Stelle wäre ich auch kaum erfreut. Aber es hat mir wenigstens die Gelegenheit gegeben, mit Ihnen zu sprechen."

Sie wandte sich ihm zu. „Entschuldigen Sie, ich bin unhöflich."

„Kein Grund zur Entschuldigung. Ich würde mich auch ärgern, wenn mein Verlobter keinen Versuch machen würde, an meiner Seite zu bleiben." Beide blickten wieder George nach. „Ich fürchte, ich hatte keine Möglichkeit Sie zum Tanz aufzufordern", fuhr er fort. „Die Schuld an meiner Unterlassung trägt das Billardspiel."

Clara wandte sich ihm wieder zu. „Von Schuld kann

doch wohl nicht die Rede sein. Ganz im Gegenteil, Sie verdienen doch Anerkennung, weil Sie alle besiegt haben. Michael hat gesagt, dass Sie ein recht guter Spieler sind, aber anscheinend war das ziemlich untertrieben, denn Sie haben einen nach dem anderen geschlagen."

„Ich habe Glück gehabt."

„Vielleicht für ein Spiel, aber nicht für alle. Es würde mich nicht überraschen", fügte sie mit einem Lachen hinzu, „wenn Michael, nach Tillys Anspielung, dass er das Tanzen vermeiden wollte, nicht sofort angefangen hätte Billard zu üben, damit er nie mehr wieder so früh aus dem Spiel rausfliegen würde."

Er lächelte. „Er spielt doch gut. Er braucht gar nicht so viel zu üben."

„Tilly hat mir erzählt, dass Sie und Michael sich am Mittwoch im Club getroffen und dann gegeneinander gespielt haben."

„Ja, das stimmt. Wir haben ein paar angenehme Stunden am Billardtisch verbracht und haben die Absicht, wenn wir später einmal zur selben Zeit dort sein sollten, wieder gegeneinander zu spielen."

Ein Paar kam vom Buffettisch auf sie zu, mit einem Teller in Händen.

„Das sieht aber lecker aus", sagte Clara, als sie vorbeikamen. Sie blickte in die Richtung, in der George verschwunden war, doch es war nichts zu sehen. „Ich werde nicht auf George warten. Ich werde mir etwas holen und dann im anderen Raum essen. Haben Sie Lizzie irgendwo gesehen?", fragte sie, als sie sich beide zum Tisch hinbewegten. „Ich habe sie nicht tanzen gesehen."

Er schüttelte den Kopf. „Ich fürchte nein. Ich bin direkt aus dem Billardzimmer hergekommen."

„Sie muss dann bei den anderen sein. Werden Sie heute

in einem der Gästezimmer übernachten?", fragte sie, als sie den Teller nahm, der ihr geboten wurde.

„Nein, leider nicht. Ich hatte die Absicht, aber es war schon zu spät. Fünf Gästezimmer sind an einem Abend wie diesen, wenn viele Leute übernachten wollen, nicht ausreichend. Nein, ich fahre nachhause."

„Wohnen Sie auch am Meer?"

„Nein, in einem der holländischen Häuser. Es ist aber auch nicht weit vom Meer entfernt. Man würde glauben, dass ich tagsüber genügend Wasser sehe und dann möglichst weit davon entfernt sein möchte, wenn ich nicht arbeite", sagte er mit einem ironischen Lächeln, „aber offensichtlich stimmt das nicht." Er räusperte sich. „Da war etwas, das ich Lizzie fragen wollte, aber weggerufen wurde, bevor sie antworten konnte. Da ich nicht weiß, wo sie ist, hätte ich gerne Sie gefragt:"

Sie blickte ihn mit einem warmen Lächeln an. „Sie haben mich wirklich neugierig gemacht. Mein Schinken mit Ei kann warten. Was hatten Sie Lizzie gefragt?"

„Könnten wir einige Schritte vom Tisch weggehen? Ich möchte nicht, dass wir gehört werden." Sie stellten sich ein wenig zur Seite. „Wir haben die Beschwernisse der Männer mit denen der Frauen verglichen. Lizzie sagte, wie lästig es sei, in Begleitung sein zu müssen, ganz gleich wo man hingeht und wen man trifft. Ich sagte, dass Sie und Lizzie doch sicher eine Lösung dazu gefunden hätten. Sie wollte es mir gerade sagen, als wir unterbrochen wurden. Könnten Sie es mir vielleicht sagen?"

„Ach so!" Sie runzelte leicht die Stirn. „Ich fürchte, ich weiß nicht genau was sie gesagt hätte. Wenn Tilly, oder eine unserer Mütter, Lizzie und mich begleiten, dann machen sie in der Regel einige Einkäufe und wir sind dann im Kaffeehaus allein. Aber das ist es wahrscheinlich nicht was Sie meinen, oder?“

Er schüttelte den Kopf. „Nein, nicht ganz.“

„Das einzige, an das ich sonst noch denken kann, ist das, was George und ich getan haben, bevor wir zur Schule nach England kamen. Lizzie und George wohnen nicht weit von uns, und so war es auch möglich. Aber das wäre nicht für alle geeignet.“

„Jetzt bin ich es, der neugierig ist.“

„Es ist gar nicht viel. Jede Nacht, wenn ich in mein Zimmer hinaufgehe, mache ich meine Abendtoilette und dann gehe ich auf die Veranda hinaus und bewundere den Ausblick. Der Anblick vom dunklen Meer, das im Licht von Mond und Sternen glänzt, ist wunderbar, und ich schlafe immer viel besser nachdem ich es vor dem Einschlafen gesehen habe.“

„Das kann ich verstehen. Auch ich liebe diesen Anblick.“

„Vor vielen Jahren, als wir noch jünger waren, hatte George angefangen, nach Einbruch der Dunkelheit auf dem Pfad zwischen den Bäumen und dem Strand entlangzukommen. Dann schlich er in den Garten und rief leise hinauf zu mir, wenn ich nicht schon auf der Veranda stand. Ich ging dann hinunter und wir saßen und sprachen leise miteinander. Das ist alles. Mir fällt sonst nichts ein, wie man seiner Anstandsdame entkommen könnte.“

Er starrte sie voller Intensität im Blick an. „Das wäre es also gewesen, was mir Lizzie gesagt hätte, nicht wahr?“

Clara nickte. „Ja, das glaube ich. Im Grund genommen ist es ganz einfach. Bei Dunkelheit in den Garten gehen und zur Veranda hinaufrufen. Aber im Schatten bleiben und ruhig sein, für den Fall, dass jemand kommt und nachsieht.“

„Clara“, Lizzies Stimme war hinter ihr zu hören.

Clara blickte über ihre Schulter, sah Lizzie und lächelte sie an. „Lizzie, da bist du ja! Ich dachte du wärst im Speisesaal. Ich hatte mir gerade etwas zu essen geholt und wollte dich dann suchen."

Lizzie strahlte sie an. „Ich brauche auch etwas zu essen. Ich hab einen Riesenhunger. Ich dachte, du wärst mit George hier."

Clara stieß einen theatralischen Seufzer aus. „Seine Cricketfreunde haben ihn nach dem letzten Tanz entführt. Ich bin sicher, er wird gleich wieder hier sein. Zumindest hoffe ich das."

„Er kommt bestimmt wieder", sagte Lizzie fröhlich. „Er wird kaum länger von dir wegbleiben, als es unbedingt nötig ist. Jeder kann doch sehen, dass er dich über alles liebt."

„Clara, nachdem Sie meine Frage beantwortet haben", warf Lewis ein, „werde ich mich von den Damen verabschieden. Ich hole mir etwas zu essen und werde mich dann den anderen anschließen." Mit einer leichten Verbeugung nahm er den Teller entgegen, den ihn der Aufwärter reichte, und ging den Tisch entlang.

Lizzie wandte sich mit einem strahlenden Blick an Clara und wollte gerade mit ihr sprechen, als Albert an ihrer Seite auftauchte. Sie schloss wieder ihren Mund.

„Was ist, Papa?" fragte sie in verärgertem Ton.

„Ich habe George gesucht, aber ihr zwei seid mir auch recht. Unser Tisch ist etwas dezimiert. Da ich daran zweifle, dass wir älteren Herrschaften die Gesellschaft sind, die sich Tilly und Michael wünschen, warte ich, bis ihr euch etwas zu essen geholt habt und komme dann mit euch zurück."

„Selbstverständlich, Papa", sagte Lizzie.

Sie wechselte mit Clara einen verzweifelten Blick.

„Wenn ich später nicht mit dir sprechen kann, oder

morgen nach dem Gottesdienst, dann komme ich am Montagvormittag zu dir. Ich muss dir so viel erzählen", sagte Clara schnell.

„Clara, ich fürchte, dass Lizzie am Montag mit uns unterwegs ist", sagte Albert. „Wir sind auf Bolghotty Island. Michael hat uns freundlicherweise in die Residenz eingeladen. Die Damen trinken Kaffee und wir Männer spielen eine Runde Golf."

Lizzie sah Clara an und verzog ihr Gesicht.

Clara warf ihr einen mitleidigen Blick zu und hielt ihren Teller hoch für eine Portion von gewürztem Huhn mit Basmatireis.

22

S *päter am selben Abend*

CLARA LAG in ihrem Bett und starrte durch das geöffnete Fenster auf die elfenbeinfarbene Mondsichel, die niedrig am Himmel stand.

Es war ein sehr vergnüglicher Abend gewesen, dachte sie, und auch sehr befriedigend.

Das Vergnügen war die Entspannung mit ihrer Familie und ihren Freunden gewesen, und auch, dass sie fast jeden Tanz mit George tanzen konnte. Das allein schon hatte den Abend zu etwas Besonderem gemacht.

Und als sie gehört hatte, dass ihre Väter darüber gesprochen hatten, die Verlobung etwas früher als geplant zu formalisieren, war sie überglücklich gewesen.

Genau wie George.

Bald, sehr bald würde ihre Verlobung jetzt offiziell sein

und bald würde auch der lang ersehnte Tag da sein, an dem sie Georges Frau wurde.

Dieser Gedanke hatte sie so glücklich gemacht, dass sie völlig darauf vergessen hatte, George zu rügen, dass er sie am Buffet allein gelassen und noch nicht im Dunkel der Nacht besucht hatte.

Sobald sie aber verheiratet waren, war es nicht mehr notwendig, auf der Veranda zu stehen und in den dunklen Garten hinabzublicken, in der verzweifelten Hoffnung, dass er aus dem Schatten hervortreten würde. Stattdessen würde er am Ende des Tages zu ihr nachhause kommen. Sie würden den Abend gemeinsam verbringen und dann nach oben gehen, wo sie – Seite an Seite - in ihrem Bett liegen würden.

Nicht mehr lange. Und ein Nervenkitzel durchlief ihren Körper.

Sie drehte sich um und kam auf einem kühlen Stück des Bettlakens zu liegen.

Und es war nicht nur ein wundervoller Abend gewesen, sondern hatte ihr auch die Genugtuung verschafft, dass sie Lizzie helfen konnte. Das hatte ihr große Freude bereitet.

Es war schade, dass sie Lizzie nicht die gute Nachricht hatte mitteilen können.

Obwohl Lizzies Vater ihr Gespräch unterbrochen hatte, hatte sie noch immer gehofft, dass sie Lizzie vor Ende des Abends zur Seite nehmen und ihr erzählen könnte, was Lewis gesagt hatte. Es hätte Lizzie so glücklich gemacht und verhindert, dass sie überrascht worden wäre, wenn er plötzlich in ihren Garten kam und zu ihr hinaufrief.

Aber Lizzie war an der gegenüberliegenden Seite des Tisches neben ihrer Mutter gesessen und es hatte sich keine Gelegenheit ergeben, unter vier Augen mit ihr zu sprechen.

Und sobald sie mit dem Essen fertig waren, hatten

Lizzies Eltern den Abend beendet, denn ihr Vater fand, dass es Zeit zum Heimgehen sei. Und auch ihre Eltern hatten gesagt, dass sie aufbrechen wollten.

Da sie am Montag nicht mit Lizzie würde sprechen können, war es wichtig, dass sie mit ihr am nächsten Tag nach dem Gottesdienst sprach. Außer Lewis wäre da, denn dann könnte er Lizzie vielleicht die Botschaft selber geben. Das wäre von allem am besten, denn er könnte ihr auch sagen, wann er kommen wollte.

Es musste einfach nach dem Gottesdienst sein.

Ihre Eltern hatten ihr gesagt, dass sie am nächsten Tag nicht in den Club gehen wollten, denn sie hatten an diesem Wochenende schon genug Zeit dort verbracht. Und Lizzies Eltern waren vielleicht derselben Meinung.

Wenn sie Lizzie also nicht nach dem Gottesdienst sah, dann wäre sie nicht in der Lage, ihr vor Montag mitzuteilen, dass Lewis sie bereits in der Nacht von Montag besuchen könnte.

Und es würde wahrscheinlich schon am Montag und nicht erst später in der Woche sein.

Er schien so erpicht zu sein, und der Ausdruck in seinen Augen war so warm gewesen, als er ihren Namen aussprach. Und sie hatte die Hoffnung in seinem Gesicht gesehen, als sie ihm von ihrem Treffen mit George im Garten erzählte. Er hatte jedes Wort in sich aufgesogen.

Da erfasste sie ein plötzlicher Schrecken und sie richtete sich im Bett auf.

Was wäre, wenn George im selben Moment beschließen würde, den Pfad zu ihrem Haus entlangzulaufen, als Lewis bei Lizzies Haus ankam. Und die beiden würden aufeinandertreffen?

George wäre hin- und hergerissen zwischen dem Wunsch, Lizzie vor möglicher Schande zu schützen, wie er es verstehen würde, oder Lizzie zurückzulassen und weiter zu ihrem Haus zu laufen. In einer solchen Situation hätte seine Pflicht, bei Lizzie zu bleiben, Vorrang.

Und er würde Lizzie danach bewachen, aus Angst vor einem weiteren Übergriff durch Lewis. In einem solchen Fall würde George keine weiteren Besuche mehr in ihrem Garten wagen.

Sie war voller Besorgnis.

Doch plötzlich waren ihre Sorgen wie weggeweht und sie sagte sich, dass sie sich unnötig geängstigt hatte.

Sie rutschte wieder zurück unter ihre Decke. Schließlich hatte George seit ihrer Rückkehr ja kein wahres Interesse an den nächtlichen Besuchen gezeigt.

Zugegeben, sie hatte sich ein wenig verletzt gefühlt. Gleichzeitig war sie sich aber auch immer mehr bewusstgeworden, wie hart er arbeitete, und welche Ansprüche sein Vater an ihn stellte, und es war ihr nun klar, dass er den Schlaf tatsächlich brauchte. Schließlich war das Leben seit ihrer Kindheit, als sie ihre *ayah* ignorieren und sich morgens ausschlafen konnten, ganz anders geworden.

Und seitdem ihre Väter das Datum vorgeschoben hatten, war es ja auch gar nicht mehr für lange.

Mit einem Lächeln wandte sie sich wieder dem Mond zu.

Lewis sass auf einem Rohrstuhl in der Ecke seines Schlafzimmers mit einem Glas Whisky in der Hand.

Er wusste, dass er zu Bett gehen sollte, aber mit allem, was in seinem Kopf vor sich ging, hatte er keine Chance einzuschlafen.

Er nahm einen weiteren Schluck Whisky.

Sein Verdacht bezüglich Claras Gefühle für ihn hatte

sich an diesem Abend bestätigt und er fühlte sich wie im Rausch.

Sie war ganz offensichtlich hocherfreut gewesen, als er sich ihrer Gruppe angeschlossen hatte – er hatte ja gesehen, wie sie Lizzie angestrahlt hatte, als er sich setzte. Und später hatte sie gesagt, dass er ein recht guter Spieler sei. Offensichtlich hatte sie mit den anderen über ihn gesprochen, denn sie hatte ihn beim Spielen nicht beobachtet. Er hatte ja den ganzen Abend lang die Tür zum Billardzimmer im Auge gehabt.

Und darüber hinaus hatte sie auf die Frage, wie die Anstandsdame umgangen werden könnte, mehr oder minder gesagt, dass er sie in der Nacht besuchen sollte, wie es George getan hatte.

Natürlich nicht direkt, aber sie hätte es vielleicht getan, wenn Lizzie nicht im selben Augenblick gekommen wäre. Der Sinn des Gesagten hätte doch nicht eindeutiger sein können.

Die Irritation, die er den ganzen Abend gefühlt hatte, war damit wie verflogen.

Er war von den endlosen Billardspielen so sauer und frustriert gewesen. Da war eins nach dem anderen und alle hielten ihn davon ab, Clara zum Tanz aufzufordern, bis er schließlich daran gedacht hatte, ein Spiel zu verlieren. Als es aber darauf ankam, konnte er es nicht, denn er spielte doch immer um zu siegen. So war er eben.

Sobald das letzte Spiel beendet und er der Gesamtsieger war, brach er schnell auf, in der Hoffnung einen letzten Tanz mit Clara zu ergattern. Doch er war zu spät – die Band war bereits beim Zusammenpacken.

Noch schlimmer war aber, dass er sah, wie Clara direkt neben George stand. Eine Welle der Wut hatte ihn erfasst, Wut auf sich selbst, weil er es nicht über sich bringen konnte, ein Spiel zu verlieren, und Wut auf George, weil er neben Clara stand, wo er – Lewis – hätte stehen sollen.

Aber bevor ihm etwas eingefallen war, wie er George von Clara trennen könnte, hatte das Cricketteam es für ihn getan. Er brauchte jetzt nur noch zu ihr hinüberzugehen und ein Gespräch mit ihr anzufangen. Und das hatte er getan.

Und Lizzie hatte ihrem Gespräch ärgerlicherweise ein Ende bereitet.

Dann hatte er aber alles gehört, was er hören wollte.

Er würde nichts aufschieben. Er würde Clara am Montagabend aufsuchen.

Es wäre so verlockend gewesen schon am nächsten Tag hinzugehen, aber sie war sicher müde nach dem späten Ende der Tanzveranstaltung im Club, und sie würde es sicher vorziehen, am Sonntag ungestört schlafen zu können. Am Montag würde sie dann aber nach ihm Ausschau halten.

Davon war er überzeugt.

Weshalb hätte sie ihn denn sonst beinahe wortwörtlich dazu eingeladen?

Zumindest durfte er sie nicht enttäuschen.

Aber wie sollte es zwischen ihnen danach weitergehen, fragte er sich.

Sie könnten doch nicht ewig im Garten zusammen-treffen. Und Henrys Lagerhaus wäre auch nicht viel besser. Zwar hatte er einen Schlüssel dazu und es war auch ein Boot darin, in dem sie sitzen konnten. Aber es war feucht und keineswegs eine romantische Umgebung.

Nein, er muss Clara anregen, ihren Eltern gegenüber anzudeuten, dass sie sich nicht mehr sicher sei, George tatsächlich heiraten zu wollen. Und das war sie doch kaum, denn sonst hätte sie ihn nicht auf die Weise ermuntert, wie sie es getan hatte.

Und er musste seinerseits bei allem, was er ohne das Wissen von Henry tat, besonders vorsichtig sein. Denn er durfte Henry keinen Grund geben, sich zu fragen, ob es klug wäre, ihm die Leitung der Firma zu übertragen, wenn die Zeit dazu gekommen war.

Er leerte sein Glas und stand auf.

Er lief Gefahr, seine Gedanken mit ihm durchbrennen zu lassen, und er musste sich selbst im Zaum halten und sich auf ein schrittweises Vorgehen konzentrieren. Vor allem auf Claras Zuneigung aufbauen, bis sie ihn unbedingt heiraten wollte. Und das musste schon bald sein, bevor ihre Verlobung mit George bekanntgegeben wurde.

Alles Übrige würde sich danach von selbst ergeben.

Somit stand der Montagabend fest.

DANKE, danke Clara, dachte Lizzie, als sie im Bett lag und zur Decke emporlächelte. Welch wunderbare Freundin Clara doch war.

Bevor ihr Vater – als eine unwillkommene Präsenz - im Buffetraum erschienen war, hatte sie bereits erfahren, dass Clara Lewis gesagt hatte, er könnte sie treffen, indem er im Dunkeln in den Garten der Familie Goddard kam.

Die liebe Clara hatte Lewis die Antwort auf die Frage gegeben, die er ihr – Lizzie – gestellt hatte, bevor sie so rüde von den Billardspielern unterbrochen worden waren.

Er war ganz offensichtlich entschlossen gewesen an diesem Abend herauszufinden, wie er sie ohne eine Anstandsdame treffen konnte. Und da sie nicht in der Nähe war, als die Billardspieler endlich zurückkamen, hatte er von Clara herausgefunden, was er wissen wollte.

Zum Glück hatte sie gehört, was die beiden gesagt hatten. Andernfalls wäre sie vielleicht nicht für seinen Besuch bereit gewesen. Clara hätte sie natürlich gewarnt, wenn es nicht so schwierig gewesen wäre.

Als sie spätabends heimgekommen waren, hatte ihr Vater erwähnt, dass sie am nächsten Tag nicht zur Kirche gehen würden, da er mit George einige Papiere durchgehen musste, denn es wäre am Montag nicht möglich.

Und ihre Mutter musste entscheiden, welche Kleider der *durzi* für sie nähen sollte, wenn er sie später in der Woche zum zweiten Mal in diesem Jahr aufsuchte. Das konnte jetzt nicht am Montag geschehen, wie es ihre Mutter ursprünglich beabsichtigt hatte.

Sie war sich absolut sicher, dass Lewis am Montagabend kommen würde.

Es war unwahrscheinlich, dass er sie in der Nacht von Sonntag besuchte, da sie alle ihren Schlaf nachholen würden. Nein, es würde ganz bestimmt der Montag sein.

Eine weitere Überlegung kam ihr in den Sinn, und sie legte ihre Hand besorgt auf den Mund.

Was wäre, wenn George beschloss, am selben Abend zu Clara zu gehen!

Er würde denselben Pfad wie Lewis benutzen. Sie könnten einander unterwegs treffen!

Sie biss sich nachdenklich auf die Lippe.

Vielleicht sollte sie am Montag herausfinden, ob George beabsichtigte, am Abend zu Clara zu gehen. Dazu musste sie ihn aber fragen. Natürlich nicht direkt, aber sie konnte ihm scherzhaft sagen, dass sie Clara bemitleidete, weil sie ihn so selten sah.

Dabei würde jedoch das Risiko entstehen, dass sie ihn damit auf die Idee bringen könnte, am selben Abend hinzugehen.

Vielleicht sollte sie das Risiko aber eingehen. Wahrscheinlich hatte er gar nicht die Absicht, sich am Abend wegzuschleichen, da er Clara ja erst vor Kurzem gesehen hatte. Um aber entspannt zu sein, während sie auf Lewis wartete, brauchte sie Georges Bestätigung.

Zum Glück würde es ihm nicht seltsam vorkommen, dass sie Clara bemitleidete, da er ihr schon mehrmals erzählt hatte, wie Clara ihn immer schalt, weil er sie so selten besuchte.

Und sie hatte damals mit Clara zuinnerst übereingestimmt, dass es von George nachlässig war.

Manchmal hatte sie sich sogar gefragt, ob George in Clara tatsächlich so verliebt war, wie er es immer sagte.

Schließlich hatte er sich ziemlich schnell bereitwillig gezeigt, das Mädchen in Calicut zu heiraten. Sicher sah er in Clara eine wirklich gute Freundin, und sie gefiel ihm vom Aussehen her, aber vielleicht war es auch nicht mehr als das. Natürlich hoffte sie, dass er sie so sehr liebte, wie er es immer vorgab, dachte sie, als sie sich im Bett umdrehte, und dass es nur der Arbeitsumfang und die Müdigkeit am Tagesende waren, was ihn davon abhielt, sie öfter zu besuchen.

Wie der heutige Abend gezeigt hatte, und auch die bisherigen Besuche im Old Harbour House, hatte sich Clara als eine wahrhaft gute Freundin erwiesen, und sie würde eine wunderbare Schwester sein. Für alles, was Clara für sie getan hatte, verdiente sie mit George ebenso glücklich zu sein wie sie es mit Lewis sein würde.

23

D ie St. Francis Kirche,
am nächsten Vormittag

DIE ELFENBEINFARBENE STEINFASSADE der Kirche schimmerte weiß in der späten Morgensonne, als die Gläubigen durch das Kirchenschiff dem gewölbten Ausgang zuströmten.

Als Henry und Mary herauskamen, wurden sie sofort von Freunden in Beschlag genommen. Da Clara an keinen Gesprächen teilnehmen wollte, die sie nicht interessierten, war sie zur Seite getreten. Sie hatte sich bereits in der Kirche heimlich vergewissert, dass Lizzies Familie nicht unter den Gläubigen war, und auch von Lewis gab es keine Spur.

Es war also wiederum eine verpasste Chance, Lizzie mitteilen zu können, was Lewis gesagt hatte, und sie stieß mit ihrer Schuhspitze enttäuscht in den Staub.

„Clara, Sie sehen ein wenig besorgt aus. Kann ich Ihnen irgendwie helfen?"

Beim Klang von Edwards Stimme blickte Clara hoch und lächelte.

„Vielen Dank, aber das ist leider nicht möglich", sagte sie. „Ich wollte Lizzie etwas sagen, kann es jetzt aber nicht tun, da sie nicht hier ist, und auch morgen nicht, weil sie auf Bolghotty Island sein wird."

„Ich werde morgen auch in der Residenz sein. Kann ich ihr etwas ausrichten? Und wenn es privat ist, könnten Sie es aufschreiben", schlug er ihr vor. „Ich verspreche Ihnen, dass ich nicht hineingucken werde."

Clara kicherte belustigt.

„Danke. Aber es ist nicht wichtig. Sie wird es sicher bald selbst herausfinden."

„Wie mysteriös", entgegnete er.

„Es klingt viel interessanter als es wirklich ist."

„Widmen wir uns also einem neuen Thema – was ich ganz offen vorschlage – wenn Sie sich ein früheres Gespräch ins Gedächtnis rufen – "

„Ja", sagte sie und kicherte erneut.

„Ich wollte mich dafür entschuldigen, dass ich ohne weitere Treffen mit Ihnen mit der Partyplanung vorangegangen bin. Ich hatte nicht gewusst, wie lange der Regen noch andauern würde, und wollte verhindern, dass in letzter Minute Hektik vor der Party entstehen könnte."

„Sie müssen sich nicht entschuldigen, Edward. Ich habe es wirklich ernst gemeint, als ich sagte, dass ich erleichtert war, als Ihre Bediensteten das Projekt übernommen haben. Ich hatte Lizzie um Ideen gebeten, und Lewis wollte sich auch etwas durch den Kopf gehen lassen, aber wegen des Regens konnten wir nur ein- oder zweimal zusammenkommen. Wir hatten also keine Gelegenheit uns etwas auszudenken. Ich war so froh, als Sie sagten, dass jetzt andere Leute daran arbeiten."

Er nickte. „Das ist gut, und es ist auch nicht so, als ob Sie keinen Beitrag geleistet hätten, nicht wahr? Das Thema war Ihre Idee.“

Sie lächelte ihn an. „Es sieht Ihnen wirklich ähnlich, dass Sie so etwas Nettes zu mir sagen, aber das Thema war doch ziemlich offensichtlich, nicht wahr, im Jahr des Silberjubiläums?“

„Ja, vielleicht“, sagte er amüsiert. „Und Sie bekommen ohnehin Ihre Einladung zur Party. Wie haben Sie sich denn angesichts des schlechten Wetters die Zeit vertrieben? Ich wollte Sie schon gestern Abend fragen, aber Sie waren schon bald nach unserer Ankunft zum Tanzen engagiert und ich habe Sie erst am Ende des Abends wiedergesehen.“

„Vor allem damit, den Versuchen meiner Mutter zu widerstehen, die mich für Stricken oder Sticken interessieren wollte.“ Sie zog ein langes Gesicht. „Ich mag so etwas überhaupt nicht.“

„Was würden Sie denn lieber tun, wenn Sie nicht hinaus ins Freie gehen können?“

Sie gab ihrem Gesicht einen geheimnisvollen Ausdruck. „Das kann ich Ihnen leider nicht sagen.“

„Wenn Sie Angst haben, dass ich rot werden könnte, dann kann ich Ihnen versichern, dass ich jetzt in einem Alter bin, nicht mehr schockiert zu sein“, versicherte er ihr lachend.

Auch Clara lachte und beide gingen langsam auf das Grasbankett um das Kriegerdenkmal zu. „Glauben Sie mir, es ist nichts, das Sie erröten ließe. Mir geht es darum, wie ich mich selbst präsentiere.“

Er antwortete mit übertriebener Verwunderung. „Was ich vor mir sehe ist eine hübsche junge Frau in einem attraktiven grünen Kleid, das das Grün ihrer Augen unterstreicht. Ihr Haar ist auf dem Kopf zu einem Knoten gedreht, der in der Sonne glänzt, aber der Knoten ist nicht so frisiert, dass er den Stilpäpsten unbedingt gefallen würde. Ich muss schon sagen, dass mir die Art gefällt, wie sich die junge Frau präsentiert."

„Aber nur, weil Sie nicht in die gleiche Richtung wie meine Mutter denken."

„Ich bin äußerst zufrieden, dass Sie bemerkt haben, dass ein Unterscheid zwischen den Denkvorgängen Ihrer Mutter und den meinen besteht," sagt er ernsthaft.

Beide lachten.

„Also gut, dann werde ich es Ihnen sagen", entgegnete sie. „Ich hoffe aber, dass Sie nicht schlecht von mir denken werden, denn ich lese lieber ein Buch, als zu stricken. Ja, damit haben Sie es also!"

Edward blieb stehen und blickte sie überrascht an. „Ja, und was ist denn daran falsch?"

„Nach meiner Mutter sollte eine Frau, die eines Tages eine Ehefrau sein möchte, sich lieber mit ihrer Strickerei als mit einem Buch beschäftigen."

„Wahrscheinlich ist es deshalb so schwierig eine Frau zu finden, mit der man sich über Dinge unterhalten kann, die nichts mit dem Haushalt zu tun haben", sagte er, als sie sich auf die niedrige Mauer beim Kriegerdenkmal gesetzt hatten. „Wenn man ein Mann ist, von dem man weiß, dass er in seiner Freizeit Bücher liest, wäre es sehr wünschenswert, ein Gespräch mit jemanden zu führen, der oder die gern Bücher liest."

Clara nickte zustimmend. „Das hätte ich mir auch gedacht."

„Man trifft andauernd Leute, die sagen, dass sie nicht viel lesen, weil sie so viel arbeiten, oder weil ihre Bücher in unserem Klima hier auseinanderfallen, oder weil es so wenige Bücherläden gibt. Aber all das sind Ausreden. Man kann Menschen verzeihen, die nicht an Gesprächen über Opern interessiert sind, weil sie nicht die Möglichkeit haben, die großartigen Opern hier zu sehen. Aber Lesen ist etwas anderes."

Clara lächelte ihn an. „Da bin ich ganz Ihrer Meinung. Gespräche haben ihre Grenzen, bei denen es nur darum geht, eine Masche rechts und eine Masche links zu stricken, hätte ich gedacht."

„Was haben Sie also in letzter Zeit gelesen?", fragte er.

„Ich habe mich durch Jane Austen durchgearbeitet. Wir haben *Stolz und Vorurteil* in der Schule gelesen, und es hat mir sehr gut gefallen. Die Hälfte der Klasse fand das Buch wunderbar und die andere Hälfte hat es zu Tode gelangweilt. Welcher Hälfte hätten Sie angehört?"

„Der Hälfte, die es wunderbar fand", erwiderte er. „Ich habe alle Bücher von Jane Austen mehr als einmal gelesen. Jedes Mal findet man etwas, das man beim ersten Mal übersehen hat."

„Da stimme ich ganz mit Ihnen überein", sagte sie aufgeregt. „Eines der ersten Bücher, das ich nach der Schule gelesen habe, ist *Anne Elliot*. Es hat mir so gut gefallen, dass ich es gleich ein zweites Mal las. Und ich habe so viel entdeckt, das mir beim ersten Mal entgangen ist. Man übersieht leicht etwas, wenn einen die Lehrerin nicht darauf hinweist."

„Was haben Sie denn beim zweiten Mal dann entdeckt?"

„Dass sie der Aristokratie und dem Adel sehr kritisch gegenübersteht. In *Stolz und Vorurteil* hat sie den Adel, in Form von Mr. Darcy und Mr. Bingley, noch bewundert, aber in *Anne Elliot* sind Sir Walter Elliot und seine Tochter Eliza einfach schrecklich. Sie sind eingebildet, aufgeblasen und anderen Menschen gegenüber abwertend. Und sie lobt tatsächlich Admiral Croft, der irgendein Gewerbe ausübt."

„Der Grund dafür ist, dass Janes Bruder in den Napoleonischen Kriegen gekämpft hat und heimkam, bevor sie dieses Buch geschrieben hat. Ihm, und anderen wie er es war, zuzuhören, hat ihr eine andere Sichtweise gegeben."

„Das habe ich nicht gewusst", rief sie aus. „Danke, es erklärt mir viel." Und nach einer Pause des Nachdenkens. „Was lesen Sie denn jetzt?"

„*David Copperfield*. Es ist ein Buch von Charles Dickens. Haben Sie das auch in der Schule gelesen?"

Sie schüttelte den Kopf. „Nein, ist es gut?"

„Ich glaube schon. Ich habe es soeben erst angefangen, aber wenn es so weitergeht, wie es angefangen hat, dann wird es ein sehr unterhaltsames Buch sein." Und nach einigem Zögern. „Wenn Sie mit Jane Austen fertig sind, könnte ich Ihnen gerne etwas aus meiner Bibliothek leihen, sollten Sie nach einem anderen Buch suchen. Sie könnten sogar David Copperfield lesen, falls ich es bis dahin fertiggelesen habe. Und wir könnten es miteinander besprechen, sobald Sie damit fertig sind."

Clara lächelte. „Ja, sehr gerne", sagte sie. Und nach einer Pause. „George liest nicht viel. Es ist nicht seine Schuld. Er arbeitet so viel, dass er sich am Ende des Tages ausruhen muss. Und das ist nicht nur eine Ausrede. Natürlich heißt das nicht, dass *Sie* nicht auch viel arbeiten", warf sie schnell ein und war errötet. „Denn das ist doch keineswegs der Fall." Sie errötete noch mehr. „Verzeihung. Das hat sich sehr unhöflich angehört."

„Nein, keineswegs. Ihre Bemerkung ist durchaus fair. Ich arbeite hart, aber es ist eine andere Art von Arbeit. Ich arbeite in einem herrlichen Gebäude, treffe – zumeist - interessante Menschen, und ich verbringe mehr Zeit an einem Schreibtisch als George. Außerdem mache ich meine Arbeit schon seit mehreren Jahren, und obwohl jeder Tag vielseitig und interessant ist, könnte ich meine Arbeit nicht als eine Herausforderung beschreiben, wie es das Erlernen der Besonderheiten des Händlerlebens sein muss. George entdeckt neben einem vollen Arbeitstag auch, was sich hinter den Kulissen abspielt. Und ich glaube, dass er auch einige indische Sprachen lernt."

Sie nickte. „Ja, das stimmt."

„Er hat schon recht, dass er sich am Abend entspannt und alles, was geistig anregt, vermeidet." Edward lachte peinlich berührt. „Jetzt ist es an mir, mich entschuldigen zu müssen. Ich habe peinlicherweise angedeutet, dass ein Gespräch mit Ihnen nicht geistig anregend wäre, was keineswegs der Fall ist."

„Es beruhigt mich, dass auch Sie ins Fettnäpfchen treten können."

Sie lächelten einander an und wandten dann beide ihren Blick über die Straße hin dem Meer zu, das sich wie ein schimmerndes saphirfarbenes Band von einer Seite des Horizonts zur anderen erstreckte.

„Ich erinnere mich", sagte er nach einer kleinen Weile, „dass ich Ihnen vorgeschlagen habe, an einem Vormittag mit Ihrer Mutter in mein Haus zu kommen, damit wir die Party besprechen könnten. Das ist ja jetzt nicht mehr nötig. Aber vielleicht würden Sie und Ihre Frau Mama an einem beliebigen Vormittag zum Kaffee kommen und meine Büchersammlung ansehen?"

„Ich danke Ihnen für Ihre Einladung", sagte Clara langsam, „aber ich glaube nicht, dass meine Mutter ein Gespräch über Bücher zu schätzen wüsste. Deshalb schlage ich Ihre Einladung besser aus. Aber es war trotzdem sehr nett von Ihnen", fügte sie noch hinzu.

· · ·

MARY STAND mit dem Rücken zur Kirche und ließ sich vom Gespräch um sie herum berieseln, während sie ihren Blick auf Clara und Edward gerichtet hatte. Sie sah, wie sich Clara Edward lächelnd zuwandte.

Ein undefinierbares Gefühl der Angst durchlief ihren Körper.

„Henry, es tut mir leid", sagte sie, indem sie sich an ihn wandte und ihr Blick nicht nur ihn, sondern auch die übrigen Menschen um sie herum umfasste. „Ich fühle mich nicht ganz wohl. Könnten wir vielleicht gehen?"

„Ja, selbstverständlich", sagte er besorgt. „Entschuldigt uns, bitte." Er fasste Mary am Arm und zog sie von der Gruppe weg. „Liebling, es tut mir leid, dass du dich unwohl fühlst", sagte er, als sie auf Clara zugingen. „Du musst dich sofort hinlegen, sobald wir zuhause sind."

„Mir fehlt nichts, Henry", erwiderte sie kurz angebunden. „Clara und Edward haben lange genug miteinander geplaudert, und das war die einzige Art, wie ich sie auseinanderbringen konnte."

Henry schaute sie überrascht an. „Aber die beiden können doch von allen gesehen werden. Damit ist doch sicher der Anstand gewahrt."

„Ja, natürlich. Aber meiner Meinung nach haben sie lange genug geredet. Nenne es eine Frage des mütterlichen Instinkts", bemerkte sie. Als sie Edward und Clara erreicht hatten, legte sie ihre Hand auf die Stirn. „Clara, Liebling. Ich fühle mich gar nicht wohl. Wahrscheinlich wegen der Anstrengungen am gestrigen Abend. Ich würde jetzt gern nachhause fahren."

Clara stand sofort auf. „Selbstverständlich, Mama. Es tut mir leid, dass du dich nicht wohl fühlst." Sie blickte zu Edward hinunter. „Es war sehr nett mit Ihnen zu plaudern. Ich wünsche Ihnen einen schönen restlichen Tag."

Sie fasste ihre Mutter am Arm und alle drei marschierten in Richtung Parade Ground zu ihrem Auto.

WIE HATTE er nur so töricht sein können, Clara in ein Gespräch zu verwickeln, rügte er sich, als er zu seinem Haus zurückging. Er hatte doch so gewissenhaft darauf geachtet, keine Zeit mit ihr zu verbringen.

Sobald er erfahren hatte, dass sie dazu bestimmt war, George zu heiraten, der doch ein so geeigneter Ehemann für sie ist, hatte er beschlossen, sich von ihr zurückzuziehen und seine Gefühle für sie im Zaum zu halten. Doch jedes Mal, wenn er sie sah, wurden sie ärgerlicherweise nur wieder stärker.

Er wusste, dass er einem gebrochenen Herzen entgegensah, wenn er seine Gefühle nicht unter Kontrolle brachte.

Und er hatte sich so gut an seinen Beschluss gehalten.

Er hatte seine Leute absichtlich mit der Partyplanung beauftragt, damit er weitere Treffen mit Clara vermeiden konnte.

Wenn er sie in der Kirche sah, hatte er vermieden mit ihr zu sprechen, und er hatte danach im Club immer Abstand von ihr gehalten.

Ja, er hatte sich am Abend zuvor an ihren Tisch gesetzt, aber da waren auch noch andere Leute am Tisch gewesen, er war nicht neben ihr gesessen und hatte nicht mit ihr gesprochen. Er hatte jedes Gespräch mit anderen absichtlich verlängert, nur um nicht mit ihr zu sprechen.

Und er hatte sie nicht zum Tanzen aufgefordert.

Er hätte so gern mit ihr getanzt, und er hatte sich schon gefragt, ob er sich nicht nur einen Tanz mit ihr erlauben könnte.

Als er aber die Freude auf ihrem Gesicht gesehen hatte,

als George sie zum Tanzen aufforderte, und dann ihr offensichtliches Entzücken, als sie schließlich jeden Tanz mit ihm tanzte, hatte er gewusst, dass er sich nicht zwischen die beiden stellen durfte.

Und nicht nur Clara zuliebe, sondern auch sich selbst.

Es wäre zu schmerzlich gewesen, zu sehen, wie sie versuchte, ihre Enttäuschung zu verbergen, dass sie von George getrennt worden war und ihre höflichen Antworten auf seine Bemerkungen ertragen zu müssen, bis der Tanz zu Ende war und sie zu George entfliehen konnte.

Weshalb war er dann, nach all seinen Bemühungen über die vergangenen Wochen hin, ihr aus dem Weg zu gehen, am Vormittag auf sie zugegangen und hatte ein Gespräch mit ihr angefangen und sie zum Kaffee eingeladen?

Zum Glück hatte sie seine Einladung nicht angenommen.

Er war in Bezug auf Clara aufgewühlt genug und es wäre nur noch schlimmer geworden, wenn er den ganzen Vormittag mit ihr verbracht hätte. Aber die traurige Wahrheit war, dass er in eine Frau verliebt war, die einen anderen liebte.

24

M *ontagabend*

CLARA ZOG ihren lose gewebten Schal um die Schultern, so dass er fast ihr ganzes Nachthemd bedeckte. Dann ging sie näher an die hölzerne Balustrade um die Veranda heran und blickte auf die Kokospalmen linkerhand vom Rasen.

Wie immer verdeckten sie ihr den Blick auf den Pfad von Georges Haus, der ihn in der Vergangenheit so oft zu ihr geführt hatte.

Doch die Vergangenheit fühlte sich jetzt wie vor sehr langer Zeit an.

Sie wusste eigentlich nicht, weshalb sie gezögert hatte, bevor sie zu Bett ging, und stattdessen nach draußen gegangen war. Und jetzt stand sie allein im Dunkel der Nacht.

Seit ihrer Rückkehr nach Cochin war sie an so vielen Abenden auf der Veranda gestanden, hoffend, dass George wie früher zu ihr käme. Da aber ihre Hoffnung stets umsonst gewesen war, hatte sie aufgehört, auf ihn zu warten.

Weshalb hatte sie geglaubt hatte, dass es an diesem Abend anders sein würde?

Sie wollte ja gar nicht, dass er an diesem Abend käme. In der Tat wäre es katastrophal gewesen, wenn er gekommen wäre.

Lewis würde zu Lizzie kommen und durfte unter keinen Umständen mit George zusammentreffen.

Sie lehnte sich an die Balustrade und blickte in den Garten hinunter.

Die Wedel der silhouettenhaften Palmen, die zu beiden Seiten des Gartens in den Himmel ragten, warfen gespenstige Schatten über den Rasen hin. Zu beiden Seiten des dunklen Grases flackerten silbrige Glühwürmchen tanzend durch das dichte Blattwerk.

Alles war so bezaubernd schön, dachte sie. Es war die perfekte Nacht, in der Lewis Lizzie seine Liebe erklären konnte.

Während sie hinunterblickte, entstand plötzlich Bewegung im Dunkel um die Bäume zu ihrer rechten.

Sie hielt ihren Atem an und richtete sich auf.

Da war die Bewegung erneut zu erkennen.

Es ist George, dachte sie erfreut. Er spielte mit ihr und wollte sie überraschen, indem er von rechts und nicht von links kam.

Sie zog ihren Schal enger um sich und lief leise die Stufen zum Garten hinunter.

Am Fuß der Stufen hielt sie einen Augenblick lang an und starrte aufmerksam in die Dunkelheit in der rechten Ecke des Gartens. Da bewegte sich der Schatten plötzlich langsam auf sie zu.

„George!" rief sie begeistert, so leise sie konnte, hob den Rock ihres Nachthemds an und lief freudig auf ihn zu.

Lewis trat aus dem Dunkel hervor und stand vor ihr.

Clara blieb schlagartig stehen.

„Lewis!" rief sie aus. Sie ließ den Rock ihres Nachthemds fallen. „Was tun Sie hier? Ich dachte Sie seien George."

Er machte einen Schritt näher an sie heran.

Instinktiv wich sie zurück.

Lewis blickte sie verwundert an.

„Ich weiß nicht, weshalb du so überrascht bist, mich zu sehen", sagte er. „Du hattest mir doch gesagt, dass ich in der Nacht herkommen sollte, damit wir allein miteinander sprechen können."

„Nein, das habe ich nicht!" rief sie aus. „Das hätte ich doch nie getan. Es wäre doch völlig unrecht von mir gewesen."

Er zuckte die Schultern. „Falsch oder nicht, das hast du am Samstag im Club zu mir gesagt."

„Oh, ich verstehe", erwiderte sie. Ihr Gesicht heiterte sich auf und sie stieß ein peinliches Lachen aus. „Ich habe nicht angedeutet, dass Sie mich besuchen sollten – schließlich heirate ich ja George. Ich habe von Lizzie gesprochen, denn ich dachte, dass Sie Lizzie ohne eine Anstandsdame treffen wollten. Da schlug ich Ihnen vor, das zu tun, was George und ich getan hatten." Sie wies auf den linken Pfad. „Er ist aus der Richtung gekommen."

Er ignorierte ihren Hinweis, den Pfad zu Lizzie zu nehmen und starrte sie nur völlig verwirrt an.

„Weshalb denken Sie denn, dass ich allein mit Lizzie sprechen möchte? Wann habe ich je ein Interesse an ihr gezeigt, außer freundlich zu ihr zu sein? Sie ist durchaus sympathisch und unterhaltsam, aber ich habe nur mit

Ihnen beiden gesprochen, denn es war offensichtlich, dass auch Sie mich wollen."

Sie runzelte verwirrt die Stirn. „Ich verstehe Sie nicht. Lizzie hatte mir erzählt, dass sie mit Ihnen nach dem Gottesdienst gesprochen hatte, als ich nicht da war, und dass Sie sehr freundlich waren."

„Weil sie eine Verbindung zu Ihnen war. Ich möchte aber mit Ihnen zusammen sein. Nicht mit Lizzie."

„Mit mir?" wiederholte sie überrascht. Sie legte ihre Hand an den Hals. „Aber weshalb denn?"

Er machte einen kleinen Schritt auf sie zu. „Weil ich Sie liebe, Clara", sagte er gefühlvoll. „Ich liebe Sie, seit ich Sie bei Ihrer Schwester getroffen habe. Und ich habe sofort gespürt, dass auch Sie Gefühle für mich haben. Seitdem kann ich Sie nicht vergessen. Und jedes Mal, wenn ich Sie sehe, werden meine Gefühle für Sie stärker."

Sie starrte ihn mit großen Augen an. „Aber ich werde mich doch mit George verloben:"

„Es ist aber noch nicht offiziell. Und bis dahin steht es Ihnen frei, sich zu überlegen, ob Sie nicht mit jemand anderen glücklicher wären. Und mir steht es frei, Ihnen klar zu machen, dass ich der jemand andere bin."

Noch in völliger Verwirrung wegen des Missverständnisses erlaubte sie ihm, ihre Hand in die seine zu nehmen.

„Liebe Clara", sagte er, denn ihr fehlender Widerstand hatte ihn ermutigt, „Ich weiß, dass ich derzeit nur ein Schiffsagent bin, aber ich hatte nie die Absicht, immer ein solcher zu bleiben. Ich habe fleißig auf meine eigene Firma hingearbeitet. Ich besitze bereits eine Werft, ein Lagerhaus und ein Boot. Es ist ein guter Anfang und ich baue darauf auf, das können Sie mir glauben. Ich werde Sie so versorgen können, wie Sie es verdienen, ganz gleich ob ich bei Saunders & Co. bleibe oder mich selbständig mache. Ich will Sie unbedingt heiraten.“

„Nein, Lewis, es tut mir leid.“ Sie zog ihre Hand zurück. „Das ist ein schrecklicher Irrtum. Ich will George und nicht Sie heiraten. Ich liebe George schon mein ganzes Leben lang“, sagte sie und Blässe hatte ihr ganzes Gesicht überzogen.

Ein Schatten von Wut lag einen Moment lang auf seinem Gesicht, der aber sofort wieder verflogen war.

„Dem könnte ich entgegnen, dass Sie noch nicht einmal Ihr halbes Leben gelebt haben“ erwiderte er ruhig. „Ich könnte auch sagen, dass Ihr ganzes Leben noch gar nicht so lang war, da Sie so viel von Ihren achtzehn Jahren getrennt von ihm verbracht haben. Sie sind aus England sicher als ein anderer Mensch zurückgekehrt. Genau wie er. Es würde niemanden überraschen, wenn Sie das, was Sie einmal wollten, nicht mehr wollen.“

„Ich will ihn aber heiraten“, wiederholte sie eindringlich.

„Clara, ich liebe Sie. Sie haben mein Herz gefangengenommen.“ Er machte einen Schritt auf sie zu. Bitte brechen Sie mir nicht mein Herz, bevor Sie sich überlegt haben, was ich soeben zu Ihnen sagte. Wenn Sie ernsthaft über eine Ehe mit mir nachdenken, dann habe ich den Verdacht, dass Sie nicht länger dieselben Gefühle für George haben werden, wie bisher, und dass ich zumindest eine Kerbe in ihre Liebe geschlagen habe.“

Clara zog sich weiter von ihm zurück.

„Ich bin mir natürlich klar, dass ich Sie völlig überrascht habe“, sagte er verständnisvoll, „und dass Sie jetzt ins Haus zurückgehen und alles in Ruhe überdenken möchten. Bitte überlegen Sie sich, was ich gesagt habe. Sie haben bei unserem ersten Treffen sofort auf mich reagiert, selbst wenn

Sie sich dessen nicht bewusst gewesen sind, und das muss doch sicher etwas bedeuten. Und es wird auch Ihre Gefühle George gegenüber näher erklären."

Sie öffnete ihren Mund zum Sprechen, doch er hob seine Hand, um sie davon abzuhalten.

„Ich komme Ende der Woche wieder her, nachdem Sie Zeit zum Nachdenken hatten, und wir können dann wieder darüber sprechen", sagte er ruhig.

Sie sah ihn völlig entsetzt an.

„Lewis, Sie dürfen auf keinen Fall so wie jetzt hierherkommen. Unter keinen Umständen. Was Sie gesagt haben ist sehr schmeichelhaft, aber ich brauche wirklich keine Zeit zum Überlegen, was ich für Sie und was ich für George empfinde. Ich mag Sie und ich unterhalte mich gern mit Ihnen. Sie sehen gut aus und vielleicht habe ich auch ein wenig mit Ihnen geflirtet. Es war aber nicht absichtlich, und wenn ich es tat, dann hätte ich es nicht tun sollen und es tut mir leid. Aber das hier ist ein entsetzlicher Irrtum. Ich fühle nur Freundschaft für Sie und nichts mehr. Es tut mir leid, aber das ist die Wahrheit. Ich liebe George."

Er machte einen Schritt zurück. „Ich verstehe", sagte er voller Unbehagen. „Sie hätten es wirklich nicht deutlicher sagen können."

„Es tut mir leid", sagte sie erneut.

Er schüttelte langsam den Kopf. „Es sollte Ihnen wirklich nicht leidtun, denn Ihr Verhalten ist über jeden Vorwurf erhaben. Ich bin im Unrecht und habe die Situation falsch verstanden. Ich wäre Ihnen dankbar, wenn Sie aufgrund der Freundschaft, die Sie angeblich für mich empfinden, nichts davon Ihren Eltern sagen, oder Lizzie, oder irgendjemanden, und die ganze Angelegenheit aus Ihrem Gedächtnis verbannen. Ich hätte gern das Gefühl, dass sich dieser Abend nie ereignet hat."

„Ich verspreche Ihnen, dass ich niemandem davon erzählen werde. Wir vergessen beide, was Sie gesagt haben.“

„Ich danke Ihnen.“

„Aber vergessen Sie Lizzie nicht“, warf sie schnell ein. „Sie ist noch mit niemanden offiziell verlobt, obwohl es angeblich einen Witwer in Madras gibt. Ich glaube Sie würde sich freuen, wenn Sie Lizzie auf diese Art besuchen.“

„Nicht doch. Wie könnte mir denn Lizzie gefallen, jetzt wo ich sie gesehen habe?“ Er stieß einen dramatischen Seufzer aus und legte theatralisch den Rücken seiner Hand gegen die Stirn. „Nein, ich werde mich daran gewöhnen müssen, für den Rest meines Lebens ein einsamer Junggeselle zu sein.“

Sie warf ihm ein mattes Lächeln zu.

„So ist es besser“, sagte er wohlwollend. „Ich mag es nicht, wenn Sie so gramerfüllt aussehen.“

Und er beugte sich vor und küsste sie auf die Wange. Dann hob er die Hand, winkte und ging durch die Bäume zum Pfad auf der rechten Seite des Gartens.

Sie starrte eine lange Weile in die Dunkelheit, die ihn umfangen hatte, und – nachdem sie ihre Wange, auf der er sie geküsst hatte, energisch abgewischt hatte – ging sie zurück ins Haus.

BEIDE HATTEN den erstaunten Atemzug nicht gehört, der einige Augenblicke zuvor vom Pfad links vom Haus zu hören gewesen war.

Sie hatten auch nicht bemerkt, dass sie nicht allein waren.

Und sie hatten auch nicht gesehen, dass Lizzie mit einem kalten Glanz in ihren Augen aus dem Schatten getreten war.

25

Von ihrem Beobachtungspunkt im Schatten zweier Kokosnusspalmen, die entlang dem Pfad zwischen ihrem und Claras Haus standen, sah Lizzie, wie sich Lewis nach vorne beugte und Claras Gesicht küsste, dann den Garten verließ und in die Richtung des Saunderschen Anlegeplatzes wegging.

Und sie sah auch, wie Clara zurück ins Haus lief und die Stelle streichelte, die Lewis geküsst hatte.

Die Schlampe! Die hinterhältige, gerissene Schlampe!

Es war ihr schwergefallen, sich nicht auf Clara zu stürzen und ihr einen verdienten Schlag in ihr albernes Gesicht zu versetzen.

Die ganze Zeit so zu tun, als ob sie ihre Freundin wäre und ihr zu helfen, näher an Lewis heranzukommen, während sie doch selbst hinter ihm her war!

All diese begeisterten Blicke, sobald sich Lewis zu ihnen gesellte. Blicke von denen sie – Lizzie – geglaubt hatte, dass sich Clara für sie freute. Sie waren in Wirklichkeit nur ein Ausdruck von Claras Freude über sein Kommen gewesen.

Und Lewis hatte das offensichtlich gemerkt.

Sie hatten sie sicher insgeheim ausgelacht und sich ob ihrer Schlauheit beglückwünscht, dass sie ihre Gefühle zueinander mit ihrer –Lizzies - Hilfe vor anderen verbergen konnten.

Welch eine Erleichterung, dass sie alles herausgefunden hatte, bevor es noch länger andauern konnte!

Welch unglaublicher Zufall war es doch gewesen, dass sie nicht mehr länger warten wollte, bis Lewis am Abend in ihren Garten kam, und da sie dachte, er sei bereits auf dem Weg zu ihr, den Pfad in der Erwartung entlanggegangen war, dass sie ihn bald treffen würde.

Sie hatte aber nicht erwartet, dass sie bis zu Claras Garten kommen und ihn dort finden würde, wie er Clara küsste.

Wie konnten sie es nur wagen!

Schäumend vor Wut machte sie kehrt und lief zurück zu ihrem Haus.

Wie dumm war sie doch gewesen und wie blind!

Wie heuchlerisch, verlogen und gemein von Clara, sie so auszunutzen!

Clara, die angeblich ihre Freundin war und angeblich George liebte.

Was für eine Freundschaft war das denn? Und was für eine Liebe?

Armer Bruder, dachte sie, als sie über den Rasen zu den Stufen lief, die ins Haus führten. Er verdiente mehr als eine Frau zu haben, die ihn hinterging. So eine wie Clara, die ihn heiratet und ihn gleichzeitig mit Lewis betrügt.

Und sie hatte keine Zweifel, dass Clara George heiraten würde, ganz gleich, welchen von beiden sie eigentlich bevorzugte. Claras Vater würde schon dafür sorgen, dass die Hochzeit stattfand. Claras Vater würde Claras Gefühlen nie den Vorrang über die Interessen der Firma geben.

Sie verlangsamte ihre Schritte und blieb stehen.

Könnte es sein, dass sich Clara gar nicht bewusst war, dass ihr Vater in dieser Angelegenheit unbeugsam wäre, und tatsächlich die Hoffnung hegen, Lewis heiraten zu können?

Das wäre sicher eine Erklärung dafür, dass Michael an jenem Mittwochnachmittag Lewis getroffen hatte. Damals war es ihr als ungewöhnlich erschienen, dass er mitten in der Woche in den Club kam. Aber vielleicht hatte er den Anweisungen von Tilly und Clara gemäß gehandelt.

Entweder hatte Tilly vermutet, dass zwischen Clara und Lewis etwas im Gange war, da Lewis doch mehrmals im Old Harbour House aufgetaucht war, wenn Clara dort war, und dass er plötzlich auch zur Kirche ging und danach schnurstracks auf Clara zusteuerte. Claras freudiges Lächeln, sobald sie Lewis erblickte, hätte diesen Verdacht unterstützt.

Oder hatte sich Clara Tilly anvertraut? Wem hätte sie sich, im Fall, dass sie Hilfe brauchte, besser mitteilen können als ihrer Schwester?

Sie ging nun weiter auf ihr Haus zu.

Falls Tilly von Claras Gefühlen für Lewis wusste, konnte sie ihr helfen, indem sie eine Freundschaft zwischen Michael und Lewis förderte und Lewis damit in die Familie einband, bevor der Familie schließlich eröffnet wurde, dass Clara Lewis und nicht George heiraten wollte.

Wenn aber Tilly und Clara dachten, dass es ihnen gelingen würde, Lewis für Henry Saunders hinnehmbar zu machen, lagen sie falsch, dachte sie erbittert, als sie die oberste Stufe erreicht hatte und ins Haus schlich. Zwischen ihr und Clara gab es einen großen Unterschied – Clara hatte keinen Bruder.

Deshalb hätten ihre Eltern vielleicht Lewis akzeptiert, aber Claras Eltern sicher nicht.

Tilly hatte einen Mann geheiratet, der kein Händler war, und deshalb war es unverzichtbar, dass Clara einen Mann heiratete, der die Firma leiten konnte, wenn Henry Saunders dazu nicht mehr in der Lage war.

Lewis wäre fähig gewesen, Saunders & Co. zu leiten, aber er würde in den Augen der Gesellschaft nicht wie George als ein guter Heiratskandidat gelten. Lewis hatte einen niedrigeren Stand, und was noch wichtiger war, er würde nicht die Möglichkeit einer bislang nie erträumten Geschäftserweiterung mit sich bringen, wie es bei einer Vereinigung mit Goddard & Son der Fall wäre.

In den Augen von Henry Saunders war die einzig gute Ehe eine Ehe mit George.

Sie aber hatte einen Bruder, der die Zukunft von Goddard & Son war, weshalb sie mehr Möglichkeiten bei der Wahl eines Gatten hatte.

Ihre Eltern, die von Natur aus ehrgeizig waren, wären von Lewis als Schwiegersohn sicher nicht begeistert gewesen, hätten ihn aber mit ziemlicher Sicherheit akzeptiert, sobald sie erkannt hatten, wie sehr sie ihn liebte, und vielleicht wären sie sogar erfreut gewesen, noch jemanden in der Familie zu haben, der, wenn sie es wünschten, George bei der Arbeit unterstützen konnte.

Zornig atmend stürzte sie in ihr Schlafzimmer, blieb in der Mitte stehen und warf einen wütenden Blick auf ihr Bett. Inmitten ihrer Qual, Frustration und Wut war ihr eines gewiss. Wenn sie Lewis nicht haben konnte, was ja Tatsache war – denn sie hatte nicht die Absicht, für irgendjemanden eine zweite Wahl zu sein – dann würde auch Clara ihn nicht bekommen.

Aber Clara würde auch George nicht bekommen.

Ihr Bruder verdiente eine Frau zu haben, die ihn von ganzem Herzen liebte. Zu dumm für Henry Saunders, dass er nicht den Schwiegersohn bekam, den er sich wünschte – er hätte eben besser auf seine Tochter aufpassen sollen.

Wie aber verhindern, dass Clara bei George oder Lewis landete, überlegte sie, als sie ihren Schal ablegte und in ihr Bett schlüpfte.

Sie konnte ja ihrem Bruder erzählen, was da vor sich ging.

Wenn sie das täte, würde er sich weigern Clara zu heiraten, selbst wenn er sie über alles liebte. Er wäre viel zu stolz dazu.

Sie war sich auch gar nicht sicher, dass er Clara überhaupt so liebte.

Er mochte sie ganz bestimmt, aber er schien keine Eile zu haben, seit ihrer Rückkehr Zeit mit ihr zu verbringen. Und ganz gleich was er zu Clara gesagt hatte, sie wusste, dass er sie mehrmals hätte besuchen können, es aber nicht getan hatte.

Und wenn George Clara nicht mehr heiraten wollte, dann müsste sie oder ihr Bruder den Eltern von Clara und Lewis erzählen. Ihre Eltern wären schockiert, und da sie Clara nicht in ihrer Familie brauchten, nicht so wie Claras Familie George brauchte, dann wäre es das Ende irgendwelcher Heiratspläne für Clara und George.

Aber auch Claras Eltern sollten über die geheime Beziehung ihrer Tochter mit Lewis Bescheid wissen.

Die zeitliche Planung für die Enthüllung des Geheimnisses war äußerst bedeutsam, überlegte sie, und in welcher Reihenfolge die Beteiligten informiert werden sollten.

Sie würde sich nie ganz einfach zurücklehnen und beobachten, wie Clara und Lewis bekamen, was sie wollten, nämlich einander, während sie durch den Verrat ihrer Freundin einen so großen Schmerz erlitten hatte.

Das bedeutete, dass Henry Saunders Lewis feuern

musste, bevor sie George und ihre Eltern über Claras unzüchtiges Verhalten informiert hatte.

Sobald Claras Eltern wussten, dass Lewis in der Nacht in ihren Garten geschlichen war und dort ihre Tochter in ihrem Nachthemd getroffen hatte, wären sie entsetzt, und ohne Rücksicht darauf, wie gut er arbeitete, würde er entlassen werden, und Clara dürfte ihn nie wiedersehen.

Ja, das würde ihm recht geschehen. Er sollte dafür zahlen, dass er hinter Clara hergelaufen war, wenn er sie hätte haben können, und auch für den Verrat an ihr.

Henry Saunders würde verzweifelt vermeiden wollen, dass George und ihre Eltern herausfänden, was da vor sich gegangen war, und er würde mit ziemlicher Sicherheit versuchen, die Bekanntgabe von Claras Verlobung mit George voranzubringen, für den Fall, dass irgendetwas herauskommen könnte.

Das würde aber nicht klappen.

Denn sobald Lewis gefeuert war, würden ihre – Lizzies - Eltern informiert werden. Sie würden sofort von der geplanten Verlobung zurücktreten, und für Henry Saunders wäre es dann zu spät, lieber Lewis anzunehmen, als niemand anderen zu haben.

Ihr Kopf lag auf ihrem von Tränen durchtränkten Kissen.

Sowohl George wie auch Lewis zu verlieren würde das Leben für Claras Familie für eine Weile schwierig machen, aber die Hintergehung durch ihre Tochter würde sie nicht so beschämen, wie sie beschämt werden sollten.

Was die britische Gemeinschaft betraf, so würde man im Fall, dass keine Verlobungsanzeige erfolgte, denken, dass Clara nach ihrer Rückkehr von der Schule mit George zwar noch immer befreundet war, beide aber nicht mehr dasselbe füreinander empfanden. Dass es keine Hochzeit gab, würde nicht das geringste Aufsehen erregen und Clara würde keinerlei Schuld zugeschrieben werden.

Ihr beschämendes Verhalten müsste aber öffentlich bekannt werden.

Und wie vom Blitz getroffen wusste sie plötzlich genau, was zu tun sei!

Sie setzte sich auf und wischte die Tränen aus den Augen.

Es bedeutete zwar, dass sie den rechten Augenblick abwarten musste, aber das würde ihr leichtfallen.

Und sie durfte George nichts sagen, und musste ihren Hass auf Clara und Lewis verbergen – aber auch das war kein Problem.

Sie würde weiterhin Kaffeetreffen vorschlagen und damit sicherstellen, dass Clara weiterhin glaubte, dass sie – Lizzie - nichts wusste und weiterhin auf eine Zukunft mit Lewis hoffte.

Wenn sie sich überwinden konnte, ihre Freundschaft so vorzutäuschen, wie sie es musste – und sie war überzeugt, dass sie dazu fähig war – dann konnte sie es allen auf eine Weise heimzahlen, die den größten Schmerz verursachen wird.

26

M*ittwochvormittag*

WÄHREND DAS *KETTUVALLAM* durch das langsam fließende Wasser glitt, saß Lewis am Rand einer Rattanliege im Schatten des überhängenden Strohdachs und starrte mit finsterem Gesicht auf die Uferböschung.

Zu beiden Seiten des Flusses waren die Böschungen dicht von schlanken dunkelgrünen Betelnuss- und Kokospalmen bestanden, die sich im Wasser spiegelten.

Hin und wieder wurde die Reihe der Bäume von kleinen pastellfarbenen rosa und grünen Häuschen durchbrochen, oder von einer Kirche oder einem bunten Tempel, die sich schon durch ihren Weihrauchgeruch ankündigten, der über dem Wasser schwebte.

Aber auch Menschen waren hin und wieder zu sehen.

Da waren Frauen, die ihre Kochtöpfe in Zinnschüsseln im Wasser spülten, die sie vor ihren Häusern auf den Boden oder unten ans Ufer gestellt hatten. Dort wuschen sie auch ihre Wäsche und standen dazu oft bis an die Knie im Wasser. Sie hatten ihre bunten Saris bis über die Knie hochgekrempelt und zwischen den Schenkeln zusammengeknotet.

Kinder, die noch nicht zur Schule gingen, kletterten mit ihren dünnen Beinchen und Armen über die knorrigen Baumstämme, die an den Seiten der niedrigen sumpfigen Böschungen wuchsen, und einzelne Fischer versuchten, im Wasser stehend oder vom Boot aus, eine Mahlzeit für ihre Familie einzuholen.

Desgleichen die Reiher, Eisvögel und Seeadler.

Hinter den hohen Bäumen erstreckte sich die schier endlose Weite der Reisfelder, auf denen kleine, in Weiß oder hellen Farben gekleidete Gestalten zu sehen waren, die ihre Reispflanzen umsorgten, während die zahlreichen weißen Reiher auf der Futtersuche mit ihren langen orangefarbenen Schnäbeln in das seichte Wasser stachen.

Hin und wieder glitt ein Kanu zwischen dem Ufer und dem *kettuwallam* vorbei. Manchmal saß darin ein Kind auf dem Weg zur Schule, oder es waren zwei Fischer, die zu ihren Netz- und Seilkonstruktionen unterwegs waren.

Je enger die Fahrrinne wurde, desto weniger Menschen und Häuser waren zu sehen.

Sanjay manövrierte das Boot auf einen der seichten Seitenströme zu, der sich vor Jahren während einer Regenzeit, als der Fluss über die Ufer getreten war, gebildet hatte. Jetzt wand er sich noch immer durch die silbrigen Sandbänke, lang nachdem der Fluss schon wieder in sein Bett zurückgekehrt war.

Lewis merkte aber nichts von seiner neuen Umgebung, er bemerkte nicht die Menschen, an denen sie vorbeifuhren, und nichts von der Landschaft.

Rasend vor Wut, Erbitterung und Frustration sah er nur, dass Saunders & Co. seinem Zugriff entglitten war.

In nur wenigen Minuten war sein Traum eines schnelleren Wegs zur geschäftlichen Erweiterung in die Brüche gegangen.

Zudem war es auf eine Weise geschehen, die ihn gedemütigt hatte.

Und das Schlimmste war, dass er sich selbst die Schuld daran zuschreiben musste.

Nie zuvor hatte er eine Situation so falsch interpretiert.

Im Nachhinein konnte er jetzt so leicht sehen, dass die Reaktion, mit der Clara bei ihrem ersten Treffen auf ihn reagiert hatte, typisch dafür war, wie jedes junge Mädchen, das soeben von der Schule in die große weite Welt entlassen worden war, auf einen passabel aussehenden jungen Mann außerhalb ihrer Familie reagieren würde.

Er aber hatte ihr Erröten und Flirten so interpretiert, dass sie ihn sofort so anziehend fand, dass George im Handumdrehen in ihrem Denken durch ihn ersetzt worden war!

Wie konnte er nur so dumm gewesen sein, dass ihn die Vorteile einer Verbindung mit dieser Frau blind machten für die mögliche Realität der Situation?

Seine fälschliche Annahme, dass sie sich zu ihm hingezogen fühlte, hatte alles, was danach geschehen war, für ihn in ein falsches Licht gestellt.

Claras Freude, wann immer sie ihn gesehen hatte, war nichts mehr als nur ein natürliches Vergnügen, mit jemandem außerhalb der Familie sprechen zu können. Oder vielleicht hatte sie sich auch für Lizzie gefreut, denn wie es schien, hatte Lizzie sich, nachdem was Clara gesagt hatte, in ihn verliebt.

Und auf seinen anfänglichen Irrtum aufbauend hatte er dann die Bedeutung von Michaels Besuchen im Club und im Büro falsch ausgelegt. Wie idiotisch war er doch gewesen anzunehmen, dass Clara Tilly ihre Gefühle für ihn anvertraut hatte, und Tilly daraufhin Michael beauftragte, den Mann näher kennenzulernen, den ihre Schwester heiraten wollte.

Von seinem Ehrgeiz geblendet, hatte er völlig vergessen, dass Tilly es bei jedem Treffen ziemlich deutliche gemacht hatte, dass sie ihn nicht mochte. Folglich hätte sie doch kaum eine Heirat ihrer Schwester mit ihm unterstützt. Ganz im Gegenteil, sie hätte versucht, sie nach Möglichkeit zu unterbinden.

Er hätte die Situation gar nicht noch verkehrter sehen können.

Was jedoch Clara nicht entschuldigte. Nichts entschuldigte Claras Verhalten ihm gegenüber.

Sie hätte seinen Gefühlen gegenüber rücksichtsvoller sein und freundlicher auf seinen Irrtum reagieren sollen. Stattdessen hatte sie ihn wie ein schlimmes Kind behandelt, das sich schlecht benommen hatte und in seinen Erwartungen überheblich war.

Überheblich – ja, das war das richtige Wort.

Sie hielt ihn für überheblich, weil er sie heiraten wollte. Mit ihrem Gesichtsausdruck hatte sie ihm deutlich zu verstehen gegeben, dass für sie eine Ehe mit ihm unter ihrem Stand war.

Es war unmöglich, dass sie ihn aufgrund seiner Persönlichkeit abgewiesen hätte.

Sie hatte ihm doch gesagt, dass er attraktiv sei, und selbst wenn er dem mehr Bedeutung beigemessen hatte, als gemeint war, so war er doch überzeugt, dass er sich nicht geirrt hatte, als sie mit ihm – wenn auch unbewusst - bei ihrem ersten Treffen geflirtet hatte.

Er könnte jetzt zwar sehen, dass sie ihn wahrscheinlich

wegen Lizzie ins Old Harbour House bestellt hatte, wenn ihr aber seine Gegenwart so widerwärtig war, dann hätte sie ihn doch nicht dort haben wollen, selbst nicht, um Lizzie damit zu helfen.

Wenn sie sich nur einen Augenblick lang überlegt hätte, wie sie vor zwei Nächten zusammen im Garten waren, dann hätte sie doch erkannt, dass er guten Grund hatte, zu glauben, dass sie ihn damit – wenn auch unbeabsichtigt - in der Annahme bestärkt hatte, er habe eine Chance mit ihr.

Sie hatte es sich aber nicht überlegt.

Sie war selbstgerecht und scheinheilig gewesen, und ihr Gefühl sozialer Überlegenheit hatte sie daran gehindert zu bedenken, dass sie, zumindest zum Teil, auch dafür verantwortlich sein könnte, was er angenommen hatte.

Ihre Bereitschaft, auf andere herabzuschauen, muss von ihren Eltern stammen.

Diese Frechheit!

Wenn er die Firma Saunders & Co. nicht so brauchen würde, wie er sie brauchte, dann hätten die Leute sofort seine Wut zu spüren bekommen. Und Clara auch.

Sobald es ihm aber möglich war, sie für ihren Snobismus zu bestrafen, ohne sich selbst dabei zu schaden, würde er es tun. Alle drei müssten den Schmerz fühlen, unter dem er in den letzten zwei Tagen gelitten hatte.

Bis er wusste, wie er es ihnen am besten heimzahlen konnte, musste er aber Clara davon überzeugen, dass er ihre Freundschaft weiterhin zu schätzen wusste, jedoch eingesehen hatte, dass es nie mehr für sie sein würde.

Clara wäre zweifelsohne gern bereit, so zu tun, als ob nichts geschehen wäre, davon war er überzeugt.

Für Clara sollte nichts auf ein Zerwürfnis zwischen ihnen beiden hinweisen, denn sonst könnten Fragen gestellt werden.

Falls bekannt wurde, was geschehen war, würde das Wissen, dass Clara in ihrem Nachthemd in der Nacht im Garten gewesen war und auf George gewartet hatte, für beide Elternpaare äußerst unangenehm sein. Clara würde erfahren, dass sie in den Augen beider Familien herabgewürdigt war, was ihre Verlobung mit George in Gefahr brächte.

Und sie würde es sich auch nicht gern mit Lizzie, die seine Annäherungsversuche begrüßen würde, verscherzen, was leicht geschehen könnte, falls Lizzie den Verdacht hätte, dass sich er und Clara allein getroffen hatten. Das würde zweifelsohne das Ende der Freundschaft zwischen Clara und Lizzie bedeuten, und er war dafür noch nicht bereit.

Ganz im Gegenteil, es wäre von Vorteil, wenn er Lizzie den Hof machte. Wenn Clara sah, dass er Lizzie Beachtung schenkte, würde das jegliche Besorgnis ihrerseits aufheben, dass er noch immer an ihr interessiert sein könnte.

Bis er beschlossen hatte, wie er es der Familie Saunders heimzahlen würde, war es vernünftig, so nahe wie möglich an ihr und ihren Freunden zu bleiben und nichts zu tun, das Staub aufwirbeln könnte.

Und er muss sich auch weiterhin mit Michael gut stellen.

Er hatte sich anfangs von seiner irrigen Annahme bezüglich Michael mitreißen lassen.

Seitdem Michael in Henrys Büro am Ende eines langen Tages erschienen war, während er Leute durch Jew Town geführt, ihre Fragen beantwortet und sich um sie gekümmert hatte, war er – Lewis - neugierig gewesen, weshalb Michael seinen Fahrer nicht angewiesen hatte, ihn sofort nachhause zu fahren, und weshalb er den Tag unnötigerweise durch seinen Besuch in Muttancherry verlängert hatte.

Da er keine gute Erklärung dafür finden konnte, hatte er sich mehr oder minder selbst überzeugt, dass Michaels Ankunft im Büro in Muttancherry Teil eines von Edward und dem Resident zusammengestellten Plans und nicht Michaels spontaner Entschluss gewesen war, und das hatte ihn gewarnt auf der Hut zu sein.

Doch jetzt hatte er erneut gesehen, dass er sich getäuscht hatte.

Michael war ein Mann, der gern Billard spielte, und er – Lewis – war ein würdiger Gegner. Und es gehörte zu Michaels Aufgaben, hin und wieder zu den Kais hinunterzugehen. Und wenn er das tat, dann besuchte er ganz einfach auch den Mann, mit dem er Billard spielt und natürlich auch seinen Schwiegervater.

Und das war auch alles.

Diese Annahme wurde auch von einigem unterstützt, das Michael in ihren Gesprächen im Club hatte fallen lassen und ihn darauf aufmerksam gemacht hatten, dass Michael Henry nicht besonders mochte.

Es war eine leicht verständliche Abneigung.

Henry hatte es öffentlich und privat sehr deutlich gemacht, dass er sich einen Schwiegersohn wünschte, der daran interessiert und auch fähig war, die Leitung der Firma zu übernehmen. Da Tillys Gatte kein solcher Schwiegersohn war, waren sich alle bewusst, dass nun Claras Gatte diesen Anforderungen entsprechen musste, gleichzeitig aber auch durchblicken ließ, dass Henry von Michael enttäuscht war.

Es war aber noch mehr als nur das.

Henry schien mit Michael nie entspannt und auch nicht daran interessiert zu sein, was er zu sagen hatte. Nicht so, wie es mit George war.

Es war sicher nicht angenehm, einen Schwiegervater zu

haben, der sich wünschte, dass sein Schwiegersohn andere Talente hätte, und kein Interesse an seiner Tätigkeit zeigte.

Das waren Informationen, die er sich merken sollte. Es könnte ja sein, dass Michael in Zukunft für ihn von Nutzen sein könnte, weshalb es wert war, seine Freundschaft mit ihm zu pflegen.

27

O*ld Harbour House,*
Freitag, Mitte Januar

„ICH BIN SO FROH, dass wir uns heute treffen konnten", sagte Clara und nahm einen Schluck von ihrem Ananassaft.

Lizzie zwang sich zu einem Lächeln. „Ich auch, Clara. Und so gern ich auch Tilly mag, hat es mir heute nicht leidgetan, dass sie nicht mit uns kommen konnte, und dass wir nur zu zweit sind. Unsere *ayahs* sitzen gern dort, wo sie sind, und unterhalten sich."

Clara nickte. „Sie sind Cousinen oder sonst irgendwie verwandt, und können über ihre Familien sprechen, und sie werden kaum bald wieder daheim sein wollen."

„Das dachte ich auch. Und ich habe mir auch überlegt, dass sie sich nichts dabei denken würden, wenn Lewis zufällig vorbeikäme, weil er dachte wir könnten hier sein, da ja Freitag ist. Wenn Tilly hier gewesen wäre, dann wäre ihr vielleicht der Verdacht gekommen, dass Lewis an dir interessiert sein könnte."

Clara richtete sich unbemerkt in ihrem Stuhl auf.

Lizzie blickte zufrieden auf ihr Glas.

„Weshalb würde sie das denn denken", fragte Clara in leicht angespanntem Ton. „Lewis weiß, dass ich George versprochen bin. Wenn Tilly den Verdacht hätte, dass Lewis an einer von uns beiden interessiert ist, dann wäre das doch eindeutig du." Und nach einigem Zögern. „Denkst du denn, dass er heute herkommen könnte?"

Lizzie zuckte die Schultern. „Das weiß ich doch nicht. Du würdest es sicher eher wissen, als ich."

„Weshalb denn", warf Clara rasch ein.

„Er arbeitet doch für deine Familie, oder nicht? Schließlich hätte dir sein Vater sagen können, was Lewis heute macht."

„Oh, ja. Aber nein, er hat nichts gesagt. Und ich hätte es auch nicht erwartet. Er hat es mir doch nie erzählt." Dann fragte sie nach einigem Zögern. „Du bist doch immer noch an Lewis interessiert, oder nicht?"

Lizzie nahm einen Schluck von ihrem Saft. „Ja, natürlich, Warum sollte ich denn nicht?"

Clara zuckte die Schultern. „Schließlich sind vier Wochen seit der Party im Club vergangen, und dazwischen war dann noch Weihnachten, und wir haben ihn schon so lange nicht gesehen. Deshalb könntest du vielleicht nicht mehr an ihm interessiert sein."

„Das ist nicht der Fall. Meine Gefühle sind noch immer dieselben für ihn, wie bei unserem ersten Treffen", sagte Lizzie in scharfem Tonfall. Sie hatte aber sofort die Schärfe in ihrer Stimme bedauert und sagte nun etwas wehmütig: „Ich kann es kaum erwarten, ihn wiederzusehen."

„Dann hoffe ich doch, dass er heute Vormittag vorbeikommt."

„Übrigens", fuhr Lizzie mit einem leichten Vorwurf in der Stimme fort, „wie steht es um dich und George? Du hast ihn seit der Party ja kaum gesehen. Und als wir euch am ersten Weihnachtstag besuchten, habt ihr anscheinend überhaupt nicht miteinander gesprochen."

Clara seufzte gefühlvoll. „Ja, ich weiß. Es war so frustrierend. Jedes Mal, wenn wir miteinander sprechen wollten, hat uns immer jemand unterbrochen. So viele Leute haben uns besucht, und wir waren bei so vielen anderen Leuten eingeladen, dass nie Zeit für ein Gespräch war. Wir haben nur freundlich gelächelt und sind weitergegangen."

„Ja, so ist es an Weihnachten immer."

„Ja, wahrscheinlich. Aber außer dem traurigen Umstand, dass ich keine Zeit mit George verbracht habe, war es schön. Natürlich habe ich aber zu viel gegessen. Unsere Nachbarn, die etwas weiter von uns an der Straße wohnen, haben uns wie üblich ein schön dekoriertes Tablett mit Süßigkeiten und Kuchen gebracht. Ich habe davon mehr gegessen, als mir zustand, bis mir nachher richtig übel war."

Lizzie stöhnte theatralisch. „Mir ist es ebenso ergangen. Ich weiß gar nicht, wie ich nach all den Besuchen überhaupt noch etwas essen konnte. Hab es aber getan."

„Hattet ihr zum Weihnachtsessen auch wie wir eine Mischung von indischen und britischen Gerichten? Wir hatten Entenbraten, Vindaloo Curry und Curry Ball - ich will mich aber nicht beklagen, denn ich liebe die Fleischbällchen, die auf der Currysauce schwimmen – ich habe mich in England aber an Anderes gewöhnt."

Lizzie nickte zustimmend. „Ja, unser Essen war ähnlich. Als ich das Hähnchen Biryani sah, das der Koch zubereitet hatte, hat mir tatsächlich das weihnachtliche Gefühl gefehlt, das mich immer beim Essen des geschmacklosen Truthahns in England befallen hat. Und ich habe sogar die matschigen Kohlsprossen vermisst."

Beide lachten.

„Ihr habt mehr aus eurem Garten gemacht als wir", fuhr Lizzie fort. „Euer Weihnachtsbaum – wenn man einen Mangobaum so nennen darf – war so hübsch, mit seinem glitzernden Schmuck. Und auch die Sternenlaternen, die ihr im Garten aufgehängt habt."

„Amit hat alles organisiert. Und unser *mali* hat ihm dabei geholfen." Clara trank ihren Saft aus und lehnte sich zurück. „Ja, es war schön an Weihnachten wieder daheim zu sein, aber es ist auch gut, wieder zur Normalität zurückzukommen. Ich bin froh, dass du unser heutiges Treffen vorgeschlagen hast."

„Ich konnte es daheim nicht mehr aushalten", sagte Lizzie mit gespielter Leichtigkeit. „Manchmal sind mir meine Eltern und mein Bruder einfach zu viel. Jetzt, wo George mit Papa arbeitet, geht das Gespräch bei uns kaum über Kokosnüsse hinaus."

Beide brachen wieder in Lachen aus.

„Sollten wir jetzt etwas Warmes trinken?" schlug Lizzie vor, denn sie wollte mehr Zeit haben und Clara über George ausfragen.

Clara war einverstanden. Sie rief den Kellner und bestellte Kaffee.

„Ganz abgesehen von eurer Kokosnussmanie habe ich George wirklich sehr vermisst", sagte Clara und seufzte tief.

„Du willst ihn also immer noch heiraten?"

Als sie Claras erstaunten Blick sah, fühlte sie plötzliche Panik. Vielleicht hätte sie vorsichtiger sein sollen.

„Ja, natürlich", erwiderte Clara. „Du weißt doch, wie

sehr ich ihn liebe. Weshalb wollte ich ihn dann nicht heiraten?“

„Es ist nur, weil du ihn so selten siehst. Und nicht nur über Weihnachten.“

„Er arbeitet doch so viel“, sagte Clara abwehrend. „Du hast es ja selbst gesagt.“

Lizzie nickte. „Ja, das stimmt. Ich weiß, dass ich eingeschnappt geklungen habe. Es ist nur, weil ich neidisch bin.“ Sie zwang sich zu einem Lächeln. „Nicht, weil ich George heiraten möchte“, wandte sie ein und kicherte forciert. „Aber ich möchte auch wie du kurz vor meiner Hochzeit mit jemanden stehen, den ich über alles liebe. Ich bin sicher, dass es die viele Arbeit ist, die ihn von dir fernhält. Er hat ja wirklich viel zu tun. Ich bin froh, dass ich kein Mann bin.“

„Ich auch“, sagte Clara und entspannte sich merklich. „Wenn du ein Mann wärst, dann könnten wir aber nicht hier beisammensitzen und uns unterhalten.“

Sie lächelten einander an.

Lizzie verzog innerlich ihr Gesicht.

Clara war eine gute Schauspielerin. Wenn sie nicht gewusst hätte, wie falsch und untreu sie zu George war, hätte sie es nie an Claras Verhalten erraten. Bestenfalls hatte sie hin und wieder einen Anflug von Unbehagen bemerkt, aber nie mehr als das.

„Was macht Tilly heute?“ fragte Lizzie, als der Kellner mit den Getränken zum Tisch kam.

„Sie wollte mit Mama in der Stadt Ideen für Stoffe finden. Sie hatten keine Lust sich zu beeilen, um uns abzuholen. Sie wollen sich ein Kleid für Edwards Party nähen lassen. Es ist kaum zu glauben, dass die Party schon in drei Wochen stattfindet. Hat dir die Einladung gefallen?“

„Ja“, sagte Lizzie lächelnd. „Ich habe bemerkt, dass sie

nur in Silber und Weiß gehalten ist – er hat also nicht die schwarzen Motive gewählt, die du ursprünglich vorgeschlagen hast."

Der Kellner stellte zwei Tassen Kaffee auf den Tisch und einen Teller mit Reiskuchen. Dann ging er wieder.

Clara nickte. „Ich habe es auch bemerkt. Aber seine Leute wollten es wahrscheinlich auf ihre Art machen. Zu meiner größten Erleichterung, würde ich sagen. Ich war froh, dass ich schließlich überhaupt nicht daran beteiligt war, denn ich bin im Moment zu sehr beschäftigt."

„Womit denn?"

„Erst einmal zu lernen, wie man einen Haushalt führt. Ich werde es ja in nicht allzu langer Zeit tun müssen, weshalb mich Mama darin unterrichtet." Und nach einer Weile. „Hast du gewusst, dass unsere Eltern beabsichtigen, unsere Verlobung am Tag vor Edwards Party bekanntzugeben?"

Nein, nein, nein, schrie Lizzie in ihrem Innersten. Das durfte auf keinen Fall geschehen.

Sie bemühte sich, ihrer Hand wieder Halt zu geben, und griff nach ihrer Kaffeetasse. „Ich hatte nicht gewusst, dass sie schon so weit gekommen sind."

„Ja, das sind sie", sagte Clara beglückt. „Endlich, aber wir haben auch lange genug darauf gewartet. Die Verlobung soll ungefähr einen Tag vor der Party in den Zeitungen bekanntgegeben werden, und dann werden wir im April vor Beginn der Regenzeit heiraten."

„Du hast so ein Glück und wirst bald dein eigenes Heim haben."

„Ja, ich weiß. Kaum zu glauben, nicht wahr? Bis jetzt hat es sich noch gar nicht in so greifbarer Nähe angefühlt, aber jetzt, wo es schon fast soweit ist, ist es beängstigend, wie viel in der kurzen Zeit noch zu tun ist. Ich habe seit Weih-

nachten kein einziges Kapitel mehr in meinem Buch gelesen. Deshalb war ich auch nicht bei dir und habe dich nicht
zu mir eingeladen."

„Ich hoffe du wirst mich zu deiner Brautjungfer
machen", sagte Lizzie und schaffte ein aufgeregtes Kichern.

„Ja, natürlich. Aber was ich wissen möchte ist, wann ich
deine Brautjungfer sein werde? Wirst du auf Lewis bestehen
oder wird es der Mann in Madras sein?"

Lizzie winkte abweisend ab. „Du kannst Madras vergessen. Ein unbekannter Mann, der meilenweit entfernt ist,
kann sich doch nicht mit dem attraktivsten Mann ganz in
der Nähe messen." Sie überlegte eine Weile. „Hast du Lewis
irgendwann gesehen?"

Eine leichte Röte breitete sich auf Claras Wangen aus.

„Nein, nicht seit der Party im Club im Dezember", sagte
Clara. „Er arbeitet im Moment wahrscheinlich besonders
fleißig, weil so gutes Wetter ist. Genau wie George und alle
anderen Händler."

Lizzie musste sich mit aller Kraft beherrschen, um Clara
nicht an den Kopf zu werfen, welch himmelschreiende
Lügnerin sie war.

„Ja, das stimmt", sagte sie schließlich. „Was wirst du
denn zu Edwards Party anziehen? Wahrscheinlich lässt du
dir nichts machen, denn sonst wärst du heute wahrscheinlich mit deiner Mutter und Schwester unterwegs?"

Gerade als Clara antworten wollte, hörten sie, wie
Stühle zur Seite geschoben wurden.

Lizzie sah kurz zum Hofeingang hin. „Es ist Lewis",
zischte sie.

Clara wurde über und über rot.

„Guten Tag, meine Damen", sagte er und stellte sich seitlich an ihren Tisch. „Ich habe mich schon gefragt, ob ich Sie
heute hier antreffen werde."

„Da haben Sie sich nicht getäuscht", sagte Lizzie und lächelte ihn zur Begrüßung strahlend an.

Er fühlte sich anscheinend unbehaglich, konstatierte sie mit Vergnügen.

„Lassen Sie mich raten", sagte Clara mit sichtlicher Verlegenheit. „Sie haben Ihre Einladung zur Party bekommen und wollten nun mit uns besprechen, was Sie anziehen sollten?"

„Sie können anscheinend meine Gedanken lesen!"

„Wenn das so ist, dann setzen Sie sich doch", sagte Clara.

Lewis machte nun einen etwas entspannteren Eindruck und setzte sich auf den Stuhl zwischen beiden. Er gab dem Kellner ein Zeichen, und der brachte ihm schnell einen Kaffee.

„Ich habe bemerkt, dass Sie heute mit ihren *ayahs* gekommen sind", sagte er und wies auf die beiden Frauen, die an einem Tisch auf der anderen Seite des Raums saßen. „Ich nehme an, dass Tilly heute nicht im Dienst ist."

„Sie sucht mit meiner Mutter nach Stoffen", sagte Clara. „Genau wie Sie, denken auch die beiden an Partykleidung."

„Und ich bin sicher, dass wir da nicht die einzigen sind", sagte er belustigt. „Es wird die Party des Jahres werden, würde ich sagen. Die meisten von uns sind ja noch nie in Harringtons Haus gewesen. Manche Leute glaubten sogar, dass er auf Bolghotty Island wohnt. Es wird interessant sein zu sehen, wie er wohnt."

„Nach dem, was uns Clara erzählt hat, scheint es bezaubernd zu sein", sagte Lizzie. „Aber was haben Sie denn über Weihnachten gemacht, Lewis? Sie haben ja auf den unvermeidlichen gesellschaftlichen Zusammenkünften durch Ihre Abwesenheit geglänzt."

Er klopfte sich seitlich an den Kopf und lachte schelmisch. „Ich muss zugeben, dass es das Ergebnis einer guten

Planung war. Ich habe mich für ein etwas einsames Weihnachtsfest in die Berge zurückgezogen, weil ich wusste, dass das hundertmal besser als das hektische Treiben in Cochin sein würde. Sobald keine Störungen mehr zu befürchten waren, bin ich zurückgekommen." Und mit einem Blick auf Clara. „Wie geht es George?"

Clara wirkte peinlich berührt.

„Soviel ich weiß, geht es ihm gut", sagte sie. „Lizzie hat mir nichts Gegenteiliges gesagt. Er arbeitet aber sehr viel."

Lewis nickte. „Ja, da bin ich mir sicher. Wir alle arbeiten zu dieser Jahreszeit sehr viel." Er sah Lizzie an und sein Blick ruhte mit einem herzlichen Ausdruck auf ihrem Gesicht. „Das Leben eines Händlers ist nicht leicht."

„Sie haben aber trotzdem Zeit gefunden, zum Kaffee herzukommen", war Lizzies scharfzüngige Bemerkung.

„Autsch!" lachte Lewis. „Nichts als Arbeit und kein Vergnügen – Sie wissen ja, wohin das führt. Irgendwann muss man sich doch entspannen. Und wie entspannt man sich am besten? Mit zwei schönen Frauen!"

Er lächelt sie lang und neckisch an.

Sie musste sich überwinden, ihm nicht sofort seinen Kaffee an den Kopf zu werfen, denn seine Reaktion deutete etwas an, von dem sie wusste, dass es verlogen war, und so zwang sie sich zu einem Lächeln, das sowohl kokett wie auch geschmeichelt erscheinen sollte.

Wahrscheinlich wollte er verhindern, dass irgendjemand etwas merkte, bevor die beiden bereit waren, mit Claras Eltern zu sprechen, dachte sie voller Zorn. Für ihn war es da das Beste, so zu tun, als ob er sich für jemand anderen interessierte, vor allem auch, weil die offensichtliche andere Person – wie er ja bereits von Clara wusste – bereits an ihm interessiert war.

Und Clara war sicher auch mit im Spiel.

Aber auch sie – Lizzie - konnte heuchlerisch sein. Sie hatte nicht die Absicht gehabt, gar so weit zu gehen, aber sie würde einfach, trotz ihrer Wut und ihrer Abscheu vor der Täuschung, ganz einfach mitmachen.

Wenn sie es nicht tat, würde sich Clara wundern, weil sie ihr früher doch so oft versichert hatte, wie sehr sie sich für Lewis interessierte. Und sogar noch vor ganz kurzer Zeit.

Sie wollte keineswegs, dass Clara vermuten könnte, dass sie – Lizzie - die Wahrheit über ihr Verhältnis mit Lewis herausgefunden hatte. Nicht bei dem Plan, den sie sich für die beiden bereits ausgedacht hatte.

Es gelang ihr, die Beherrschung zu behalten und ihn sehnsüchtig anzulächeln.

Er schien darüber erfreut zu sein und blickte kurz zu Clara, bevor er ihr wieder seinen Blick zuwandte.

Wahrscheinlich hätte sie zuvor dem Blick, den er Clara zugeworfen hatte, keine Bedeutung beigemessen, aber ihre Sinne waren noch nie so hellwach gewesen wie jetzt. Sie würde ihnen nie wieder erlauben, einzuschlafen.

Sie biss die Zähne zusammen, lächelte beide an und bereitete sich auf ein geistloses Gespräch vor, während dem alle drei das Gegenteil von dem dachten, was sie tatsächlich sagten.

28

S *päter*

DAS GESPRÄCH mit Lewis und Clara im Old Harbour House war locker und keineswegs denkwürdig gewesen. Wenn irgendjemand sie gefragt hätte, was sie sich während ihrer einstündigen Plauderei, unterbrochen von Lachen und Lächeln, gesagt hatten, dann hätte niemand von ihnen eine Antworte geben können – dachte Lizzie.

Aber es hatte sein müssen, und jetzt war es endlich vorbei. Mit einem Seufzer der Erleichterung stieg sie aus der Rikscha und ging auf ihr Haus zu.

Jetzt, wo ihre Augen geöffnet waren, konnte sie so deutlich sehen, wie Lewis und Clara ihre tatsächlichen Gefühle versteckt und sie benutzt hatten.

Doch das würde jetzt bald ein Ende haben.

In drei Wochen war Edwards Party, und jetzt wo Clara so beschäftigt und Lewis viel unterwegs war, wie er zuvor erzählt hatte, würde es in den kommenden Wochen keine Treffen geben, selbst wenn sie es gewollt hätten.

Was auf sie keineswegs zutraf.

Denn sie brauchte jetzt diese Zeit, um sicherzustellen, dass sie alles richtigmachte.

Clara hatte ihr am Vormittag erzählt, dass ihre Eltern planten, die Verlobung am Tag vor Edwards Party bekanntzugeben, die an einem Freitag stattfinden sollte.

Aber eine solche Ankündigung würde es gar nicht geben, nicht wenn es nach ihr ging.

Und sie hatte sich genau ausgedacht, was sie tun wollte, damit Clara nicht nur die Verachtung der beiden Eltern, sondern auch der gesamten britischen Gemeinde zu spüren bekäme.

Und auch Claras Eltern sollten zu leiden haben.

Jetzt, wo das Treffen mit den beiden anderen zum Glück vorbei war, ging sie die Stufen zum Eingang, durch die offene Tür und quer durch den Salon und dachte, dass im Moment nur noch eines zu tun sei. Sie musste ihrem Vater vorschlagen, dass es durchaus von Vorteil wäre, wenn er sich erneut mit dem Gewürzhändler in Calicut in Verbindung setzte.

Natürlich nur aus geschäftlichen Gründen – würde sie ihm sagen.

Sie würde die Idee ihrem Vater gleich beim Abendessen einsuggerieren, beschloss sie, und als sie ihrer Mutter gegenübersaß, lächelte sie erwartungsvoll.

GOTTLOB WAR ES VORBEI, dachte Clara und ging direkt durch das Haus zur rückwärtigen Veranda, wo sie sich auf den nächstliegenden Stuhl fallen ließ.

Während der letzten Tage war sie bei dem Gedanken,

Lizzie im Old Harbour House zu treffen, immer nervöser geworden. Die Vorstellung, so zu tun, als sei alles wie früher, und Wege vorschlagen zu müssen, wie sie Lewis mit Lizzie zusammenbringen könnte, wo sie doch wusste, dass Lewis nicht an Lizzie interessiert war, hatte sie mit Abscheu erfüllt.

Es war eine Erleichterung gewesen, als sie an Weihnachten, aufgrund der vielen Menschen um sie herum, keine Gelegenheit gehabt hatte, Lizzie zu erklären, was geschehen war, es hatte aber auch keine Dringlichkeit gehabt, da Lewis nie erschienen war.

Und als nach Weihnachten die Pläne für die Verlobungsbekanntgabe in den Vordergrund getreten waren, hatte sie das Thema von Lizzie und Lewis in ihrem Denken ganz nach hinten geschoben.

Da es jetzt wahrscheinlich schon zu spät war, irgendetwas zu sagen, war es wohl am besten, Lewis' Vorschlag zu befolgen, und so zu tun, als ob nichts geschehen wäre.

Es hatte sie daher auch nicht überrascht, dass Lizzie schon kurz nach ihrem Treffen am Vormittag Lewis' Namen erwähnt hatte.

Tatsächlich war die Hoffnung, ihn zu sehen, auch der Grund für Lizzies Vorschlag gewesen, sich am Vormittag im Old Harbour House zu treffen.

Gleich von Anfang an hatte Lizzie einen nervösen Eindruck gemacht.

Sie hatte das auf Lizzies Aufregung zurückgeführt, ob sie Lewis wiedersehen würde, und auf Lizzies Frustration, nicht zu wissen, wie sich das machen ließe. Ein weiterer Grund war sicher auch ihr Neid gewesen, dass sie – Clara – den Mann heiraten wird, den sie liebt, während Lizzie wahrscheinlich noch lange darauf würde warten müssen.

Sie konnte es aber auch verstehen, denn sie wäre unter

solchen Umständen im umgekehrten Falle auch neidisch gewesen.

Auch Lewis hatte weniger entspannt gewirkt als sonst.

Es hatte sie aber gefreut, dass er Lizzie mehr Aufmerksamkeit als bisher geschenkt hatte. Das würde auch erklären, weshalb sich Lizzie im Lauf des Vormittags ein wenig entspannt hatte, und Lewis ebenso.

Deshalb hatte auch ihre Nervosität allmählich nachgelassen.

Trotzdem würde sie sich nicht beeilen, das Treffen bald zu wiederholen, und sie war froh, dass sie Lizzie gleich zu Beginn erzählt hatte, wie beschäftigt sie sei.

Lizzie könnte also nicht von ihr erwarten, dass sie während der nächsten drei Wochen oder danach Zeit hätte, sie auf irgendwelchen Expeditionen auf der Suche nach Lewis zu begleiten. Nach Edwards Party würde sie aufgrund ihrer Hochzeitsvorbereitungen viel zu beschäftigt sein.

Mit etwas Glück würde Lizzies Interesse an Lewis aufgrund einer fehlenden Begleitung bei der Suche nach Lewis abklingen. Wenn nur der Mann in Madras etwas näher wohnte, dachte sie, als sie ihren elfenbeinfarbenen Schal ablegte. Das wäre für Lizzie eine willkommene Abwechslung gewesen und hätte ihr geholfen, Lewis zu vergessen.

Vielleicht sollte sie bei ihrem nächsten Gespräch mit Lizzies Mutter versuchen, Madras zu erwähnen. Aber wie?

„Liebling, soll dir Amit einen Kaffee bringen?", fragte ihre Mutter, als sie zur Veranda herauskam.

Sie blickte zu ihrer Mutter hinauf und schüttelte den Kopf.

„Ich warte bis nach dem Lunch", sagte sie mit einem Lächeln. „Ich habe bereits genügend Kaffee für den Rest meines Lebens getrunken."

Sie richtete sich in ihrem Stuhl auf und fragte sich, wie sie Lizzies Mutter zu sofortigem Handeln bewegen könnte.

WELCH EIN LANGWEILIGER Vormittag das doch gewesen war, dachte Lewis irritiert, als er auf dem Weg zu seiner Werft südlich von Muttancherry war. Es hatte ja sein müssen, aber er konnte sich viele bessere Möglichkeiten ausdenken, wie er seine Zeit hätte verbringen können.

Immerhin war ihm sein Vorhaben gelungen, nämlich die Situation mit Clara in Ordnung zu bringen.

Der Gedanke, sie könnte an seiner angeblichen Dreistigkeit Anstoß genommen und etwas zu ihrem Vater bezüglich seines Betragens gesagt haben, hatte ihn beunruhigt und Weihnachten verdorben, was sonst zwei angenehme Wochen mit Gulika gewesen wäre.

Sollte sie es aber tun, dann wäre Henry wütend darüber, dass jemand seiner Tochter aufgelauert hatte, als sie nach Einfall der Dunkelheit im Garten einen Spaziergang machte. Er – Lewis - war sich sicher, dass sie es so darstellen würde, und ihr Vater wäre noch entsetzter gewesen, als ihm bewusstgeworden war, wie eine derartige Situation die äußerst vorteilhafte Hochzeit, die er für sie arrangiert hatte, in Gefahr bringen könnte.

Und die Schande hätte ihn erschüttert, die damit über seine Familie kommen würde, falls Kenntnis über das unbegleitete Stelldichein an die Öffentlichkeit gelangte, ganz gleich wie ungewollt die Situation auch von Clara verursacht worden war.

Er würde auch nicht gerade erfreut darüber sein, wenn er erführe, dass derartige Treffen bereits in der Vergangenheit mit George stattgefunden hatten, was natürlich etwas

Anderes wäre. Denn er mochte die Goddards und Clara heiratete George ohnehin.

Nachdem er Clara sein Missfallen ausgedrückt hatte, würde er sich wahrscheinlich damit begnügen, in Zukunft dafür zu sorgen, dass sie das Haus nicht unbeaufsichtigt verließ, und dass der Garten in der Nacht bewacht wurde.

Für ihn würde das Ergebnis jedoch ganz anders ausse-hen. Er würde mit ziemlicher Sicherheit gefeuert werden.

Was er aber nicht wollte. Zumindest noch nicht.

Wenn er sich von Henry trennte, musste es zu seinen und nicht zu Henrys Bedingungen sein.

Wenn er den Anschein also noch für eine Weile länger wahren wollte, war es für ihn äußerst wichtig gewesen, sich den Mädchen am Vormittag anzuschließen.

Und im Großen und Ganzen war der Vormittag gut verlaufen, dachte er. Er hatte seines Erachtens getan, was er sich vorgenommen hatte. Der Anfang war zwar etwas langsam und unbehaglich gewesen, aber nach den ersten schwierigen Minuten war das Gespräch in Fahrt gekommen. Er hatte sich bemüht, Interesse an Lizzie zu zeigen, und hatte gemerkt, dass Clara erfreut darüber war.

Auch Lizzie schien von seiner Beachtung begeistert zu sein.

Wenn Clara dachte, dass er sein Interesse an Lizzie übertragen hatte, so wie es von Lizzie anscheinend erwünscht war, dann würde sie entschlossen sein, die Freundschaft mit ihm und Lizzie zu fördern. Sie würde ihren Eltern also keineswegs etwas erzählen, und folglich auch nicht Lizzies Eltern, das ihn in ein schlechtes Licht setzte, und damit Lizzies Chance auf Glück und Claras Hoff-nung, Lizzie in Cochin zu behalten, zerstören könnte.

Da die Gefahr einer Enthüllung nun überwunden war,

sollte er sich doch auf die jüngst von ihm abgeschlossenen Geschäfte und deren Auslieferung konzentrieren.

Er stieß das Eingangstor auf und ging zur Bootswerft hinüber. Sein Blick wanderte sofort an dem nach vorn geöffneten Gebäude vorbei zum dahinterliegenden Lagerhaus. Er blieb nachdenklich stehen.

Ihm war es am Vormittag aber nicht nur darum gegangen, die Eintracht in der Gruppe wiederherzustellen.

Im Überschwang des Augenblicks, als er mit Clara im Garten allein war, hatte er ihr gesagt, dass er über eigene Räumlichkeiten und ein Boot verfügte, um ihr zu zeigen, dass er sich entsprechend um sie kümmern konnte. Diese Information hatte er jedoch vor Henry absichtlich geheim halten wollen, und er bedauerte nun diesen Augenblick der Unbesonnenheit.

Falls sich Clara über Weihnachten daran erinnert hatte, wäre sie sicher neugierig gewesen, mehr darüber zu erfahren, und hätte ihn bei ihrem nächsten Treffen, also an diesem Vormittag, darüber ausgefragt.

In diesem Falle hätte er gesagt, dass er zu optimistisch gewesen war und sein Kauf von Räumlichkeiten und Boot nicht zu Stande gekommen war.

Sie hatte aber nichts gesagt, und er hatte sich gedacht, dass sie wahrscheinlich von der Idee, ihn zu heiraten, damals so entsetzt gewesen war, dass sie von nichts anderem mehr Notiz genommen hatte.

Das bedeutete, dass er sich entspannen und die Tatsache genießen konnte, dass er bereits wesentlich mehr Geld gemacht hatte, als er es noch vor zwei Jahren für möglich gehalten hätte, und dass er ganz sicher noch viel mehr machen würde. Und wenn je jemand für das einstehen müsste, was er tat, dann würde es ganz bestimmt nicht er sein.

 m folgenden Donnerstag

„ICH HABE DARUM GEBETEN, unseren Kaffee auf der Veranda zu servieren", sagte Edward zu Michael, als sie die Marmortreppe mit einer eindrucksvollen Balustrade aus geschnitztem Hartholz zum offiziellen Speisesaal im Zentrum des Palastes hinaufgingen. „Während wir unseren Kaffee trinken, würde ich gern hören, wie Sie mit Ihrer Ermittlung vorankommen."

Sie gingen durch die Doppeltür aus Eichenholz in den Speisesaal, dessen Wände zahlreiche, in genauen Abständen voneinander aufgehängte Originalradierungen, zierten. Sie blieben kurz vor dem riesigen Speisetisch stehen, der in der Mitte des Raums auf einem antiken indischen Teppich stand.

Um den Tisch waren 50 Stühle platziert, mit 50 Gedecken auf dem Tisch. Das Silberbesteck, die Servierplatten und die Kristallgläser glänzten im Sonnenlicht, das durch die Spalten der Fensterläden durchblitzte.

Edward nickte. „Es ist schon für den Abend gedeckt. Trinken wir jetzt unseren Kaffee." Und er ging vor Michael vom Speisesaal auf die Veranda hinaus.

„Edward, ich muss gestehen, dass ich Sie um den Empfang am heutigen Abend nicht beneide. Ehrlich gesagt wird mir mein wesentlich weniger aufwendiges, aber dennoch reichliches Essen am heutigen Abend lieber sein", bemerkte Michael heiter, als sie durch die Doppeltür zum weißen Schmiedeeisentisch samt Stühlen hinausgingen und sich setzten.

„Wo werden Sie denn am heutigen Abend sein?" fragte Edward.

„Tilly und ich sind bei meinem Schwiegervater zum Abendessen eingeladen. Er sagt, dass es eine bescheidene Angelegenheit sein wird, denn der Hauptzweck besteht darin, uns über die Vorkehrungen für Claras Verlobung mit George auszutauschen. Was aber die Mengen an Speisen betrifft, die uns aufgetischt werden – dazu sage ich wohl am besten, dass Henry und Mary äußerst großzügige Gastgeber sind."

Er hielt inne, als der Diener zwei Tassen mit Kaffee auf den Tisch stellte, dazu eine Schüssel mit Kokosplätzchen.

Beide nahmen ihre Tassen hoch.

„Ich werde jetzt nichts essen", sagte Michael und schob die Schüssel zu Edward hin. „Ich muss mich auf den abendlichen Angriff auf meinen Magen vorbereiten."

Edward lächelte.

„Also, zu meinen Ermittlungen", Michael rückte sich bequem in seinem Stuhl zurecht. „Ich habe Henry seit meinem Besuch in seinem Büro jetzt einige Male gesellschaftlich gesehen. Ich denke, dass er genauso ist wie er wirkt – ein gelassener, freundlicher Mann, der den Menschen um ihn herum sehr vertrauensvoll gegenübersteht. Allerdings ist er überaus chaotisch, und jemanden wie Lewis, der mir einen sehr effizienten Eindruck macht, als Stütze zu haben, muss ein großer Vorteil sein. Selbstverständlich gebe ich aber zu, dass eine chaotische Verfahrensweise auch eine Pose sein könnte."

„Wenn Diebe und Schmuggler wie Diebe und Schmuggler aussähen", sagte Edward trocken, „würden sie schnell geschnappt werden."

„Allerdings. Es stimmt natürlich auch, dass ich es wegen Tilly nicht möchte, dass er sich etwas zuschulden kommen lässt. Aber mein Instinkt sagt mir, dass sein Erfolg auf seine Ehrlichkeit zurückgeht und nicht, weil er etwas Illegales tut."

„Wer arbeitet sonst noch in seinem Büro?"

„Außer Lewis ist da noch Nitesh, Henrys Gehilfe. Er ist eine Art von Bürokraft, und er macht den Tee und bedient Gäste. Er ist in seiner Art ein ruhiger Mensch, den man nie bemerken würde. Aufgrund der Art seiner Aufgaben kann ich mir nicht vorstellen, dass er in irgendetwas involviert wäre."

Edward rührte seinen Kaffee. „Wir sind uns aber ziemlich sicher, dass Drogen Henrys Lagerhäuser durchlaufen. Wenn Ihres Erachtens weder Henry noch Nitesh der Schuldige ist, dann bleibt uns nur noch Lewis."

„Und Sanjay. Er ist für Henrys Arbeiter in den Lagerhäusern verantwortlich und er begleitet Lewis auf allen seinen Fahrten, soweit ich es herausfinden konnte. Als wir umhergingen, war Sanjay ständig hinter uns her und er war von meiner Präsenz anscheinend sehr beunruhigt."

„Was allein schon verdächtig ist."

„Darüber hinaus hat mir einer unserer verdeckten

Ermittler, ein Mann namens Jitu, erzählt, dass ihm Sanjay nach einer Fahrt in die *backwaters* ein oder zwei kleine Päckchen gab, die er irgendwohin bringen sollte. Für die war nichts unterschrieben oder eingetragen worden."

„Es hat also den Anschein, als ob Sanjay irgendwie beteiligt wäre", sagte Edward langsam.

„Er wäre sicher zum Stehlen im kleinen Rahmen fähig, aber das ist vom groß angelegten Drogenschmuggel weit entfernt. Und es ist wichtiger, diese Leute nicht auf unser Interesse an ihnen aufmerksam zu machen, als einer geringen Menge Drogen nachzustellen."

„Ja, damit bin ich einverstanden." Edward trank einen Schluck Kaffee. „Es ist äußerst unwahrscheinlich, dass Sanjay ohne Lewis' Wissen handelt. Wie stehen Sie also zu Lewis?"

„Wie Sie wissen, habe ich jetzt an mehreren Mittwochabenden mit Lewis Billard gespielt", erwiderte Michael. „Er ist ein guter Spieler und ich verliere meistens. Sie haben ja auf der Party selbst gesehen, dass er jedes Spiel gewann. Er ist ein Mann, der bei dem, was er tut, gern gewinnt, und ich kann mir vorstellen, dass er ziemlich rücksichtslos vorgehen könnte, wenn er etwas will. Und ich spreche nicht nur vom Gewinnen eines Spiels."

„Es klingt als ob Sie ihn nicht besonders mögen."

„Dass ich ihm nicht traue, trifft wahrscheinlich eher den Nagel auf dem Kopf. Man kann sich gut mit ihm unterhalten und er ist ein gewandter Mann. Aber da ist etwas an ihm, dem ich nicht traue – kann aber nicht sagen weshalb. Ich habe etliche negative Bemerkungen über Henry gemacht, nur um zu sehen, ob es uns etwas bringt, hatte aber kein Glück damit."

„Aber? Ich spüre, dass da noch ein aber kommt."

Michael lächelte. „Lewis ist ganz offensichtlich ein

ehrgeiziger Mann, und ich kann mir nicht vorstellen, dass er noch lange ein Schiffsagent bleiben wird, außer er vergrößert sein Einkommen im Schutz seiner Anstellung. Und das könnte über Drogen geschehen. Wie er das aber machen könnte, weiß ich nicht."

„Die Leute können immer einen Weg finden, wenn sie zu so etwas neigen."

„Er bringt das Produkt also aus den *backwaters*, es wird an den Kais entladen und in den Lagerhäusern gelagert, bevor es entweder auf Henrys Schiffe oder auf andere verladen wird. Und alles wird dokumentiert und unterschrieben. Und es gibt keine Anzeichen dafür, dass er überschüssiges Geld zum Ausgeben hat." Michael lehnte sich zurück und schüttelte den Kopf. „Ich sage Jitu, er soll so nahe wie möglich an Sanjay herankommen, und ich bleibe an Lewis dran, es ist aber rätselhaft."

„Was ist mit Albert Goddard? Sie waren auch in seinem Büro, nicht wahr?"

„Das stimmt. Er ist völlig anders als Henry, wie er die Dinge angeht. Er ist sehr organisiert und leitet das Büro bestens. Ich denke, dass er das aber auch muss, denn er führt ja George in das Handelsgeschäft ein. Das wäre schwierig, wenn er es von einem Chaos aus tun würde."

„Und was sagt Ihr Bauchgefühl?"

„Dass Goddard skrupellos sein könnte, wenn es um seine eigenen Interessen geht, aber was seine Geschäfte anbelangt, würde er nichts Illegales tun. Ich habe ihn nie so sympathisch wie Henry gefunden, aber ich wäre sehr erstaunt, wenn er unehrlich wäre."

„Und was ist mit George", fragte Edward. „Das hat zwar schon lange angefangen, bevor George von der Schule zurückgekommen ist, aber er hätte ja inzwischen darin verwickelt sein können."

Michael schüttelte den Kopf. „Es war George, der mich auf den Kais herumgeführt hat. Ich kann mir nicht vorstellen, dass er irgendetwas mit Drogen zu tun haben könnte. Wenn ihm etwas Widriges zu Ohren käme oder er hätte einen Verdacht auf eine illegale Aktivität, dann würde er meines Erachtens sofort zu seinem Vater gehen, der es umgehend den Behörden meldet.“

„Ich verstehe.“

„Alle Arbeiter bei Goddards wirkten entspannt und offen. Ich habe niemanden gesehen, der einem Sanjay ähnlich sein könnte.“

„Dem Eindruck zufolge, den Sie von jedem Einzelnen hatten, sollten wir uns also Lewis näher ansehen“, meinte Edward. „Und vielleicht auch Sanjay.“

„Sollten wir jetzt über unseren Verdacht mit der Polizei sprechen?“

Edward schüttelte den Kopf. „Wir brauchen sie an diesem Punkt noch nicht. Wir haben noch immer in Cochin stationierte Soldaten, nicht so viele, wie die Zehntausend, die für Ghandis Besuch im vergangenen Jahr hier waren, aber mehr als wir für diesen Zweck brauchen. Einige der Polizisten werden sicher von den Schmugglern bezahlt, und ich möchte nicht, dass jemand etwas gesteckt bekommt und sich dadurch der Gefangennahme entzieht. Sobald wir die Schuldigen festgenommen haben, melden wir es der Polizei. Aber nicht vorher.“

CLARA LEHNTE sich in ihrem liebsten Rattanstuhl zurück und atmete tief die in den Duft von Jasmin, Mimosen und Wachsblume getränkte Abendluft ein. Hin und wieder brachte auch eine sanfte Brise den Geruch des Meeres hin zur Stelle, wo sie mit Michael saß.

„Hast du vor, Lizzie morgen zum Kaffee zu treffen?" fragte Michael, als er sich vom Anblick des vom Mond beglänzten Meeres abwandte und Clara über den Tisch hin anlächelte. „Ich weiß, dass ihr euch oft an einem Freitag trefft."

„Ja, das stimmt, aber wir werden uns morgen nicht auf diese Art treffen", erwiderte sie. „Mama und ich gehen zu Georges Mutter und auch George wird da sein. Und Lizzie ebenso. Ich werde Lizzie also treffen, aber nicht nur zu zweit. Wir werden über die Verlobungsanzeige sprechen. Und über die Hochzeit. Papa und Georges Vater sind beschäftigt und werden nicht mit dabei sein."

„Die Verlobung rückt immer näher, nicht wahr?"

„Ja, ich weiß", erwiderte sie mit einem strahlenden Lächeln. „Die letzten Monate sind wie im Flug vergangen. Ich habe mich zwar über das Warten beklagt, aber rückblickend bin ich froh, dass wir gewartet haben. Wenn ich mich sofort nach meiner Rückkehr von der Schule verlobt hätte, wäre es mir, mit allem was mit einer Verlobung verbunden ist, unmöglich gewesen, mich in Cochin wieder einzuleben. Ich habe diese Zeit genossen, und auch, dass ich ein wenig mehr Freiheit hatte."

„Das kann ich verstehen."

„Mama wollte dich und Tilly am Abend fragen, ob ihr irgendwelche Vorschläge für die Hochzeit habt, aber sie hat es leider vergessen."

Michael hob die Hände mit gespieltem Entsetzen. „Welch ein Glück! Tilly könnte einige Ideen dazu haben, ich aber nicht. Das ist ja Frauensache."

„Aber du hilfst doch bei den Veranstaltungen in der Residenz."

Michael zog ein überraschtes Gesicht. „Ich hatte keine Ahnung, dass dein Vater eine so aufwendige Hochzeit plant!" rief er aus. „Oder steckt da Albert dahinter? Es klingt mehr nach Albert als nach deinem Vater."

Clara kicherte. „Papa hätte einen Herzanfall, wenn ich etwas vorschlagen würde, das nur halb so großartig ist. Ich will das aber auch nicht. Ich möchte eine relativ stille Hochzeit. Für Lizzie sollte sie grandios sein, aber das ist ihr Geschmack und nicht der meine. Ich weiß, dass George ihr Bruder ist, und sie möchte für ihn natürlich das Beste, aber auch er will keine grandiose Hochzeit."

Michael nahm einen Schluck von seinem Brandy und stellte das Glas wieder auf den Tisch. „Der arme Lewis. Wenn ihr morgen nicht ins Old Harbour House kommt, ist es aus mit seinem freitäglichen Vergnügen. Tilly hat mir erzählt, dass er sich freitags hin und wieder für einen Kaffee zu euch gesellt."

Clara merkte, wie ihr Röte in die Wangen stieg. „Ja, das stimmt. Es hat damit angefangen, dass wir dachten, er könnte uns mit Ideen für Edwards Party helfen. Und obwohl das jetzt nicht mehr notwendig ist, kommt er manchmal noch hin."

„Ich nehme an, dass ihm ein gelegentlicher Tapetenwechsel Spaß macht", antwortete Michael mit einem Lächeln. „Ich habe mich oft gefragt, ob es ihm hier nicht langweilig wird. Unsere hiesige Gemeinschaft ist sehr klein. Manche würden es introvertiert nennen und bedrückend traditionell. Und Lewis, der ein Angestellter und nicht selbst ein Händler ist, hat in den Augen der Briten eine niedrigere gesellschaftliche Stellung, was sicher einschränkend ist. Was ich von ihm gesehen habe, gibt es außer Billard, das er hervorragend spielt – und ich sage das ganz ohne Groll, weil er mich vernichtend geschlagen hat - also zumindest mit ein wenig Groll – "

Klara kicherte.

„ – in Cochin nicht viel mehr als das. Es überrascht mich, dass ein Leben, das er im Club oder im Büro deines Vaters verbringt, einen jungen Mann wie ihn befriedigen kann."

„Du darfst aber nicht vergessen, dass er bereits ein eigenes Gebäude, ein Boot und ein Lagerhaus hat, was ihm zusätzliches Interesse verschafft. Und eines Tages wird er seine eigene Firma haben."

Michael schreckte unmerklich auf.

Mit gespielter Lässigkeit hob er schließlich erneut sein Glas, schwenkte seinen Brandy darin und nahm einen Schluck.

„Dein Vater hat immer den besten Brandy", konstatierte Michael. „Lewis' Ambitionen überraschen mich keineswegs. Er hat schon immer als sehr tatkräftig auf mich gewirkt. Henry wird ihn vermissen, wenn er geht."

„Oh nein, ich bin sicher, dass er die Firma noch lange nicht verlassen wird. Wahrscheinlich hätte ich es gar nicht erwähnen sollen. Es ist etwas für die ferne Zukunft. Bitte, sage Papa nichts davon. Er weiß noch nicht, dass Lewis eine Werft gekauft hat."

„Ich werde Henry nichts davon sagen, ich verspreche es." Michael hob anerkennend sein Glas. „Prost, Lewis, würde ich da sagen."

Als er ausgetrunken hatte, kam Tilly gerade durch die offene Tür auf die Veranda heraus.

„Mama hat mir soeben ihr Kleid für Edwards Party gezeigt", sagte sie. „Papa und sie sind müde und schon zu Bett gegangen. Sie haben mich gebeten, euch in ihrem Namen gute Nacht zu wünschen."

Sie setzte sich zwischen Clara und Michael.

„Clara, Mamas Kleid ist fabelhaft, nicht wahr?" fuhr sie fort. „Michael, sei unbesorgt", sagte sie rasch und legte ihm lachend ihre Hand auf seinen Arm. „Ich verspreche dir, dass ich dich nicht mit einem Gespräch über Kleider langweilen werde. Du kannst mir stattdessen erzählen, worüber du mit Clara gesprochen hast."

„Da wir zu dritt sind, liebe Tilly", sagte Michael in amüsiertem Ton, „ist es wichtig, dass wir ein Thema wählen, das die Mehrheit erfreut. Nachdem du mit Clara ganz offensichtlich über Kleider sprechen willst – ich habe bemerkt, wie sich Clara sofort interessiert aufgerichtet hat – gebe ich mich überstimmt und lasse mich nun von euch beiden langweilen."

Er lehnte sich in seinem Stuhl zurück und verschränkte schmunzelnd seine Arme. „Ja, langweilt mich nur schön brav."

30

D as Haus der Familie Goddard,
Freitagvormittag

„DAMIT IST ALLES ENTSCHIEDEN", sagte Julia Goddard, und
lächelte alle um den Tisch versammelten Personen
zufrieden an.

„Und so problemlos, wenn ich es so ausdrücken darf",
sagte Mary erfreut.

Julia nickte zustimmend. „Ja, das kann man wohl sagen.
Da Edwards Party am 2. Februar stattfindet, ist es doch sinn-
voll, die Verlobungsanzeige in der Freitagausgabe von *The
Malabar Herald* und *The Cochin Argus* zu veröffentlichen, die
am Tag zuvor erscheinen."

„Auf jeden Fall", stimmte Mary zu. „Auf diese Weise
werden alle über die Verlobung vor der Party informiert. Ich
denke wir sind uns alle einig, dass es nicht angebracht
gewesen wäre, die Verlobung auf der Party selbst bekannt-

zugeben, aber es wird über jeden Vorwurf erhaben sein, wenn ihr als jung verlobtes Paar hingeht."

Clara und George blickten einander lächelnd an.

„Und ich glaube, dass George bis dahin auch deinen Verlobungsring haben wird", fügte Lizzie noch hinzu.

Unter der Tischkante versteckt hatte George Claras Hand erfasst. Clara drückte seine Hand sanft. Dann saßen beide Hand in Hand und hörten zu, wie die vormittägliche Diskussion zusammengefasst wurde.

„Wir werden die Anzeige also so bald wie möglich an die Zeitungen schicken", sagte Mary.

Julia nickte. „Jetzt, wo wir alles niedergeschrieben haben, gibt es keinen Grund noch zu warten."

„Soll ich sie bei den Zeitungen abliefern?" fragte Lizzie bereitwillig. „Clara wird bis zur Party so beschäftigt sein, dass ich mehr Zeit dazu haben werde. Ich kann sie leicht in die Redaktionen bringen. Als eine meiner Pflichten als Brautjungfer."

Mary lächelte sie liebevoll an. „Das ist sehr nett von dir, Lizzie. Danke."

„Ja, danke, meine liebe Brautjungfer", sagte Clara lachend. „Wie Mama schon sagte, ist es sehr nett von dir."

„Das ist also beschlossene Sache", fuhr Julia fort. „Jetzt wo ihr beide wisst, dass euer gemeinsames Hochzeitsgeschenk von beiden Eltern ein Haus sein wird, werdet ihr sicher bald anfangen, euch nach etwas Passendem umzusehen. Entweder deine Mutter, Clara, oder ich werden euch begleiten, und wenn wir etwas gefunden haben, werden wir eure Väter bitten, sich unsere Wahl anzusehen. „Schließlich", sagte sie mit einem Lächeln, „werden sie ja dafür zahlen."

„Es ist äußerst großzügig von euch", sagte George, „und wir sind euch sehr dankbar, nicht wahr, Clara?"

Sie nickte bekräftigend. „Ich hatte keine Idee, dass ihr uns ein so wunderbares Geschenk machen wollt", sagte sie und war vor Freude errötet.

„Lass dich nicht zu sehr hinreißen, Clara", sagte Lizzie in trockenem Ton. „Sie wollen nur nicht, dass ihr bei ihnen wohnt, und dass sie euch zusehen müssen, wie ihr euch gegenseitig anschmachtet, beim Abendessen die ganze Zeit kichert, und so weiter. Euch ein eigenes Haus zu schenken ist ein äußerst selbstsüchtiges und kein selbstloses Handeln."

Alle lachten.

„Ich werde nicht sagen, dass da nicht ein wenig Wahrheit in dem ist, was Lizzie sagt", bemerkte Mary, „aber, wie dem auch sei, werden wir dich sehr vermissen, Clara. Und ich bin sicher George, dass auch deine Eltern dich vermissen werden."

„Ich werde dich bestimmt nicht vermissen, George", sagte Lizzie lachend. „Denn endlich werden wir dann abends bei Tisch ein normales Gespräch führen können, und nicht wie jetzt, eine nächtliche Diskussion zwischen dir und Papa über sämtliche Aspekte eurer Arbeit anhören müssen."

„Lizzie, der beste Weg, deine eigene Gesprächswahl bei Tisch zu haben, ist der, ein eigenes Heim zu haben", sagte Julia in scharfem Ton. „Dein Vater und ich haben dich immer wieder gefragt, ob du bereit bist, dass wir Mr. Lansdowne für ein Wochenende bei uns einladen. Du hättest dann Gelegenheit, ihn kennenzulernen und dir zu überlegen, ob du ihn heiraten möchtest. Aber es ist ja unmöglich, dich für irgendetwas festzubinden."

„Mein Grund dafür ist, dass ich mir Sorgen um deine und Papas Nerven mache", sagte Lizzie leichthin und lächelte ihre Mutter an. „Sofort nachdem ich von der Schule zurückgekommen bin, ist es um den Plan für George gegangen, und da beschloss ich, dass ich erst nach Georges Heirat irgendetwas über eine Heirat für mich hören wollte. Schließlich könnt ihr nicht auf zwei Hochzeiten gleichzeitig innerhalb einer Familie tanzen.“

„Damit hast du recht, Lizzie, aber nur in gewisser Hinsicht“, sagte Julia mit fester Stimme. „Denn es ist Claras Familie, die Claras und Georges Hochzeit ausrichtet, so wie wir das für deine Hochzeit tun werden. Du wirst dich entschließen müssen, was du tun willst, denn sonst verpasst du die Möglichkeit einer Verbindung mit ihm.“

Lizzie stieß einen dramatischen Seufzer aus. „Ja, wenn es so ist.“

„Es hängt ganz von dir ab“, fuhr Julia fort. „Da er ein großes Haus und einen ausgezeichneten Posten und weitere exzellente Berufsaussichten hat, gilt er als eine gute Partie, und jetzt, wo seine Trauerzeit vorbei ist, werden ihn viele Familien ins Visier nehmen. Wenn du hoffst, jede Chance auf eine Heirat mit ihm zu verlieren, dann gehst du es sehr geschickt an.“

Lizzie hob resigniert die Hände. „Also gut. Ihr könnt ihn zu uns einladen. Aber erst nach Edwards Party. Eins nach dem anderen.“

Sie sah zu Clara hin und rollte die Augen.

„Bedeutet das, dass du alle Hoffnung für dich und Lewis aufgegeben hast“, fragte Clara mit leiser Stimme, als sie und Lizzie hinter ihren Müttern auf dem Weg zu Lizzies Haus einherschlenderten. George war bereits ins Büro zurückgegangen.

„Es kann schon sein“, sagte Lizzie. „Ich will es nicht, aber jetzt, wo du in den kommenden Wochen so beschäftigt bist, sehe ich keine Möglichkeit mit ihm sprechen zu können. Nicht so, wie ich ihm meine Gefühle zu ihm erklären möchte. Es ist immer irgendjemand um uns herum, sei es bei der Kirche oder im Club, und Lewis ist schließlich auch nicht jede Woche dort. Aber jetzt musste ich doch irgendetwas zu meiner Mutter sagen, oder nicht?"

„Aber da ist ja auch noch Edwards Party", flüsterte Clara.

„Ja, ich weiß", sagte Lizzie kichernd. „Weshalb glaubst du denn, dass ich zu Mama sagte, sie solle Mr. Lansdowne erst nach der Party einladen? Ich habe die Absicht, zur Party ein Kleid anzuziehen, in dem mich Lewis bestaunen wird. Und wenn das nicht funktioniert, dann gebe ich mich geschlagen."

Clara warf ihr einen amüsierten Blick zu. „Hoffentlich hast du Glück, dass du in dem Kleid an deinem Vater vorbeikommst."

„Selbst im Februar kann es am Abend schon ein wenig kühler sein. Da brauche ich einen Schal. In den werde ich mich einwickeln, wenn ich das Haus verlasse."

„An deiner Stelle würde ich ein zweites Kleid mitnehmen. Ich kann mir nicht vorstellen, dass du mit dem anderen durchkommst. Möchtest du, dass wir uns am Tag vor der Party treffen?"

Lizzie sah sie überrascht an. „Aber deine Verlobungsanzeige wird an dem Tag erscheinen?"

„Das macht doch nichts. Wir können zu den chinesischen Fischernetzen spazieren und dann Kaffee trinken. Das haben wir dann ja schon längere Zeit nicht mehr getan. Und wir könnten besprechen, wie wir unsere Haare für die Party frisieren und was wir anziehen werden, und über andere wichtige Dinge reden."

„Ja, das wäre fabelhaft", sagte Lizzie begeistert.

„Beeil dich, Clara", rief Mary. „Julia und Lizzie haben sicher viel zu tun, und es ist Zeit, dass wir zurückgehen."

„Ich werde mit Tilly sprechen, und wir können dann entscheiden, ob wir spazieren gehen oder nur Kaffee trinken", warf Clara noch schnell ein.

Nachdem sie sich von Mary und Clara verabschiedet hatte, ging Julia zurück ins Haus.

Lizzie blieb noch eine Weile draußen stehen und sah den beiden nach, bis sie verschwunden waren.

Als sie sicher war, dass sie von den beiden nicht gesehen würde, selbst wenn sie sich umdrehten, war ihr Lächeln verschwunden und an seine Stelle war ein Blick des Triumphs getreten.

Ja, alle Aufmerksamkeit galt Georges Heirat, bevor irgendjemand an die ihre dachte, so wie sie es Clara gesagt hatte. Und das war genau die Reihenfolge, in der die Dinge geschehen würden.

Aber vielleicht nicht ganz so, wie sie es Clara gegenüber erwähnt hatte.

31

F reitag,
    der Tag vor Edwards Party

„HENRY, was ist los?" fragte Mary. „Du bist ganz still geworden?"

Henry legte den *Cochin Argus* nieder und starrte verwirrt über die Zeitung auf Clara und Mary.

„Im *Argus* ist keine Anzeige erschienen", sagte er. „Und auch nicht im *Malabar Herald*." Dabei wies er auf die Zeitung auf dem Tisch neben seinem Frühstücksteller.

„Henry, du irrst dich sicher", sagte Mary mit einem halben Lächeln. „Du suchst wahrscheinlich an der falschen Stelle. Gib mir die Zeitungen, während du frühstückst. Dein Frühstück wird sonst kalt. Ich werde die Anzeigen schon finden."

Henry gab ihr die Zeitungen und ergriff Messer und Gabel.

Mit einem Stück Toast in der Hand beobachtete Clara

gebannt, wie ihre Mutter sorgfältig die einzelnen Spalten in den Zeitungen durchging.

Schließlich legte Mary die Zeitungen ratlos nieder. „Henry, du hast recht. Die Zeitungen haben die Anzeige nicht gedruckt.

Clara blickte von einem zum anderen. „Das verstehe ich nicht", sagte sie. „Lizzie wollte die Anzeige ins Büro des *Cochin Argus* bringen und die andere an den *Malabar Herald* schicken. Das war doch vereinbart, nicht wahr?"

Mary nickte. „Ja, das stimmt. Und Julia sagte, dass sie Lizzie das Geld dafür gibt."

„Weshalb ist sie dann nicht erschienen", fragte Clara mit aschfarbenem Gesicht. „Werden solche Anzeigen nicht mehr veröffentlicht? Könnte das der Grund sein?"

Henry schüttelte den Kopf. „Nein, keineswegs. Ich habe einige davon in den Zeitungen gefunden."

„Henry, du musst mit Albert sprechen", sagte Mary entschieden. „Vielleicht kann er es aufklären:"

Clara schöpfte tief Atem. „Das ist nicht möglich." Sie legte ihre Hand auf den Mund und starrte beide betroffen an.

„Weshalb denn nicht?" fragte Henry.

„Die Goddards sind nicht hier. Als wir die sie nach unserem Treffen verlassen wollten, hatte ich Lizzie gefragt, ob wir uns heute Vormittag treffen sollten, um unsere Frisuren für die Party und andere Dinge zu besprechen. Damals war sie damit einverstanden. Aber gestern hat sie eine Botschaft über ihre *ayah* geschickt, in der sie sagt, dass sie heute nicht kommen könne, weil sie jetzt zwei Tage lang weg sind. Sie wollten heute früh wegfahren und Samstag am späten Nachmittag zurückkommen."

Henry runzelte die Stirn. „Hat Lizzie gesagt, wo sie hinfahren?"

„Nein, nicht wirklich. Nur dass Mr. Goddard ein Grundstück kaufen wollte, und dazu die Meinung von George und Mrs. Goddard brauchte. Und Lizzie sollte nicht allein zurückbleiben, selbst nicht mit ihrer *ayah* und den Bediensteten.“

„Das ist doch seltsam“, sagte Henry langsam. „Er hat mir nichts von einem Grundstück erzählt. Und weshalb braucht er Julias Meinung zu einem Firmenankauf? Das klingt doch sehr unwahrscheinlich.“

„Ich finde, ihr solltet euch beide ein wenig entspannen“, sagte Mary beruhigend. „Es gibt ganz bestimmt eine einfache Erklärung, weshalb keine Anzeige erschienen ist. Es ist sehr wahrscheinlich, dass Lizzie sie in ihre Tasche gesteckt und dann vergessen hat. Mädchen in ihrem Alter werden doch so leicht abgelenkt.“

„Aber nicht alle“, sagte Clara, „und nicht, wenn wir einer Freundin einen Dienst erweisen.“

„Und für den heutigen Ausflug“, fuhr Mary fort und ignorierte Claras Einwurf, „gibt es sicher einen guten Grund, dass sie ihn gerade jetzt machen. Albert hat vielleicht ein mögliches Haus für Clara und George gefunden, und will sich seine Umgebung und auch das Haus selbst zu verschiedenen Tageszeiten näher ansehen.“

Henrys Gesicht hatte sich entspannt. „Ja, Mary, damit könntest du recht haben.“

„Da bin ich mir ganz sicher. Und dazu braucht er auch den Rat einer Frau. Und Lizzie wäre eine Hilfe, denn sie kennt deinen Geschmack, Clara. Albert wollte es vor dem morgigen Abend sehen, damit er uns alle auf der Party davon erzählen kann.“

„Bist du dir da sicher?“ fragte Clara zweifelnd.

„Ja, ganz sicher, Liebes“, sagte Mary. „Und jetzt lass deine Sorgenfalten verschwinden, denn die sind sonst morgen Abend, wenn du besonders schön sein willst, noch immer da.“

MIT EINER TASSE Kaffee in der einen und einer Zeitung in der anderen ging Lewis direkt durch sein Haus hinaus auf die Veranda, und setzte sich auf einen Rohrstuhl in nächster Nähe.

Welch eine Überraschung, dachte er sich und unterdrückte die Aufregung, die in ihm hochgestiegen war.

So wie Harry am Vorabend zu ihm gesprochen hatte, war er überzeugt gewesen, dass er in der heutigen Zeitung eine Verlobungsanzeige finden würde. Er hatte beide Zeitungen zweimal durchsucht, für den Fall, dass er die Anzeige beim ersten Mal übersehen hatte. Aber es war tatsächlich nichts zu finden.

Er nahm einen Schluck Kaffee.

Er hatte sicher nichts von dem missverstanden, das Henry am Tag zuvor bis zum Überdruss angedeutet hatte. Er war sich absolut sicher.

Was war also fehlgelaufen, fragte er sich.

Wer hatte die Verlobung abgesagt? Denn der eine oder die andere der beiden musste es ja getan haben.

Mit der Tasse fest in beiden Händen beugte er sich vor und starrte blindlings in die Ferne.

Als er am Abend zuvor nachhause gekommen war, hatte er die feste Absicht gehabt, am Vormittag nicht ins Büro zu kommen, denn er hatte von Henry schon genug über George gehört, der sich mit der Frau verloben sollte, die eigentlich ihm gehörte. Und er hatte vorgehabt, niemanden aus der Familie Saunders oder der Familie Goddard so lange über den Weg zu laufen, bis es sich auf der Party nicht mehr vermeiden ließ.

Er war noch immer so wütend darüber, wie ihn Clara an der Nase herumgeführt und ihn dann so abfällig behandelt hatte, dass er versucht gewesen war, nicht zur Harrington-Party zu gehen, um damit den Gratulationswirbel zu vermeiden, hatte sich dann aber aus geschäftlichen Gründen doch anders entschieden.

Als Folge des Fiaskos um Clara würde er wesentlich früher als beabsichtigt für sich selbst arbeiten, und die Party wäre dann ein guter Ort, alte Kontakte aufzufrischen und neue zu schließen. Deshalb hatte er – zwar ungern - beschlossen, dass es aus geschäftlicher Sicht eine Torheit wäre, nicht zu gehen.

Jetzt würde er allerdings nicht ungern, sondern mit großem Enthusiasmus hingehen.

Clara wird George jetzt also nicht heiraten, außer er hatte sich in der Bedeutung der fehlenden Anzeige stark geirrt.

In einer Gemeinschaft, in der in der Regel allgemein bekannt war, ob es zwischen zwei jungen Menschen ein, wenn auch inoffizielles Einverständnis gab, und eine Verlobung dann, ganz gleich von welche Seite aus oder aus welchem Grund, abgesagt wurde, kam die Frau in den Augen der Gesellschaft immer schlechter weg.

Clara und ihre Eltern mussten also auf die Party gehen, denn sonst würde die Familie ihr Gesicht noch mehr verlieren. Clara wird sich zweifelsohne verlassen und beschämt fühlen. Und er wird dann ihr Tröster in der Not sein.

Und er wird ihr eine Alternative zu George bieten.

Und Henry wird ihm sicher dankbar für seine Bereitschaft sein, ihnen aus einer heiklen Situation zu helfen und würde sich wahrscheinlich bald damit abfinden, ihn in die Familie aufnehmen zu müssen. Er wäre zwar nicht Henrys erste Wahl als Ehemann für Clara, würde aber der wesentlichen Anforderung an einen Schwiegersohn gerecht werden, eines Tages die Firma übernehmen zu können.

Somit schloss sein Zukunftsplan erneut die Ehe mit Clara ein.

Clara, die ihm klargemacht hatte, dass sie George und nicht ihn liebte, würde wahrscheinlich keineswegs bereit sein, ihre Gefühle an ihn zu übertragen.

Ihr Vater würde sie aus Eigeninteresse aber dazu zwingen, und ihre Mutter würde sicher darauf hinweisen, dass Clara jetzt in den Augen der Gesellschaft in einem schlechten Licht dastand und als eine schlechte Partie galt, und dass sie sich einfach fügen müsse.

Er hingegen wird Claras verächtliche Worte aber nicht vergessen.

Und es wird ihn überhaupt nicht stören, wenn sie nie eine tiefe Zuneigung für ihn empfand. Er verachtete sie für immer für das, was sie zu ihm gesagt und wie sie es zu ihm gesagt hatte, und aus Rache wird er sie dafür nur benutzen.

Und nachdem sie sich dessen bewusstgeworden war, ist es schon zu spät für sie, irgendetwas dagegen tun zu können.

TILLY EILTE an den bunten Sträuchern und Blumen im Garten vorbei zu den Stufen, die zum Eingang des Saunderschen Hauses hinaufführten. Dann klopfte sie und wartete.

Als Amit sie ins Haus geführt und ihren *topi* abgenommen hatte, kam ihre Mutter aus dem Speisezimmer in die Diele gelaufen.

„Tilly, ich dachte ich hätte deine Stimme gehört. Du weißt gar nicht, wie sehr ich mich freue, dich zu sehen. Amit, würdest du uns bitte noch etwas Kaffee bringen?"

Als sie den angespannten Ausdruck im Gesicht ihrer

Mutter sah, hängte sich Tilly bei ihrer Mutter ein, und die beiden gingen gemeinsam in das Esszimmer.

Ihr Vatter versuchte aufzustehen, aber Tilly gab ihm ein Zeichen sitzen zu bleiben. Dan setzte sie sich neben Clara an den Tisch und drückte ihre Hand.

Clara lächelte sie unter Tränen an.

„Nach euren Gesichtern zu schließen", sagte Tilly, „ward ihr euch nicht bewusst, dass es eine Planänderung gegeben hat und die Ankündigung letzten Endes nicht heute erfolgt ist."

„Nein, wir hatten keine Ahnung", bestätigte Henry. „Die Goddards haben uns nichts im Vorhinein gesagt. Kannst du dir das vorstellen?" Im Zorn war seine Stimme immer lauter geworden.

„Henry, beruhige dich doch", sagte Mary. „Tilly, wir glauben, dass Lizzie vergessen hat, die Verlobungsanzeigen aufzugeben. Schließlich ist es einfach, etwas zu übersehen, wenn man nicht direkt davon betroffen ist. Und Lizzie hat mir immer den Eindruck eines etwas egozentrischen Mädchens gemacht."

„Und was haben Albert und Julia dazu gesagt?" fragte Tilly.

„Nichts!" war Henrys unverblümte Antwort. „Wir haben sie, seitdem wir unsere Pläne mit ihnen besprochen haben, nicht gesehen. Obwohl Albert gestern sicher in seinem Büro war, ist er nicht zu mir herübergekommen. Es ist wirklich äußerst peinlich. Die meisten Leute waren sich ziemlich sicher, dass die Verlobung heute bekanntgegeben wird. Was werden die sich jetzt denken?"

„Sie werden sich gar nichts denken", sagte Tilly entschieden. „Wahrscheinlich haben sie es alle schon vergessen. Die Party ist die bisher größte gesellschaftliche Veranstaltung des Jahres, und die Leute werden sich vor allem darauf konzentrieren. Und die Tatsache, dass Albert gestern nicht zu dir gekommen ist, deutet darauf hin, dass er nicht wusste, was geschehen ist. Das bekräftigt deine Annahme, dass es Lizzie vergessen hat, nicht wahr?"

Henry nickte langsam. „Ja, vielleicht."

„Und du kannst jetzt zu ihnen gehen. Wenn du willst, komme ich mit dir."

„Sie sind nicht da", sagte Clara und erzählte, dass Lizzie zufolge die ganze Familie losgefahren sei, um irgendwo ein Grundstück anzusehen, und erst kurz vor der Party wieder zurück sein würde.

Auf Tillys erstaunte Reaktion hin erklärte ihr Mary, dass sie angenommen hatten, die Goddards würden vielleicht ein mögliches Haus für George und Clara besichtigen.

Tilly rückte sich in ihrem Stuhl zurecht. „Ja, das wäre vielleicht möglich", sagte sie. „Aber sollten sich nicht beide Familien, und nicht nur die Goddards, mögliche Häuser für die beiden ansehen? Und wer würde das denn am Tag einer sehnlichst erwarteten Party tun?"

„Ich kann schon verstehen, dass sie uns nicht zu unpassenden Häusern mitschleppen wollen", entgegnete Mary. „Es hätte doch Sinn, dass sie zuerst Häuser finden, die man sich ansehen sollte, und die wir dann gemeinsam begutachten."

„Albert ist ein ziemlich dogmatischer Mensch", sagte Tilly nachdenklich. „Er ist die Art von Mann, der das Sagen haben will, und ich denke, dass auch Julia die Führung übernehmen möchte. Da glaube ich gern, dass es mit den beiden so abgelaufen ist. Und wenn sie losgefahren sind, bevor sie die Zeitungen erhalten haben, wussten sie nicht, dass die Anzeigen nicht erschienen sind."

„Natürlich, daran habe ich nicht gedacht!" rief Mary erleichtert aus. „Mit Edwards Einverständnis könnte die

Verlobung dann morgen Abend auf der Party bekanntgegeben werden."

Tilly wandte sich mit einem beruhigenden Lächeln an Clara. „Du siehst, du brauchst dir keine Sorgen zu machen. Wenn du Lizzie morgen triffst, wird sie sehr bekümmert darüber sein, dass sie dich so in Stich gelassen hat. Und jetzt schenk mir bitte ein nettes Lächeln."

Clara schaffte aber nur den Anflug eines Lächelns.

Tilly fasste wieder beruhigend Claras Hand. „Alles wird wieder gut, Clara. Denk jetzt nur noch daran, wie bezaubernd du morgen Abend aussehen wirst – du wirst die Ballkönigin sein. Es macht doch wirklich keinen Unterschied, ob deine Verlobung heute oder morgen offiziell gemacht wird."

32

Drückende Stille herrschte im Speisezimmer der Familie Goddard.

„Nun?" rief Albert mit donnernder Stimme.

Er stand mit gespreizten Beinen, die geballten Hände auf die Hüften gestützt am Tisch und starrte Lizzie wütend an.

Sie stand in einem baumwollenen Tageskleid, das sie sich rasch übergezogen hatte, im Eingang, bevor sie dem Befehl ihrer Eltern gefolgt war, sich sofort im Speisezimmer einzufinden.

Sie sah, dass der *Cochin Argus* offen auf dem Tisch lag, wo ihre Eltern und George ihr Frühstück eingenommen hatten. Der *Malabar Herald* lag auf dem Boden.

„Was hast du dazu zu sagen?" schrie er sie wütend an. Die Adern auf seiner Stirn waren dem Platzen nahe. „Und lüg mich nicht an, Lizzie. Das Fehlen der Verlobungsanzeigen in beiden Zeitungen spricht für sich selbst. Du hast vergessen, sie abzuliefern, nicht wahr? Wie konntest du nur so egoistisch und verantwortungslos sein?" Er schlug mit der Faust fest auf den Tisch. „Wie war das möglich, Lizzie?

Die Saunders sind unsere Freunde. George ist dein Bruder.“

„Beruhige dich doch, Liebling“, warf Julia ein. Sie ging zu Albert hin und legte ihre Hand auf seinen Arm. „Setz dich, bitte. Es gibt sicher einen Grund dafür. Nicht wahr, Lizzie? Du hast es doch nicht vergessen, oder?“

Angesichts des spürbaren Zorns ihres Vaters und ihrer plötzlichen Angst, dass sie vielleicht doch zu weit gegangen war, kamen ihr zu ihrer großen Erleichterung die Tränen und sie begann zu weinen.

Sie war sich sicher, dass Tränen ihrer Sache helfen würden.

Albert wischte sich die Stirn und ließ sich auf einen Stuhl fallen. Julia setzte sich neben ihn.

George wandte sich auf seinem Stuhl Lizzie zu und starrte sie zornig an.

„Lizzie, ich möchte auch eine Erklärung“, sagte er mit eiskalter Stimme. „Hör also auf zu heulen und sag uns, weshalb du nicht getan hast, was du hättest tun sollen. Hoffentlich gibt es einen guten Grund, und auch dafür, dass du es uns nicht gesagt hast. Also, sag schon.“

Lizzie heulte noch lauter.

„Lizzie, wenn du einen guten Grund hattest, wird dir niemand böse sein“, sagte Julia ungeduldig. „Du musst es uns aber sagen.“

Lizzies Tränen versiegten und sie schluckte. „Ja, ich hatte einen Grund“, sagte sie mit zitternder Stimme.

Sie wischte sich mit dem Ärmel die Tränen ab, zog ein Taschentusch hervor und putzte sich die Nase.

„Also, sag es schon“, warf George zornig ein und stand auf. „Und dann gehe ich zu Clara. Was wird die sich wohl denken?“

Lizzie gelang es, noch ein paar Tränen hervorzudrücken.

„Ich schlage vor, wir setzen uns alle wieder und dann kann uns Lizzie alles erklären", sagte Julia. „Setz dich, George, und auch du, Lizzie."

Sie läutete die Glocke auf dem Tisch, als Lizzie zu ihrem Stuhl ging.

Der Hauptdiener erschien und sie trug ihm auf, frischen Kaffee für alle zu bringen. „Wir warten, bis wir unseren Kaffee haben", fuhr sie fort, nachdem der Hauptdiener den Raum verlassen hatte, „und sobald die Bediensteten außer Hörweite sind. Lizzie wird uns dann alles erzählen."

Nachdem ihr Kaffee serviert und der Hauptdiener weggeschickt worden war, verschränke Albert seine Arme und blickte erneut auf Lizzie. „Also...?" sagte er und warf ihr einen zornigen Blick zu.

„Ich habe die Verlobungsanzeigen absichtlich nicht abgeliefert", sagte sie mit leiser Stimme.

„Sprich doch lauter", sagte Albert gereizt. „Was willst du damit sagen, dass du sie absichtlich nicht zugestellt hast?"

„Hättest du es uns nicht sagen sollen, wenn du nicht die Absicht hattest, sie nicht abzuliefern?" sagte Julia in scharfem Ton.

Lizzie schluchzte laut auf.

„Ich wollte sie ja abliefern", antwortete sie unter Tränen, „aber Clara hat etwas gesagt, das mich davon abgehalten hat. Ich dachte ich hätte mich geirrt oder sie missverstanden. Aber es war nicht falsch und ich wollte nicht, dass die Verlobung bekanntgegeben wird. Zuerst musste ich mich aber noch überzeugen."

„Hast du die geringste Idee, wovon sie spricht?" schnauzte Albert Julia an. „Sie ist ja deine Tochter."

„Und auch deine, mein Lieber, wenn ich dich daran erinnern darf."

„Sprich doch nicht in Rätseln, Lizzie, und sag uns, was du meinst", forderte sie George mit kühler Stimme auf.

Sie blickte George mit tränenerfüllten Augen an. „Eine zufällige Bemerkung hat mich zu dem Verdacht verleitet, dass Clara mit einem anderen Mann ein Verhältnis hat. So, jetzt habe ich es dir gesagt."

Im Raum herrschte einen Augenblick lang fassungslose Stille.

Julia und Albert blickten einander entsetzt an.

„Ich bin sicher, dass du dich geirrt hast", sagte Julia und warf Lizzie einen fragenden Blick zu. „Clara ist ein gut erzogenes Mädchen. Und ihr beide ward stets in Begleitung, wenn ihr ausgegangen seid. Es ist völlig ausgeschlossen, dass sie mit jemand anderen liiert ist. Und wir wissen, dass sie George liebt. Das war immer offensichtlich und es hat auch nie einen Grund gegeben, es anzuzweifeln."

Lizzie nickte. „Ja, das hatte ich auch gedacht."

„Anscheinend hast du es aber nicht ernsthaft genug gedacht", rief Albert wütend aus. „Ich habe sogar schon den Ring gekauft, damit ihn Clara morgen Abend tragen kann. Was wird sie sich denn denken, wenn sie heute die Zeitungen sieht?"

„George, es tut mir so leid", sagte Lizzie mit einem lauten Seufzer.

„Lizzie, jetzt sag uns einmal genau, was vorgefallen ist", sagte Julia entschieden. „Du bist nun offensichtlich überzeugt, dass etwas Ungehöriges geschehen ist, denn sonst wäre heute ja die Verlobungsanzeige erschienen. Du hattest ja genügend Zeit, sie zu den Zeitungen zu bringen, selbst wenn es ein oder zwei Tage später gewesen wäre."

Lizzie schluckte und trocknete sich mit dem Taschentuch die Augen.

Drei Augenpaare starrten sie an.

„Wie ich schon sagte, dachte ich, dass Clara in einen anderen Mann verliebt ist", murmelte sie und hielt ihr Taschentuch fest umklammert.

„Sprich doch lauter", sagte ihr Vater irritiert.

Lizzie räusperte sich und sagte mit lauter Stimme. „Ich dachte, dass Clara in einen anderen Mann verliebt ist."

„Ja, und ist sie das?" wollte Julia wissen.

„Natürlich nicht, Mama!" rief George aus. „Wir sprechen doch hier von Clara."

„Ja, das ist sie, Mama", erwiderte Lizzie sofort. „Ich konnte es auch nicht glauben, George, aber es stimmt. Es tut mir so leid."

„In wen? Von wem sprichst du?" fragte Albert.

Lizzie zögerte.

„Da ist niemand, Papa", warf George zornig ein. „Nicht wahr, Lizzie? Sei doch ehrlich. Du bist doch nur neidisch, dass Clara und ich einander lieben, und du niemanden hast. Als meine Schwester so eine Lüge zu erfinden!" fügte er mit Abscheu hinzu.

„Es ist ja, weil du mein Bruder bist und ich dich gernhabe, dass ich ganz sicher sein wollte. Die Anzeige ist doch nicht wichtig – das kann auch morgen gemacht werden. Wichtig ist, ob sie tatsächlich in jemand anderen verliebt ist. Und ich hatte erst vor ein paar Tagen einen Beweis dafür."

George starrt sie finster an. „Und was soll das nun wieder heißen?"

„Es bedeutet genau das, was ich sage. Ich habe Clara beobachtet und weiß jetzt endgültig, dass ich recht hatte."

George blickte fragend auf seinen Vater. „Papa?" fragte er zögernd.

„Wer sagtest du, ist der Mann, Lizzie?" fragte Albert.

Lizzie biss sich auf die Lippe. „Lewis Mackenzie."

„Lewis!" rief George aus. „Das glaube ich dir nicht." Und

nach einigen Minuten des Überlegens. „Obwohl", sagte er langsam und runzelte die Stirn, „es hat eine Zeit gegeben, als ich dachte, dass sie zu freundlich zu ihm war. Ich habe es ihr sogar selbst gesagt. Aber nein, es ist nicht möglich. Ich kann dir nicht glauben."

„Es tut mir so leid, George", sagte sie und ließ ihre Stimme erzittern.

„Lizzie, wie weißt du das denn mit Sicherheit? Was ist denn der Nachweis dafür?" fragte Julia mit heiserer Stimme.

„Ich habe sie zusammen gesehen", sagte Lizzie zögernd.

Julia machte eine ungeduldige abweisende Geste. „Sie haben einander im Old Harbour House gesehen. Das wissen wir alle. Du warst auch dort. Und ihr wart nie ohne Begleitung dort."

„Nein, das meine ich nicht", fuhr Lizzie fort. „Ich meine in der Nacht und allein."

„Und du erwartest tatsächlich, dass wir glauben, Henry und Mary würden so etwas dulden?" fragte Albert erzürnt.

„Natürlich nicht. Aber sie wussten es ja nicht. Lewis traf sie im Garten, als sie im Bett sein sollte. Sie hatte einmal etwas Derartiges irrtümlich mir gegenüber erwähnt und das gab mir die Idee, dass sie sich auf diese Art treffen könnten. Ich bin dann in der Dunkelheit den Pfad zu ihrem Haus gegangen – ich weiß, ich hätte es nicht tun sollen – aber ich musste mich überzeugen – "

George stöhnte laut auf.

„George, was hast du denn?" fragte Julia.

George starrte alle mit kreideweißem Gesicht an. „Es ist nur, weil Clara und ich, als wir noch klein waren, und bevor wir in die Schule kamen, uns oft auf diese Weise getroffen haben."

Für eine lange Weile war es still.

„Wenn das so ist", sagte Albert schließlich, „Dann

glaube ich dir, Lizzie. Du hast richtig gehandelt, indem du die Bekanntgabe von Georges Verlobung mit einer Frau verhindert hast, die ihn betrogen hat und die ihn vielleicht auch nach der Hochzeit noch betrogen hätte. Du hättest uns aber schon früher sagen sollen, was du entdeckt hast. Die Hochzeit findet also auf keinen Fall statt."

George stützte den Kopf in seine Hände.

Julia sah Albert erschrocken an. „Was sagen wir denn zu den Saunders, wenn sie wegen einer Erklärung zu uns kommen?"

„Das werden sie nicht tun", warf Lizzie schnell ein.

Alle drei blickten sie fragend an.

„Clara und ich hatten vor einiger Zeit vereinbart, uns heute am Vormittag zum Kaffee zu treffen. Vor zwei Tagen, als mir klar wurde, was heute geschehen oder auch nicht geschehen wird, habe ich ihr eine Nachricht zukommen lassen, dass wir von heute früh bis morgen Nachmittag nicht hier sein werden. Ich sagte, dass Papa unsere Meinung zu einem Grundstück haben wollte, das er kaufen möchte."

„Ich verstehe", sagte Albert langsam und blickte auf alle um den Tisch. „Ich verstehe", wiederholte er. „Dann sollten wir das auch tun – wir fahren für ein paar Tage fort."

„Aber was ist mit der Party?" fragte Lizzie. „Wird es nicht merkwürdig aussehen, wenn wir nicht kommen? Die Leute wissen doch sicher schon von der Verlobung? Sie könnten schlecht über uns denken, weil wir die Verlobung gelöst haben und aus Scham darüber nicht zur Party kommen."

„Keineswegs", sagte Albert. „Da ist ein Unterschied, ob man etwas mit Sicherheit weiß, oder es nur vermutet. Die Verlobung war ein Abkommen zwischen Freunden. Sie war nie offiziell und es wird also nichts aufgelöst."

„Das wird sie aber nicht abhalten, eine äußerst schlechte Meinung von uns zu haben", sagte George beklommen. „Clara wird allen leidtun. Oh Gott, ich kann es nicht glauben." Er griff sich mit der Hand an den Kopf.

„Das glaube ich nicht, Liebling", versicherte ihm Julia. „Ich habe heute früh einen Friseurtermin, den ich jetzt annullieren muss. Ich bin mir klar, dass wir so bald wie möglich abfahren müssen, aber, wenn wir nur kurz beim Friseur anhalten, kann ich den Termin streichen lassen."

„Wenn es unbedingt sein muss", schnauzte Albert sie an.

Sie lächelte ihn zufrieden an. „Ich werde dort nämlich streng vertraulich bekanntgeben, dass wir soeben von Claras Treuebruch an George erfahren haben und dass uns der Schock darüber so erschüttert hat, dass wir die Stadt für einige Tage verlassen werden. Und heute Abend wird die Angelegenheit das einzige Gesprächsthema in vielen britischen Häusern sein."

Lizzie gönnte sich insgeheim ein zufriedenes Lächeln.

„Aber wo können wir denn hinfahren?" fragte sie. „Wir haben doch nichts arrangiert."

„Lizzie hat recht", sagte George.

Albert stand auf. „Wir müssen das so schnell wie möglich hinter uns bringen. Ich sehe nur eine Möglichkeit, das zu tun. Wir weisen die Bediensteten an, ein paar Kleidungsstücke für das Wochenende einzupacken, und fahren dann gleich los. Wir halten unterwegs beim Friseur an und fahren dann weiter zum Büro. Von dort aus kann ich unsere Freunde in Calicut informieren - "

„Calicut!" rief George verstört aus.

„George, ich kann mir kein besseres Vorgehen denken", sagte Albert leise. „Eines meiner Boote kann uns entlang der Küste nach Calicut bringen."

George starrte auf seinen leeren Teller und zuckte die Schultern.

„Ich sage den Leuten, dass wir abends ankommen werden", fuhr Albert fort. Und ich kontaktiere den britischen Club in Calicut – wir werden dort absteigen. Im Licht von dem, was wir jetzt wissen, bin ich sehr erleichtert, dass ich den Kontakt zu meinem Kollegen in Calicut – zumindest bis zur offiziellen Verlobung von George und Clara - aufrechterhalten habe. Da das jetzt nicht mehr in Frage kommt, müssen wir an eine andere Zukunft denken."

George stand etwas unsicher auf. „Ich werde nicht so tun, als ob ich über Claras Betrug nicht zutiefst bestürzt wäre, denn sie ist so schön und ich hätte sie so gern geheiratet", sagte er mit brechender Stimme. „Aber jetzt, wo ich alles weiß, na, sowas ... Ich werde einfach darüber hinwegkommen müssen und werde mich an deine Wahl für mich halten, Papa."

33

D as Harrington-Haus,
Samstagabend

IN EINER ATHMOSPHÄRE der freudigen Aufregung parkten
die Partygäste ihre Autos entlang der weißen Steinmauer
vor Edwards Haus, und gingen dann zu den Klängen eines
Streichquartetts von Joseph Haydn durch das schmiedeei-
serne Eingangstor zum Weg, der über den geschlossenen
Innenhof führte.

Die Gäste blickten sich neugierig nach anderen
Ankömmlingen um, riefen einander zu und winkten
Freunden vor und hinter sich.

Von dem Augenblick an, da Clara aus dem Auto
gestiegen war und Edwards hell erleuchtetes Haus erblickt,
das fröhliche Gesumme der Gäste und die sanften Klänge
der Musik aus dem Hausinneren vernommen hatte, war die
innere Unruhe, die sie den ganzen Tag geplagt hatte, von ihr

gewichen und an ihre Stelle war ein Gefühl aufkommender Aufregung getreten.

Wie ihre Mutter schon mehrmals gesagt hatte, gab es sicher eine ganz einfache Erklärung für den Vorfall am Vortag.

Das hatte sie sich auch im Lauf des Tages immer wieder gesagt, aber es war ihr erst jetzt gelungen, sich selbst davon zu überzeugen.

Jetzt, umgeben von der Schönheit des Abends, und in der Gewissheit, dass sie bald mit George zusammentreffen und seine Erklärung hören würde, war sie überzeugt, dass – selbst wenn seine Erklärung nicht ganz dem entsprach, was ihre Eltern am Vortag angenommen hatten – es doch etwas ganz Ähnliches sein würde.

Bei dem Gedanken, dass sie den Goddards bald begegnen würden, lächelten Clara und ihre Eltern einander erleichtert an, wobei ihre Erleichterung aber noch immer von einem vagen Gefühl von Angst überschattet war. Dann folgten sie den anderen Gästen auf dem Weg durch den Innenhof.

Überall war ein Glitzern, denn die zahlreichen silbrigen, im üppigen Jasminstrauch versteckten Blätter, erglänzten im Licht der Sternenlaternen.

„William", hörte sie ihren Vater, wie er einem befreundeten Händler zurief, der mit seiner Gattin einige Schritte vor ihnen ging.

Der Mann und seine Frau wandten sich um und blickten zu Henry hin.

Henry hob grüßend seine Hand und lächelte. Beide wandten sich sofort wieder ab, ohne Henry gegrüßt zu haben, und gingen weiter die Stufen zum Eingang hinauf.

Henry ließ seine Hand überrascht sinken.

„Ich frage mich, was mit William los ist", murrte er zu Mary hin, als sie den beiden die Stufen hinauf und durch den Bogeneingang ins Haus folgten. „Vielleicht hat er mich nicht gesehen."

Diener mit einem weißen Turban auf dem Kopf, die direkt hinter dem Eingang standen, führten die Gäste zur majestätischen Teaktreppe, die in den ersten Stock führte. Beim Hinaufgehen wechselten die Gäste aufgeregt einige Worte mit denen, die ihnen am nächsten waren.

Aber niemand sprach mit Henry, Mary und Clara.

Henry reagierte Mary gegenüber mit einem verblüfften Achselzucken.

Clara hingegen war so erpicht, sich alles genau anzusehen, dass sie gar nicht bemerkt hatte, dass niemand mit ihren Eltern sprach.

Oben angekommen, standen Diener zu beiden Seiten des Aufgangs mit einem Silbertablett, auf dem Gläser mit Champagner, Früchtebowle und Limettensaft standen.

Nachdem sie ein Getränk genommen hatten, gingen Clara und ihre Eltern über den großen polierten Teakboden in den großen Salon zu ihrer rechten.

Bei ihrem Eintreten war Clara vom Anblick der schillernden Kristalllüster an der Decke überwältigt, und von der Fülle der im Raum verteilten weißen Rosen und silbrigen Blätter, die die Eleganz des Raumes unterstrichen.

Als sie einige Schritte weiter in den Raum hinein gemachte hatte, erspähte sie durch den gewölbten Eingang zum Speisesaal, dass an einer Wand lange Buffettische aufgestellt waren und dass am anderen Ende des Saales ein Streichquartett spielte.

Edward stand in der Mitte des Salons, umgeben von einer Gruppe der Gäste.

Er sah Clara, lächelte ihr freundlich zu und winkte.

Dann machte er einige Schritte auf sie zu, wurde aber von einem rotgesichtigen Mann aufgehalten, der ihn wieder zurück zur Gruppe führte.

„Ich würde jetzt gern Albert finden", sagte Henry, und alle drei machten einige Schritte nach vorn und blickten sich nach den Goddards um.

Die aber waren nirgends zu sehen.

„Sie sind wahrscheinlich noch nicht hier", sagte Mary schließlich. „Sie sind vielleicht erst später zurückgekommen und haben sich nun verspätet."

„Ja, vielleicht", erwiderte Henry. „Aber ich habe den Eindruck, dass hier etwas Merkwürdiges vor sich geht. Niemand ist freundlich zu uns und ich kann mir beim besten Willen nicht erklären, was der Grund dafür sein könnte. Ich schlage vor, dass wir uns bei den Leuten, die hier sind, erkundigen, denn ich würde der Sache gern auf den Grund gehen."

„Ich sehe auf der Veranda nach, ob George vielleicht draußen ist", warf Clara ein.

Henry nickte und ging auf eine Gruppe ihm bekannter Händler zu, während Mary zu mehreren Frauen hinüberging, mit denen sie hin und wieder Bridge spielte.

Am Eingang zur Veranda schaute Clara in beide Richtungen, aber die Goddards waren nirgends zu sehen. Dann ging sie zur Balustrade und blickte von dort in den Garten.

Sie sah mehrere Gäste, die sich miteinander unterhielten und lachten und unter dem Sternenhimmel, umgeben von den sternengeschmückten Laternen, die zwischen Bäumen und Blattwerk funkelten, ihren Champagner genossen.

Aber auch dort war von den Goddards nichts zu sehen.

Sie wandte ihren Blick zum glänzenden Meer hin, das

hinter der weißen Steinmauer, die den Garten umgab, glänzte.

Vielleicht hatten sie sich so sehr verspätet, dass sie überhaupt nicht mehr zur Party kommen konnten, dachte sie, und sie strengte sich an, ihre aufsteigende Angst zurückzudrängen.

VON SEINEM STANDORT nahe der Tür im Salon beobachtete Lewis, wie Henry auf eine Gruppe seiner Händlerfreunde zuging, und wie sie ihm ihren Rücken zuwandten.

Dann sah er, wie sich Mary ihren Bridgefreundinnen näherte, die sich sofort aneinanderdrängten und sie damit aus ihrer Gruppe ausschlossen.

Er hatte die Gerüchte gehört, als er zur Mittagszeit in den Club gegangen war. Alle, die dort waren, hatten sie auch gehört. Der Name des Mannes war noch unbekannt, aber einige Namen waren herumerzählt worden, und einer der Schiffsagenten hatte tatsächlich gesagt, dass er – Lewis – der Mann sein könnte.

Er hatte sich darüber sehr amüsiert gezeigt und herzlich gelacht.

Es war nicht seine Idee gewesen, ein derartiges Gerücht zu erfinden, aber er war dem Mann sehr dankbar, der es getan hatte. Er hatte ihm – Lewis - einen großen Dienst erwiesen – die Dinge hätten sich wirklich nicht besser für ihn ergeben können.

Dass die Goddards noch nicht anwesend waren, und wahrscheinlich gar nicht mehr kommen würden, bedeutete wahrscheinlich, dass auch sie das Gerücht gehört hatten. Jemand, der einen Sitz in der gesetzgebenden Versammlung anstrebte, wollte in seiner Familie sicher keine Frau mit einer derart lockeren Moral haben.

Möglicherweise hatten alle schon vor dem Tag der Party davon gewusst. Das würde erklären, weshalb die geplante Anzeige nicht erschienen war.

Clara würde jetzt unter keinen Umständen George heiraten.

Sie würde sich nicht nur einsam und verlassen fühlen, sondern sie würde auch verzweifelt sein.

Da sie sich bewusst war, dass die Schande, derer man sie fälschlich beschuldigt hatte, weitgehend geglaubt wurde, fühlte sie sich jetzt sicher gedemütigt und hatte auch Angst.

Und auch Henry würde sich so fühlen, sobald er das Gerücht vernommen hatte.

Nach dem Verlust mehrerer Geschäftsabschlüsse und in Sorge um seine Firma, bestünde kein Zweifel mehr, dass ihm Henry die Hand seiner unsittlichen Tochter kaum mehr verweigern würde, vor allem auch nicht, wenn er ihm verspräche, dass er zu gegebener Zeit weiter unter dem Namen Saunders & Co. firmieren würde.

Selbstverständlich wäre das aber nicht der Fall.

Und für ihn wäre es das Tüpfelchen auf dem i, die Verlegenheit in Claras Gesicht zu sehen, wenn sie gezwungen war, in etwas einzuwilligen, das sie vor einiger Zeit noch so hochnäsig abgetan hatte.

Sobald ein Datum für die Hochzeit festgelegt war, würde er ein für einen Händler passendes Haus kaufen, der eine Gattin zu erhalten hatte, und als Erstes würde er dann Gulika in seinen Haushalt einführen.

WÄHREND ER GANZ OFFENSICHTLICH MIT Tilly und drei anderen Paaren sprach, hatte Michael seinen Blick heimlich auf Lewis gerichtet, der im Salon stand und zur Veranda hinstarrte.

Einer der Diener, die sich leise zwischen den Gästen mit Tabletts voller Cocktails und Canapés bewegten, erschien an Michaels Seite. Michael tauschte sein leeres gegen ein volles Glas aus und tat so, als ob er sich nicht entscheiden könne, welches Canapé er wählen sollte. Das gab ihm einen guten Grund, sich von der Gruppe, mit der er im Gespräch war, abzuwenden und direkt auf Lewis zu blicken.

In dem Moment sah er, wie sich Lewis wieder dem Raum zuwandte und auf eine Art lächelte, die nur als triumphierend beschrieben werden konnte, und sich dann seiner Gruppe anschloss, zu der auch Tilly gehörte.

Er und Tilly hatten inzwischen gemerkt, dass Henry und Mary gemieden wurden, und hatten beschlossen, den Grund dafür herauszufinden. Doch, ganz gleich was der Grund auch sein mochte, es hatte den Anschein, dass Lewis darin verwickelt war.

Und wenn es so war, dann würde es ihn nicht überraschen.

Edwards Männer, die Lewis beobachteten, hatten festgestellt, dass Lewis tatsächlich über ein eigenes Gelände verfügte, genau wie es Clara gesagt hatte. Als sie ihm gefolgt waren, hatten sie herausgefunden, wo sich sein Anwesen befand.

Es ging nicht so sehr darum, dass er ein eigenes Anwesen hatte – denn viele andere Schiffsagenten hatten das auch – was Lewis verdächtig machte, war seine Geheimhaltung der Anlage.

Wenn er harmlose Informationen von Henry geheim hielt, dann konnte er auch bezüglich vieler anderer Dinge hinterhältig sein.

Michael beschloss, die Männer von ihrer Gruppe wegzubringen, der nun auch Lewis angehörte, um Tilly damit eine bessere Chance zu geben, mehr herauszufinden, was da vor sich ging.

Er nahm einen Schluck von seinem Drink, ging zu Lewis hinüber und erwähnte ein Billardspiel, das sie vor einiger Zeit gespielt hatten.

In Minutenschnelle hatten sich Lewis und die anderen Männer von den Frauen leicht abgesondert und Tilly konnte sich nun ihren Freundinnen widmen, in der Hoffnung, von ihnen etwas herauszufinden.

RECHTS von sich sah Clara einen Kellner, der ihr auf einem Tablett verschiedene Getränke, unter anderem auch Champagner, sowie Cashewnüsse in kleinen Schälchen und knusprige Würzbissen, anbot.

Ungeduldig winkte sie ihm ab.

„Clara!" hörte sie ihre Mutter rufen.

Sie wandte sich um, als ihre Eltern mit bleichem Gesicht zur Veranda herauskamen.

Claras Herz begann zu rasen.

„Hast du schon mit irgendjemanden gesprochen?" fragte Henry.

Clara schüttelte den Kopf. „Nein. Aber ich habe es auch nicht versucht. Ich habe mich nach George umgesehen. Anscheinend ist er aber noch nicht angekommen. Weshalb fragst du?"

Henry und Mary sahen einander an.

„Dein Vater und ich werden von unseren Freunden gemieden", sagte Mary mit zitternder Stimme. „Und wir wissen nicht weshalb. Leute, die wir schon seit Jahren kennen, kehren uns den Rücken. Wir wollten nur wissen, ob das auch deine Erfahrung ist."

Claras legte ihre Hand verblüfft an den Hals. „Aber weshalb sollten sie denn?"

„Wir wissen es nicht", sagte Mary schnell. „Ich habe soeben Michael von Lewis weggeholt. Er ist jetzt zu Edward gegangen, denn vielleicht weiß der etwas. Und er sagte, dass auch Tilly versucht, möglichst viel herauszufinden. Sie kommen hierher, sobald sie etwas wissen."

„Was um Himmels Willen geht denn hier vor?" sagte Clara und war den Tränen nahe. „Könnte es vielleicht etwas mit gestern zu tun haben? Die meisten Leute wussten, dass die Anzeige dann in den Zeitungen erscheinen sollte. Vielleicht geben sie uns aus irgendeinem Grund die Schuld."

„Ich kann mir nicht vorstellen, dass das der Grund sein könnte", sagte Mary. „Ich würde mir deshalb Anteilnahme und keine kalte Schulter erwarten."

„Ich hoffe, dass George bald hier sein wird. Er kann uns sicher sagen, was hier vor sich geht", sagte Clara. „Ihr werdet sehen, ich - "

Sie brach ab, als Edward und Michael auf die Veranda herauskamen. Sie wandte sich Edward zu und es gelang ihr ein Lächeln.

„Hallo, Edward", sagte sie mit erzwungener Fröhlichkeit. „Ich muss Ihnen zur Ausschmückung Ihres Heims gratulieren – es ist wunderschön. Und die Party scheint ein voller Erfolg zu sein. Lizzie und George werden sehr enttäuscht sein, dass sie so viel davon versäumen."

„Clara, sie kommen nicht", erwiderte Edward leise.

„Sie kommen nicht?" Clara schüttelte entschieden den Kopf. „Sie müssen sich irren. Sie würden die Party doch auf keinen Fall verpassen wollen."

. . .

„ALBERTS HAUSDIENER HAT HEUTE FRÜH eine Nachricht mit einer Entschuldigung gebracht. Anscheinend ist die ganze Familie für einige Tage nach Calicut gefahren."

„Nach Calicut", flüsterte Clara.

Das Blut war aus ihrem Gesicht gewichen.

Sie blickte von Edward zu Michael, der hinter ihm stand.

„Ja, leider stimmt das."

Edward starrte in Claras blasses Gesicht. „Clara, es überrascht mich nicht, dass Sie erstaunt sind", sagte er teilnehmend.

„Ich weiß, dass Sie und George diesen Anlass für Ihren ersten Auftritt als frischverlobtes Paar nutzen wollten", fuhr er fort, „und jetzt ist das nicht möglich. Aber Albert musste dringende Geschäfte in Calicut erledigen, und hatte daher keine andere Wahl. In seiner Nachricht sagte er, dass er während seines Besuchs auch Freunde aufsuchen wird, weshalb es nicht überrascht, dass ihn seine Familie begleitet."

Henry schüttelte langsam den Kopf. „Ich verstehe es nicht", warf er verdutzt ein. „Dass er ausgerechnet heute nach Calicut gefahren ist, kann nur eins bedeuten. Kannst du es mir erklären, Clara? Haben George und du vielleicht gestritten, über etwas, das für dich bedeutungslos war, aber ihm viel wichtiger erschienen ist?"

„Nein", sagte sie, und ihre Stimme glich einem ängstlichen Flüstern.

Edward blickte von Henry auf Claras schmerzerfülltes Gesicht. „Darf ich vielleicht nach der Bedeutung von Calicut fragen?"

„Albert kennt dort eine Händlerfamilie", sagte Henry. „Bevor Clara von der Schule zurückkam, hat er mit dem Händler darüber gesprochen, dass George dessen Tochter heiraten könnte. Und dann ist Clara nachhause gekommen." Er zuckte die Achseln. „Aber die fehlende Anzeige gestern ... und dass sie heute nicht hier sind, und kein Wort von ihnen... Und ausgerechnet nach Calicut zu fahren. Das kann nur eins bedeuten. Aber weshalb würden sie sich auf diese Weise gegen unsere Familie wenden?"

„Ah, hier ist Tilly", sagte Michael erleichtert, als Tilly auf sie zutrat. „Vielleicht kann sie etwas mehr Licht auf diese Angelegenheit werfen."

„Tilly, hast du etwas herausgefunden", fragte Mary ängstlich.

Tilly blickte rasch auf Clara und dann zurück zu ihrer Mutter. „Ja, schon. Aber es ist völlig sinnlos." Sie blickte erneut zu Clara hin. „Könnte ich bitte kurz mit dir sprechen, Clara?"

Clara starrte sie verzweifelt an. „Ganz gleich, was es ist, du kannst es ruhig vor Mama und Papa, und auch vor Michael und Edward sagen. Edward ist unser Freund. Ich habe nichts Falsches getan, denn es gibt nichts, das sie nicht hören dürften."

„Ja, wenn du es so willst."

„Ja, bitte. Weshalb will mich George jetzt nicht mehr heiraten?" fragte sie mit stockender Stimme. „Warum hat er es mir nicht gesagt, dass er mich nicht mehr liebt?"

„Es geht hier um etwas, das du angeblich getan hast", sagte Tilly mit sanfter Stimme. „Und bist du dir sicher, dass du nicht mit mir zur Seite gehen willst, wenn ich es dir sage?"

„Ja, ich bin mir sicher."

„Fast alle hier haben anscheinend ein Gerücht gehört, wonach du einen Mann getroffen hast – nicht George, sondern jemand anderen – in der Nacht in deinem Garten und unzüchtig gekleidet, als Mama und Papa dachten, du wärst im Bett und würdest schlafen.“

„Das habe ich nicht getan“, rief sie aus.

„Natürlich nicht. Aber in den Augen all jener in unserer Gemeinschaft, die das Gerücht glauben, hast du dich kompromittiert und Schande über deine Eltern gebracht. Die Goddards haben es sicher gehört und haben deshalb die Verlobung so plötzlich gelöst.“

„Aber es ist nicht wahr!“ rief sie. „Es ist eine Lüge, Papa!“

„Natürlich ist es das“, erwiderte Henry. „Von wo könnte denn irgendjemand eine solche Idee herhaben? Und weshalb sind denn die Goddards nicht sofort zu uns gekommen, sobald sie das Gerücht gehört hatten? Durch ihr Handeln haben sie das Gerücht bestätigt und gezeigt, dass ihnen unsere Freundschaft nichts wert ist.“

Er sah seine Frau und Tochter an. „Ich denke, es ist am besten, wenn wir jetzt heimfahren.“ Und mit einem Blick auf Edward. „Edward, ich bedauere das alles sehr. Ihre Party wird sicher wunderbar werden, aber leider nicht für uns.“

„Ja, ich verstehe“, sagte Edward leise. Und nach einer Weile. „Wenn Sie wollen, können Sie mir gerne sagen, ich sollte mich um meine eigenen Angelegenheiten kümmern, aber meines Erachtens sollten Sie lieber hierblieben.“

„Hierbleiben?“ entgegnete Mary entsetzt. „Wo doch alle so abweisend zu uns sind? Außer Ihnen, natürlich.“

„Wenn Sie jetzt gehen, dann denken die Leute, dass Sie davonlaufen, und das wird den Lästermäulern bestätigen, dass das Gerücht stimmt. Davon würde sich Claras Ruf nie wieder erholen. Wenn Sie aber hierbleiben und der gegen Sie gerichteten Feindseligkeit ohne Unhöflichkeit und Aggression standhalten, dann werden Sie vielleicht merken, dass die Leute anfangen, die Gültigkeit des Gehörten in Frage zu stellen.“

„Aber für Clara wäre es doch unerträglich", entgegnete Mary.

„Ich glaube, dass der Anblick von Clara – ", dabei lächelte er sie freundlich an, „dieses lieben, sanften Mädchens, das so offensichtlich gut erzogen wurde, die Leute auch dazu bewegen könnte, die Wahrheit des Gerüchts anzuzweifeln."

Mary warf einen Blick auf Henry. „Es wäre nicht einfach, Liebling, aber ich denke, dass Edward recht haben könnte. Wenn wir jetzt gehen, dann wird das Gerücht für immer an uns hängen bleiben. Wenn es eine Möglichkeit gibt, die Leute anzuregen, an dem Gehörten zu zweifeln, dann sollten wir, sowohl um der Firma, als auch unserer Stellung in der Gesellschaft willen, die Gelegenheit ergreifen."

„Edward hart recht, Papa", sagte Tilly. „Michael und ich werden alles tun, um euch zu helfen."

Henry nickte. „Ja, ich bin einverstanden. Ich danke dir Mary, für deine Unterstützung." Dann wandte er sich an Clara. „Wie deine Mutter schon sagte, wird das für dich, Clara, besonders schwierig sein, aber du weißt, dass an dem Gerücht nichts wahr ist und du jedem in die Augen blicken kannst."

„Natürlich kann sie das", bestätigte Tilly nachdrücklich. „Kommt, gehen wir jetzt hinein und bringen wir das Ganze hinter uns. Folgt mir." Sie nahm Michaels Arm und führte alle wieder zurück in den Salon.

Henry und Mary gingen hinter Tilly und Michael.

Und Clara folgte ihnen mit Edward an ihrer Seite.

Dann schnappte sie plötzlich nach Luft und blieb stehen. Ihre Hand flog an den Mund und sie wandte sich, von Beklemmung erfüllt, an Edward.

„Clara, was ist?" fragte Edward.

„Oh, Edward", flüsterte sie. „Mir ist soeben etwas eingefallen. Und ich frage mich, ob das der Grund für das Gerücht ist."

„Setzen Sie sich und erzählen sie es mir", sagte er beruhigend.

Sie schüttelte den Kopf. „Nein, das kann ich nicht."

„Wenn Sie es mir nicht sagen, dann kann ich Ihnen nicht helfen", erwiderte er. „Ich verspreche Ihnen, dass ich Sie nicht verurteilen werde." Er zog einen Rattanstuhl zu ihr hin und wies sie an, sich zu setzen.

Nachdem sie sich gesetzt hatte, nahm er ihr gegenüber Platz. „Erzählen Sie mir jetzt, wovon Sie glauben, dass es zu dem Gerücht geführt hat."

Zuerst mit etwas Zögern erzählte sie, wie sie und George einander getroffen hatten, und dann mit mehr Festigkeit, als sie in Edwards Augen kein Zeichen von Schock oder Ablehnung entdeckte, über die Verwirrung in Bezug auf Lizzie und Lewis, und wie sie angenommen hatte, dass Lewis George war.

„Jemand muss mich mit Lewis gesehen haben. Vielleicht jemand in einem Boot. Oder Lewis konnte einem Freund versehentlich davon erzählt haben, und der hat es dann weitererzählt. Vielleicht hat er damit auch geprahlt. Ich weiß es nicht, und es hat sich dann herumgesprochen."

„Ja, ich verstehe", sagte Edward langsam.

„So, und wie kann ich jetzt irgendjemanden in die Augen sehen, im Bewusstsein, dass das Gerücht keine Lüge ist, nur eine fälschliche Darstellung des tatsächlich Geschehenen. Oh, mein armer Papa. Seine Geschäfte werden entsetzlich darunter leiden – nur wegen mir."

Sie sprang auf und lief die Veranda entlang, wobei ihr Tränen in Strömen über die Wangen rollten. Als sie die Balustrade am Ende erreicht hatte, blieb sie stehen und starrte mit getrübtem Blick über den Rasen hin.

Edward kam auf sie zu und stand dann neben ihr.

„Das ändert die Situation allerdings. Doch es gibt einen Ausweg", sagte er leise. „Doch er könnte Ihnen nicht zusagen."

Sie wandte sich ihm zu. „Ich werde einfach alles tun, um Papa und Mama aus dem Fiasko herauszuhelfen, das ich geschaffen habe. Ganz gleich wie unangenehm es auch sein mag. Bitte sagen Sie mir, was ich tun soll."

34

Clara hatte sich gegen die Balustrade gelehnt und starrte vor sich hin. Edward stand ruhig an ihrer Seite.

„Bitte sagen Sie es mir", wiederholte sie.

„Zuerst müssen Sie mir aber erlauben, dass ich Ihnen eine Geschichte erzähle. Es war einmal", begann er, mit dem Blick auf die Aussicht gerichtet, „ein älterer Mann, von etwas unansehnlichem Aussehen, mit ergrauendem Haar. Und da war ein wunderschönes Mädchen, etwas jünger an Jahren, von reizendem Aussehen und auch innen so bezaubernd wie außen.

Vom ersten Augenblick ihres Treffens hatte sich der ältere Mann in das Mädchen verliebt, aber er war realistisch genug um zu wissen, dass sie nie mehr als Freundschaft für ihn empfände. Monatelang versuchte er, seine Liebe zu ihr zu unterdrücken, jedoch ohne Erfolg. Es war ihm aber gelungen, es vor der Welt zu verbergen."

Clara blickte ihn an. „Oh, Edward", flüsterte sie.

Er wandte ihr sein Gesicht zu. „Und dann geschah eines Tages etwas Schreckliches, welches das Glück der Frau, die er liebte, und das von deren Eltern, in Gefahr brachte. Der Mann wollte helfen, konnte sich aber nur einen Weg dazu ausdenken, einen Weg, der ihr nicht zusagen würde. Nämlich, ihn zu heiraten."

Clara wollte antworten, doch er hielt sie mit einer Geste davon ab.

„Der Mann zögerte, sie um ihre Hand zu bitten, denn sie könnte eine viel bessere Partie machen als mit einem unansehnlichen Mann, wie er es war. Aber da er, um ihr zu helfen, sich nichts Anderes ausdenken konnte, musste er alle seine Bedenken ignorieren und sie um ihre Hand bitten."

Clara starrte entgeistert in sein Gesicht.

„Clara, ich liebe Sie schon so lange. Doch ich wusste, dass Ihr Herz einem anderen gehört. Und ich wusste auch, selbst wenn dies nicht der Fall wäre, dass Sie in mir nie mehr als nur einen Freund sehen würden."

Und nach einer Weile. „Ich weiß, dass Sie mich nicht lieben, und wahrscheinlich nie lieben werden. Aber ich fühle, dass wir Freunde sind, und das ist eine gute Basis für eine behagliche Ehe. Und da Freunde einander nie zur Last fallen, würde ich von Ihnen nie etwas verlangen, das Ihnen unangenehm sein könnte." Er hielt einen Moment lang inne. „Verstehen Sie, was ich meine?"

Sie nickte.

„Und sollten Sie eines Tages jemanden treffen, den Sie von ganzem Herzen lieben, werde ich Sie auf eine Art freigeben, die Ihnen den geringsten Schaden zufügt. Clara, wenn Sie das alles bedenken, würden Sie mich dann heiraten?"

Clara schüttelte den Kopf. „Das kann ich nicht, Edward. Denn es wäre Ihnen gegenüber nicht fair. Bedenken Sie doch, wie alle mich verurteilen. Man würde Sie verachten, weil Sie ein liederliches Weibsbild wie mich geheiratet haben."

Edward lächelte sie schief an. „Ganz im Gegenteil, meine Stellung in Cochin würde sich wahrscheinlich verbessern, denn die Leute würden glauben, dass ich der Mann bin, mit dem Sie sich insgeheim getroffen haben. Und dass ein so schönes Geschöpf wie Sie von einem unansehnlichen Mann wie mich angezogen sein könnte, würde zur Folge haben, dass sie mich plötzlich mit anderen Augen sehen."

„Aber weshalb hätten wir uns denn insgeheim treffen müssen?"

„Weil wir uns vielleicht unter Ausschluss der Öffentlichkeit kennenlernen wollten. Und ich auch nicht wollte, dass sich Leute bei Ihnen einschmeicheln, weil Sie bald eine Machtposition einnehmen könnten. Die Leute würden das als eine sehr romantische Situation betrachten."

Clara biss sich auf die Lippe.

„Clara, Sie haben mir noch nicht geantwortet", sagte er sanft.

Ein scheues Lächeln erhellte ihr Gesicht. „Edward, Sie sind bezüglich Ihres Aussehens viel zu kritisch. Für mich haben Sie eines der schönsten Gesichter, das ich gern an jedem Tag meines Lebens sehen würde."

Mit den Armen fest an seine Seite gedrückt, starrte er sie beglückt an.

Und im selben Moment sagten beide „danke" zueinander.

Überrascht blickten sie einander an und brachen in Lachen aus.

35

M *inuten später*

„DANN GEHEN wir doch hinein und machen unsere
Ankündigung", schlug er ihr mit strahlendem Gesicht vor.
„Je früher deine Eltern die Party genießen können, desto
besser."

Clara nickte, und gemeinsam gingen sie entlang der
Veranda zurück in den Salon.

Henry und Mary standen allein an der Tür.

Edward sprach kurz mit dem Kellner, der ihm am
nächsten stand, und bat ihn, allen Kellnern aufzutragen,
Tabletts mit Getränken herumzureichen, bis alle Gäste ein
Glas in der Hand hielten.

Dann legte er seine Hand unter Claras Ellenbogen und
führte sie zu Henry.

„Henry, entschuldigen Sie bitte, dass ich mich nicht an
die üblichen Gepflogenheiten halte, aber aufgrund der selt-

samen Umstände an diesem Abend und der Notwendigkeit, die Situation so schnell wie möglich zu bereinigen, haben ich vor Ihnen mit Clara gesprochen."

Henry warf Mary einen fragenden Blick zu und sah dann wieder Edward an.

„Edward, was meinen Sie denn damit?" fragte Mary.

„Dass Clara mir die große Ehre erwiesen hat und bereit ist, meine Frau zu werden."

Henry und Mary starrten die beiden völlig überrascht an.

„Wir würden es jetzt gerne bekanntgeben", fügte Edward hinzu. „Würden Sie uns bitte auf das Tanzparkett folgen, wo ich unsere Verlobung verkünden werde. Sobald sich die Gäste von ihrem Schock erholt haben, werden sie sich sicher bei Ihnen beliebt machen wollen, umso mehr, nachdem sie sich Ihnen gegenüber zuvor so schlecht benommen haben. Und dazu möchte ich Sie in unserer Nähe haben."

„Clara?" sagte Mary.

„Mama, ich freue mich sehr, Edward zu heiraten", sagte sie ruhig. „Wie werde ich denn sonst *David Copperfield* in aller Ruhe lesen können", erklärte sie mit einem verschmitzten Lächeln zu Edward hin.

Edward lachte.

„Ich bin sicher, dass Sie sich morgen von der Überraschung erholen wollen," sagte Edward. „Aber vielleicht könnten Sie am Montagnachmittag zum Tee zu mir in die Residenz kommen, denn es gibt so einiges zu besprechen."

Henry murmelte etwas unverständlich in sich hinein.

„Gut", sagte Edward lächelnd. „Sagen wir um sechzehn Uhr? Aber da ist etwas, das wir vorher noch tun müssen." Er blickte Clara glücklich an. „Clara, bist du bereit?"

„Ja, wahrscheinlich", sagte sie mit einem nervösen Lächeln.

Edward nickte Henry und Mary zu und ging dann mit Clara an seiner Seite selbstsicher auf das Speisezimmer zu. Henry und Mary folgten knapp dahinter. Die Gäste traten zur Seite und ließen sie dazwischen zur Mitte des Raums vorgehen.

Als sie ihrer Tochter folgte, blickte Mary zu Tilly hin und machte ein Zeichen, dass auch sie und Michael ihnen folgen sollten.

Sie gingen an den langen Buffettischen vorbei, die unter dem Aufgebot von Silberschüsseln kaum mehr sichtbar waren. Darauf standen an einem Ende die indischen Speisen und am anderen die britischen Gerichte. In der Mitte des Raums stand eine Gruppe kleinerer Tische und Stühle. Einen jeden der mit einem weißen Tuch bedeckten Tische zierte eine kleine, mit weißen Rosen und silbrigen Blättern gefüllte Kristallvase.

Als sie das Tanzparkett erreicht hatten, führte Edward Clara über das Parkett bis zum Klavier und das Streichquartett des Musikverbandes von Cochin.

Edward nahm zwei Gläser vom Tablett eines Kellners neben ihm und reichte Clara eines davon.

Dann wandte er sich um und bat den Leiter des Quartetts, das Stück von Schubert verklingen zu lassen, denn nachdem sich die Gäste um das Tanzparkett geschart hatten, sollte am Klavier eine Art von Trommelwirbel erklingen.

Noch völlig benommen von den Ereignissen des Abends und von der Geschwindigkeit, mit der alles geschehen war, hatten Henry und Mary ein Glas genommen und sich dann ruhig an die Seite des Tanzparketts gestellt.

Nachdem die Musik verklungen war, gruppierten sich

auch die Gäste voller Erwartung und Neugier rasch um das Parkett. Edward nahm nun Clara an der Hand und führte sie in die Mitte des Parketts, von wo sie in die Runde blickten.

Alle Gespräche waren nun verstummt.

Edward blickte auf Clara, lächelte, ließ ihre Hand los und den Blick über seine Gäste gleiten.

„Keine Angst, es wird nicht lange dauern", begann er. „Sie können bald das Buffet genießen und tanzen. Heute Abend haben aber einige Gerüchte die Runde gemacht und es ist Clara und mir bewusstgeworden, dass etwas, das wir so bemüht waren, geheim zu halten, irgendwie an die Öffentlichkeit gelangt ist."

Er blickte Clara lächelnd an.

„Wir hatten gewollt, Ihnen mit unseren Einladungen eine Andeutung von unseren Plänen zu geben. Das sollte aber nicht sein. Denn Geheimnisse finden immer einen Weg rauszukommen", fügte er in trockenem Tonfall hinzu und lächelte Clara erneut an.

Dann wandte er sich wieder an seine Gäste.

„Falls es hier aber noch irgendjemanden gibt, der oder die es noch nicht weiß, dann freut es mich Ihnen zu sagen, dass mir Clara die große Ehre erwiesen hat, meine Frau zu werden."

Eine fassungslose Stille verbreitete sich im Raum.

„Ich hoffe, Sie haben alle ein Glas in der Hand", fuhr er fort, „denn ich möchte Sie bitten, mit mir einen Toast auf meine bezaubernde Verlobte zu trinken."

Er wandte sich Clara zu und hob sein Glas.

„Auf das Wohl von Clara", sagte er, „die mich zum glücklichsten Mann auf Erden gemacht hat." Und er hob sein Glas an die Lippen.

Die Gäste blickten einander völlig verblüfft und verwirrt

an und hoben dann ebenfalls ihre Gläser. „Auf das Wohl von Clara und Edward", sagten sie im Chor.

Das Gemurmel im Raum wurde schnell zu einem lauten Ausdruck von Überraschung und Aufregung.

William, einer von Henrys Händlerkollegen ging nun schnell auf Henry zu. „Lieber Freund", sagte er und legte seine Hand auf Henrys Schulter. „Darf ich einer der Ersten sein, der dir zur bevorstehenden Hochzeit deiner Tochter gratuliert? Du bist jetzt sicher sehr stolz."

Innerhalb weniger Augenblicke waren Henry und Mary nun von den Leuten umringt, die sie vorher noch gemieden hatten, und auch Edward und Clara standen im Mittelpunkt einer anderen Gruppe.

„Wo ist Ihr Ring?" rief die Frau eines Händlers Clara zu.

„Den werden Sie noch bald genug sehen", sagte Edward ausgelassen. „Wir waren heute Abend mehr oder minder zum Handeln gezwungen, denn wir hatten nicht vorgehabt, schon heute unsere Verlobung bekanntzugeben."

„Clara, Liebling", rief Tilly und stürzte sich auf ihre Schwester. „Ich freue mich so sehr für dich", und umarmte sie. „Ich danke dir", flüsterte sie ihr dabei ins Ohr.

MICHAEL STAND an die Wand im Buffetraum gelehnt und hatte den Blick unbemerkt auf Lewis gerichtet, der ihn aufgrund der vielen Menschen, die zwischen ihnen standen, nicht sehen konnte. Lewis war während Edwards kurzer Ansprache die ganze Zeit in der Tür zum Speisesaal gestanden.

Als Michael zuvor mit Lewis gesprochen hatte, war er von Lewis' ausgezeichneter Laune sehr überrascht gewesen.

Ihr Gespräch war heiter und voller Anekdoten gewesen, und ohne jeglichen Bezug auf das Gerücht, das in Cochin umging. Es schien Michael, als ob Lewis überhaupt nichts davon wusste.

Dabei war von der allgemeinen Stimmung im Raum und angesichts der ablehnenden Blicke, die von überall auf Clara geworfen wurden, doch zu erkennen gewesen, dass ihre Schande allgemein bekannt war.

Also musste doch auch Lewis davon gehört haben.

Vielleicht ging Lewis' Zurückhaltung aber auch auf seine Verbindung zur Familie zurück, denn schließlich war Clara ja Michaels Schwägerin. Da Michael allerdings Lewis nicht das geringste Feingefühl anderen Menschen gegenüber zuschrieb, musste es also einen anderen Grund geben.

Darüber wunderte sich Michael noch immer, als er während Edwards Ansprache bereits seine Stellung an der Wand eingenommen hatte.

Er war dann über Edwards Bekanntmachung so erstaunt gewesen, dass er sich von Lewis abgewandt und Edward zugewandt und dabei Lewis' Gesichtsausdruck bemerkt hatte.

Völlige Überraschung war ihm ins Gesicht geschrieben, sofort gefolgt von extremer Enttäuschung und dann von Wut. Intensiver Wut.

Lewis war ganz offensichtlich wütend über Claras Verlobung.

Michael hatte einen Schritt zurückgetan, denn er wollte dafür sorgen, dass er von den Gästen, die sich in verdutzten Gruppen um Mary und Henry und andere um Edward und Clara geschart hatten, weiterhin verdeckt war.

Sein Blick war noch immer fest auf Lewis gerichtet.

Es war offensichtlich, dass Lewis vor Wut überschäumte.

Für Michael war die einzige Erklärung nun die, dass Lewis Hoffnungen für sich selbst gehegt hatte, nachdem die erwartete Bekanntgabe von Claras Verlobung mit George nicht stattgefunden hatte.

Nichts Anderes konnte für eine derart extreme Reaktion der Grund sein.

Denn Lewis hätte die Möglichkeit einer Ehe mit Clara sicher begrüßt.

Es war ihm –Michael – schon lange klar gewesen, dass sich Lewis und Clara gut verstanden, und mit George aus dem Weg, hätte sich Lewis doch leicht vorstellen können, eine Chance zu haben und für sie mehr zu sein als nur ein Freund.

Falls Lewis' Erwartungen im Lauf des Tages angestiegen waren, wäre seine Enttäuschung sicher verständlich gewesen, aber nicht das Maß an Wut, das er gezeigt hatte.

Wäre es möglich gewesen, dass Lewis die ganze Sache selbst manipuliert und das Gerücht zu einer Zeit in Umlauf gebracht hatte, als Goddard die Anzeige in den Zeitungen noch stornieren konnte.

Lewis kannte das Händlergeschäft in- und auswendig und dachte wahrscheinlich, dass er für Henry in Ermangelung von George ein annehmbarer Ersatz, aber nicht das gewesen wäre, was er sich für Clara erhofft hatte, wenn sich für ihn nur nicht die Blamage in den Augen der Gesellschaft von Cochin ereignet hätte.

Der Hauptgrund dafür, dass Lewis Clara heiraten wollte, war sicher der, mehr Macht in der Firma zu erlangen. Er – Michael – hatte inzwischen genügend Zeit mit Lewis verbracht, um zu wissen, dass Clara für Lewis nur die Art von Frau war, mit der er zwar auf freundschaftlicher Basis verkehrte, die er aber nicht zur Frau haben wollte.

Angenommen, dass Lewis hinter der ganzen Sache steckte, und sein Zweck dabei die Übernahme von Henrys

Firma gewesen war – was würde er jetzt, nach dem Scheitern seines Plans, jetzt wohl tun?

Er warf einen Blick auf Edward und Clara. Würde er versuchen, diese Ehe zu verhindern? Gewiss nicht. Er – Michael - würde Edward aber trotzdem warnen.

Er blickte erneut auf Lewis.

Anstelle der Wut war jetzt Hass getreten.

Lewis blickte aber nicht auf Clara und Edward. Nein, sein Blick war auf Henry gerichtet.

Michael fühlte, wie eisige Kälte in ihm aufstieg.

DIESER WEG WAR ihm jetzt also versperrt, dachte Lewis erbittert.

Was ihm vor einem Augenblick noch als eine vielversprechende Situation erschienen war, die er nutzen konnte –nämlich, dass Clara blamiert war und bei allen als unmoralisch galt, und er als Retter in der Not erschien – lag nun in Trümmern.

Jetzt war Harrington der Retter in der Not.

Aber er – Lewis – würde nicht aufgeben.

Er war jetzt in Gedanken schon zu weit gegangen, als dass er von seinen Hoffnungen zurücktreten konnte, und so weiterzumachen, wie er es bisher getan hatte. Er würde die Firma übernehmen, auf die eine oder andere Art, und zwar möglichst bald.

Er hatte schon genügend Geld, um die Firma von Henry zu kaufen, doch er kannte Henry gut genug um zu wissen, dass er sie nicht freiwillig verkaufen würde. Er hatte oft genug gesagt, dass er so lange arbeiten werde, so lange er dazu fähig war. Und da er jetzt Anfang fünfzig war, könnten das noch viele Jahre sein.

Henry müsste also zum Verkauf gezwungen werden.

Und er konnte bereits eine Möglichkeit dazu sehen.

Natürlich waren Risiken damit verbunden, doch es wäre das Risiko wert, denn er würde die Firma zu einem Preis bekommen, der weit unter ihrem Wert lag.

Und wenn er es zum rechten Zeitpunkt tat, dann würde die Schande nicht nur die Familie Saunders, sondern auch Edward Harrington treffen.

Er würde auch dafür sorgen, denn es wäre eine verdiente Strafe dafür, dass man ihm Clara entrissen hatte.

Höhnisch grinsend wandte er sich ab.

36

A*m folgenden Morgen*

DER MORGEN WAR ENDLICH ANGEBROCHEN.

Clara hatte die ganze Nacht nicht geschlafen, denn das Durcheinander in ihrem Kopf hatte ihr keine Ruhe gelassen. Deshalb war sie schon beim ersten Tageslicht aus dem Bett gesprungen, hatte einen Schal um die Schultern gelegt und war auf die Veranda hinausgegangen.

Die Luft war schon angenehm warm, als sie sich an die Balustrade lehnte und aufs Meer hinausblickte.

Das Dunkel der Nacht war bereits von einem stahlgrauen Licht durchbrochen worden und der Himmel hatte eine silbergraue, von blassgelben und hellgrünen Streifen durchzogene Farbe angenommen. Die Wellenkämme darunter glitzerten und tanzten im anbrechenden Tageslicht.

Überall um sie herum hatten die Vögel ihr morgendliches Konzert angestimmt.

Es war ein Februarmorgen wie jeder andere.

Und doch war er völlig anders.

So viel hatte sich in den vergangenen zwei Tagen ereignet, dass sie kaum glauben konnte, dass irgendetwas je wieder gleich sein würde.

Vor zwei Tagen noch war sie ihrer Verlobung mit George, den sie über alles liebte, noch ganz nahe gewesen.

Und heute, nur zwei Tage später, war sie mit Edward verlobt, einem Mann, an den sie nie auf romantische Weise gedacht hatte.

Gestern früh war ihr Name plötzlich in ganz Cochin mit einem für die britische Gesellschaft inakzeptablen, unanständigen Verhalten in Verbindung gebracht worden.

Und heute wurde sie gefeiert, weil sie kurz vor einer äußerst prestigeträchtigen Heirat stand.

Edward hatte recht gehabt, wenn er sagte, dass das, was am Vortag noch als Schande gegolten hatte, jetzt als der natürliche Geheimhaltungswunsch eines Mannes in seiner Position weginterpretiert werden würde. Alle würden verstehen, dass es sein Wunsch für sich und Clara war, einander fern vom wachsamen Auge der Gesellschaft kennenlernen zu können. Weshalb nun auch keiner von beiden verurteilt wurde.

Clara war ab dem Augenblick wie betäubt gewesen, als sie erfahren hatte, dass ihr von einer Schande zerstörtes Leben, in die auch ihre Eltern hineingezogen waren, von Edward gerettet worden war.

Das einzige, woran sie bezüglich der vergangenen Nacht denken konnte, war der Phönix. Auch ihr Leben war wie ein Phönix der Asche entstiegen, über den ihre Englischlehrerin so oft gesprochen hatte.

Sie und ihre Familie hatten dank Edwards Beistand ihr Leben zurückerhalten.

Aber was fühlte sie, wenn sie an ihn als ihren Gatten dachte.

Sie mochte ihn natürlich und hatte ihn immer gemocht.

Er war älter als sie, aber sie hatte den Altersunterschied nie gespürt. Zumindest nicht auf eine unangenehme Art. Sie fühlte sich mit ihm sicher, so als ob er jede Situation meistern könne. Das war aber nicht unbedingt eine Frage des Alters, sondern sagte mehr über seinen Charakter aus.

Er war ein guter Gesellschafter, weil er interessant und humorvoll war, und genau wie sie, auch gerne las. Anscheinend hatten sie auch denselben Geschmack, was Bücher betraf.

Für eine gute Ehe war aber mehr notwendig. Sie wusste zwar nicht viel darüber, was genau zwischen einem Ehemann und einer Ehefrau vor sich ging, aber genug, um zu wissen, dass sie nicht die ganze Nacht lang Bücher mitsammen lasen und dann die Charaktere und Metaphorik darin besprachen.

Besorgnis stieg in ihr auf.

Edward hatte zwar gesagt, dass er keine Ansprüche an sie stellen würde, aber an einem bestimmten Punkt würde er sicher von ihr erwarten, sich wie eine Ehefrau zu verhalten. Mit George, der so attraktiv war, wäre es sicher angenehm gewesen, eine richtige Ehefrau zu sein.

Aber Edward war nicht George.

Sie schüttelte sich. Ja, da gab es Aspekte einer Ehe mit Edward, die sie vielleicht nicht reizvoll finden würde, doch das war bedeutungslos. Sie hatte ihre Familie ungewollt in eine schwierige Situation gebracht, und es war nun an ihr, es wiedergutzumachen. Die Ehe mit Edward würde das tun. Und das war es, worauf es ankam.

Aber sie hätte nicht gerettet werden sollen, dachte sie mit einem Anflug von Zorn. Irgendjemand hatte doch Schuld an dem Gerücht, das die Runde gemacht hatte.

Es war doch nicht von selbst entstanden.

Wer würde also ein solches Gerücht in Umlauf bringen, und weshalb?

Sicher war es Lewis gewesen. Nur sie und er hatten gewusst, dass sie einander nachts im Garten getroffen hatten. Also musste er es sein.

Vielleicht war er wütend darüber gewesen, wie sie damals zu ihm gesprochen hatte. Aber er war dann doch freundlich zu ihr gewesen, als sie einander ein paar Tage später getroffen hatten. Und er hatte sogar Interesse an Lizzie gezeigt, also war es das sicher nicht gewesen.

Und da war noch etwas. Obwohl sie und ihre Familie nichts von dem Gerücht gewusst hatten, bis sie zur Party in Edwards Haus gekommen waren, mussten die Goddards das Gerücht schon so früh erfahren haben, dass sie die Anzeige zurücknehmen und Cochin verlassen konnten.

Wie es sich also herausstellte, hatte ihr Lewis mit seiner Absicht, ihr und ihrer Familie Ärger zu bereiten, schließlich einen Gefallen getan.

Denn die Bereitschaft der Goddards, sofort das Schlimmste von ihr anzunehmen, und sie nicht wenigstens zu fragen, ob an dem Gerücht etwas Wahres sei, bevor sie etwas unternahmen, hatte gezeigt, dass die Freundschaft zwischen den beiden Familien doch nur oberflächlich war.

Und es warf auch ein schlechtes Licht auf George.

Selbst wenn es seine Eltern nicht gewollt hätten, hätte er sofort zu ihr kommen müssen. Angeblich hatte er sie ja geliebt. Wenn er nicht den Mut hatte, sie angesichts der Empörung seiner Familie öffentlich zu unterstützen – was für ihn auch schwierig gewesen wäre, weil er für seinen

Vater arbeitete – so hätte er doch im Geheimen zu ihr kommen können, wie sie es früher getan hatten.

Bei dem Gedanken unterdrückte sie einen aufkommenden Schrei, machte eine Faust und drückte sie vor ihren Mund.

Denn da war noch eine andere Person, die hätte wissen können, dass sie Lewis getroffen hatte. Diese Person war George.

George hatte wahrscheinlich endlich getan, worum sie ihn schon mehrmals gebeten hatte – nämlich sie des Nachts im Garten zu besuchen.

Ihr war nun alles klargeworden.

George hatte sie mit Lewis gesehen und war aufgrund seiner vergangenen Befürchtungen zu diesem Schluss gekommen.

Er war dann so aufgebracht gewesen, dass er es seinen Eltern erzählt hatte, und die Bediensteten der Goddards hatten es vielleicht gehört und ihren Freunden in anderen Häusern erzählt. Es wäre nicht das erste Mal, dass Gerüchte auf diese Weise in Cochin die Runde gemacht hatten.

Das würde auch erklären, weshalb weder George noch seine Eltern zu ihnen gekommen waren, um nach der Wahrheit zu fragen. Und es würde auch erklären, weshalb George anscheinend bereitwillig nach Calicut mitgefahren war.

Tränen rollten über ihre Wangen und der pfirsichfarbene Himmel vor ihr hatte sich verwischt.

DEN KORRIDOR entlang von Claras Zimmer lagen ihre Eltern in ihren Betten und lauschten.

Auch sie hatten eine unruhige Nacht verbracht und waren wach gewesen, als Clara aufgestanden und hinausgegangen war. Eine Weile danach hatten sie gehört, wie Clara in Tränen ausgebrochen war.

„Glaubst du, es ist weil sie Edward heiratet?" fragte Henry besorgt. „Sie hat doch nichts Unrechtes getan und sollte nicht bestraft werden, indem sie einen Mann heiratet, den sie nicht liebt."

Mary hob ihren Kopf und sah Henry an. „Ich bin mir nicht sicher, dass es das ist. Sie schien am Abend etwas verwirrt und nervös zu sein, als uns Edward sagte, dass sie heiraten werden, aber nicht unglücklich. Und gegen Ende des Abends wirkte sie geradezu strahlend glücklich. Sie sah keineswegs nach einer Frau aus, die man gestraft hat."

„Das überrascht doch kaum", entgegnete Henry, „Schließlich würde jede Frau strahlend aussehen, wenn sie zu ihrer Verlobung mit einem der einflussreichsten britischen Beamten des Gebiets mit Glückwünschen überhäuft worden ist. Es überrascht mich keineswegs, dass sich die guten Leute von Cochin vor Begeisterung überschlagen haben, um den schlechten Eindruck von vorhin, sowohl mit Clara wie auch mit uns, wiedergutzumachen. Du kannst sie aber jetzt hören. Das klingt nicht nach einem glücklichen Mädchen."

„Henry, wir kennen den Grund nicht, weshalb sie weint. Es könnte einfach die Erkenntnis sein, dass sie eine vorteilhafte Ehe eingehen wird, die sowohl für sie wie auch für die ganze Familie von Vorteil sein wird. Das könnte für ein junges Mädchen wie Clara genug sein, um sie zu Tränen zu rühren."

Henry rollte zur Seite und blickte Mary an.

„Es ist nur eines, das mich daran hindert, jetzt zu Clara hinauszugehen und ihr zu sagen, dass sie die Verlobung sofort wieder lösen kann, wenn sie es will. Egal, was die Folgen sind."

„Und das wäre?" fragte Mary erstaunt.

„Dass ich an dem Freitagabend, als wir mit Edward entlang der Promenade zu den Fischernetzen gegangen sind, später zu dir gesagt habe, dass ich den Eindruck hatte, Edward wäre an Clara interessiert. Und auch du hattest dich bei einer anderen Gelegenheit gefragt, ob das möglich sei."

„Ja, ich erinnere mich."

„Er ist ein guter Mann", fuhr Henry fort, „und wenn er sie wirklich gernhat, was ich doch sehr annehme, und er zu dem Schluss kommt, dass sie die Ehe mit ihm unglücklich machen würde, dass er sie dann ohne den Vorwurf eines Vertragsbruchs freigeben würde."

„Liebling, du nimmst an, dass sie die Verlobung tatsächlich auflösen möchte. Es kann aber sein, dass du dich irrst. Sie und Edward haben ziemlich viel gemeinsam und sie fühlt sich in seiner Gesellschaft wohl. Freundschaft ist eine gute Grundlage, auf der man aufbauen kann. Und mir fällt kein anderer passender Gatte für Clara ein."

Und nach einer Weile. „Wir sind morgen bei Edward zum Tee eingeladen. Wir können die beiden beisammen beobachten. Im Augenblick sollten wir jedoch alle Bedenken aus dem Gedächtnis löschen. Clara hat sicher das Gefühl, dass sie nicht weiß, wo ihr der Kopf steht. Jetzt unsere Bedenken vorzubringen, würde ihr auf keinen Fall helfen."

„Du hast natürlich recht, meine Liebe. Aber wir müssen trotzdem vorsichtig sein, was wir sagen. Ich möchte nicht, dass die Bediensteten irgendetwas aufgabeln, was nicht unserer Freude über die Verlobung entspricht. Du weißt ja, wie sie untereinander klatschen."

Sie nickte. „Ja, da ist was dran. Und an etwas Anderes sollten wir auch denken. Die Goddards werden ja am Montag oder Dienstag zurückkommen. Im Hinblick auf die

Umstände ihrer Abreise und dass sie bis dahin ja schon unsere Neuigkeit gehört haben werden, erwarte ich, dass sie so bald wie möglich nach ihrer Rückkehr zu uns kommen werden."

„Damit könntest du recht haben, meine Liebe."

„Es wird dann ein ganz anderes Gespräch sein, als das, welches wir sonst gehabt hätten. Nachdem sie uns zu Claras Verlobung gratuliert haben, werden sie sich vielleicht auch wohl genug fühlen, uns über die Verlobung von George mit der Tochter von Alberts Freund zu erzählen. Ich bin sicher, dass das letztlich der Zweck der Reise nach Calicut gewesen ist."

Henry streichelte bedenklich sein Kinn. „Ja, das ist sicher richtig. Ich kann nur sagen, dass sie nicht die Freunde sind, die ich mir gewünscht hätte. Und wenn es eine Möglichkeit gäbe, sie nie wieder sehen zu müssen, dann würde ich sie ergreifen. Aber als Händlerkollegen in einer kleinen Gemeinschaft lässt sich das wohl nicht vermeiden."

37

Die Residenz,
Montagnachmittag

DIE SONNE STAND HOCH im tiefblauen Himmel. Der Rasen und die steinerne Terrasse waren von der nachmittäglichen Sonne gebleicht und die Küste von Cochin war in der Ferne von einem lilafarbenen Dunst verhangen.

Der Tisch in der Mitte des Rasens stand im Schatten eines schwarzen Sonnenschirms, dessen Rüsche hin und wieder von einer leichten Brise vom Meer geraschelt wurde.

„Die Nachmittage werden jetzt wärmer", sagte Edward, als Diener in der Tischmitte eine Tortenetagere aufstellten, auf deren unterster Etage kleine Sandwiches und darüber verschiedenes Gebäck und kleine Kuchen verteilt waren.

Nachdem die Bediensteten vor jedem Gast eine Porzellantasse mit Untertasse platziert und die silberne Teekanne samt Milchkännchen und Zuckerschüssel neben die Etagere gestellt hatten, gingen sie in das Gebäude zurück.

„Ich sitze nachmittags zum Tee zumeist an dieser Stelle, weil die Brise vom Meer öfters hierher gelangt", sagte Edward.

Henry nickte zustimmend. „Ja, es ist sehr angenehm, wirklich angenehm".

„Edward, möchtest du, dass ich den Tee einschenke?" fragte Mary.

„Ich hatte gehofft, dass du das tun würdest", antwortete er lächelnd.

Alle saßen ruhig und warteten, bis Mary jede Tasse mit Tee gefüllt hatte.

„Ich nehme an, dass sich das etwas unbehaglich für euch anfühlt", sagte Edward und griff nach seiner Tasse. Gleichzeitig lud er die Gäste ein, sich von der Etagere zu bedienen. „Meine Verlobung mit Clara hat euch sicher sehr überrascht. Ich denke aber, dass das für uns alle gilt", fügte er nüchtern hinzu.

Er zögerte ein wenig. „Bitte, sagt alles ganz offen heraus. Ich möchte hier nicht förmlich sein. Ich hoffe, dass wir Freunde sind und offen miteinander sprechen können."

„Danke, Edward, das ist sehr nett von dir", erwiderte Henry. „Ich will nicht so tun, als ob eure Verlobung keine enorme Überraschung für uns gewesen wäre. Es ist aber nur eine von vielen Überraschungen, die wir seit Freitagmorgen erlebt haben. Nicht wahr, Mary?"

Mary nickte. „Ja, das stimmt, mein Lieber. Und eure Verlobung dann noch nach all dem Anderen." Sie sah Edward mit einer gewissen Hilflosigkeit an. „Es war viel, das wir verkraften mussten."

„Wir sind dir aber äußerst dankbar", warf Henry rasch ein. „Dein Heiratsantrag für Clara hat nicht nur sie gerettet, sondern auch unsere Firma. Ich kann dir gar nicht sagen, wie dankbar wir sind. Ein guter Ruf ist schnell verloren, aber nicht so schnell wiedergewonnen.“

„Ich war froh, dass ich helfen konnte“, versicherte Edward. Er warf einen herzlichen Blick auf Clara. „Ich glaube aber, dass ich hier der Gewinner bin“, sagte er. „Und meinerseits völlig unverdient.“

„Liebling, vielleicht solltest du nun etwas sagen“, forderte Mary mit einem ermutigendem Lächeln Clara auf.

„Was denkst du denn, Clara? Du hast seit unserer Ankunft kaum etwas gesagt“, bemerkte Henry.

„Wenn ihr es wirklich wissen wollt“, sagte Clara in amüsiertem Ton, „dann kann ich euch versichern, dass ich an die Bilder denke, die wir in der Eingangshalle gesehen haben, und wie leid mir Edward tut, dass er bei der Hitze so oft sein Amtsornat tragen muss.“

„Leider sind die Kleidungsregeln hier sehr streng“, sagte Edward. „Ich trage normale Anzüge für den alltäglichen Gebrauch, wenn nichts Besonderes geplant ist, einen Gesell-schaftsanzug mit Nadelstreifen für Lunchempfänge, einen leichten Gesellschaftsanzug für Tea Partys - wie ihr seht, trage ich jetzt so einen – einen Cutaway mit gestreifter Hose und Zylinder für Gartenpartys und eine Paradeuniform für sehr offizielle Anlässe.“

„Du meine Güte! Da hat dein Herrendiener aber alle Hände voll zu tun“, sagte Clara lachend. Sie blickte über den Garten hinweg und wandte sich dann wieder Edward zu. „Es ist wirklich bezaubernd hier. Wird es möglich sein, dass ich zum Tee herüberkommen kann, wenn es deine Arbeit erlaubt?“

Ein strahlendes Lächeln erhellte sein Gesicht. „Ich kann mir nichts Schöneres vorstellen. Und weil wir soeben von der Kleidung gesprochen haben, dann würde ich vorschla-gen, dass – wenn ich deine Erlaubnis habe – und wir nur zu zweit sind, ich in meinem Aufzug etwas entspannter sein werde. Wenn Michael und ich gemeinsam Tee, oder vormittags Kaffee trinken, dann sind wir sehr locker."

„Darf ich dich fragen, Edward, ob deine Eltern zur Hochzeit hier sein werden?" fragte Mary.

Edward schüttelte den Kopf. „Das ist leider nicht möglich. Ich möchte nicht, dass sie während der Monsunzeit herkommen. Vernünftigerweise haben sie vorgeschlagen, im Dezember herzukommen und ein paar Monate zu bleiben, aber das hängt von Claras Wünschen ab."

„Natürlich müssen deine Eltern kommen, Edward. Ich freue mich schon sehr, sie kennenzulernen", versicherte Clara.

Edward neigte höflich den Kopf. „Ich danke dir, Clara."

Dann wandte er sich Henry und Mary zu. „Da ist etwas, das ich Clara geben möchte, und einiges, das ich ihr sagen möchte. Würdet ihr es sehr unhöflich finden, wenn ich Clara bitte, nur einige Schritte mit mir wegzugehen. Nur so weit, wie ihr beide uns natürlich sehen könnt."

Mary lächelte. „Meines Wissens dürfen verlobte Paare allein weggehen und ein wenig Zeit ohne Anstandsdame verbringen, vorausgesetzt es ist ein öffentlicher Ort. Bitte, macht nur euren Spaziergang."

Edward stand auf und hielt Claras Stuhl für sie. Dann bückte er sich und hob ein kleines Päckchen auf, woraufhin beide auf eine Ecke des Rasens und eine Bank zugingen, die im Blickfeld ihrer Eltern lag.

Beide nahmen auf der Bank Platz, und er reichte ihr das Päckchen. Sie blickte Edward verwundert an und befühlte dann die Kanten des Geschenks.

„Ist es ein Buch?" fragte sie amüsiert.

„Um das herauszufinden, musst du das Päckchen öffnen."

Sie wickelte es aus und rief. „Es ist *David Copperfield*! Ich sollte doch dein Buch lesen, nachdem du damit fertig warst. Und jetzt habe ich aber mein eigenes Exemplar."

„Und es bedeutet, dass du mich nicht heiraten musst, nur um *David Copperfield* lesen zu können", sagte er liebevoll.

Sie legte das Buch in den Schoß und starrte ihn an.

„Alles, was ich bezüglich der Art unserer Ehe gesagt habe, bleibt aufrecht", sagte er. „Ich werde mich dir nie aufdrängen. Du bist noch nicht einmal zwanzig Jahre alt. Und zu jung, um in einer Ehe gefangen zu sein, die du dir nicht selbst gewählt hast. Du sollst wissen, dass du von unserer Verlobung weggehen kannst, wenn es dein Wunsch ist. Wir könnten dann einen Weg finden, dass dabei niemand beschuldigt wird. Ich könnte zum Beispiel für einen kurzen Besuch nach London fahren. Oder ich könnte – "

Sie legte ihre Finger auf seine Lippen.

„Ich danke dir, Edward, dass du wieder so rücksichtsvoll bist. Aber ich habe dich sehr gern und bin glücklich, deine Frau zu werden." Dann lächelte sie ihn schelmisch an. „Heißt es aber, dass ich *David Copperfield* zurückgeben müsste, damit du wieder dein Geld bekommst?"

Er lachte und nahm sie dann impulsiv in seine Arme. Und nach einem kurzen Zögern legte auch sie ihre Arme fest um ihn.

Für eine Weile saßen beide in einer liebevollen Umarmung da.

Nachdem sie sich schließlich aus ihrer Umarmung gelöst und die Arme fallen gelassen hatten, lächelten sie einander an und wandten den Blick auf das Meer.

„Wenn es dir recht ist", sagte er nach einigen Minuten, „heiraten wir in der St. Francis Kirche, haben anschließend unseren Empfang in der Residenz und fahren dann zurück zu meinem Haus. Zurück zu unserem Haus, sollte ich wohl sagen. Ich denke es wäre vernünftig, wenn wir unsere Hochzeitsreise erst nach dem Monsun machen."

Sie lächelte ihn an. „Ja, damit bin ich einverstanden."

Sie wandten sich beide wieder dem Ausblick zu.

„Vielleicht sollten wir jetzt wieder zu deinen Eltern zurückgehen", sagte er schließlich. „Da ich hoffe, dass du unsere Verlobung bestätigen wirst, habe ich mehrere mögliche Hochzeitseinladungen mitgebracht. Du musst nur entscheiden, wie die Einladung aussehen und wie der Text lauten soll, und ich werde sie dann drucken lassen. Zeitmäßig wäre es wahrscheinlich eine gute Idee."

„Ich bin sicher, dass Mama und Papa einverstanden sein werden, wenn du es machst."

„Und wir müssen uns noch um deinen Ring kümmern. Und zuletzt ist dann noch zu entscheiden, wen wir einladen", sagte er heiter, „und auch das Datum festlegen. Wir sollten das wahrscheinlich bald tun, wenn wir die Regenzeit vermeiden wollen. Wir könnten uns vielleicht schon heute Nachmittag einigen. Ende März wäre eine gute Zeit zum Heiraten, denn es ist heiß, aber nicht zu heiß, und vor dem ersten Regen. Und es ist dann auch noch Zeit, das Aufgebot verlesen zu lassen. Was hältst du davon?"

„Es klingt perfekt", sagte Clara.

„Also, gut."

„Nur noch eins", fügte sie hinzu. „Ich nehme an, dass die Goddards heute zurück sein werden. Albert und mein Vater waren Freunde. Ich möchte nicht, dass ihre Freundschaft aufgrund eines Missverständnisses in die Brüche geht. Es war zwar ein schwerwiegendes Missverständnis, aber es wäre mir lieb, wenn sie keine Schuld trifft. Ich hätte gern, dass die ganze Familie zur Hochzeit eingeladen wird, als ob nichts geschehen wäre. Lizzie wäre meine Brautjungfer gewesen und ich möchte sie noch immer, wenn sie dazu bereit ist."

„Ja, natürlich. Das wäre die richtige Entscheidung."

„Ich danke dir, Edward."

Er blickte sie liebevoll an.

„Du musst mir nicht danken, Clara. Du weißt, dass ich dich liebe. Ich möchte, dass alles perfekt für dich ist. Du kannst dir gar nicht vorstellen, wie glücklich es mich macht, zu wissen, dass ich dich bald als meine Frau bezeichnen kann."

Seine Stimme brach und sie sah, dass er von seinen Gefühlen übermannt war.

Sie nahm seine Hand in die eine und das Buch in ihre andere Hand. „Mein lieber Edward", sagte sie zärtlich, und beide standen auf.

Dann gingen sie Hand in Hand zurück zu ihren Eltern.

38
—————

D*ienstagmorgen*

AMIT ÖFFNETE die Eingangstür zum Haus der Familie Saunders. Überraschung war in seinem Blick zu sehen, als er sich nicht vom Fleck rührte.

Julia, Albert und Lizzie standen vor ihm.

„Bitte, sage dem *sahib*, dass wir mit ihm sprechen möchten", verlangte Albert mit fester Stimme.

Amit ließ sie am Eingang warten und ging dann ins Haus, wo er Henry und Mary über die Ankunft ihrer Nachbarn informierte.

Einen Augenblick später kam Henry zur Tür. Er und Albert sahen einander schweigend an, bis Albert einen Schritt nach vorn machte.

„Mein Freund", sagte er.

Henry wich zurück.

„Hast du dich wie ein Freund benommen?" fragte Henry

leise. „Indem du die Verlobung zwischen deinem Sohn und der Tochter des Mannes, den du deinen Freund genannt hast, gelöst hast, ohne die geringste Absicht, deinen Freund darüber zu informieren. Und dann Heiratsverhandlungen für eben diesen Sohn um die Tochter eines Kollegen aufzunehmen, was du ja offensichtlich getan hast. Und das nennst du Freundschaft?"

„Bitte lass es dir erklären, Henry", wandte Julia ein, die sich zu Albert gestellt hatte.

Henry wandte sich nach Mary und Clara um, die mit ihm aus dem Wohnzimmer gekommen waren. Mary nickte ihm zu.

„Ja, also?" fragte Henry und verschränkte die Arme vor der Brust, bevor er sich wieder den Goddards zuwandte.

„Kommt doch herein", sagte Mary sanft und schob Henry zur Seite. „Amit wird uns Kaffee bringen." Sie warf einen Blick auf die leere Straße hinter ihnen. „Ist George nicht mitgekommen?"

„Er wird Clara später aufsuchen", sagte Julia. „Er möchte lieber selbst mit ihr sprechen. Natürlich nur unter eurer Aufsicht. Er hofft, dass ihr ihm erlaubt, am Nachmittag herüberzukommen."

„Er ist uns jederzeit willkommen", versicherte Mary.

„Bitte, kommt herein", brummte Henry.

Lizzie folgte Albert und Julia in das Haus, durch die Diele in das Wohnzimmer und dann zur Veranda hinaus.

Amit schloss die Eingangstür hinter den Gästen und ließ dann den Kaffee zubereiten.

ALLE SASSEN um den Tisch und beobachteten stillschweigend, wie Amit den Kaffee servierte, einen Teller mit Mango- und Ananasstücken in die Tischmitte stellte, und dann den Raum verließ.

„Ihr seid heute früh zu uns gekommen", begann Henry, „und so nehme ich an, dass ihr uns etwas sagen wollt, damit wir euer Verhalten Clara gegenüber besser verstehen können. Und auch Mary und mir gegenüber. Eine derart öffentliche Distanzierung von Georges Verlobung mit Clara, selbst wenn sie noch inoffiziell war, musste sich doch auf das Ansehen der ganzen Familie auswirken."

Albert beugte sich vor und hob seine Tasse auf. „Ich bin mir nicht sicher, dass du mit Recht sagen kannst, dass euer Ansehen gelitten hat, mein Freund", entgegnete er. „Ich würde sogar sagen, dass es gestiegen ist. Innerhalb weniger Minuten von unserer Rückkehr haben wir erfahren, dass Clara Edward Harrington heiraten wird. Euer Ansehen könnte wirklich nicht höher sein."

„Der Grund dafür ist, dass Edward sich wie ein wahrer Freund benommen und die Situation gerettet hat. Es wird nun allgemein angenommen, dass er der Mann im Mittelpunkt des Gerüchts war, aber seine Verlobung mit Clara hat sie von etwaigen Anschuldigungen freigesprochen. Natürlich war er nicht der Mann, denn es hat ihn ja gar nicht gegeben."

„Leider aber doch", sagte Julia mit Nachdruck.

„Unsinn!" rief Henry aus. „Es hat nie einen Zweifel daran gegeben, dass Clara George liebt. Und wir hatten angenommen, dass man das auch von George sagen konnte. Dass ihr euch nicht sofort an uns gewandt habt, als euch das Gerücht zu Ohren kam, zeigt, dass uns keine echte Freundschaft verbindet und wie oberflächlich Georges Gefühle für Clara tatsächlich sind."

Albert stieg zornige Röte ins Gesicht. „George hat Clara

geliebt. Ich fürchte aber, dass ihr euch bezüglich Claras Gefühlen zu ihm täuscht."

„Das ist nicht wahr", rief Clara. „Ich habe George immer geliebt, und ihr habt es auch gewusst."

„Und wir wissen auch, dass du einen Mann insgeheim im Dunkeln in deinem Negligé getroffen hast", warf Julia ein.

„Wie kannst du nur so etwas von Clara glauben?" rief Mary aus.

Albert und Julia tauschten Blicke aus.

„Weil sie von einem Augenzeugen gesehen wurde, der absolut über jeden Vorwurf erhaben ist", sagte Albert leise. „Wir waren über den Betrug an George so erbost, dass wir die Anzeige sofort storniert haben und nach Calicut gefahren sind."

„Wir wären sofort zu euch gekommen, wenn wir uns bezüglich der Information nicht so sicher gewesen wären", fügte Julia noch hinzu. „Aber da wir uns über ihre Stichhaltigkeit sicher waren, konnten wir das nicht tun. Unsere Fahrt nach Calicut hat uns den Vorwand gegeben, nicht zur Party zu kommen, die für uns alle peinlich gewesen wäre."

„Ich würde sagen, dass es etwas mehr als ein Vorwand war, wie du es nennst", sagte Mary gefasst. „Ich nehme an, dass ihr jetzt bald die Verlobung von George mit der Tochter von Alberts Kollegen bekanntgeben werdet."

Albert nickte. „Ja, das werden wir. Ihr könnt euch nicht vorstellen, wie schmerzvoll und peinlich die ganze Angelegenheit für George war, und wir hoffen nur, dass ihm seine Verlobung mit einem anderen netten Mädchen helfen wird, darüber hinweg zu kommen."

„Mary, du musst mit Clara sprechen", sagte Julia. „Ich bin sicher, dass sie die Wahrheit des Gerüchts zugeben wird. Wie ich schon sagte wissen wir, dass es der Wahrheit entspricht."

Clara wollte zum Sprechen ansetzen, doch Mary hinderte sie daran. „Es ist nicht notwendig, dass du es erneut bestreitest. Wir sind ebenso überzeugt, dass du dich irrst, Julia. Und dass jemand in deiner Familie dafür gesorgt hat, dass alle in Cochin erfahren haben, was ihr geglaubt habt."

Julia war errötet.

„Ich werde nicht versuchen, unsere Demütigung auf Edwards Party zu beschreiben", fuhr Mary fort. „Als uns Tilly erzählte, was sich herumgesprochen hat, hat Clara alles bestritten. Wir glauben unserer Tochter, und das ist alles, was wir darüber noch sagen werden."

„Wie du willst", sagte Julia mit enttäuschtem Gesicht. Sie nahm ihre Tasse und trank den restlichen Kaffee.

„Ich hoffe, dass unsere Familien auch weiterhin befreundet sein werden", warf Clara besorgt ein.

Mary nickte. „Clara hat recht. Wir leben in einer kleinen Gemeinschaft und wir werden einander immer wieder begegnen. Clara und George sind jetzt beide verlobt, wenn auch nicht miteinander, womit diese Episode eigentlich beendet ist. Wir sollten versuchen, nun alles hinter uns zu lassen."

„Ja, das kann ich akzeptieren," versicherte Albert.

Mary lächelte ihn ein wenig freundlicher an. „Ich bin froh, dass du das gesagt hast, Albert. Ihr beide, Henry und du, seid Freunde geworden und es hat mich gefreut, Julia in den vergangenen Monaten näher kennenzulernen. Es wäre schön, wenn unsere Freundschaft fortdauern könnte, und dass wir uns alle darüber freuen können, dass unsere Kinder eine gute Ehe eingehen werden. Wärt ihr beide damit einverstanden?"

„Ja, gern", sagte Albert. „Und du doch auch, Julia?"

„Selbstverständlich", sagte sie und ihr Lächeln galt sowohl Clara als auch ihren Eltern. „Wir freuen uns schon, mehr über Claras Hochzeitspläne zu erfahren", fügte sie hinzu. „Aber ich denke, wie sollten das ein andermal tun. Wir waren zwar nur kurze Zeit weg, aber Albert hat schon wieder viel zu tun, und ich auch. Und wir werden demnächst auch nach Madras reisen."

„Ich würde gern noch ein wenig hierbleiben, Mama, wenn es Clara recht ist", wollte Lizzie wissen. „Wir haben uns schon längere Zeit nicht mehr unterhalten, und haben sicher eine Menge zu erzählen."

Mary wandte sich an Clara. „Was sagst du dazu, Clara?"

„Das würde mich freuen, Mama. Ja, Lizzie, bitte bleib noch."

Mary stand auf, gefolgt von Henry – und auch Julia und Albert folgten ihrem Beispiel. „Ich bitte Amit, dass er euch frischen Kaffee bringt", sagte Mary zu den Mädchen. „Nachdem wir uns von Julia und Albert verabschiedet haben, werden wir im Oberstock einiges erledigen und wir lassen euch dann allein hier."

Ihre Kaffeetassen waren frisch gefüllt, als Clara und Lizzie einander gegenüber am Tisch saßen.

„Was auch immer du gehört hast, es war falsch", sagte Clara. „Ich habe mich nie mit jemandem in der Nacht im Garten verabredet, außer mit George, was du ja weißt."

„Clara, du bist mit Lewis gesehen worden", entgegnete Lizzie.

Clara richtete sich auf.

„Und noch schlimmer war", fuhr Lizzie fort, „dass du gewusst hast, wie sehr ich Lewis mochte."

„Aber das ist eine völlig falsche Interpretation von dem, was tatsächlich geschehen ist!" rief Clara aus. „Wenn du zu mir gekommen wärst, sobald du es gehört hast, hätte ich es dir erklären können."

„Ich habe es dir nicht gesagt, weil ich so enttäuscht über deinen Verrat an meinem Bruder und an mir war", sagte Lizzie voller Zorn. „An meiner Stelle wäre doch ein jeder empört gewesen."

„Aber ich habe ihn doch nicht betrogen. Zuerst dachte ich, dass es ein falsches Gerücht sei, und das habe ich auch gesagt, als mich Mama auf der Party danach fragte. Als ich aber später mit Edward darüber sprach, fiel mir plötzlich ein, dass einmal – aber nur ein einziges Mal, Lizzie – als Ergebnis eines groben Missverständnisses, Lewis in unseren Garten gekommen ist und nach mir gerufen hat. Er war im Schatten versteckt und da ich dachte, es sei George, bin ich zu ihm hingegangen. Es war ein Missverständnis", wiederholte sie. „Nur ein Missverständnis."

„Nein, das war es nicht. Denn ich habe im Club gehört, wie du zu ihm sagtest, er soll in deinen Garten kommen", war Lizzies vorwurfsvolle Antwort. „Zuerst dachte ich, du würdest ihm sagen, wie er zu mir kommen könnte, aber jetzt weiß ich, dass es nicht so war."

Clara machte eine hilflose Geste. „Du liegst völlig falsch. Lewis hatte mich gefragt, was Frauen tun, wenn sie einen Mann ohne eine Anstandsdame treffen wollen. Er sagte, er hätte auch dich danach gefragt, aber er sei zum Billard-spielen weggerufen worden und hatte daher nicht auf deine Antwort warten können."

Lizzie biss sich auf die Lippe. „Das stimmt – er hat mich wirklich gefragt", sagte sie langsam.

„Ich hatte angenommen, dass er Zeit mit dir allein verbringen wollte, und so erzählte ich ihm, was George und ich getan hatten. Erst als er in meinen und nicht in deinen Garten gekommen war, merkte ich, dass er an mir interessiert war. Wir hatten es beide falsch verstanden."

Und nach einiger Überlegung. „Ich nehme an, dass George sich schließlich entschlossen hatte, mich zu besuchen, und mich dann mit Lewis gesehen hat. Er muss der stichhaltige Zeuge sein."

„Es war nicht George. Ich bin es gewesen. Weil ich gehört hatte, was du gesagt hast, hatte ich Lewis erwartet. Ich war ungeduldig und bin ihm entgegengegangen. Da sah ich, wie er dich küsste." Ihre Stimme war äußerst vorwurfsvoll.

„Er hat sich verabschiedet", sagte Clara verzweifelt. „Ich hatte gesagt, dass ich George liebe und nie an irgendjemand anderen interessiert gewesen bin. Ich hatte sogar versucht, seinen Kuss von meiner Wange zu wischen."

Lizzie lehnte sich zurück. Sie war blass geworden und starrte Clara entgeistert an.

„Du wolltest mir helfen und ich habe dich dafür schrecklich verletzt. Du wirst mich jetzt sicher hassen", sagte sie schließlich. „Und jetzt musst du Edward heiraten. Er ist ja nett, aber er ist nicht jung und sieht auch nicht so gut aus wie George. Und George wird nun dieses Mädchen in Calicut heiraten müssen."

„Wie ist sie denn?"

Lizzie zuckte die Achseln. „Sie ist in unserem Alter und sie ist hübsch. Sie scheint ganz nett zu sein. Es betrifft mich aber nicht, denn ich werde ja in Madras sein. Ich freue mich schon darauf, dort zu wohnen. Ganz gleich was du sagst, glaube ich nicht, dass du mich je wieder so mögen wirst, wie zuvor. Jedes Mal, wenn du Edward anschaust, wirst du dir denken, was du wegen mir verloren hast."

„Wie steht denn George zu dem Mädchen?"

Lizzie schüttelte den Kopf. „Ich weiß es nicht. Anscheinend mag er sie. Sie haben viel über Cricket geredet. Ihr Vater spielt auch Cricket und deshalb weiß sie viel darüber. Was ist mit deinem Vater? Ist er schrecklich enttäuscht? Wir alle wissen, dass George eines Tages Saunders & Co. geleitet hätte, was aber jetzt nicht sein wird."

„Sicher ist er enttäuscht. Schließlich ist Edward kein zweiter George. Er hat aber nichts gesagt. Er wird sich bestimmt etwas einfallen lassen. Vielleicht verkauft er die Firma, wenn er sie nicht mehr selbst leiten kann, wird aber darauf bestehen, dass der Name erhalten bleibt. Vielleicht wird Lewis sie übernehmen. Wer weiß?"

Lizzie stand auf. „Ich muss jetzt gehen, Clara. Ihr werdet jetzt bald zu Mittag essen und George kommt später auch vorbei. Ich werde ihm erzählen, was du gesagt hast, und ich werde die Schuld auf mich nehmen – und zwar zu Recht."

Sie lächelte Clara schief an. "Wie wäre es mit einem Kaffee am Freitag im Old Harbour House? Nur du und ich? Ohne Lewis", fügte sie lachend hinzu. „Als Akt der Reue könnte ich dir erlauben, pausenlos über deine Hochzeitspläne zu reden."

Clara lächelte, als sie aufstand. „Ja, fein. Bis dahin hast du sicher unsere Einladung erhalten. Wir heiraten in der ersten Aprilwoche."

„Sind wir denn eingeladen?" fragte Lizzie überrascht.

„Ja, natürlich. Wir haben uns heute früh doch geeinigt, dass wir noch immer befreundet sind, nicht wahr? Es ist eine gute Idee, dass wir uns am Freitag treffen. Wir müssen ja über dein Kleid als Brautjungfer sprechen."

. . .

„ICH HABE GESEHEN, dass Lizzie gegangen ist", sagte Mary, als sie zur Veranda herauskam, wo Clara soeben *David Copperfield* aufgeschlagen hatte. Sie nahm neben Clara Platz.

„Ich bin froh, dass die Goddards gekommen sind", sagte Clara. „Es hat reinen Tisch gemacht. Und wenn Lizzie meine Brautjungfer wird, dann wird alles bald wieder in den gewohnten Bahnen sein."

Mary lächelte. „Das ist sehr klug von dir. Ich war eigentlich überhaupt nicht überrascht, dass sie gekommen sind, und auch nicht, dass sie die ganze leidige Angelegenheit auslöschen wollten."

Clara blickte Mary fragend an.

„Ich denke, dir ist noch gar nicht klar geworden, welchen Status du in der Gemeinschaft nach deiner Ehe mit Edward haben wirst", sagte Mary. „Und welchen Einfluss. Es ist erstaunlich, was eine Frau leisten kann, wenn sie ihre Trümpfe richtig ausspielt. Die Goddards werden eine möglichst enge Freundschaft mit uns aufrechterhalten wollen. Darüber kannst du dir sicher sein."

Clara runzelte die Stirn. „Magst du sie wegen ihres Eigennutzes jetzt weniger gern?"

„Nein, kaum. Denn so ist es ja, sowohl im politischen wie auch im geschäftlichen Leben."

Nach einer Pause wandte sie sich direkt an Clara. „Deine Frage hat mir gezeigt, wie viel reifer du in den Monaten seit deiner Rückkehr geworden bist. Wir hatten recht gehabt, als wir die Verlobung verschoben haben, selbst wenn sich die Umstände schließlich gegen uns verschworen haben und das Endergebnis nicht so war, wie wir es erwartet hatten. Ich vertraue jetzt aber darauf, dass du – ganz gleich in welcher Situation du dich befindest – das Beste daraus machen wirst."

„Danke, Mama"."

„Und ist dein Gespräch mit Lizzie gut verlaufen?"

„Ja, danke. Wir haben alles geglättet und hinter uns gebracht. Und ganz wie früher werden wir uns im Old Harbour House am Freitag zum Kaffee treffen. Wenn du nicht mitkommen kannst, werde ich die *ayah* fragen."

„Ich bin froh, dass deine Freundschaft mit Lizzie alles überstanden hat."

Clara lächelte ihre Mutter an. „Das habe ich nicht ganz so gemeint. Ich werde nicht so eng mit ihr befreundet sein wie bisher, aber so lange sie noch in Cochin ist, werden wir freundschaftlich miteinander verkehren. Du weiß ja, dass sie nach Madras gehen wird."

Und nach einigem Zögern. „Ich möchte nicht, dass Papa es erfährt, aber ich habe den Verdacht, dass Lizzie das Gerücht in Umlauf gebracht hat, und nicht jemand aus ihrer Dienerschaft. Wenn es so ist, dann zeigt es, dass sie hinterhältig sein kann, und absichtlich auf verletzende Weise reagieren wird, wenn sie zornig oder eifersüchtig ist. Ich werde nie mehr das Gefühl haben, dass ich völlig offen zu ihr sein kann."

„Ich weiss, dass dir Lizzie erzählt hat, was geschehen ist", sagte George, nachdem er ihr eine Erklärung gegeben hatte, die der von Lizzie am Morgen sehr ähnlich war, „aber ich hoffe inständig, Clara, dass du mir glaubst, dass ich nie aufgehört habe, dich zu lieben, was immer du auch getan haben magst."

„Was nichts war", sagte Clara in scharfem Ton. „Lizzie wollte dir erklären, dass alles ein Missverständnis war. Hat sie das nicht getan?"

„Ja, das hat sie", sagte er rasch. „Ich habe mich schlecht ausgedrückt. Aber jetzt, wo ich dich wiedersehe..." er rückte näher an sie heran, „... wo du so bezaubernd aussiehst, ist es doch kein Wunder, dass meine Worte nicht wie beabsichtigt herauskommen? Ich liebe dich, Clara. Ich kann es nicht glauben, dass du Edward und nicht mich heiratest." Er schüttelte den Kopf. „Ich finde den Gedanken unerträglich."

„Ich habe gehört, dass dein Mädchen in Calicut sehr hübsch ist", sagte sie mit scharfer Zunge. „Ich bin sicher, dass sie dir helfen wird, es zu ertragen."

„Das habe ich verdient", sagte er zerknirscht. Er beugte sich zu ihr hin. „Sie ist es aber nicht, die ich liebe, sondern du bist es, Clara. Gibt es irgendeine Möglichkeit, wie wir wieder zusammenkommen könnten? Ich liebe dich so sehr."

„Es tut mir leid, George, aber die gibt es nicht. Es war aus mit uns, ab dem Moment, als du Lizzie glaubtest, was sie sagte, dass du sofort mit den Plänen deiner Eltern einverstanden warst und mit nach Calicut gefahren bist, ohne zu hören, was ich zu sagen hatte."

Er machte eine verzweifelte Geste.

„Es geht jetzt nicht mehr nur um uns - da sind jetzt auch Edward und deine Verlobte", fuhr sie fort, „und auch unsere Eltern. Es ist kein Spiel. Wir sind in vertraglichen Verbindungen, die nicht ohne Konsequenzen, und – was noch wichtiger ist – nicht ohne Menschen zu verletzen, gebrochen werden können."

„Du weißt gar nicht, wie leid es mir tut, dass ich nicht zu dir gekommen bin. Wenn ich die Möglichkeit gehabt hätte, würden die Dinge jetzt ganz anders aussehen. Ich möchte aber auch sagen, dass ich in den vergangenen Tagen Zeit zum Nachdenken gehabt habe."

„Worüber denn? Du sagst, dass du mich liebst. Aber wird ein Mann, der eine Frau wirklich liebt, das Schlimmste von ihr annehmen, ohne zu fragen? Und wird ein verliebter

Mann dabei helfen, Schande nicht nur über die Frau, die er liebt, sondern auch über ihre ganze Familie zu bringen? Eine Familie, die stets gut zu ihm war? Ich glaube nicht. Dass du Lizzies Anschuldigungen sofort akzeptiert hast, sagt mir, George, dass du mich überhaupt nicht kennst."

George lehnt sich zurück. „Ja, doch, und ich liebe dich. Aber ich sehe, dass du es nicht mehr glaubst. Und ich bin nur selbst daran schuld", sagte er kläglich. Er warf einen niedergeschlagenen Blick auf den Garten und das tiefblaue Meer, und dann wieder auf Clara. „Glaubst du, dass du mit Edward als Ehemann glücklich sein wirst?"

„Ja, da bin ich mir sicher.", sagte sie leise.

„Er ist aber nicht sehr sportlich, und ich kann mir nicht vorstellen, dass ihr zu vielen Spielen auf dem Parade Ground kommen werdet. Und die Leute, mit denen er im Club befreundet ist, sind älter als wir. Und sie sind ein wenig spießig, wenn ich ganz ehrlich bin. Er selbst ist es ja auch. Aber ich mag ihn", fügte er rasch hinzu. „Ich kann mir nur nicht euch beide miteinander vorstellen. Du und ich, wir passen viel besser zusammen", fügte er lächelnd hinzu.

„Da frage ich mich, ob das stimmt. Denn Edward und ich haben gemeinsame Interessen, angefangen mit dem Lesen."

George brach in Lachen aus. „Mag sein, dass du Zeitschriften liest, aber ich kann mir nicht vorstellen, dass du Bücher liest, oder zumindest nicht solche, die er liest." Und er lachte erneut.

„Ich mag gar keine Zeitschriften", sagte sie. „Aber wie könntest du das auch wissen, nachdem wir im Lauf der vergangenen Monate nie so richtig miteinander gesprochen haben." Und nach einer Pause. „Wie verbringt denn dein Mädchen in Calicut ihre Zeit?"

„Ich weiß es eigentlich nicht. Wie jedes andere

Mädchen, nehme ich an. Und wenn wir verheiratet sind, dann wir sie den Haushalt führen. Mama und Papa kaufen uns ein Haus in ihrer Nähe, und wir sind dann nicht weit weg von hier. Und sie hilft beim Tee für das Cricket-Team und die Zuschauer. Sie weiß übrigens sehr viel über Cricket", fügte er freudig hinzu. „Ihr Verständnis von Cricket ist wirklich beeindruckend."

„Dann passt sie ja gut zu dir", sagte Clara lächelnd.

Und eine überraschende Welle der Erleichterung durchlief sie.

39

M*ittwochnachmittag*

SEINE HÄNDE tief in den Hosentaschen vergraben marschierte Lewis hin zur hohen Steinmauer, die um sein Haus führte, und ging dann durch das schmale Tor, das zu beiden Seiten von zwei riesigen Säulen getragen wurde.

Mit nachdenklich gesenktem Kopf überquerte er das Gelände und ging auf die Stufen zum Hauseingang zu. Oben angekommen, schlenderte er an den vier Korbstühlen mit breiten Armlehnen vorbei, die im Kreis auf der kleinen Veranda gruppiert waren, und dann ins Haus hinein.

In der Vorhalle blieb er stehen und trug dem Hauptdiener auf, ihm einen Whisky ins Büro zu bringen. Dann ging er ins große Wohnzimmer, das durch eine Zwischenwand zweigeteilt worden war. Die rückwärtige Hälfte diente als Büro.

Dort setzte er sich an seinen Schreibtisch, unter dem

rechteckigen *punkha*, der an der weißgetünchten Decke angebracht war.

Augenblicke später kam der Hauptdiener herein, stellte ein Whiskyglas neben ihn, und verließ den Raum.

Lewis lehnte sich zurück und verschränkte die Hände hinter dem Kopf.

Alles, was sich seit Samstag zugetragen hatte, hatte ihn nur noch entschlossener gemacht, die Kontrolle über Saunders & Co. zu erzwingen, und zwar so bald wie nur möglich. Es stand jetzt viel zu viel Geld auf dem Spiel, als dass er sich eine Verzögerung hätte leisten können, bevor er aktiv wurde.

Nichts würde ihm mehr Genugtuung verschaffen, als die Kontrolle über die Firma auf eine Art zu übernehmen, die Edward Harrington und der Familie Saunders die größtmögliche Schande brächte. Und das war sein Ziel.

Ja, auch Edward Harrington musste in den Skandal verwickelt werden, den er herbeiführen wollte.

Es war wegen Harrington, dass ihm die Möglichkeit entgangen war, Clara Saunders zu heiraten, und weshalb er jetzt einen umständlicheren Weg einschlagen musste, um ans Ziel zu gelangen.

Dabei war er sich bewusst, dass nichts von dem Dreck, den er aufzuwühlen beabsichtigte, erst dann an Harrington hängen bleiben durfte, nachdem er Clara geheiratet hatte.

Das bedeutete, dass er erst handeln konnte, nachdem sie einen Ehering an ihrem Finger trug.

Doch schon bald nachdem er zu handeln begonnen hatte, würde Harrington, mit seiner Frau an seiner Seite, in Schmach und Schande auf einem Schiff nach England unterwegs sein. Beide gebeugt von der Last des Skandals, der ihrer Familie widerfahren war.

Während er, Lewis, in Cochin florierte, und im Schutz

der Firma, die er wie früher leitete, deren Angebot durch einige äußerst lukrative Waren erweiterte und neue Seerouten eröffnete.

Er legte die Hände auf den Schreibtisch und griff nach seinem Glas.

Natürlich musste er zuerst die Firma kaufen. Er hatte schließlich nicht die Absicht, sie in Henrys Namen zu verwalten – es würde ja sein Unternehmen sein, und seins allein.

Henry wäre von der Situation, in der er sich plötzlich befand, so überrascht, dass er angesichts eines Angebots von einem Käufer, der ihm versicherte, seine Familie zu versorgen, der das Unternehmen in- und auswendig kannte, und ihm versprach, dass nichts am Namen und an der Art, wie die Dinge gemacht wurden, geändert würde, das gebotene Geld zwangsläufig annehmen würde, ganz gleich wie niedrig auch das Angebot sein mochte.

Sobald die anderen Händler sich für ein Angebot positioniert hatten, das dem Wert der Firma entsprach, war es für sie schon zu spät.

Er blickte auf den Kalender auf seinem Schreibtisch. Harrington und Clara würden in etwas über fünf Wochen verheiratet sein. In knapp über fünf Wochen würde er also seinen Plan umsetzen.

Doch das Wichtigste zuerst, dachte er, und trank sein Glas leer.

Am nächsten Montag stand wieder eine Fahrt in die *backwaters* auf dem Programm.

Die Pfefferkörner mussten abgeholt werden, die drei Tage zuvor rötlich angelaufen und geerntet worden waren. Seitdem waren sie in der Sonne getrocknet und schwarz geworden. Nun konnten sie in luftdichten Behältern gelagert und schließlich verschifft werden.

Zusätzlich zu den Pfefferkörnern mussten einige kleinere Warensendungen, alles legal, von seinem Kontaktmann im Dorf abgeholt werden, und, was am allerwichtigsten war, würde er diesmal eine große Menge Opium für sich selbst bestellen.

Das würde ein Geschäft zwischen ihm und dem Kontaktmann sein, und niemand außer ihnen, nicht einmal Sanjay, würde etwas von dem Auftrag wissen. Zumindest nicht an diesem Punkt.

Sanjay würde ihn natürlich wie üblich auf seiner Fahrt am Montag begleiten.

Doch für die Pläne, die er im Sinn hatte, würde er eine weitere Person, die für ihn arbeitet, aufnehmen müssen. Und die Fahrt am Montag wäre eine gute Gelegenheit, diesen möglichen Mitarbeiter auszuprobieren. Es müsste natürlich jemand sein, der bereits für Henry arbeitet, da er nicht genug Zeit hatte, einen geeigneteren Kandidaten zu finden.

Sanjay hatte einen Mann namens Jitsu vorgeschlagen, und er könnte genau der Mann sein, den er brauchte.

Anscheinend hatte Jitsu einige kleine illegale Transaktionen für Sanjay durchgeführt, und da er außer an seinem Lohn kein anderes Interesse gezeigt hatte, war er ganz oben auf die Liste gesetzt worden.

Er musste den Mann aber erst noch selbst abchecken.

Obwohl die meisten Hafenarbeiter wahrscheinlich begeistert wären, etwas dazuzuverdienen, war er nicht bereit, einfach irgendjemanden aufzunehmen. Es musste jemand sein, dem er trauen konnte, jemand, der seinen Mund hielt. Jitu in der nächsten Woche mitzunehmen, würde ihm zeigen, aus welchem Holz der geschnitzt war.

Die Fahrt in der kommenden Woche wäre also nur für streng legale Zwecke. Er würde nicht das Risiko eingehen, etwas Illegales mit jemanden im Boot zu wagen, der sich noch nicht bewährt hatte.

Aber die Fahrt, die er für zwei Wochen danach plante, wäre eine ganz andere Sache.

Auf der zweiten Fahrt würden sie zu seiner Werft und zu seinem Lagerhaus fahren, und Jitsu, oder wen er sonst mitnahm, würde erfahren, dass er ein eigenes Anwesen hatte. Und der Mann würde auch merken, dass der Zweck der Fahrt nicht dem Zweck entsprach, der Henry Saunders mitgeteilt worden war.

Beide Männer wüssten, dass Henry annahm, sie würden im großen *kettuvallam* in die *backwaters* fahren, um dort eine Ladung Kokosnussschalen aufzunehmen. Tatsächlich wäre die Fahrt aber nur bis zu seiner – Lewis' –Werft.

Sechs Wochen zuvor hatte er Henry an einem Mittwochnachmittag im Club von einem Gespräch erzählt. Denn der Besitzer einer Fabrik, von der Kellen und Löffel aus harten Kokosnussschalen hergestellt wurden, hatte beiläufig erwähnt, dass er in Kürze mehr Schalen bräuchte, und er – Lewis – habe dann die Gelegenheit ergriffen und dem Mann angeboten, die Schalen zu einem besonders günstigen Preis an die Fabrik zu liefern.

Der Vertrag war abgeschlossen und in Henrys Hauptbuch eingetragen, und die Schalen waren folglich abgeholt und ausgeliefert worden. Aber nicht alle Schalen, die er abgeholt hatte, waren ausgeliefert worden. Er hatte mehr bestellt als vertragsgemäß verlangt worden waren.

Ohne Henrys Wissen hatte er einige davon zurückbehalten und in seinem Lagerhaus aufbewahrt.

Er hatte instinktiv vorausgesehen, dass es zu einem späteren Zeitpunkt irgendwann erforderlich sein könnte, den Anschein erwecken zu müssen, in den *backwaters* gewesen zu sein, wenn er gar nicht dort war.

Und dieser Anlass hatte sich jetzt viel früher als erwartet eingestellt.

Der einzige Zweck der zweiten Fahrt war nur, das *kettuvallam* so umzuarbeiten, dass im Rumpf des Boots und hinter den Schränken Drogen versteckt werden konnten. Sofort nach Ankunft in seiner Werft würden die von ihm beschäftigten ortsansässigen Männer die Arbeit durchführen.

Damit es so aussah, als ob sie tatsächlich in den *backwaters* gewesen waren, würde er die Kokosnussschalen aus seinem Lagerhaus zurückbringen. Sie könnten dann in einem der Lagerhäuser in Muttancherry so lange angehäuft werden, bis er einen Käufer dafür gefunden hatte.

Daher war es äußerst wichtig, dass er den Männern, die er auf dieser zweiten Fahrt mitnahm, sein vollstes Vertrauen schenken konnte.

Und ebenso auf der dritten Fahrt, zwei Wochen nach der zweiten, die sie am Abend vor Claras Hochzeit nach Cochin zurückbringen würde.

Auf dieser Fahrt hatte er dann ganz offensichtlich die Arbeit der Firma erledigt und die Aufträge für den Rest der auf den Hügeln geernteten Pfefferkörner erfüllt, und auch geprüft ob alle neugepflanzten Pfefferreben an die stützenden Bäume gebunden waren, damit sie nicht den Boden berührten. Gleichzeitig würde er aber auch die große Menge der Drogen übernehmen, die er während der ersten Fahrt bestellt hatte.

Er lehnte sich in seinem Stuhl zurück und blickte um sich.

Ja, er würde jetzt gleich die Gunst der Stunde nutzen und Nachforschungen über Jitus Vergangenheit anstellen – schließlich konnte man nicht vorsichtig genug sein, wenn es um so viel ging – und wenn seine Nachforschungen nichts

Nachteiliges über den Mann ergaben, dann würde er ihn am nächsten Montag mitnehmen und sich seine eigene Meinung über ihn bilden.

Und wenn alles zu seiner Zufriedenheit verlaufen war, würde Jitu ihn und Sanjay auf allen nachfolgenden Fahrten begleiten.

Ja, dachte er mit grimmiger Zufriedenheit, Clara Saunders Hochzeitstag wird wahrlich denkwürdig sein, allerdings nicht auf die Art, wie sie es vorausgeplant hatte.

40

D*er Hochzeitstag*

Der Tag, auf den Clara mit gemischten Gefühlen gewartet hatte – ihr Hochzeitstag – war endlich da.

Die vergangenen Wochen schienen einerseits wie in einem Wirbel von Hochzeitsvorbereitungen verflogen zu sein und sich andererseits endlos hingezogen zu haben.

Einen Augenblick lang konnte sie es kaum erwarten, bis die Hochzeit endlich da war, und ein andermal sah sie dem Tag plötzlich mit Schrecken entgegen und hätte sich am liebsten im Bett verkrochen, bis der Tag vorüber war.

Ihre einzige Gewissheit war, dass sie Edward ganz bestimmt heiraten werde und dass sie ihn gernhatte und glücklich war, einen so guten Freund zu heiraten. Er war so unterhaltsam, dass sie sich in letzter Zeit jedes Mal, wenn sie sich getrennt hatten, schon auf ihr nächstes Beisammensein freute.

Sie war an diesem Tag früher als sonst aufgewacht, hatte die Decke zurückgeworfen, war aus dem Bett gesprungen und auf die Veranda hinausgegangen.

Es war dies das letzte Mal, dachte sie mit einem Anflug von Traurigkeit, als sie sich an die Balustrade lehnte und die Morgendämmerung beobachtete. Jedenfalls nicht auf ihrer Veranda und nicht mit demselben Ausblick, den sie jahrelang geliebt hatte.

Natürlich würde es aber nicht das letzte Mal sein, dass sie beobachtete, wie sich der Tag vor ihren Augen entfaltete – auch Edward liebte es, zu betrachten, wie sich die Farben des Tages langsam entfalteten, und ab der nächsten Nacht würde sie auf Edwards Veranda stehen und seinen Ausblick bewundern.

Er hatte ihr gesagt, dass sie sein Haus nun auch das ihre sei. Sie konnte es aber nicht – es war Edwards Haus und würde es so lange sein, bis sie sich darin eingelebt hatte.

Der Nachthimmel hatte sich im ersten Licht der Dämmerung erhellt, und der Himmel und das Meer hatten ihre dunkelgraue Hülle abgeworfen und waren in einem luminösen Licht erstrahlt.

Auch die Sonne hatte sich im Osten erhoben und den Himmel von seinem silbrigen Grau in die Farbe reifer Mangos getaucht und das Wasser darunter mit Gold beschienen. Während sie das Farbspiel betrachtete, fühlte sie, wie die Ereignisse des Tages immer näher auf sie zukamen.

Ein Schauder durchlief sie.

Edward hatte ihr in den vergangenen Wochen auf seine diskrete Art eindeutig zu verstehen gegeben, dass er das, was er ihr bei seinem Antrag gesagt hatte, auch wirklich gemeint hatte, und sie wusste, dass sie ihr eigenes Schlafzimmer, Ankleidezimmer und Bad haben würde.

Da sie ihn wie einen Freund gernhatte, aber nie mehr als nur Freundschaft und Dankbarkeit für seine zahlreichen Liebenswürdigkeiten empfand, war sie darüber sehr erleichtert.

Obwohl sie während der Nacht zwar getrennt waren, gingen ihre Räume doch auf dieselbe Seite der Veranda hinaus, und so konnte sie sich als Erstes am Morgen zu ihm gesellen, bevor sie wieder in ihre Zimmer zurückgingen.

Sie wollte das gerne tun und sie würde auch gerne untertags, wie zum Beispiel zum Nachmittagstee, mit ihm wie mit einem Freund zusammentreffen, und sie wusste auch, dass sie sich abends auf seine Rückkehr von der Arbeit und auf ein Gespräch mit ihm beim Abendessen und danach freuen würde.

Sie konnte sich jetzt mit absoluter Sicherheit vorstellen, dass sie ein bequemes Leben miteinander führen werden, und es hatte sogar Augenblicke gegeben, dass sie sich auf den Beginn ihres neuen Lebens freute.

Sie hatte erwartet, dass sie nur mit Widerwillen das geliebte Heim ihrer Familie, und ihren besonderen Teil der Veranda, sowie die Erinnerungen an George, die für immer tief im Holz der Möbel und den Wänden steckten, zurücklassen würde.

Aber jetzt, da der Tag gekommen war, fühlte sie bei dem Gedanken, das Vertraute zurückzulassen und das Neue anzunehmen, nicht mehr als nur ein wenig Nostalgie.

Sie wandte sich vom Ausblick ab und ging zurück in ihr Zimmer.

Ihr stand ein geschäftiger Tag bevor. Tilly, ihre Trauzeugin, würde in etwa einer Stunde hier sein, desgleichen Lizzie, ihre Brautjungfer. Sie wollten ihre Kleider mitbringen und sich dann bei ihr umziehen. Dann würden sie gemeinsam von hier zur St. Fancis Kirche fahren.

Die Kirche war mit Orangenblüten geschmückt worden. Ans Ende einer jeden Kirchenbank war ein Gesteck mit Orangenblüten befestigt, und ihr Duft würde jetzt die ganze Kirche erfüllen.

Am Ende der Trauung würde ein Geleit von Barkassen sie und Edward und die zahlreichen Gäste zum Empfang auf dem Rasen der Residenz bringen.

Nach all dem Planen und Organisieren für die Hochzeit, wird sicher alles reibungslos über die Bühne gehen, dachte sie, und schlüpfte in ihre Tageskleidung. Dann wollte sie für ein schnelles Frühstück hinuntergehen.

Da wurde leise an ihre Zimmertür geklopft.

„Herein", rief Clara.

Mary kam herein.

Als Clara ihre Mutter sah, lachte sie. „Seit wann wartest du denn, bis ich „herein" sage? Früher hast du doch nur geklopft und bist dann gleich hereingekommen?"

Als Mary im Zimmer stand, bemerkte Clara den gespannten Ausdruck in den Augen ihrer Mutter.

„Was ist denn los, Mama?" fragte sie beängstigt.

„Nichts, meine Liebe. Zumindest nichts Schlimmes." Mary ging durchs Zimmer, setzte sich auf Claras Bett und wies Clara an, neben ihr Platz zu nehmen.

„Nur für den Fall, dass es Dinge gibt, über die du mit mir sprechen möchtest", sagte Clara, als sie sich neben ihre Mutter gesetzt und eine leichte Röte ihre Wangen bedeckt hatte, „Tilly hat mir schon alles gesagt, was ich wissen sollte. Du bist also aus dem Schneider", fügte sie mit einem verlegenen Lachen hinzu.

„Darum geht es ja nicht", sagte Mary lächelnd. „Ich wusste schon, dass Tilly mit dir gesprochen hat. Nein, es ist wegen etwas Anderem, das mich beunruhigt hat. Ich bin sehr früh aufgewacht und musste immer wieder daran denken."

„Was ist es denn?" Clara biss sich in die Lippe.

„Deine Verlobung mit Edward ist so schnell geschehen. Dein Vater und ich wussten, dass er dich mag, hatten aber nie etwas gesehen, das uns gesagt hätte, dass du mehr als nur Freundschaft für ihn empfindest. Allen Anzeichen nach warst du ja in George verliebt. Dein Vater und ich, wir machen uns Sorgen, dass du mit dieser Heirat einverstanden bist, denn du glaubst, dass es der einzige Weg ist, eine leidige Situation zu retten."

Clara setzte zum Sprechen an.

„Bevor du etwas sagst", warf Mary schnell ein, „möchten wir dir sagen, dass wir dich unterstützen werden, wenn du Edward lieber nicht heiraten möchtest, ganz gleich was die Folgen davon sind. Tilly und Michael lieben einander und sind sehr glücklich, und wir möchten auch dasselbe für dich, liebes Kind." Mary holte tief Atem. „Und damit bin ich fertig."

„Es ist sehr lieb von dir und Papa, das zu sagen, aber ich freue mich, Edward zu heiraten. Wir haben uns über die letzten Wochen hin ein paarmal getroffen, und jedes Mal habe ich mir gedacht, was für ein überaus lieber Mensch er ist, und was für ein Glück ich habe, dass er mich liebt."

Mary lächelte sie herzlich an. „Es freut mich so, dass du das sagst, Liebling. Wir hatten solche Angst, dass du dein Leben für uns opferst."

Clara lachte. „Wie dramatisch, Mama! Aber weil wir gerade offen miteinander sprechen, möchte ich dir sagen, dass ich dir und Papa, und auch Georges Eltern, sehr dankbar bin, dass ihr darauf bestanden habt, dass wir unsere Verlobung erst nach sechs Monaten offiziell machen können."

Mary sah sie erstaunt an. „Aber du liebst doch George?"

„Eigentlich nicht. Ich muss zugeben, dass ich es glaubte. Aber ich habe mich geirrt. Ich habe den George geliebt, der vor Jahren der Freund meiner Kindheit gewesen ist. Ich mag den George von heute, aber ich liebe ihn nicht. Ich war so verliebt in die Idee ihn zu lieben – wenn das Sinn hat – dass ich ihn nicht so sah, wie er als Erwachsener geworden ist."

„Ja, ich verstehe", sagte Mary langsam.

„Als ich anfing, wirklich ernsthaft über ihn nachzudenken – als er nach Calicut gefahren ist – und ich wusste, dass ich ihn verloren habe, und nachdem Edward mir einen Antrag gemacht hatte, und ich etwas klarer denken konnte, da war ich überglücklich, dass sich alles so ergeben hat."

Mary runzelte überrascht die Stirn. „Clara, warst du das wirklich?"

„Ich war überrascht, dass ich mich so gefühlt habe. Aber mir war klargeworden, dass George und ich keine gemeinsamen Interessen haben. Ich bin sicher, dass wir miteinander auf unsere Art glücklich gewesen wären, aber auch überzeugt, dass er mit dem Mädchen aus Calicut glücklicher sein wird."

Mary schluchzte und legte ihre Hand auf den Mund. „Ich kann dir gar nicht sagen, wie erleichtert ich jetzt bin."

Clara umarmte sie zärtlich. „Du kannst auch Papa sagen, dass die Freundschaft mit den Goddards stark bleiben wird, und ich freue mich schon auf Georges Verlobte, wenn sie hier ankommt. Jetzt, wo Lizzie in Madras sein wird, kann uns ein neues Gesicht in unserer Gemeinschaft nur willkommen sein. Ich hoffe, dass wir Freundschaft schließen werden."

Mary stand auf und auch Clara erhob sich.

„Du wirst Edward eine wunderbare Gattin sein, mein

Liebling", sagte Mary mit Tränen in den Augen, und sie drückte einen Kuss auf Claras Wange.

CLARA STAND an Henrys Arm am Eingang zur Kirche. Ihre schlanke Gestalt war in ein bodenlanges schräg geschnittenes und hoch geschlossenes Kleid mit langen Ärmeln aus weißem Satin gekleidet.

An einem jeden der eng anliegenden Ärmel befand sich eine Reihe kleiner Perlknöpfe, und jedes Ohr schmückte ein Ohrring mit einer Perle. Von der Tiara aus Orangenblüten hing ein Tüllschleier, der bis zum Boden reichte. In der Hand trug sie einen Strauß weißer Lilien.

Henry wandte sich an seine Tochter. „Clara, du siehst wunderschön aus", sagte er barsch. „Edward ist ein glücklicher Mann. So wie ich es war, als ich deine Mutter geheiratet habe. Auch ich wünsche dir dasselbe große Glück, das ich mit ihr gehabt habe."

„Danke, Papa, für alles", erwiderte Clara leise.

Sie lächelten einander an und wandten sich dann wieder der vollen Kirche zu.

Vor ihr am Traualtar stand Edward in einem schwarzen Cutaway mit silbergrauer Weste und gestreifter Hose. Er hatte Clara sein Gesicht zugewandt. Michael, sein Trauzeuge neben ihm, trug einen ähnlichen Anzug.

Tilly, in einem hellblauen Kleid, hatte sich knapp vor Clara aufgestellt. Sie trug ein Gebetbuch und eine weiße Lilie in Händen. Lizzie stand im selben Kleid wie Tilly hinter ihr und hielt einen Orangenblütenzweig.

Die Orgel setzte mit Wagners *Treulich geführt* ein und Tilly schritt langsam im Mittelgang voran.

Ein Meer von Gesichtern wandte sich Clara zu, als sich der Brautzug zu Edward am Altar hinbewegte.

. . .

LEWIS WAR KAUM FÄHIG seine Aufregung zu bezähmen, da die Erfüllung seiner Pläne nun so knapp vor ihm stand. Er rutschte unruhig auf seinem Sitz in auf halber Höhe am Mittelgang hin und her.

Die Orgelmusik rieselte über ihn hinweg und er sah kaum zu Clara hin, als sie an ihm vorbeikam, denn sein Blick war fest auf Henrys Rücken gerichtet.

Saunders & Co. würde nun bald ihm gehören, war alles, an das er denken konnte.

Nach dem Kauf würde er schnell umziehen, eine Frau zum Heiraten finden, und dann Gulika von den *backwaters* zu sich bringen.

Vielleicht würde er sogar das Saunders-Haus übernehmen, dachte er zynisch, sie würden es ja nicht mehr brauchen.

Ein oder zweimal warf er einen kurzen Blick auf den Eingang zur Kirche. Bis jetzt war noch nichts zu sehen, aber die Polizei würde sicher bald eintreffen.

Jitu hatte sich als äußerst zuverlässig erwiesen. Lewis hatte ihn mit mehreren Drogenpäckchen ausprobiert, und der Mann hatte sich bereiterklärt, noch weitere derartige Aufträge zu übernehmen. Aber am heutigen Morgen war es seine einzige Aufgabe gewesen, bei Sonnenaufgang zur Polizei zu gehen und sie über das Vorhandensein von Drogen auf Henrys *kettuvallam* zu informieren.

Ursprünglich hatte er beabsichtigt, Sanjay zur Polizei zu schicken, aber nach einer beiläufigen Bemerkung Jitus, dass Sanjay mit ihm – Lewis – zu eng verbunden wäre, hatte er es sich anders überlegt.

Sanjay hatte ihn in den vergangenen zwei Jahren auf den meisten seiner Fahrten begleitet und sie waren folglich in den Köpfen der Menschen eng miteinander verbunden. Da er bestrebt war, sich so weit wie möglich von der ganzen Sache zu distanzieren, war er sich bewusst, dass es klüger wäre, wenn Sanjay nicht zu eng darin verwickelt wäre.

Deshalb hatte er Jitu gebeten, die Polizei zu informieren. Nach einer so kurzen Zeit wäre Jitu noch nicht als ein enger Verbündeter von ihm angesehen worden.

Die Polizei hätte nun Zeit gehabt, sich zu organisieren und zur Nachforschung zum Hafen zu gehen. Sicher hatten sie bereits die Drogen gefunden und würden nun jeden Augenblick in der Kirche erscheinen.

Die einzige Verzögerung könnte nur dadurch entstehen, dass sie vergessen hatten, dass Henrys Tochter an diesem Tag heiratete. In diesem Fall hätte sie aber sicher jemand zur Kirche dirigiert. Die war nicht weit vom Haus und eine Verzögerung wäre deshalb nur gering.

Er starrte zum Altar hin. Clara und Edward gaben einander soeben das Jawort.

Er warf erneut einen raschen Blick nach hinten. Es konnte jetzt sicher nicht mehr viel länger dauern.

Es hatte den Anschein, dass seine zeitliche Planung einfach perfekt gewesen war, dachte er genüsslich.

Edward und Clara waren nur Augenblicke davon entfernt, verheiratet zu sein. Und bis das Trauregister unterschrieben war, wäre auch die Polizei hier und würde Henry verhaften. Edward Harrington wäre dann schon mit Clara verheiratet, und die Schande, die über die Familie Saunders hereinbrach, würde auch ihn in Verruf bringen.

Aufgrund des Geflüsters unter der versammelten Gemeinde war er sich bewusst, dass die beiden nun verheiratet waren.

Als Ausdruck seiner Freude lächelte er nun die ihm am nächsten sitzenden Personen an.

Edward drückte Clara gerade etwas mehr als nur ein Küsschen auf die Wange. Wandte sich dann um und lächelte die applaudierenden Hochzeitsgäste an, winkte ihnen zu und ging dann mit Clara in die Sakristei zum Unterschreiben der Heiratsurkunde.

Er – Lewis - warf erneut einen Blick nach hinten.

Mehrere Hafenpolizisten und etliche britische Soldaten standen am Eingang zur Kirche, schwarze Silhouetten im grellen Licht der Sonne.

Vor Aufregung schlug sein Herz wie wild, und er wandte sich wieder dem Altar zu.

Minuten später erklang die Orgel erneut und Clara und Edward gingen langsam, im sanften Licht der Kerzen und begleitet von Mendelssohns „Hochzeitsmarsch", im Mittelschiff dem Ausgang zu.

Ihr Lächeln wird ihnen bald vergehen, dachte er süffisant, als er mit den übrigen Gästen zusah, wie die beiden, gefolgt von Henry und Mary Saunders, Tilly und Michael und Lizzie, sich dem Ausgang zu bewegten.

Dann ging auch er in den Mittelgang und folgte dem Hochzeitszug mit den übrigen Gästen.

Er reckte seinen Hals, um über die Köpfe vor ihm hinwegsehen zu können, und sah, wie zwei Polizisten zur Seite traten, um Edward und Clara vorbeigehen zu lassen, und dann wieder vortraten. Sie wiesen Henry und Mary an, zu ihnen zu kommen.

Er sah, wie Mary einen überraschten Blick auf Henry warf, und wie beide dann zu den Polizisten gingen.

Da er so nahe daran war, aus der Kirche zu gelangen, konnte er vielleicht noch hören, was der Polizist zu Mary sagte, bevor sie Henry wegführten, dachte er, als er vergeblich versuchte, schneller voranzukommen.

Als es ihm schließlich gelungen war, ins Freie zu

kommen, blickte er zu Mary und Henry hinüber, um zu sehen, was da vor sich ging.

Aber seine Aussicht wurde von einem Soldaten vor ihm blockiert.

Er bewegte sich zur Seite, um am Soldaten vorbeizusehen.

Der Soldat bewegte sich mit ihm.

Bevor er gesehen hatte, was tatsächlich geschehen war, stand ein Polizist auf seiner anderen Seite, und zwei Soldaten hatten hinter ihm Stellung genommen.

„Würden Sie so freundlich sein und mit uns kommen, Sir?" forderte ihn der Polizist auf.

„Aus welchem Grund?" Lewis versuchte, dem Mann seine Verwirrung lächelnd auszudrücken.

„Sir, eine umfangreiche Menge Drogen ist in einem Lagerhaus südlich von Muttancherry, das sich angeblich in Ihrem Besitz befindet, gefunden worden. Drogen wurden auch in dem auf dem Gelände befindlichen *kettuvallam* und in einer Barkasse gefunden, die sich meines Wissens ebenfalls in Ihrem Besitz befinden."

Eine Welle der Angst erfasste Lewis.

Er fühlte sich plötzlich sehr kalt.

Lewis schüttelte energisch den Kopf. „Nein, das ist ein Irrtum. Sie haben etwas missverstanden. Henry Saunders handelt mit Drogen. Sie werden die Drogen in seinem Boot finden."

„Das glauben wir nicht", sagte der Polizist mit Nachdruck. „Nachdem wir die Drogen auf Ihrem Anwesen entdeckt hatten, haben wir natürlich auch die Lagerhäuser und Boote Ihres Arbeitgebers gründlich untersucht. Wir haben nirgends auf seinem Gelände Drogen gefunden. Wir sind daher sicher, dass Sie in dieser Sache allein gehandelt haben, mit Hilfe einiger Arbeitskräfte von Herrn Saunders."

„Das verstehe ich nicht", sagte Lewis in aufsteigender Panik. „Es muss ein enormes Missverständnis Ihrerseits sein."

Dann wandte er sich um und sah Edward, und den Ausdruck auf Edwards Gesicht.

Und ganz plötzlich wurde ihm alles klar.

41

S *päter am selben Tag*

IM SELBEN MOMENT, als Clara und Edward den Anlegesteg auf Bolghotty Island betraten, begann eine versteckte Band die Tanzmusik von „Charmaine" zu spielen.

„Ich hätte gern ein Lied mit dem Titel Clara gefunden und dann von der Band spielen lassen, aber leider konnte ich keines finden", sagte Edward, als sie, Seite an Seite, den Weg durch den Garten der Residenz entlanggingen. Aber da Charmaine mit einem C beginnt, hoffe ich, dass das für dich auch passt."

„Und in jedem Namen kommt auch der Buchstabe A zweimal vor", fügte Clara amüsiert hinzu.

Beide lachten.

„In den nächsten paar Minuten werden alle hier sein", sagte sie und blickte zurück auf das Wasser, als sie eine große Gruppe von Bambussträuchern erreicht hatten, die die Strahlen der frühen Nachmittagssonne in sich aufnahmen.

Sie blieb stehen und blickte hinauf in sein Gesicht. „Ich wollte dir nur noch einmal für alles, was du zum Schutz von Papa getan hast, danken. Ich kann dir gar nicht sagen, wie dankbar ich dir bin."

„Es war mir ein Vergnügen. Selbst wenn Henry und ich nicht durch unsere Heirat verbunden gewesen wären, hätte ich nicht gewollt, dass ein unschuldiger Mann ins Gefängnis kommt. Ich bin so erleichtert, dass es uns gelungen ist, das zu verhindern. Zum Teil war das auch dein Verdienst."

„Mein Verdienst?" fragte sie erstaunt.

„Ja, das stimmt. Schließlich warst du es, die Michael erzählt hat, dass Lewis ein eigenes Anwesen hat, und wir mussten dann nur noch herausfinden, wo es sich befindet."

„Und wie habt ihr es gefunden?"

„Einer unserer Männer, die wir auf den Kais im Einsatz hatten, war von Lewis angeheuert worden, weil er ihm vertraut hat, und der Mann hat uns dann über Lewis' Plan informiert. In der Folge haben wir die Kais überwacht und gesehen, wie Lewis und Sanjay Drogen in Henrys Boote und Lagerhäuser geschmuggelt haben. Meine Männer haben dann die Drogen in Lewis' Lagerhaus und Boote verfrachtet.

„Welch ein Glück, dass mir Lewis erzählt hat, dass er ein eigenes Anwesen hat und dass ich es Michael gegenüber erwähnt habe, ohne zu wissen, wie wichtig das war."

Edward nickte. „Michael verdient hohe Anerkennung, denn er hat intensiv daran gearbeitet."

„Ich danke ihm, sobald ich ihn sehe."

„Aber jetzt, glaube ich, sollten wir Lewis ganz vergessen. Schließlich ist die Hochzeit ein freudiger Anlass und Lewis soll sie uns nicht verderben. Was jetzt zählt ist, dass deine Familie in Sicherheit ist, und dass Lewis und Sanjay hinter Gittern sind. Und mit dem, was Jitu herausgefunden hat, werden wir wenigstens eine Route des Drogenhandels sperren können.“

„Da hast du recht“. Sie legte ihre Hand auf seine Wange und starrte ihm ins Gesicht. „Lieber, liebster Edward“, sagte sie mit stockender Stimme.

Einen Augenblick lang standen sie reglos da.

Dann ließ sie ihren Arm sinken.

Er lachte verlegen. „Ich nehme an, du möchtest jetzt deinen Schleier abnehmen. Die meisten Gäste werden erst in einer kleinen Weile hier sein, und du hast also Zeit. Mein Appartement hier enthält jetzt alles, was du brauchen könntest.“

„Danke“, erwiderte Clara. „Ja, ich würde gern unter den Gästen sorglos herumgehen können, ohne zu fürchten, dass irgendjemand über meinen Schleier fällt. Ich werde aber nicht lange brauchen.“

„Tilly ist nahe am Eingang. Sie wird dir dabei helfen.“

„Du hast einfach an alles gedacht, nicht wahr? Ich habe so ein Glück mit dir, Edward.“

„Nein, ich bin der Glückliche“, sagte er leise. „Ich kann für den Rest meines Lebens jeden Tag in dein bezauberndes Gesicht blicken, und ich habe eine Frau, mit der ich mich wunderbar unterhalten kann. Mehr Glück als das kann man doch wirklich nicht haben.“

Sie hob ihren Kopf und küsste ihn auf die Wange.

Er errötete ein wenig.

Dann nahm sie seine Hand in die ihre und beide gingen gemeinsam zum Eingang der Residenz und lächelten dabei den ersten Gästegruppen zu, als sie an ihnen vorbeigingen.

Einige der Gäste hatten sich in den Gärten zusammengetan und bewunderten das eindrucksvolle Gebäude, und andere saßen an kleinen runden, mit weißen Tüchern bedeckten Tischen unter dunklen Sonnenschirmen.

In einiger Entfernung von den kleinen Tischen und Stühlen war ein langer Tisch aufgestellt, auf dessen blütenweißer Decke das Hochzeitsbuffet angerichtet war. Doch Kellner gingen bereits mit Tabletts umher, auf denen Gläser mit Champagner und Limettensaft mit Sodawasser standen. Andere trugen Platten mit kleinen Canapés, die sie den Gästen anboten.

„Edward", rief eine Stimme, gerade als Edward und Clara das Gebäude erreicht hatten.

Als sie sich umwandten, sahen sie, wie Henry auf sie zulief und sie durch Winken zum Stehen aufforderte.

„Also, Mrs. Harrington", sagte Edward und wandte sich lächelnd an Clara. „Dein Vater kommt angelaufen und ich sehe, wie Tilly zu dir herkommt. Ich warte hier auf dich. Und wenn du bereit bist, begrüßen wir gemeinsam unsere Gäste."

EDWARD LEHNTE an der Balustrade außerhalb seines Schlafzimmers und starrte vor sich hin, als die Sonne hinter dem Horizont versank. Sie breitete eine Bahn von geschmolzenem Rotgold über das Meer, und die hohen Kokospalmen hoben sich dunkel vor diesem glänzenden Hintergrund ab.

Überall um ihn herum war warme Nachtluft, erfüllt vom Duft von Jasmin, Tee und Kardamom, und vom Zirpen der Zikaden.

Und im Haus hinter seinem Rücken, dem Haus, das jetzt

auch Claras Heim war, konnte er hören, wie sie sich zum Schlafengehen bereitmachte.

Er hätte alles gegeben, wenn sie beide jetzt die Nacht gemeinsam in einem Bett hätten verbringen könne, aber er hatte vom Tag ihres ersten Treffens an gewusst, dass er nicht ein Mann war, den sie freiwillig zu ihren Gatten gewählt hätte.

Um sie zur Annahme seines Antrags zu bestärken, hatte er ihr versprochen, dass er diese Art des Zusammenseins von ihr nicht erwarten würde, und er hatte durchaus die Absicht, sein Wort zu halten.

Selbst wenn es ihn schmerzte.

Und es würde ihm Schmerz bereiten.

Ja, es schmerzte ihn bereits.

Sie musste ja von allem Anfang ihrer Ehe an wissen, dass er zu seinem Wort stand, und nachdem er an der Tür zu ihrem Zimmer, das für alle Zukunft ihr Schlafzimmer sein würde, gute Nacht gewünscht und einen Kuss auf ihre Wange gedrückt hatte, war er in sein Zimmer gegangen und hatte sich zum Schlafengehen umgekleidet.

So wie er es jeden Abend tat, hatte er seine dunkelgrüne seidene Raucherjacke angezogen und war auf die Veranda hinausgegangen. Dann stand er, umgeben von der Schönheit des abklingenden Tages und beobachtete die Neugeburt der sternengefüllten Nacht.

Er warf einen sehnsüchtigen Blick zu Claras Abschnitt der Veranda hin und wandte sich dann schnell wieder dem Ausblick zu.

Vor allem musste er als Erstes jegliches Gefühl von Bedauern verbannen, dass er Clara nicht so in seinen Armen halten konnte, wie ein Mann seine Frau zu halten wünschte. Dazu musste er sich vor allem auf die vielen

Möglichkeiten konzentrieren, wie sie sein Leben bereichern wird.

Wenn er das konnte, dann würde er ganz glücklich sein.

Ein leises Geräusch an seiner Seite schreckte ihn auf und er blickte nach links.

Clara stand da und sie war von ätherischer Schönheit in einem Negligé aus elfenbeinfarbener Seide.

Edward hielt seinen Atem an.

„Ich dachte, du würdest bereits schlafen", sagte er verlegen und zog schnell seinen Gürtel enger um seine Jacke. Dann räusperte er sich. „Sicher bist du müde nach dem langen Tag, an dem sich so viel ereignet hat."

„Nein, ich bin noch immer ganz wach", erwiderte sie heiter, und wandte sich dann dem Blick auf das Meer zu. „Ich bin früher vor dem Schlafengehen immer von meinem Zimmer nach draußen gegangen und habe mir die Aussicht angesehen, so wie du es jetzt tust. Meine Aussicht war nicht viel anders als die deine."

„Ja, auch ich komme jede Nacht heraus", sagte er etwas gehemmt.

„Das ist also noch etwas, das wir gemeinsam haben", erwiderte sie mit einem Lächeln.

Beide wandten sich wieder dem Ausblick zu und starrten auf den Mond und das Meer.

„Es überrascht mich nicht, dass dein Ausblick dem meinen ähnlich war", sagte er nach einigen Minuten. „Schließlich ist Cochin ja von Wasser und sandigen Stränden umgeben, und Kokospalmen gibt es überall in Mengen." Und nach einigem Zögern. „Weshalb bist du hier draußen, Clara. Ich hatte nicht erwartet, dich heute noch einmal zu sehen."

Sie lehnte sich an die Balustrade, wandte ihm den Kopf zu und lächelte.

„Als ich noch klein war, hat mir meine *ayah* vor dem Einschlafen oft vorgelesen, weshalb ich auch heute noch Geschichten liebe. Auf deiner Party hast du mir auch eine Geschichte erzählt, die mit „Es war einmal ..." begann. Und jetzt bin ich dran, *dir* eine Geschichte zu erzählen, die mit „Es war einmal ..." beginnt.

Er schaute sie amüsiert an. „Ja, ich höre dir zu."

„Es war einmal ein Mädchen, das gerade die Schule verlassen hatte, und sich in die Idee verliebt hatte, verliebt zu sein. Sie wohnte in der Nähe von einem gut aussehenden Mann, und ihre Eltern, sowie die Eltern des gut aussehenden Mannes beschlossen, dass sie und der Mann heiraten sollten. Aber als eine anscheinende Katastrophe über sie hereinbrach und alles für sie verloren zu sein schien, tauchte aus dem beängstigenden Nebel ein strahlender Ritter ohne Furcht und Tadel auf."

„Ich dachte, dass du von Leuten sprichst, die ich kenne", murmelte Edward, „aber als ich hörte, wie du von einem strahlenden Ritter ohne Furcht und Tadel erzählt hast, war ich überzeugt, dass ich mich geirrt habe. Ich hatte nämlich einen Frosch erwartet."

„Zuerst fühlte das Mädchen Dankbarkeit und Erleichterung über ihre Rettung", fuhr sie fort, „und sie war froh, einen Mann zu heiraten, den sie gernhatte und der so viel für sie und ihre Familie getan hatte."

Edward lächelte. „Um das Glück des Mädchens halber bin ich froh, dass sie es so gesehen hat."

Sie wandte sich ihm zu und ihre Augen füllten sich mit Tränen. „Schließlich fielen aber Dankbarkeit und Erleichterung von ihr ab, als sie seinen wahren Charakter erkannt hatte. Und sie wusste – oh, Edward – sie wusste, wie sehr sie ihn liebte. Nicht für das, was er für sie und ihre Familie getan hatte, sondern für das, was er ist. Für alles, was ihn ausmacht. Jedes Mal, nachdem sie ihn verlassen hatte, begann sie schon die Stunden zu zählen, bis sie ihn wiedersehen wird. Es war keine Katastrophe gewesen, die sie an jenem Tag getroffen hatte, sondern ein erstaunlicher Glücksfall. Denn, lieber Edward, sie hat schließlich den Mann geheiratet, den sie wirklich liebte."

Edward sah sie an mit Hoffnung und Fassungslosigkeit in den Augen.

Sie machte einen Schritt näher auf ihn zu. „Jetzt, wo sie mit ihm nicht nur jeden Tag und auch jede Nacht sein kann, wird sie keine einzige wertvolle Minute dieser Zeit aufgeben, wenn sie es nicht muss."

Sie ging noch näher auf ihn zu.

„Edward, ich liebe dich. Bevor ich dich kannte, dachte ich, dass ich weiß, was Leidenschaft ist, habe es aber nicht gewusst. Über die vergangenen sechs Wochen hin habe ich jedoch gelernt, was es wirklich bedeutet. Denn das ist es, was ich für dich fühle."

„Clara", flüsterte er. All die Liebe, die er für sie fühlte, war in ihren Namen geflossen. „Meine geliebte Clara."

Er zog sie an sich und vergrub sein Gesicht in ihrem Haar.

Und dann fanden seine Lippen die ihren.

Schwer atmend wichen sie voneinander ab und starrten einander voller Staunen an. Und dann stürzte sie erneut in seine Arme und er drückte sie fest an sich.

Mit klopfendem Herzen zog sie sich leicht von ihm zurück und sah ihm ins Gesicht.

„Wir haben bereits festgestellt, dass mir ein Ausblick aufs Meer, wie der deine, schon vertraut ist", sagte sie mit leicht zitternder Stimme. „Mit der Landschaft in deinem Schlafzimmer bin aber noch nicht vertraut, und wenn es nicht zu dreist von mir klingt, dann würde ich sie jetzt gern sehen."

„Oh, Clara!" rief er aus.

Er nahm sie in seine Arme, schwang sie mit stürmischer Leidenschaft herum und blickte dabei voller Liebe und Verlangen in ihr Gesicht. Dann trug er sie in sein Schlafzimmer, das nun auch für immer das ihre sein sollte.

ANMERKUNGEN DER AUTORIN

Wie schon sein Name sagt, stand British Cochin, eine kleine Enklave im heutigen Bundesstaat Kerala, zu Zeiten von Britisch-Indien (1858 bis 1947) unter britischer Herrschaft. Kerala trägt seinen Namen seit 1956.

Cochin ist Teil einer Inselgruppe. Die von einem tropischen Dschungel bedeckte Insel wird von engen, als *backwaters* bezeichneten Wasserstraßen durchzogen. Der fruchtbare Boden ist ideal für den Anbau von Gewürzen, und es ist auch der Anbau von und der Handel mit Gewürzen, der die Geschichte der Insel geprägt hat.

Die Portugiesen waren die ersten, die eine koloniale Präsenz in Cochin errichtet hatten. Dann kamen die Niederländer und schließlich die Briten, die British Cochin bis 1947 regierten, als Indien schließlich die Unabhängigkeit von der britischen Kolonialregierung errungen hatte.

Aufgrund der zahlreichen ausländischen Einflüsse in Cochin vor der indischen Unabhängigkeit ist es nicht erstaunlich, dass sich die Namen von Städten, Dörfern und Straßen im Lauf der Jahre geändert haben, und festzustellen, welche Namen im Jahre 1934 verwendet wurden, war äußerst schwierig. Die Landkarten aus dieser Zeit sind vage und lückenhaft und in verschiedenen Dokumenten aus jener Zeit auch unterschiedlich geschrieben. Und sie haben sich auch heute wieder geändert.

So las ich zum Beispiel, dass The Cochin Club in den 1930er Jahren und auch heute, so genannt wurde und wird. In einer anderen, ebenso maßgeblichen Quelle, las ich, dass er damals The English Club geheißen hat. Dies war eine meiner Fragen, bei der sich Mr. Gonzaga als besonders hilfreich erwiesen hat – zur Zeit meines Romans hat der Club nämlich tatsächlich The English Club geheißen.

Bei der Entscheidung, welche Namen ich verwenden sollte, habe ich mich auf jene Schreibweisen gestützt, die mir als die in den 1930er Jahren am häufigsten verwendeten Formen erschienen sind.

Bis zur indischen Unabhängigkeit war der Bolgatty Palace auf Bolgatty Island, auch The Residency genannt, der Wohnsitz des britischen Gouverneurs. Es gibt verschiedene Varianten für die Schreibweise von Bolgatty während dieser Zeit, doch die am häufigsten verwendete Form scheint Bolghotty gewesen zu sein.

Ähnlich steht es auch um Mattancherry.

Ich habe mich für Muttancherry entschieden, da es sich dabei um die am häufigsten dafür verwendete Schreibweise handelt. Jedoch nicht zu verwechseln mit dem Dorf Muttancherry, das etwa 25km östlich von Kozhikode liegt, das heute auch unter seinem englischen Namen Calicut bekannt ist. Calicut liegt 180km nördlich von Cochin.

Madras führt seit 1996 den Namen Chennai.

WENN DIR LIEBE UND VERRAT IN COCHIN GEGALLEN HAT

Es wäre wirklich nett von dir, wenn du dir einige Minuten Zeit nimmst und eine Rezension zum Buch hinterlassen könntest.

Rezensionen geben dem/der Autor*in ein willkommenes Feedback und sie machen den Roman auch für andere Leser sichtbar, sowohl durch die Rezension als auch dadurch, dass mehrere Werbeplattformen eine Mindestanzahl von Rezensionen verlangen, bevor sie jegliche Werbung für das Buch übernehmen.

Deine Worte haben also wirklich Gewicht.

Vielen Dank!

LIZS NEWSLETTER

Liz entsendet jeden Monat einen Newsletter mit Updates zu ihrer laufenden Arbeit, was sie alles unternommen hat, wohin sie gereist ist und was sie im vergangenen Monat an Interessantem unternommen hat. Du zählst zu den Ersten, die das Umschlagbild von Liz's nächster Neuerscheinung sehen werden, und Du erhältst auch Informationen zu Aktionen und Sonderangeboten.

Du kannst ganz beruhigt sein, dass Liz deine E-Mailadresse nie an irgendeine andere Person weitergeben wird. Und wenn du an Liz schreibst, was du über ihre Website – www.lizharrisauthor.com – tun kannst, wirst du immer eine Antwort erhalten.

Als Dank dafür, dass du Liz's Newsletter abonniert hast, erhältst du ein kotenloses Download ihres fast zeitgenössischen Romans, Word Perfect, der von Liz's sechs Jahren in Kalifornien inspiriert ist.

EINE ERBSCHAFT IN DARJEELING

Jeder Roman aus der Reihe Die Kolonisten ist eigenständig und in sich vollständig.

Wenn dir *Liebe und Verrat in Cochin* gefallen hat – und ich hoffe, dass es so ist – und du *Eine Erbschaft in Darjeeling*, das zuerst veröffentlichte Buch in dieser Reihe, noch nicht gelesen hast, dann könnte dich der Prolog zu *Eine Erbschaft in Darjeeling* interessieren.

Auf den nächsten Seiten kannst du diesen Prolog zu *Eine Erbschaft in Darjeeling* lesen.

PROLOG: EINE ERBSCHAFT IN DARJEELING

In den Vorbergen des Himalaya,
Darjeeling, April 1919

Die Vorfrühlingssonne brannte auf den Rücken des siebenjährigen Mädchens nieder, das sich abmühte, mit dem Mann in einem abgenutzten Safarianzug, der vor ihr den steilen Pfad hinaufstieg, Schritt zu halten. Hin und wieder rutschte das Mädchen aus und fiel auf das rote Erdreich, doch sie stand schnell wieder auf, strich den Schmutz von ihrem Kleidchen und eilte dem Mann nur noch schneller nach.

Charles Edwin Lawrence, dessen sonnengebräuntes Gesicht von tiefen Falten des Schmerzes gezeichnet war, wandte sich aber nicht nach seiner Tochter um und wartete nicht auf sie. Er blickte nur starr vor sich hin während er entschlossen den schmalen Pfad zwischen den stufig angelegten Teestauden hinaufstieg, deren zarte junge Blätter im Licht der Sonne grün aufleuchteten.

Oben angekommen blieb er in der kühlen Briese stehen

und blickte unverwandt auf die sauberen Terrassen der Teeplantage zu seinen Füßen.

Sein von unvergossenen Tränen getrübter Blick wanderte schließlich zum dunklen Grün der bewaldeten Hänge und zu den dahinterliegenden Gebirgszügen, die sich vom leuchtend blauen Himmel abhoben und deren in sonniges Gold getauchte Gipfel über den schneebedeckten Hängen den Anschein erweckten, als ob sie wie eine goldene Kette im Nichts hingen.

Das Mädchen erreichte die Stelle, an der ihr Vater stand, umklammerte sein Bein und steckte ihren Daumen in den Mund.

Er blickte zu ihr nieder, beugte sich hinunter und schob den Daumen vom Mund weg. „Nur Babys tun das, Charlie. Du bist aber kein Baby mehr."

„Ich bin schon sieben."

Er nickte. „Ja, das stimmt. Du bist also wirklich kein Baby mehr? Du bist jetzt ein großes Mädchen und wirst bald zur Schule gehen."

Sie biss sich auf die Unterlippe, starrte auf den Boden und nickte.

Sie fühlte, dass er ihr beifällig zunickte.

Als sie aber zu ihm aufblickte, sah sie Tränen auf seinen Wangen und sie runzelte die Stirn. „Du weinst ja. Dein Gesicht ist ganz nass."

Er zuckte abweisend die Schultern. „Ich schwitze nur ein wenig. Schau lieber auf die wunderschöne Aussicht anstatt auf mich." Er fasste sie unter die Arme, hob sie hoch hinauf und setzte sie auf seine Schultern. Ihre Beine hingen zu beiden Seiten seines Gesichts hinab und er fasste ihre Füße mit seinen Händen.

Sie hielt sich mit einer Hand an seiner Stirn fest und streichelte mit der anderen seine Wange.

„Du weinst aber wirklich, Papa", sagte sie vorwurfsvoll und wischte ihre nasse Hand am Kleiderrock ab. Dann zog sie ihm den *topi* vom Kopf, ließ die Mütze zu Boden fallen, schob beide Arme unter sein Kinn und lehnte ihre Wange an seinen Hinterkopf. „Ist Eddie wieder krank? Ich hab' ihn heute nicht gesehen."

Sie fühlte seine innere Spannung. Er zog eines ihrer Beine näher an das andere heran, so dass er beide mit einer Hand halten konnte. Sie schwankte ein wenig, als er sich mit der freien Hand schnell über das Gesicht strich. Dann hielt er aber gleich wieder einen Fuß in jeder Hand.

„Ja, er war wieder krank", sagte er nach einer kurzen Pause.

Sie zog verwirrt die Stirn in Falten als sie den seltsamen Ton in seiner Stimme vernahm und beugte sich zur Seite, denn sie wollte sein Gesicht sehen.

„Aber jetzt nicht mehr", fügte er leise hinzu. „Er ist zu deinen Brüdern gegangen."

Sie richtete sich auf und jammerte laut vor sich hin. „Ich will nicht, dass er geht. Ich will, dass er mit mir spielt." Heftig schluchzend verzog sie ihr Gesicht als ob sie zum Weinen ansetzen wollte.

„Du wirst doch nicht weinen, Charlie? Wir haben doch gesagt, dass du jetzt ein großes Mädchen bist und du musst jetzt auch für mich groß sein. Gib mir einen festen Tritt, wenn du groß sein wirst."

Sie unterdrückte ihr Schluchzen und während seine Hand ein Bein noch immer festhielt, versetzte sie seiner Brust mit ihrem rechten Bein einen heftigen Stoß.

„Du bist ein braves Mädchen", sagte er. „Du weißt ja, es gibt jetzt nur noch dich und mich. Und all das hier". Mit Charlie auf seinen Schultern drehte er sich langsam im Kreis. „Sieh es dir an. Sundar ist das Hindi-Wort für schön.

Jetzt weißt du, weshalb mein Vater das Anwesen Sundar genannt hat. Wir lieben Sundar und hier wollen wir auch bleiben. Auch mein Großvater und mein Vater haben Sundar geliebt, genau wie wir es tun. Das stimmt doch?" Sie nickte.

„Sag's mir, Charlie. Sag's mir, dass du hier sein willst."

„Ja, ich will hier sein", sagte sie ihm nach.

„Das ist brav. Du musst dir Sundar genau ansehen, ganz genau. Sicher hast du noch gar nicht bemerkt, dass die Teesträucher nicht das ganze Jahr über wachsen, sondern dass sie von Ende November bis Anfang März ihren Winterschlaf halten. Erst mit dem ersten Regen im Frühling, und sobald die Sonne den Boden erwärmt hat, wachen sie auf und beginnen wieder zu wachsen. Dann aber wachsen sie so schnell, dass sie alle vier bis fünf Tage gepflückt werden müssen. Hast du das alles gewusst?"

Charlie wurde unruhig.

„Halte dich fest", sagte er „ich hole dich wieder herunter." Er reckte die Arme, hob Charlie hoch über seinen Kopf und stellte sie neben sich auf den Boden.

Dann kniete er neben ihr nieder und starrte ihr ins Gesicht. „Charlie, jetzt bist nur noch du übrig. Es kommt niemand mehr nach." Sein ernster Ausdruck im Gesicht machte ihr Angst und sie steckte schnell den Daumen wieder in den Mund. „Aber ich weiß, dass dir Sundar am Herzen liegt, genau wie mir, und wenn die Zeit kommt, dann werde ich mit besten Kräften dafür sorgen, dass du einen Mann bekommst, der sich um den Garten kümmert, wenn ich nicht mehr hier bin, und der auch weiterhin den besten Tee produziert, den es in Darjeeling gibt. Den Namen Lawrence wird es auf Sandar immer geben. Das wollen wir doch beide, oder nicht?"

Sie wusste, dass sie für ihn nicken sollte, und tat es dann auch.

Er stieß ein trockenes Lachen aus und stand auf. „Du hast ja gar keine Ahnung worüber ich spreche", sagte er und seine Stimme entspannte sich. „Aber eines Tages wirst du es wissen." Er zog scherzhaft an den langen rotbraunen Haaren, die unter ihrem *topi* herabhingen.

Sie starrte in sein Gesicht und sah seine geröteten Augen und seinen noch immer traurigen Blick, merkte aber auch, dass sein Mund bereits zu einem Lächeln geformt war.

„Ja, hier will ich sein", wiederholte sie.

Sein Lächeln wurde breiter und als auch seine Augen zu lächeln begannen, durchzog ein Gefühl der Freude ihren ganzen Körper.

Sie war sehr traurig, dass nun auch Eddie ihren beiden älteren Brüdern, die sie nie gekannt hatte, gefolgt war. Sie hatte Eddie so lieb gehabt und sich schon so gefreut, mit ihm einmal spielen zu können, wenn er alt genug war. Jetzt aber hatte sie nur noch die Kinder der Bediensteten als Spielgefährten und ihre *ayah*. Sie freute sich aber, dass ihr Vater dachte, dass sie einander ähnlich waren. Ihrer Mutter wollte sie nicht ähnlich sein, denn sie war immer schlecht gelaunt.

„Ich will auch Tee anbauen, Papa", sagte sie.

Ihr Vater lachte. „Ich hab dir ja gesagt, dass du durch und durch eine Lawrence bist, Charlie." Er lehnte sich vor und umarmte sie ganz fest. Dann richtete er sich wieder auf und starrte erneut hinunter auf die Terrassen zu beiden Seiten ihrer Füße.

Sein Blick wanderte über die grünenden Sträucher zum Haus, wo die letzten seiner Söhne für immer still und schweigsam lagen, und sein Lächeln verlosch.

DANKSAGUNGEN

Mein besonderer Dank gilt auch diesmal wieder meiner hervorragenden Buchcover-Designerin, der überaus kreativen Jane Dixon-Smith, für ein weiteres äußerst beeindruckendes Coverbild, und meiner wunderbaren Lektorin Jane Eastgate. Ein riesiges Dankeschön geht auch an Stella, meine Freundin in Nordengland, die mein fertiges Manuskript immer vor allen anderen sieht und mich dann mit konstruktiver Kritik versorgt. Ihre Kommentare sind von unschätzbarem Wert – jede Autorin und jeder Autor braucht eine Stella!

Auch den zahlreichen Autorinnen und Autoren, die über die Jahre hin zu guten Freunden geworden sind, sage ich ein herzliches danke. Ihr habt mir geholfen, das Schreiben zu einem derart erfreulichen Hergang zu machen. Ich werde nie müde sein, mit euch bei einem schreiberischen Lunch über Handlungsstränge und Charaktere zu diskutieren.

Beim Schreiben von *Liebe und Verrat in Cochin* habe ich mich auf zahlreiche verschiedene Quellen gestützt, die zu zahlreich sind, als dass ich sie hier alle auflisten könnte. Einige davon, wie *Fort Cochin: History and Untold Stories* von Tanya Abraham und *British and Native Cochin* von Charles Allen Lawson möchte ich jedoch nennen, denn beide waren ganz besonders hilfreich.

Mein Dank gilt auch Mr. Ivor Gonzaga, dem General Manager von The Cochin Club, Kochi. Ich bin ihm sehr dankbar, dass er meine ihm gesandten Fragen so zuvorkommend beantwortet hat.

Als ich vor einigen Jahren eine wunderbare Zeit in Fort Cochin, dem heutigen Fort Kochi, verbrachte, wusste ich noch nicht genau, welche Informationen ich für meinen Roman brauchen würde. Als ich schließlich der Lücken in meinen Kenntnissen gewahr wurde, konnte ich aufgrund der Covid-Pandemie nicht zurück nach Indien fahren. Daher bin ich äußerst dankbar, dass mir Mr. Gonzaga die Auskünfte geben konnte, die ich in meinen umfangreichen Nachforschungen nicht hatte finden können. Etwaige Fehler gehen aber alle auf meine Rechnung.

Und schließlich, wie immer, auch meinem Gatten Richard ein herzliches Dankeschön, der mir die wahre Welt vom Leibe hält, während ich in meiner fiktiven Welt lebe.

ÜBER DIE AUTORIN

Liz Harris ist gebürtige Londonerin. Nach einem Abschluss in Rechtswissenschaften ging sie nach Kalifornien, wo sie sich in allen möglichen Beschäftigungen versuchte – vom Kellnern am Sunset Strip bis hin ins Sekretariat des CEO einer großen japanischen Handelsfirma.

Sechs Jahre später kehrte sie nach England zurück, wo sie ein Studium der Anglistik absolvierte und dann an Sekundärschulen, zuerst in Berkshire und dann in Cheshire, unterrichtete.

Zusätzlich zu ihren siebzehn veröffentlichten Romanen wurden auch mehrere ihrer Kurzgeschichten in Anthologien und Zeitschriften veröffentlicht.

Liz wohnt jetzt in Windsor in der Grafschaft Berkshire. Sie ist ein aktives Mitglied der Romantic Novelists' Association und der Historical Novel Society und von Writers in Oxford. Ihre Interessen sind Reisen, Theater, Lesen und kryptische Kreuzworträtsel. Noch mehr über Liz erfährst du unter www.lizharrisauthor.com.

WEITERE WERKE VON LIZ HARRIS

Historische Romane

Darjeeling Inheritance (Eine Erbschaft in Darjeeling)

Cochin Fall (Liebe und Verrat in Cochin)

Hanoi Spring

Die Linford Serie

Eine mitreißende Geschichte aus der Zwischenkriegszeit.

(Alle drei Romane erscheinen 2023 und 2024 in deutscher Übersetzung)

The Dark Horizon

The Flame Within

The Lengthening Shadow

Historische Romane

The Road Back

A Bargain Struck

The Lost Girl *(wird 2023 unter dem Titel „Golden Tiger"
neuveröffentlicht)*

A Western Heart

Zeitgenössische Romane

The Best Friend

Evie Undercover

The Art of Deception

Word Perfect

GLOSSAR

Glossar indischer Wörter zu *Liebe und Verrat in Cochin*

Die Rechtschreibung indischer Wörter für Bedienstete ist oft nicht einheitlich. Ich habe beim Schreiben zumeist die Form gewählt, die mir zum Zeitpunkt des Romans als die am häufigsten verwendete Form erschien.

ayah – ein Kindermädchen oder eine Kinderfrau in einem europäischen Haushalt in Indien

backwaters – Wasserstraßen, Nebengewässer, auch Hinterland

bidis – eine indische zigarettenähnliche Tabakware

biryani – ein herzhaftes Reisgericht mit Fleisch oder Gemüse

chota peg – ein halbes Glas, vor allem von Whisky oder Whisky und Soda

chummery – Pension oder Kantine für unverheiratete Männer

durzi – Schneider

Hindi – eine indoarische Sprache, die in den meisten nord- und zentralindischen Staaten gesprochen wird

kettuvallam – Lastbarke zum Transport von Reis und Gewürzen

lungi – ballonartiger Lendenschutz

mali – Gärtner

memsahib – eine verheiratete weiße Frau oder eine Frau aus der Oberschicht

parotta – Fladenbrot

punkah + wallah – der „*punkah*" ist ein großer, an der Decke befestigter Schwingfächer und der „*wallah*" ist ein Bediensteter, der ihn mit einem Seil in Bewegung bringt.

sahib – höfliche Anrede für einen höher gestellten Mann

Tamil – Sprache aus der davidischen Sprachfamilie

tatties – Bambusrollos

Topee/Topi – Tropenhelm, der von den Briten in Indien getragen wurde